Melody Anne
Turbulente Begierden

AF177984

Montlake
Romance

Das Buch

Das Fliegen liegt den Armstrong-Brüdern im Blut. Auch Nick hält es nicht am Boden – er ist Hubschrauberpilot bei der Küstenwache und liebt seinen Beruf über alles. Täglich rettet er Menschen, die in Seenot geraten sind. Doch dann fliegt sein Team bei einem Einsatz mitten in ein Gewitter. Nick kann den Absturz nicht verhindern und wird schwer verletzt geborgen.

Chloe Reynolds ist schön, sehr verschlossen und eine erfahrene Physiotherapeutin, die Nick bei seiner Reha unterstützen soll. Von Anfang an knistert es zwischen ihr und dem attraktiven Piloten. Doch Nick ist nicht die Sorte Mann, die sich gern helfen lässt, und der Job verlangt Chloe einiges ab. Außerdem ist ihr Patient so sexy, dass er sie nachts um den Schlaf bringt – und das kann Chloe, die mit ihren eigenen Dämonen zu kämpfen hat, nun wirklich nicht brauchen.

Die Autorin

Melody Anne ist New York Times- und USA Today-Bestsellerautorin. Sie hat einen Bachelor-Abschluss in Betriebswirtschaftslehre, fand aber ihre wahre Berufung mit ihrer ersten Romanveröffentlichung im Jahr 2011. Wenn die Autorin nicht schreibt, verbringt sie gerne Zeit mit ihrer Familie, ihren Freunden und ihren Haustieren. Sie liebt ihre kleine Stadt und engagiert sich in vielen Gemeindeprojekten.

Nach dem Liebesroman »Der Milliardär macht das Spiel« erscheint nun von Melody Anne die vierteilige »Passion Pilots«-Reihe.

MELODY ANNE

TURBULENTE BEGIERDEN

PASSION PILOTS

Roman

Aus dem Amerikanischen von Katja Rudnik

Montlake
Romance

Die amerikanische Ausgabe erschien 2017 unter dem Titel
»Turbulent Waters« bei Montlake Romance, Seattle.

Deutsche Erstveröffentlichung bei
Montlake Romance, Amazon Media EU S.à r.l.
5 Rue Plaetis, L-2338 Luxemburg
Dezember 2018
Copyright © der Originalausgabe 2017
By Melody Anne
All rights reserved.
Copyright © der deutschsprachigen Ausgabe 2018
By Katja Rudnik

Die Übersetzung dieses Buches wurde durch AmazonCrossing ermöglicht.

Umschlaggestaltung: semper smile, München, www.sempersmile.de
Originaldesign: Regina Wamba of MaeIDesign.com
Umschlagmotiv: © Regina Wamba of MaeIDesign.com; © CT757fan /
Getty; © Phototreat / Getty; © Nugraha Kusuma / EyeEm / Getty
Lektorat und Korrektorat: Verlag Lutz Garnies, Haar bei München,
www.vlg.de
Gedruckt durch:
Amazon Distribution GmbH, Amazonstraße 1, 04347 Leipzig /
Canon Deutschland Business Services GmbH, Ferdinand-Jühlke-Straße 7,
99095 Erfurt /
CPI books GmbH, Birkstraße 10, 25917 Leck

ISBN 978-2-919-80328-6

www.montlake-romance.de

Dieses Buch ist Adam Ragle gewidmet, einem weiteren Piloten. Die Serie wäre ohne dich nicht entstanden. Auf eine lange Freundschaft und noch viele, viele weitere Jahre.

Prolog

Irgendwo in den Untiefen seines Verstandes begriff Captain Nick Armstrong, dass er sich in einer sehr schlimmen Lage befand. Jeder Quadratzentimeter seines Körpers schmerzte, und auch mit einem Übermaß an Adrenalin in seinen Adern war ihm bewusst, dass er kurz davorstand zu sterben.

Er kämpfte gegen das aufgewühlte Meer an, das verzweifelt versuchte, ihn unter die Wasseroberfläche zu ziehen. Jede Welle traf ihn wie ein brutaler Schlag, dessen Wucht durch seinen ganzen Körper vibrierte. Er ging unter, schluckte jede Menge Wasser des Pazifischen Ozeans und kämpfte sich zurück an die Oberfläche, wo er nach Luft schnappte.

Dann zog er eine Signalrakete hervor und feuerte sie ab. Das blutrote Licht blendete, als er sich umschaute und nach weiteren Überlebenden des Hubschrauberabsturzes der Küstenwache suchte. Er konnte keine Menschenseele entdecken. Seine Crew. Wo waren die Mitglieder seiner Crew? Minutenlang rief er nach ihnen, doch als niemand antwortete, spürte er, wie ihn ein Gefühl der Niederlage überkam.

Auch Nick wollte, dass ihn das Meer verschlang, wie es seine Crewmitglieder verschlungen hatte. Menschen, die mehr

Familie für ihn waren als Freunde. Es war alles dermaßen schiefgegangen, und es war sein Fehler.

Eine weitere Welle türmte sich vor ihm auf, und kurz dachte Nick darüber nach, nicht gegen den starken Sog anzukämpfen. Aber sein Verstand ließ Bilder seiner Mutter und Brüder aufblitzen, und da wusste er, dass er nicht aufgeben konnte.

Die Küstenwache würde genau wissen, wo er sich befand. Sie hatten wahrscheinlich bereits ein Rettungsteam entsandt und ließen niemanden zurück. Aber in diesem besonderen Moment war Nick allein im riesigen Ozean. Vielleicht schafften sie es nicht rechtzeitig.

Der Schutzanzug, den Nick trug, hielt ihn über Wasser, aber die Verletzungen, die er sich beim Absturz zugezogen hatte, ließen ihn immer wieder das Bewusstsein verlieren. Als er circa dreißig Meter entfernt ein klatschendes Geräusch hörte, riss er sich zusammen und weinte fast. Das Geräusch bedeutete, dass ein Boot abgeworfen worden war.

Sich über die aufbäumenden Wellen kämpfend, gelang es Nick, das Schlauchboot zu erreichen, das einer seiner Kollegen von der Küstenwache aus einem hoch am Himmel erkennbaren Düsenflugzeug abgeworfen hatte. Das Glück war auf seiner Seite, denn ein Transportflugzeug war ganz in der Nähe gewesen und hatte nicht lange bis zur Absturzstelle gebraucht. Sie wussten, wo er war, und gaben ihm Hoffnung. Jetzt war ihm klar, wie sich die Leute, die er bereits gerettet hatte, in dem Moment gefühlt hatten, als sie kurz davor waren aufzugeben.

Nick griff nach dem schaukelnden Boot, zog sich hoch und spürte, wie das Gummi an seinem Bein entlangschrammte. Ihm wurde schwarz vor Augen, als sein zerschmettertes Knie den Rand des Bootes berührte und er seinen Körper nur mit Mühe hineinwuchten konnte, bevor er kollabierte.

Als er wieder zu sich kam, wurde das kleine Boot immer noch von den Wellen hin und her geworfen, aber er lebte. Er wusste nicht, ob das Meer ihn weiter hinaus oder näher in Richtung Land trieb. Es war egal. Seine Signalrakete würde es der Küstenwache ermöglichen, ihm zu folgen, wenn das Meer das kleine Boot in neue Richtungen trieb. Bei der Kraft der Wellen und den starken Winden würde es eine Weile dauern, bis sie kamen. Fast wäre es ihm lieber gewesen, wenn sie den Rettungsversuch nicht starteten, denn er wollte nicht für weitere Tote verantwortlich sein.

Nick versuchte, bei Bewusstsein zu bleiben, und suchte das schwarze Wasser ab, bis er nicht mehr länger aufrecht sitzen konnte. Wenn noch jemand aus seiner Crew den Absturz überlebt haben sollte, dann hatten die Wellen ihn schon weit von Nicks Boot abgetrieben. Vielleicht saßen Crewmitglieder Meilen entfernt auf ihren eigenen Rettungsflößen. Das war die Hoffnung, an die er sich klammerte.

Als er die Augen schloss, dachte Nick an seine Familie, seinen Beruf und sein Leben. Mit zweiunddreißig Jahren war er der Zweitälteste von vier Brüdern. Sein Verhältnis zu Cooper und Maverick war perfekt, und sie alle drei vermissten ihren jüngsten Bruder Ace, der vor Jahren verschwunden war.

Nick konnte sich dem Meer nicht ergeben, konnte noch nicht zulassen, dass es ihn verschlang, nicht, bis er die Unstimmigkeiten beseitigt hatte, die zwischen Ace und dem Rest der Familie herrschten.

Pilot bei der Küstenwache zu sein, war gefährlich. Das wusste Nick nur zu gut. Er liebte daran die Gefahr und das Abenteuer, das Wissen, dass er hinaus ins Gefecht musste, während der Rest der Welt die Fenster vernagelte. Es gefiel ihm, ein Held zu sein.

Außerdem kannte er das Motto der Küstenwache. *Semper Paratus* ... immer bereit. Sie *mussten* los, und ob sie zurückkamen, war jedes Mal ungewiss. Aber zu wissen, dass man sterben konnte, und die Realität, sein Leben wirklich zu verlieren, waren zwei völlig unterschiedliche Gefühle.

Nick war noch nicht bereit loszulassen und weigerte sich, weiterhin negativ zu denken. Wenn er aufgab, war er verloren. Er schloss die Augen, während er auf dem Meer dahintrieb. Und dann verlor er jegliches Zeitgefühl, als Kreise in verschiedenen Schwarzschattierungen vor seinen Augen auftauchten. Er wusste nicht mehr, ob er die Augen offen oder geschlossen hatte.

Nachdem eine Stunde vergangen war und dann zwei, hatte er das Gefühl, dass der Wellengang sich beruhigt und der Sturm nachgelassen hatte. Aber er brachte nicht die Kraft auf, sich hochzuziehen und nachzuschauen. Sein Bein war gebrochen, so viel war sicher. Und hinzu kamen noch andere Verletzungen am ganzen Körper. Höchstwahrscheinlich hatte er eine Menge Blut verloren und war wegen des Schluckens von Salzwasser dehydriert. Zunehmend wurde er schwächer.

Er versuchte sich auf seine Familie zu konzentrieren. Das würde ihm den Willen geben durchzuhalten. Seine Mutter wäre traumatisiert, wenn sie ihn verlieren würde. Das hielte sie nicht aus. Sein Bruder Cooper war wahrscheinlich schon in der Einsatzzentrale und verlangte außer sich vor Sorge, die Rettungsmission zu begleiten.

Cooper gehörte eine Fluggesellschaft, und er liebte es zu fliegen. Aber Düsenflugzeuge und Hubschrauber zu fliegen, waren zwei verschiedene Dinge. Doch wenn irgendjemand spontan die Bedienung eines Helikopters erlernen könnte, dann ist es Cooper, dachte Nick fast mit dem Anflug eines Lächelns.

Maverick war sicher schon auf seinem Stützpunkt. Obwohl er bereits aus der Air Force ausgeschieden war, würde ihn das nicht davon abhalten, in das Cockpit seiner geliebten F-18 zu springen, um seinen Bruder zu suchen. Er würde sich eine schnappen und sie ins Meer setzen, nur um zu Nick zu kommen. Verdammt, sein Bruder würde wahrscheinlich damit argumentieren, dass er es sich leisten konnte, dieses lächerlich teure Stück militärischer Ausrüstung zu ersetzen. Dieser Gedanke ließ Nick die aufgesprungenen Lippen zu einem kleinen Grinsen verziehen.

Und dann war da noch Ace. In seiner hilflosen Lage war Nick entschlossener denn je, seinen Bruder zu finden und die Unstimmigkeiten zu beseitigen. Er schwor sich, dass er wieder nach Hause kommen und Ace finden würde.

Mit den Namen, die uns die Eltern gegeben haben, ist es kein Wunder, dass wir letztendlich alle Piloten geworden sind, dachte Nick. Ihr Vater hatte sich fürs Fliegen begeistert, aber ihr Lieblingsonkel Sherman hatte es wirklich geliebt. Er war es gewesen, der die Jungs mit dem Pilotenvirus infiziert hatte.

Ihre Mutter machte sich wegen der gewählten Berufe Sorgen, aber sie war liebevoll und unterstützte ihre Söhne. Das würde sie auch noch tun, wenn Nick sicher nach Hause käme, gesund werden würde und wieder zur Arbeit ginge. Sie würde ihm niemals Schuldgefühle vermitteln, damit er den Job aufgab, der letztendlich sein Leben gerettet hatte.

Es war fast Ironie, dass ihn der Job bei der Küstenwache davor bewahrt hatte, einen dunklen Weg einzuschlagen, aber ihn jetzt vielleicht auch das Leben kostete. Aber das Wort *sicher* existierte nicht in seinem Sprachgebrauch. Das Leben war zu kurz, um nur zu existieren. Es war wert, gelebt zu werden.

Die Brüder hatten sich einst gegenseitig geschworen, dass sie niemals aufgeben würden, egal, wie gefährlich eine Situation auch war. Dieses Versprechen war es, das Nick an seinem schwindenden Leben festhalten ließ.

Er würde nicht aufgeben. Der Schmerz in seinem Körper war einfach nur eine Erinnerung daran, dass er immer noch am Leben war. Das war eine gute Gedächtnisstütze. War er wach? Nick wusste es nicht mehr. Aber als er ein schwaches Geräusch in der Ferne hörte, ein bekanntes Geräusch, gab sein Verstand auf, und er konnte sich nicht darauf konzentrieren. Er musste sich ausruhen. Ein kurzes Nickerchen würde nicht schaden …

***

In seinem Kopf drehte sich alles, als Nick sich zu bewegen versuchte und scheiterte. Er war verwirrt und versuchte sich zu erinnern, weshalb er Schmerzen hatte und wo er war.

Ohne Erfolg. Die ungewohnte Panik, die Nick langsam erfasste, gefiel ihm nicht. Er konnte sich noch nicht einmal daran erinnern, welcher Wochentag heute war und auch nicht, welcher Monat.

»Ich bin Captain Nick Armstrong, Hubschrauberpilot der US-Küstenwache«, sagte er laut, aber seine Stimme klang schwach und krächzend. Er war sich noch nicht einmal sicher, ob jemand, der in der Nähe war, die Worte überhaupt verstand.

Er öffnete den Mund, um noch einmal zu sprechen, aber das endete mit einem Hustenanfall und seinen Körper durchzuckenden krampfartigen Schmerzen. Die Augen schließend, versuchte er sich zu konzentrieren, versuchte, seinen benebelten Verstand zur Vernunft zu bringen.

»Alles wird gut. Halten Sie nur noch eine Weile durch. Dann sind Sie wieder okay.«

Nick klammerte sich an die Stimme, die durch einen langen Tunnel zu kommen schien. Die Worte hallten wider, und die blendende Sonne brannte durch seine geschlossenen Augenlider. Aber gerade als er den Kopf drehte, fiel ein Schatten über sein Gesicht, der ihn sofort vor dem brennenden Gefühl schützte.

Er schlug die Augen einen Spalt auf und rang nach Luft.

»Ich bin tot«, krächzte er und war sich wieder nicht sicher, ob die Worte tatsächlich aus seinem Mund kamen.

Ein leises Kichern klang in seinen Ohren wie Musik. Der Engel, der über ihm schwebte, hatte einen himmlischen Schein um sich herum, der seine äußere Erscheinung verzerrte. Seine besorgten Augen waren das Einzige, was Nick klar erkennen konnte. Er versuchte, dem Engel die Hand entgegenzustrecken, ihm zu sagen, dass es in Ordnung wäre, ihn heimzubringen, aber auch diese Anstrengung war zu viel für ihn.

Mit einem zittrigen Lächeln schloss er die Augen, und der Schmerz verflog.

KAPITEL 1

Der Wind blies frisch, als Nick auf der hinteren Veranda seines Hauses saß, wo ihn sein vor Schmerzen pochendes Knie dazu zwang, eine Pause einzulegen. Der in ihm brodelnde Frust war so stark wie die ans Ufer krachenden Wellen und die sich darüber unheilvoll auftürmenden Wolken. Das in der Luft liegende fulminante Gewitter schien sein Leben widerzuspiegeln.

Obwohl Nick zufrieden war, draußen sein zu können, wäre er viel glücklicher, wenn er durch den Regen und die Blitze laufen könnte, wenn nötig auch durch einen verdammten Hurrikan. Wenn er bloß länger als ein paar Minuten am Stück von dieser verdammten Veranda herunterkam.

Nick war begierig darauf, wieder arbeiten zu gehen, aber sein zerschmettertes Knie, der gebrochene Arm, die drei gebrochenen Rippen und die Gehirnerschütterung hatten seine Mobilität eingeschränkt. Die gesamte Situation war absolut unbefriedigend.

Nick warf von der Veranda seines Hauses aus Steine in das aufgewühlte Meer vor der Küste von San Juan Island, nicht weit von Seattle im Bundesstaat Washington entfernt. Frustriert seufzte er, denn das Meer schien so weit entfernt zu sein. Kopfschüttelnd schloss er die Augen und knurrte. Da er es nicht ändern konnte, dachte er zurück an die Zeit vor sechs Wochen. Es war fast so, als wäre er wieder zurück im Krankenhaus.

Völlig verwirrt hatte er versucht, sich zu orientieren. Die grellen Lichter hatten es ihm fast unmöglich gemacht, die Augen zu öffnen. Auch wenn er sie nur einen schmalen Spaltbreit aufmachte, schoss ein stechender Schmerz vom Kopf bis in die Zehen, also schloss er sie wieder.

Aber Nick war Pilot der Küstenwache. Vor Schmerzen hatte er keine Angst und garantiert auch nicht vor dem Tod. Er wusste, dass jede Mission seine letzte sein konnte. Aber das war ihm egal. Bereits beim ersten Schritt in das Personalbüro hatte er gewusst, auf was er sich mit seiner Unterschrift einließ.

Verschwommene Bilder der Crew, die ihn gerettet hatte, waberten durch seinen benommenen Verstand, aber egal, wie sehr er auch versuchte, sich zu konzentrieren, die Bilder wurden nicht klarer. Nachdem die Sanitäter ihn stabilisiert hatten, verschwamm die Welt wieder vor seinen Augen.

Zwei Wochen hatte er im Krankenhaus gelegen. Als Wunder hatten sie ihn bezeichnet, denn er war der einzige Überlebende. Seiner Meinung nach war das überhaupt kein Wunder. Und jetzt war Nick gelangweilt und verärgert. Das war keine gute Kombination bei ihm. In der Vergangenheit hatten ihn diese Gefühle auf Pfade geführt, die er am besten nie mehr betreten sollte. Sie hatten ihm Ärger eingebracht. Aber vielleicht war es genau das, wonach er jetzt suchte.

Immerhin fing er an, Fortschritte zu sehen. Seine Rippen schmerzten nicht mehr ganz so schlimm, und der Gips am Arm war entfernt worden. Obwohl der Arm noch empfindlich war, hatte Nick kein Erbarmen mit seinem Körper. Gewichte stemmte er meistens im Sitzen, den Swimmingpool in seinem Haus hatte er mit besonderen Gerätschaften ausgestattet, und die obere Hälfte seines Körpers trieb er erbarmungslos an. Die untere Hälfte reagierte nicht so gut, wie er es sich gewünscht hätte. Er hatte bereits drei Physiotherapeuten verschlissen, die praktisch alle schreiend aus dem Haus gelaufen waren. Aber Nick suchte beim Training immer den maximalen Schmerzpunkt, der ihn daran erinnerte, dass er absolut lebendig war.

Er brauchte seine erzwungene Beurlaubung nicht länger als notwendig auszudehnen.

Nicht nur sein geschwächter Körper machte Nick zu schaffen, er hatte auch Schlafprobleme. Albträume von seinen verlorenen Crewmitgliedern suchten ihn heim, sobald er die Augen schloss. Deshalb forderte er sich noch mehr. Vielleicht brauchte er nur etwas anderes, womit sich sein Verstand beschäftigen konnte. Seine Brüder waren absolut dieser Meinung. Sie versicherten ihm immer wieder, dass sein Knie zwar gebrochen sei, aber keineswegs der Rest von ihm.

Sie wollten, dass er die Wut losließ und wieder zu leben begann. Nick wusste nicht genau, wie er das ohne seinen Job tun sollte. Die Küstenwache war eine Berufung und kein Arbeitgeber. Immer wieder hatten seine Brüder versucht, ihm klarzumachen, dass er den erzwungenen Urlaub genießen sollte und eine Frau brauchte. Nick spottete über sie, aber ihr Standpunkt war mehr als klar.

Er brauchte Sex, und zwar viel. Sex war Therapie, aber nicht unbedingt die Antwort auf alles. Dieser Gedanke ließ ihn laut auflachen. Vielleicht war das ein zu voreiliger Gedanke gewesen. Eigentlich schien Sex verdammt viel zu heilen.

Es war früh am Morgen, und das Gewitter gewann an Intensität. Die sintflutartigen Regenfälle hatten noch nicht begonnen, aber es würde nicht mehr lange dauern. Nick hoffte, dass die Blitze genau über ihm zucken und die Fenster seines Hauses vom Krachen des Donners beben würden. Es gab fast nichts Besseres als ein gutes küstennahes Gewitter. Natürlich bedeutete es, dass er diejenigen retten musste, die dumm genug waren, immer noch auf dem unbarmherzigen Meer unterwegs zu sein.

Bald, schwor er sich. Sehr bald. Dann holte er tief Luft, inhalierte den süßen Duft des Gewitters und wandte sich vom zunehmend aggressiver werdenden Meer ab. Es war für ihn nur deprimierend, dass er nicht auf der Suche nach verlorenen Schiffen über die hohen Wellen fliegen konnte.

»Bist du fertig damit, dich hier draußen selbst zu bemitleiden?« Die süße Stimme von Stormy, der Frau seines Bruders, ließ seine finstere Miene tatsächlich verschwinden.

»Meinst du nicht, dass ich ein bisschen Selbstmitleid verdiene?«, konterte er, als er sich umdrehte und Stormy ein charmantestes Lächeln schenkte.

Nick kam nicht umhin, festzustellen, dass die Frau seines Bruders genauso schön war wie immer. Ein Schimmer lag auf ihren Wangen, und die Mundwinkel hatte sie zu einem warmen Lächeln hochgezogen. Wenn Nick nicht dermaßen entschlossen wäre, sich so ausgiebig wie möglich die Hörner abzustoßen, dann hoffte er, eine Frau wie sie zu finden. Aber da sie bereits vergeben war, musste er als einsamer Wolf umherstreifen.

»Ich glaube, die Mitleidszeit ist vorbei. Du kannst total nerven, Nick, aber du bist auch ein großartiger Mann. Deine Brüder wollen mit dir reden, also beweg deinen Hintern rein.« Stormy hielt die Verandatür auf.

Nick setzte einen herzergreifenden Gesichtsausdruck auf. »Kannst du mir nicht behilflich sein?«, fragte er und wackelte mit den Augenbrauen.

»Du bist absolut hoffnungslos«, entgegnete sie mit einem Lachen, kam aber zu ihm und beugte sich vor, um ihm aufzuhelfen. Nick kam eigentlich fast schneller im Rollstuhl voran, den er seit ein paar Wochen benutzte. Das war nicht der Punkt. Aber er hatte in den letzten sechs Wochen viel versäumt und wollte keine Rückschritte mehr.

Sobald Stormy die Arme um ihn gelegt hatte, griff er nach der Krücke, die an seinem Stuhl lehnte, und stützte sich mit dem anderen Arm auf Stormy, bis sie im Haus waren. Sein Knie tat höllisch weh. Stormy führte ihn zum Rollstuhl.

»Setz dich!«, kommandierte sie. Er wollte sich weigern, aber am Tag zuvor hatte er sich zu viel zugemutet und wusste, dass sie recht hatte.

Er ließ sich in den Rollstuhl fallen und bedachte sie dabei mit einem mürrischen Blick. Nur um seine Männlichkeit zu beweisen, griff er mit dem unverletzten Arm nach ihr und zog sie zu sich, sodass sie auf seinem Schoß landete. Sein Knie war durch die Stützbandage gut geschützt und nur seine Oberschenkel bekamen den Aufprall ab. Trotzdem durchfuhr ihn ein leichter Schmerz, aber er ignorierte ihn und küsste Stormy auf die Stirn.

»Danke, meine Schöne«, sagte er und kicherte, als sie verächtlich schnaubte und schnell wieder auf die Füße sprang.

»Nick Armstrong, du wirst dir wehtun«, schimpfte sie und strich ihre Kleidung glatt. Er lachte und zuckte mit den Schultern.

»Entschuldige, ich konnte nicht widerstehen.« Nick zwinkerte ihr zu.

»Wenn du endlich zur Ruhe kommen und eine nette Frau finden würdest, die dir auf die Finger schaut, wärst du nicht so nervtötend«, schimpfte Stormy mit einem Lächeln.

»Das täte ich gerne, wenn du zur Vernunft kommen und meinen Bruder verlassen würdest«, konterte Nick.

»Verlockendes Angebot«, gab Stormy mit einem Lachen zurück.

»Du hast meine Telefonnummer, Schätzchen.«

»Versuchst du schon wieder, mir meine Frau auszuspannen, Nick?«, fragte Cooper mit einem Knurren, als er das Wohnzimmer betrat und zur Küche ging. Nick rollte ihm hinterher, Stormy kicherte.

»Immer«, gestand Nick seinem älteren Bruder.

»Ich glaube, ich werde dir wieder im Boxring den Hintern versohlen müssen, um dir zu zeigen, wie wirkungsvoll das sein kann«, warnte ihn Cooper.

»Sobald ich wieder auf den Beinen bin.« Nicks Augen funkelten. Er wäre gerne zurück im Ring. »Aber wenn ich es mir recht überlege, könnte ich dir auch sitzend in den Arsch treten.«

»Dann lasse ich euch Jungs das mal austragen. Frauen mögen es, wenn man um sie kämpft.« Stormy gab Cooper einen Kuss und tätschelte Nicks Arm. Es war, als würde es ein wenig dunkler im Zimmer werden, als sie ging.

»Du hast wirklich Glück, Coop«, sagte Nick zu seinem Bruder, als nur noch Stormys Duft im Raum wahrzunehmen war.

»Das weiß ich, kleiner Bruder.« Cooper lächelte, als er den Kühlschrank öffnete und ein wenig verloren den Inhalt betrachtete.

»Geh aus dem Weg, Coop. Auch verletzt koche ich noch besser als du!«, rief Nick lachend, rollte zum Kühlschrank und stieß Cooper beiseite. Er überflog die Fächer und holte ein paar Sachen heraus. Cooper setzte sich.

»Ich sehe, ihr habt schon wieder ohne mich angefangen.« Maverick kam in die Küche, schaltete den Herd ein und holte eine Pfanne heraus, während er die Lebensmittel betrachtete, die Nick ausgewählt hatte.

»Ich hab sogar vergessen, dass du hier bist«, gab Nick zu.

»Mich vergisst man aber nicht so leicht«, wehrte sich Mav augenzwinkernd. »Da brauchst du nur meine *sehr* zufriedene Frau zu fragen.«

»Erspar uns das«, schaltete sich Cooper schmunzelnd ein.

»Also heute Morgen, als ich fertig war …«

»Hör auf!«, riefen Nick und Cooper gleichzeitig. Maverick brach in Gelächter aus und goss Öl in die Pfanne.

»Na gut. Ich will euch ja nicht in Verlegenheit bringen, indem ich euch eure eigenen Unzulänglichkeiten vor Augen halte«, stichelte Mav.

»Wunder gibt es immer wieder.« Nick verdrehte die Augen.

Plötzlich wurde Mav ganz ernst. »Ja, das stimmt. Und du bist der beste Beweis dafür.«

Die Brüder zogen sich ständig gegenseitig auf und hatten sich auch schon ziemlich oft geprügelt, aber wenn es darauf ankam, waren sie eine Familie. Nicht nur, weil sie hineingeboren worden waren, sondern weil sie Freunde waren, die füreinander sterben würden. Nick spürte, wie es ihm die Kehle zuschnürte, und er räusperte sich, um seine Gefühle zu verbergen.

»Jetzt werdet mal meinetwegen nicht rührselig. Ich bin nicht verheiratet wie ihr beiden Idioten, deshalb brauche ich nicht meine weibliche Seite hervorzukehren«, gab Nick mit einem Lachen zurück, um den peinlichen Moment zu überspielen.

»An so etwas denke ich noch nicht mal.« Mav grinste.

»Du siehst wirklich schon besser aus«, befand Cooper.

Mav schob Nicks Rollstuhl beiseite, warf Steaks in die Pfanne und fing dann an, Gemüse zu schnippeln. Nick beschloss, sich zurückzuziehen. Im Sitzen war es sowieso schwierig, sich nützlich zu machen.

»Ich werde von Tag zu Tag kräftiger. Mein Arm und meine Rippen sind so gut wie neu, und mit den Krücken kann ich auch immer längere Strecken bewältigen. Bald werde ich wieder zur Arbeit gehen«, prahlte Nick.

»Soll ich den Arm mal für dich testen?«, fragte Cooper demonstrativ.

Nick warf ihm einen wütenden Blick zu. Die Worte rechtfertigten keine Antwort.

»Na ja, einen Schlag auf den Arm oder in die Rippen würde ich jetzt nicht riskieren wollen, aber das bedeutet ja wohl nicht, dass ich nicht fliegen kann«, konterte Nick.

»Du weißt genau, dass du eine Menge mehr machst als nur fliegen«, erwiderte Cooper.

»Das versuche ich jedenfalls«, gab Nick zu.

»Dein Commander kennt dich jedenfalls gut genug, um zu wissen, dass der Innendienst nichts für dich ist. Sherman schickt einen neuen Physiotherapeuten vorbei. Wenn du dich dieses Mal benimmst, schaffst du es vielleicht, dein Knie zu stärken. Und dann kannst du zu ein paar Dates gehen, bevor du wieder verlorene Seelen auf See einsammelst«, scherzte Mav.

Nick starrte seine beiden Brüder an. »Ich brauche keine Therapie- oder Datingratschläge«, warnte er sie.

Aber in Wahrheit brauchte er wahrscheinlich auf beiden Gebieten Hilfe. Irgendetwas fehlte in seinem Leben. Er war sicher, dass er dieses Gefühl nur hatte, weil er nicht arbeiten konnte und sich nicht wirklich von seiner Crew hatte verabschieden können.

Seine Co-Pilotin Gail hatte eine sechsjährige Tochter, die jetzt ohne Mutter aufwachsen musste. Als ihr Mann ihn im Krankenhaus besucht hatte, war Nick beschämt gewesen, als er eine Träne auf der Wange gespürt hatte. Gails starker Mann hatte Nick eine Hand auf die Schulter gelegt und gesagt, dass Gail gewollt hätte, dass er überlebt. Er hatte gewusst, dass Nick nicht sprechen konnte, und war gegangen. Nick hatte dagelegen und versucht, nicht völlig die Fassung zu verlieren.

Sein junger Sanitäter John Francis war erst seit sechs Monaten bei ihnen gewesen und so glücklich, Mitglied der Küstenwache sein zu dürfen. Er war viel zu jung zum Sterben gewesen, und das Leben seiner Eltern seit seinem Tod war nicht mehr dasselbe. Heimlich hatte Nick seine Beerdigung bezahlt und einen Fonds für die Eltern gegründet, deren Sohn sich um sie gekümmert hatte. Ohne ihn waren sie verloren.

Und dann hatte es noch den Rettungsschwimmer Pat gegeben, der so verdammt tapfer gewesen war. Ohne auf das eigene Risiko zu achten, war er immer ins Wasser gesprungen. Ständig hatte er Witze gerissen und den Rest der Crew über die Kopfhörer mit schwachsinnigen Songs gequält.

Sie waren alle nicht mehr da, und Nick lebte. *Das war nicht richtig.*

Nick fiel auf, dass seine Brüder die Unterhaltung unterbrochen hatten und ihn anstarrten, während er über seine Crew nachgedacht hatte.

»Was ist?«, fragte er mürrisch.

»Wir wollen keine Arschlöcher sein, sondern dir nur helfen«, sagte Cooper und sah Nick viel zu verständnisvoll an. Der schüttelte den Kopf und bedachte jeden seiner Brüder mit einem Blick, der besagte, dass sie aufhören sollten, sich einzumischen.

»Seitdem Mav und du verheiratet seid, piesackt ihr mich wie verrückt, ich solle das Gleiche tun. Aber ich bin vollkommen zufrieden damit, Single zu sein«, ließ Nick seine Brüder wissen.

Cooper sah aus, als wollte er ihn weiter bedrängen, aber dann seufzte er und lehnte sich zurück. Mav kochte weiter, aber Nick entging nicht der Blick, den sich die beiden Brüder zuwarfen. Irgendetwas gab es da, über das sie ihn nicht informieren wollten. Er war sofort alarmiert.

Mav stellte den Herd aus und verteilte das Mittagessen auf Tellern. Dann setzten sich alle an den Tisch, und Nick wartete darauf, dass seine Brüder etwas sagten. Sie taten es jedoch nicht, und er verlor die Geduld.

»Was ist los, Jungs? Ich weiß, dass es nicht das Fehlen von Dates in meinem Leben ist«, bohrte Nick nach. Mav und Cooper schauten sich an, und Nick wurde zunehmend frustrierter. »Ich war verletzt, ich bin nicht tot, und ich brauche nicht geschont zu werden. Was auch immer passiert ist, lasst mich nicht außen vor.«

»Es geht um Ace.« Cooper seufzte.

Nick setzte sich auf. Ihr Bruder hatte vor Jahren die Eröffnung des Testaments ihres Vaters verlassen. Er war verärgert gewesen, und die Zeit hatte es nur noch schlimmer gemacht. Sie hatten alle versucht, Ace die Hand entgegenzustrecken, aber er war nur ein paarmal aufgetaucht, und das waren keine glücklichen Wiedersehenstreffen gewesen.

»Was gibt's Neues?«, fragte Nick.

»Er ist zurück in den Staaten«, berichtete Cooper.

Nick schwieg eine Weile. Er nahm ein paar Bissen, schmeckte nichts und aß automatisch, während sich in seinem Kopf alles drehte.

»Was bedeutet das?«, fragte Nick schließlich.

»Er ist seit sechs Wochen zurück und lebt in Montana. Ich versuche mehr Informationen zu bekommen, aber ich verstehe nicht, weshalb er nicht versucht, mit uns Kontakt aufzunehmen. Er folgt noch nicht mal mehr den Bestimmungen des Testaments.«

Das war ein weiterer Streitpunkt zwischen den Brüdern. Ihr Vater hatte ihnen allen bei seinem Tod Ultimaten gestellt. Die vier Brüder hatten ihrer Mutter mitgeteilt, dass sie sie nicht einhalten würden, aber dann war alles anders gekommen. Ob sie wollten oder nicht, sie taten genau das, was ihr Vater mit seinen letzten Worten verlangt hatte, nämlich einen seriöseren Lebensstil führen, sich häuslich niederlassen und erwachsen werden. Cooper und Maverick hatten geheiratet, wie es ihr Vater gewollt hatte. Nick und Ace waren die einzigen Verweigerer, wobei Nick nicht wegen des Testaments unverheiratet war. Der Gedanke, nur mit einer einzigen Frau zu leben, trieb ihm den kalten Schweiß auf die Stirn. Seine Brüder stellten den Ehestand scheinbar verlockend dar, aber Nick kam immer wieder auf den Teil zurück, der besagte, dass er nur *eine* Frau für den Rest seines Lebens haben würde. Verdammt! Das war, als würde er sich selbst Fesseln anlegen.

»Sollen wir zu ihm fahren?«, fragte Nick und beschloss, sich nicht mehr auf das Eheglück zu konzentrieren, als unbedingt nötig war.

Diesmal schwieg Cooper. Er schob den Teller von sich und konnte nicht einmal vorgeben, sich aus dem Essen noch etwas zu machen. Er war der Älteste der Brüder und fühlte sich deshalb immer gezwungen, die Hauptverantwortung zu übernehmen.

»Ich glaube, das müssen wir, aber lasst uns zuerst noch mehr Informationen einholen. Es kann sein, dass er in dunkle Geschäfte verwickelt ist.« Cooper seufzte traurig.

»Warum müssen es dunkle Geschäfte sein?«, fragte Nick.

»Weil er uns gemieden hat. Und jetzt finden wir heraus, dass er wieder zurück in den Staaten ist und nichts mit uns zu tun haben will. Wir bekommen ihn überhaupt nicht mehr zu Gesicht. Ich finde, das sieht nach Scham aus«, erklärte Cooper.

»Wir haben aber nicht genug Informationen, um davon auszugehen«, insistierte Nick. Warum war er der Einzige, der Ace verteidigte?

»Ich habe alle Beziehungen spielen lassen, die ich habe, und dennoch komme ich nicht weiter«, sagte Mav. »Es ist nicht so, dass ich das Schlimmste annehmen will, aber er lässt uns einfach keine Wahl mehr.«

Nick schüttelte den Kopf. »Auf keinen Fall. Mir ist egal, was er in den letzten Jahren gemacht hat. Er ist immer noch Ace, und er würde niemals etwas Illegales tun.«

Nick und Ace hatten sich immer nahegestanden. Er musste einfach Vertrauen in seinen Bruder haben, wenn es der Rest der Familie verloren hatte. Vielleicht sollte er heimlich nachforschen, was los war, das heißt, wenn er wieder laufen konnte.

»Es gibt keine offizielle Ermittlung«, fuhr Cooper fort. »Ich habe mir das nur von einigen Dingen, die ich von Ermittlern gehört habe, zusammengereimt. Er taucht noch nicht einmal im System auf.«

»Das ergibt doch keinen Sinn«, meldete sich Mav erneut zu Wort. »Jeder hinterlässt eine Datenspur, ob er nun will oder nicht.«

»Ich erzähle euch nur, was ich herausgefunden habe«, beharrte Cooper und hielt die Hände hoch.

»Und was sagt Onkel Sherman dazu?«, hakte Nick nach.

»Wir sollen Vertrauen in unseren Bruder haben«, erwiderte Mav.

»Dann sollten wir vielleicht genau das tun«, schlug Nick mit unwirscher Stimme vor. »Ich sage nur, dass mehr dahinterstecken muss. Er ist unser Bruder, und ich ziehe es vor zu glauben, dass er immer noch er selbst ist, auch wenn er ein bisschen vom Weg abgekommen ist. Das sind wir alle, und jetzt geht es uns gut. Lasst uns das gleiche Vertrauen in ihn haben.«

»Das möchte ich ja, wirklich, aber es ist so viel Zeit vergangen. Ich weiß einfach nicht, was ich denken soll«, sagte Cooper.

»Wir halten zusammen, egal, was passiert«, meinte Nick. Das war seine unmissverständliche Meinung.

Cooper schüttelte den Kopf. »Wir können aber nichts Illegales unterstützen.«

»Das schlage ich doch gar nicht vor«, blaffte Nick. »Ich sage nur, es muss einen Grund dahinter geben. Ich werde selbst Nachforschungen anstellen.«

»Lasst uns erst mal mit Sherman reden, und dann sehen wir weiter«, schlug Cooper vor.

Nick ärgerte es, wie logisch Cooper vorging. Wenn es um die Familie ging, war nicht immer alles schwarz und weiß. Vielleicht war es an der Zeit, dass Ace sich nicht mehr versteckte und wegen was auch immer um Hilfe bat. Hatte er das Vertrauen in seine Familie verloren? Wenn ja, mussten sie einen Weg finden, dieses Vertrauen wiederherzustellen.

»Tut mir leid, dass wir dich verärgert haben«, räumte Cooper ein.

»Ja, wir wissen, wie empfindlich du bist«, fügte Mav hinzu.

Nick starrte sie beide an. Er war zwar verletzt, aber nicht dumm.

»Hört auf, mich anders zu behandeln! Das nervt mich. Natürlich bin ich verärgert. Ace ist unser Bruder!«, beteuerte Nick.

»Keiner von uns gibt ihn auf«, versicherte Cooper seinem Bruder.

Nick wusste das. Die Wut verrauchte, und er ließ die Schultern hängen. Dann lächelte er seine Brüder an. Cooper und Mav nickten beide. Nick stieß sich vom Tisch ab und rollte hinüber zu den großen Fenstern. Er schaute auf das aufgewühlte Meer und die Blitze am Himmel, aber seine vorherige Begeisterung für das Gewitter war verflogen.

Es war bereits ein langer Tag gewesen und erst Mittag. Sicher würde es eine Weile dauern, bis die aus allen Richtungen kommenden Nackenschläge aufhörten. Vorerst musste Nick einfach nur lernen, die Dinge so zu nehmen, wie sie kamen.

KAPITEL 2

Chloe Reynolds ging die Treppe zu dem riesigen Haus auf San Juan Island hinauf. Sie war nicht froh darüber, dazu gedrängt worden zu sein, den Job beim reichen, arroganten Helikopterpiloten der US-Küstenwache anzunehmen, aber sie hatte keine andere Wahl gehabt.

Es ging nicht nur um den Job. Chloe wusste eine Menge mehr über Nick Armstrong, als ihr lieb war. Er war genauso ein Scheusal wie seine ganze Familie. Dennoch lächelte Chloe, als sie vor der Haustür tief Luft holte, um sich zu beruhigen. Sie konnte ein freundliches Gesicht machen, ihren Job erledigen und entscheidend dabei mitwirken, dass er für seine Taten bezahlte.

Ihrer Erfahrung als examinierte Krankenschwester und anerkannte Physiotherapeutin hatte sie es zu verdanken, dass sie Zugang zu seinem Haus bekam. Da sie Profi war, würde sie ihren Job tun, und zwar gut. Aber das würde sie nicht davon abhalten, ihre andere Mission zu erfüllen.

Nick Armstrong würde für seine Tat bezahlen. Dieser Gedanke zauberte ein Lächeln auf ihre vollen pinkfarbenen Lippen, als sie die blonden Haarsträhnen zurückstrich und einen Schritt nach vorn machte. Die Tür wurde geöffnet, noch bevor sie die Hand hob, um anzuklopfen, und dann starrte sie Nick Armstrong an, den Mann, gegen den sie inoffiziell ermitteln sollte. Ihr wurde flau im Magen, und ihre Muskeln zuckten. So viele Emotionen schossen durch sie hindurch, dass sie nicht sicher war, ob sie ihm tatsächlich helfen konnte, wieder gesund zu werden, wo sie doch wusste, was er getan hatte. Aber jetzt war es zu spät, einen Rückzieher zu machen.

»Kann ich Ihnen helfen?« Bei dem tiefen Klang seiner Stimme verkrampfte sich Chloes Magen. Das fing überhaupt nicht gut an. Zuerst ihre Selbstzweifel, und jetzt stand sie ihm gegenüber und spürte etwas, das sie ganz sicher nicht fühlen wollte.

»Ich bin …« Chloe verschluckte den Rest des Satzes, als sie einen Schritt nach vorn machte und auf einem nassen Blatt ausrutschte. Sie versuchte ihr Gleichgewicht wiederzufinden, aber plötzlich taumelte sie. Nicks Arme schossen vor, und Chloe wusste nicht, ob er ihr helfen oder sie wegstoßen wollte.

Nach Luft schnappend, landete Chloe auf Nicks Schoß. Seinem Gesicht so unangenehm nahe, bemerkte sie kurz einen großen Schmerz in seinem Blick. Während sie von seinen starken Armen umschlungen wurde, entging ihr nicht die Mischung von Gefühlen, die sich in seinem Gesicht spiegelte.

Chloe wusste, dass sie ihn eigentlich auffordern musste, sie loszulassen, dass sie aufspringen, sich ausgiebig entschuldigen und wie von der Tarantel gestochen in die andere Richtung davonrennen sollte. Alles wäre besser, als schlaff in den Armen des Feindes zu liegen. Seine Arme verstärkten den Druck, und Chloe spürte ein Kribbeln im Bauch, das sie erschreckte. Das hier war viel intensiver als der Aufruhr, den sie gerade vor einigen Augenblicken gespürt hatte, als sie sich gegenseitig angestarrt hatten.

Neben der Tatsache, dass dieser Mann ihr Feind war, bereits gewesen war, bevor sie ihn getroffen hatte, war sie normalerweise kein Dummchen, das sich in die Arme beliebiger Männer warf. Aber ihre Reaktion auf gerade *diesen* Mann brachte sie völlig aus dem Gleichgewicht.

Mit feurigem Blick musterte er sie. Chloe rutschte auf seinem Schoß herum und fragte sich, was in aller Welt sie nach ihrem bemerkenswerten Auftritt sagen sollte. Er lächelte, und ihr verschlug es den Atem. Hatte ihr Herz gerade einen Schlag ausgesetzt?

Quatsch!

Nick Armstrong sah einfach für das natürliche Wohlbefinden aller Frauen, die sich innerhalb eines Radius von hundert Metern zu ihm befanden, viel zu gut aus. Er hatte dunkles Haar, funkelnde grüne Augen und die Lippen so dreist verzogen, dass sich Chloe am liebsten vorgebeugt und ihn geküsst hätte. Natürlich wusste sie das alles bereits, denn sie hatte sich schon eine Zeit lang mit der Familie Armstrong beschäftigt.

Wieder verstärkte Nick den Druck seiner Arme um Chloe, und ihr Magen schlug Purzelbäume. Unerwartete Gefühle schossen durch ihren Körper. Sie holte Luft, und schon war sie völlig benebelt von Nicks Duft. Chloe ertappte sich dabei, wie sie sich an seinem Hemd festklammerte und sich ein bisschen enger an ihn drückte.

Schockiert über ihr eigenes Tun, erstarrte sie. Sie hätte ihr Stolpern verhindern können, wenn sie vorsichtiger gewesen wäre, aber es war nun einmal passiert. Aber ihre darauffolgende Reaktion auf diesen Mann, den sie eigentlich mit jeder Faser ihres Körpers hassen sollte, war unverzeihbar.

Töricht, töricht, töricht.

Für diesen Fehler hätte sie sich am liebsten selbst in den Hintern getreten. Sie würde ihre Selbstverachtung höchstwahrscheinlich erst dann fortsetzen können, wenn sie sich aus seinen Armen befreit hatte. Was tat sie eigentlich? Wenn das ein Spiel mit dem Feuer war, dann war sie mit beiden Füßen hineingesprungen und verbrannte sich gerade. Sie hob eine Augenbraue, als Nicks Kopf sich ihrem zu nähern begann. Für einen Augenblick wollte sie den Kuss, den er ihr anscheinend geben wollte. Doch dann setzte glücklicherweise ihr Verstand wieder ein. Der Schock des Augenblicks ließ ihr Herz rasen und ihren Magen einen kleinen Tanz vollführen.

»Lassen Sie mich los!«, forderte Chloe, aber ihre Stimme klang so piepsig, dass sie keine richtige Wirkung zeigte.

Nick hielt inne, sah aber nicht verärgert, sondern eher überrascht aus. Vielleicht hatte er sein eigenes Tun nicht durchdacht und impulsiv gehandelt. Er blinzelte, als er sie anstarrte. Außer einer kurzen Begrüßung und Chloes Bitte, sie loszulassen, waren keine Worte gewechselt worden. Chloe versuchte, sich ihm zu entziehen, bewegte sich und spürte genau in dem Moment, wie sich eine Wölbung gegen ihren Oberschenkel drückte.

Sie erstarrte noch mehr und wusste, dass sie schnellstens aufstehen musste. Als sie mit den Händen gegen seine Brust drückte, lockerte er endlich den Griff, und sie kam taumelnd wieder auf die Füße.

Chloe wischte sich mit der Hand Nässe aus dem Gesicht. Ihr wurde bewusst, dass es während dieser unwirklichen Begegnung wieder angefangen hatte zu regnen. Warum um alles in der Welt starrten sie sich nur an, während das Gewitter an Intensität zunahm? Ein Blitz zuckte über den Himmel, schnell gefolgt von Donnergrollen, und Chloe machte vor Schreck einen Satz.

Sie machte einen Schritt zurück und war sich nicht sicher, was sie tun sollte. Flucht kam ihr in den Sinn, aber die wurde durch seinen Griff um ihren Arm vereitelt. Die Berührung führte dazu, dass ihr Körper von einer weiteren Hitzewoge erfasst wurde.

Das war überhaupt nicht gut.

»Ich nehme an, Sie sind aus einem bestimmten Grund hier«, sagte er und zog sie wieder zu sich. Er hatte den Blick nach oben gerichtet, während er darauf wartete, dass sie sich vorstellte.

Sosehr Chloe auch davonrennen wollte, wusste sie, dass ihr nervlicher Zustand nur eine Reaktion auf die außergewöhnliche Situation war. Sie war hier wegen eines Jobs, und sie ging nirgendwohin. Also setzte sie ihre professionelle Miene auf, schaute auf ihn herab und versuchte sich erfolglos aus seinem Griff zu befreien. Ihre unnahbare Haltung hatte schon viele Männer mit eingezogenem Schwanz den Rückzug antreten lassen. Mit Nick Armstrong kam sie ebenfalls klar. Kein Problem! Früh entwickelt, hatte sie seit dem Alter von dreizehn Jahren Männer von sich gestoßen. Männer, die aussahen wie Nick, wollten eine Sache, und die war Chloe nicht gewillt anzubieten.

»Ja, tut mir leid. Der Sturz hat mich erschreckt. Das ist alles«, begann sie und setzte ihr professionellstes Rühr-mich-nicht-an-Lächeln auf, das bisher immer seine Wirkung getan hatte. »Ich bin Chloe Reynolds, Ihre Physiotherapeutin«, stellte sie sich vor und zog wieder an ihrem Arm.

Er ließ sie nicht los, sah sie aber auch nicht böse an, wie sie gehofft hatte. Wenn er verärgert gewesen wäre, hätte er das Interesse verloren, aber stattdessen schien ihn ihre Reaktion zu amüsieren. Ein prächtiges Lächeln hob seine Mundwinkel, und Regentropfen liefen ihr über die Wangen, was Chloe an verschlungene, schwitzende, nackte Körper denken ließ.

Sie war schockiert darüber, wohin ihr Verstand abgedriftet war. Noch *nie* hatte sie an so etwas gedacht. Sie war mit ihrer beruflichen Karriere und ihrer Familie beschäftigt, zwei

Dinge, die diesen Mann nichts angingen. Sie hatte keine Zeit für Männer und für Sex schon gar nicht. Weshalb dachte sie dann daran bei diesem speziellen Mann?

»Sie sehen um einiges besser aus als die letzten Therapeuten, die man auf mich gehetzt hatte«, stellte er fest. Unerwarteterweise ließ sie dieses Kompliment ein klein wenig erröten.

»Lassen Sie das. Ich bin wegen meiner Qualifikationen hier«, blaffte Chloe ihn an.

Sein Lächeln wurde noch breiter. »Onkel Sherman hat Sie hergeschickt, oder?« Sein Blick blieb auf ihren gerichtet.

»Ja, Sherman Armstrong hat mich für sechs Wochen häuslicher Intensivpflege eingestellt. Er sagte, Sie wollten unbedingt wieder zurück zur Arbeit und seien ein absolut schrecklicher Patient. Das waren seine Worte, nicht meine – und wenn ich durchhalte, bekomme ich dreifaches Gehalt.«

Sie konnte ihm gleich einmal klarmachen, dass es hier nur um die Arbeit ging. Es war mehr als offensichtlich, dass sich der Mann von ihr angezogen fühlte, was sie eigentlich wütend und nicht leicht benommen machen sollte. Es war besser, ihn wissen zu lassen, dass nichts Unprofessionelles geschehen würde. Jedenfalls nichts sexy Unprofessionelles ... Dafür war sie nicht hier.

»Hmm, hört sich richtig an«, sagte Nick. »Natürlich war das kein sehr guter Start für Sie. Ich bin verletzt, und Sie sind in meinen Schoß gestürzt.« Das Lächeln in seiner Stimme ließ jegliches Mitleid, das sie fast für ihn empfunden hätte, sofort vergehen.

»Dafür möchte ich mich entschuldigen. Lassen Sie mich nachschauen, ob mit Ihnen alles okay ist. Vielleicht können wir reingehen«, schlug Chloe vor. Der Regen wurde unter das Verandadach geweht, aber das schien Nick überhaupt nicht zu bemerken.

»Ja, natürlich. Kommen Sie bitte herein.«

Er fuhr fachmännisch mit seinem Rollstuhl zurück und streckte den Arm zu einer Willkommensgeste aus. Nur ungern folgte sie ihm in das riesige Haus. Keiner braucht so viel Platz, dachte sie, als sie die breiten Flure und modernen Möbel sah. Es schien, als wären einige umgestellt worden, damit er mit dem Rollstuhl besser manövrieren konnte.

Obwohl die Zimmer offen und groß waren, hatte Chloe das Gefühl, als würden die Wände immer näher kommen. Nick in einem Rollstuhl war eine ernst zu nehmende Größe. Sie konnte sich nicht vorstellen, wie er bei voller Gesundheit war. Bis dahin wäre er aber hinter Gittern, und das war gut so.

»Sie gehören also in den nächsten sechs Wochen ganz alleine mir«, sagte Nick, und Chloe schnellte herum, um sogleich festzustellen, dass er ihr viel zu nahe war. Sie musste sein Flirten sofort im Keim ersticken.

»Ich bin nicht interessiert«, stellte sie mit äußerst streng klingender Stimme klar und schaute ihn verächtlich an.

Überhaupt nicht von ihrer Bemerkung eingeschüchtert, wurde Nicks Grinsen immer breiter, während er sie anstarrte. Wieder verspürte Chloe den Drang, den Rückzug anzutreten. Verdammt! Das lief in die völlig falsche Richtung.

»Wissen Sie was, Chloe Reynolds, ich glaube, ich mag Sie.« Nicks Augen verdunkelten sich, und er schob die Brust kaum merklich vor. Obwohl er sie auf eine Art und Weise berührte, die sie nicht guthieß, würde sie sich lieber vom Hochhaus stürzen, als es zuzugeben.

»Sie kennen mich doch gar nicht«, gab sie zurück.

»Vielleicht möchte ich das nachholen.« Nick zwinkerte ihr zu.

Ein Schaudern erfasste sie, und sie warf ihm einen äußerst strengen Blick zu. Doch er sah nicht, wie beabsichtigt, beschämt aus. Eigentlich schien er nicht im Geringsten befremdet zu sein. Obwohl ihre Scharfzüngigkeit nicht zu überbieten war, schien ihn das nicht zu stören. Es sah so aus, als wäre ein bestimmter Teil seines Körpers beim Absturz nicht verletzt worden.

»Habe ich Ihnen auch nur den geringsten Anlass dazu gegeben, anzunehmen, dass ich das möchte?«, fragte Chloe und klang wie eine Bibliothekarin.

Nick blinzelte noch nicht einmal.

»Vielleicht.«

»Lassen Sie mich in Ruhe. Ich bin hier wegen eines Jobs, und zwar ohne Flirten.«

»Vielleicht sollten Sie sich ein bisschen locker machen und das Leben genießen«, schlug er vor.

Chloe drückte das Kreuz durch und versuchte, nicht die Kontrolle zu verlieren. Die letzte halbe Stunde war ermüdender gewesen, als sie sich je hätte vorstellen können. Es war Zeit für den Rückzug.

»Können Sie mir bitte einfach sagen, wo mein Zimmer ist?« Chloe entschied, dass es das Beste war, sein Flirten zu ignorieren, ihn dazu zu bekommen, sich ihr bezüglich des Absturzes zu öffnen und sich um seine Verletzungen zu kümmern. Vorher brauchte sie jedoch ein paar Minuten für sich selbst.

»Das werde ich Ihnen sogar persönlich zeigen.« Chloe entging nicht das Funkeln in seinen Augen. Sie wollte nicht, dass der Mann in die Nähe des Zimmers kam, in dem sie schlafen würde. Wie verrückt hatte sie sich dagegen gewehrt, im Haus zu wohnen, aber Sherman hatte darauf bestanden, weil die Therapie den ganzen Tag in Anspruch nehmen würde. Außerdem wollte er, dass jemand dort war, falls Nick nachts Probleme hatte.

Chloe hatte darauf hingewiesen, dass sie keine Krankenpflegerin sei, und natürlich hatte er sie darauf angesprochen, dass sie vor ihrem Entschluss, Physiotherapeutin zu werden, eine Ausbildung als Krankenschwester absolviert hatte. Das war auch der Zeitpunkt, an dem er ihr angeboten hatte, ihre Bezahlung zu verdreifachen, wenn sie gute Arbeit leistete. Und Chloe hatte aufgrund der Schulgebühren eine Menge Schulden, die sie mithilfe dieses Jobs würde begleichen können.

»Lassen Sie mich zuerst meinen Koffer holen«, erklärte sie, wirbelte herum und rannte aus der Tür. Klatschnass kam sie zu einem finster blickenden Nick zurück. Sie hatte keine Ahnung, was sie verbrochen hatte.

»Was ist los?«, fragte sie schließlich.

»Ich habe es satt, so eingeschränkt zu sein.« Nick schlug mit der Hand auf die Lehne des Rollstuhls.

»Was meinen Sie damit?« Sofort war Chloe in Sorge. Schließlich war sie in erster Linie Therapeutin.

»Noch nie habe ich einer Frau erlaubt, ihr Gepäck selbst zu tragen«, brummte er.

Seine Verärgerung ließ Chloe lächeln, was sie wiederum schockierte. Sie wollte an diesem Mann keine anziehenden Wesenszüge entdecken, konnte aber nichts dagegen tun.

»Ich bin sehr gut in der Lage, mein eigenes Gepäck zu tragen«, ließ sie ihn wissen.

Er nahm ihr den Griff des Koffers aus der Hand und zog das große Gepäckstück neben seinen Rollstuhl.

»Ab hier übernehme ich«, bestimmte er. »Obwohl ich ihn schon aus dem Auto geholt haben sollte.«

»Machen Sie sich nicht lächerlich, Nick.« Chloe versuchte, ihm den Koffer zu entreißen, aber Nick ließ nicht los. Sie starrten sich gegenseitig nieder, bis Chloe den Blickkontakt abbrach und wegschaute.

Mit anschwellendem Armmuskel stieß er das Rad seines Rollstuhls an, hielt diesen mit seinem gesunden Bein in der

Spur und hatte mit der anderen Hand den Griff des Koffers umfasst, den er neben sich herzog. Chloe folgte ihm langsam.

»Danke.« Das war aufrichtig gemeint. Es herrschte Stille, als Chloe versuchte, den Blick von ihm loszureißen. Das hier würde ein anstrengender Job werden. Da war sie sich sicher. Aber je eher sie fand, was sie brauchte, desto schneller würde sie von ihm wegkommen.

***

Nick war fast verlegen, als er Chloe durch das große Haus führte. Die Frau war wie ein Geschenk der Götter an seiner Tür aufgetaucht. Er wollte sich nicht beschweren. Selbst mit ihrer dreisten Art hatte er so viel Spaß wie schon lange nicht mehr.

Nur ein Blick in Chloe Reynolds Augen hatte es gebraucht, und er hatte eine Wärme gespürt, die seinen Herzschlag und Puls beschleunigte. Schon *ganz* viele Male war er auf Frauen abgefahren, aber noch nie war er dermaßen vom Blitz getroffen wie in dem Augenblick, als er die Tür geöffnet und sie davorgestanden hatte.

Das Knistern zwischen ihnen war unbestreitbar. Sie mochte so tun, als wäre er nicht da, aber das stachelte Nick nur noch mehr an, sie zum Nachgeben zu bringen. Sie war kontrolliert und stur in einem und somit eine Herausforderung.

Nick war ein selbstbewusster Mann, ob verletzt oder gesund, und er wusste ganz genau, wann ihn eine Frau attraktiv fand. Chloe tat das offenbar, ob sie es nun zugab oder nicht. Dadurch wurde das Katz-und-Maus-Spiel nur noch reizvoller.

Ohne seine Verletzung hätte er die Physiotherapeutin nie kennengelernt, was eine Schande gewesen wäre. Nick fand sie faszinierend. Es war schon eine Weile her, dass jemand sein Interesse so schnell geweckt hatte.

Chloe machte eine finstere Miene, als er sie den Flur entlangführte. War sie wirklich so distanziert, oder hing es mit ihm zusammen? Das konnte er sich eigentlich nicht vorstellen, denn er war ein toller Typ, und man konnte nicht sagen, dass ihn Frauen normalerweise beim ersten Anblick hassten. Und dann blieb Nick auch niemals so lange, dass sie ihre Meinung hätten ändern können.

»Sie haben ein großes Haus«, sagte Chloe, als sie um eine Ecke auf einen breiten Flur einbogen.

»Ich bin auch ein großer Junge.« Nick zwinkerte ihr zu, aber Chloe warf ihm einen finsteren Blick zu. Er hielt am Gästezimmer an, wollte aber nicht, dass sie schon darin verschwand, deshalb blockierte er mit seinem Rollstuhl die Tür und dachte angestrengt nach, was er noch sagen konnte.

»Warum sagen Sie mir nicht, was wir tun werden?«, fragte er.

Chloe brauchte einen Moment, um den Themenwechsel nachzuvollziehen, aber dann strahlte sie, und er merkte, dass er diesmal die richtige Richtung eingeschlagen hatte. Wenn er von ihrer Arbeit sprach, würde sie sich vielleicht öffnen. Er sprach ja auch sehr gerne über *seinen* Job.

»Ich bin examinierte Krankenschwester mit dem Fachgebiet Orthopädie und habe mich zusätzlich der Physiotherapie verschrieben, weil mich die Idee fasziniert hat, durch therapeutische Praktiken etwas zu kurieren, von dem die meisten Leute glauben, dass es durch eine Operation nicht geheilt werden kann. Ich habe mich mit Ihren Verletzungen beschäftigt, und Sie haben das meiste wieder gut hinbekommen. Mir wurde aber gesagt, dass Sie sich nicht ausreichend um Ihr Knie kümmern«, erklärte sie.

»Ich habe aber getan, was der Arzt mir gesagt hat«, betonte Nick.

Chloe warf ihm einen schiefen Blick zu. »Das glaube ich nicht. Ich weiß, dass der Arzt gesagt hat, Sie sollten Ihre

Krücken wenig benutzen, bis Sie Physiotherapie gehabt haben. Ihr Onkel sagt, dass Sie den Rollstuhl eher selten benutzen. Wenn Sie versuchen, es alleine zu schaffen, dann kann das zu einem dauerhaften Schaden führen. Damit ich meinen Job ordentlich machen kann, müssen Sie mir vertrauen *und* mir zuhören. Wenn Sie zu diesen beiden Dingen nicht bereit sind, dann hat es überhaupt keinen Sinn, dass ich hier bin«, verkündete Chloe mit ernstem Gesichtsausdruck.

Nick lachte, und sie schaute ihn mit zusammengekniffenen Augen an. Sofort hob er die Hand. Es war schon eine Weile her, dass er gelacht hatte, und er musste zugeben, dass es sich verdammt gut anfühlte.

»Ich werde alles tun, was Sie sagen, Schätzchen«, versprach er.

»Ich heiße Chloe«, wies sie ihn zurecht.

»Schätzchen gefällt mir aber besser.« Nick wackelte mit den Augenbrauen, und Chloe seufzte frustriert. Die Frau war viel zu leicht auf die Palme zu bringen, was Nick nur noch mehr anstachelte. Vielleicht war es Langeweile, vielleicht auch Begierde, aber was auch immer es war, er war froh, dass seine Therapie Zeit brauchen würde. Und erst heute Morgen war er deshalb noch genervt gewesen.

»Das ist mir egal. So heiße ich nicht«, beharrte Chloe.

»Alles klar, aber Sie werden sich daran gewöhnen.«

Vor Verzweiflung nahmen Chloes Wangen einen reizvollen rosafarbenen Ton an. Nick beschloss, dass er diese Farbe sehr mochte. Er wettete, dass ihr ganzer Körper vor Erregung erröten würde, wenn sie in Fahrt kam. Auf jeden Fall musste er sich selbst davon überzeugen, und darauf wollte er nicht mehr allzu lange warten. Es war schon Monate her, dass er mit einer Frau geschlafen hatte, und er war deshalb mehr als bereit dazu.

»Hören Sie zu, Nick. Ich bin keine rehäugige junge Praktikantin. Ich bin höchst professionell und habe Spielern der National Football League geholfen, dass sie ihre Karriere nicht aufgeben mussten. Außerdem habe ich Hockeyspieler zurück aufs Eis gebracht, gewissen Baseballspielern viele weitere Jahre geschenkt und andere Berufssportler unterstützt«, teilte Chloe ihm mit. Nick öffnete den Mund, um etwas zu sagen, aber sie hob die Hand. »Ich habe nicht nur vielen Männern wie Ihnen geholfen, die dachten, sie bräuchten meine Hilfe nicht, aber dann immer unglaublich dankbar waren, wenn sie ihre Karrieren weiterverfolgen konnten. Ich habe aber auch mit Ärzten, Krankenschwestern und Berufstätigen gearbeitet, die den ganzen Tag auf den Beinen sein müssen. Sie können von Glück sagen, dass Sie mich hier haben. Deshalb würde ich es begrüßen, wenn Sie mich mit dem Respekt behandeln, der mir gebührt.«

Verdammt, er mochte ihre frechen Antworten und würde ihre gemeinsame Zeit garantiert genießen. Nick war sich sicher, dass sie die erste Therapeutin war, die er nicht davonjagen würde. Ins Schlafzimmer würde er sie allerdings schon gern treiben, aber das würde er sich für später aufsparen.

»Ich habe äußersten Respekt vor Ihnen, aber Ihnen muss auch klar sein, dass ich kein typischer Patient bin. Ich verlange mir gerne alles ab und möchte dabei nicht mit Samthandschuhen angefasst werden. Besser wird es mir nur gehen, wenn ich nicht bei jedem kleinen Wehwehchen heule«, entgegnete er.

»Ich bin diejenige, die Ihnen sagen wird, wie weit Sie gehen können. Das muss Ihnen ganz klar sein, sonst wird unser Verhältnis nicht funktionieren.«

»Verhältnis? Das hört sich gut an«, scherzte er.

»*Berufliches* Verhältnis, Mr Armstrong!«, wies Chloe ihn zurecht. Wieder lachte er, und sie blickte ihn finster an.

»Ich habe Lust auf jede Art von Paarung, die Ihnen vorschwebt«, konterte er.

Kurz dachte er an die letzte Woche, als er noch kein Interesse daran gehabt hatte, mit einer Frau auszugehen oder zu schlafen. Wie schnell sich doch meine Meinung geändert hat, dachte er mit einem schiefen Lächeln.

Es war nicht so, dass er völlig uninteressiert gewesen wäre. Ihm wurde allerdings bewusst, dass er auf den Funken gewartet hatte, den er brauchte, um ein ausgewachsenes Feuer zu entfachen. Und jetzt fühlte sich Nick mehr wie er selbst als seit Monaten. Auch vor dem Unfall war er rastlos und unruhig gewesen, als würde er etwas vermissen.

Vielleicht hatte er die ganze Zeit darauf gewartet, dass diese eine spezielle Frau in sein Leben trat. Bald schon würde sie herausfinden, dass Nick die ganze Hand nahm, wenn man ihm den kleinen Finger reichte. Und es fühlte sich verdammt gut an zu wissen, dass sein Bein zwar nicht so funktionierte, wie es sollte, aber zumindest seine Libido intakt war. Er würde jetzt so viele Siege wie möglich einfahren.

Ihre Blicke trafen sich, und Nick sah Angst in Chloes Augen. Es war keine Angst vor ihm, da war er sich sicher. Chloe hatte Angst vor der leidenschaftlichen Anziehungskraft zwischen ihnen beiden. Es war ein Schwelbrand, den kein Wasser würde löschen können.

Nick wusste außerdem, wann es Zeit war, ein wenig einzulenken. Er rollte etwas zurück und stieß die Zimmertür auf. Chloe schaute mit nicht zu deutendem Gesichtsausdruck ins Zimmer.

»Gewöhnen Sie sich erst mal ein, und dann setzen wir unsere Diskussion fort«, schlug Nick vor. Er ließ ihren Koffer im Eingang stehen, rollte zurück und gab den Weg ins Zimmer frei. Dennoch blieb er nahe genug, dass sie nicht an ihm vorbeikam, ohne an seinem Bein entlangzustreichen. Sie versuchte es trotzdem und scheiterte.

Chloe rollte ihren Koffer ins Zimmer. Dann drehte sie sich um und schaute Nick ein letztes Mal an, bevor sie ohne ein weiteres Wort die Tür schloss. Erst dann wendete Nick den Rollstuhl und begab sich mit einem breiten Grinsen im Gesicht auf den Weg zum Hauptwohnbereich des Hauses. Die Heilung konnte beginnen.

KAPITEL 3

Die Morgensonne schien für Chloes Geschmack viel zu früh durchs Fenster. Eigentlich war sie eine Frühaufsteherin, aber heute wusste sie, dass sie den Tag mit Nick verbringen musste, und sie wusste auch, dass er es ihr nicht leichtmachen würde. Egal, wie sehr sie sich bemühte, einen professionellen Abstand zu wahren, sie ahnte, dass der Mann keine Ahnung hatte, was dieser Begriff überhaupt bedeutete.

Es war sechs Uhr morgens, und Chloe hatte nur eine Stunde für sich, bevor der lange Tag begann. Sie sprang aus dem Bett, zog ihren Jogginganzug an und schlich aus dem Zimmer, dankbar, dass Nick nirgendwo zu sehen war.

Dann trat sie aus dem Haus, streckte ihre verschlafenen Glieder und joggte langsam über die Pfade, die Nicks Grundstück umgaben. Es war ein Erkundungslauf, um einen klaren Kopf zu bekommen und den Schlaf zu vertreiben. Sie versuchte nicht, Rekorde aufzustellen.

Aber an diesem Morgen fand Chloe nicht den Frieden, den sie so dringend brauchte, als sie durch die üppige Vegetation des Waldes lief, der Nicks Anwesen umgab. Sie fühlte sich unbehaglich, als sie darüber nachdachte, wie sie weiter vorgehen sollte.

Nick war der Pilot des Hubschraubers gewesen, der abgestürzt war und ihrem Bruder eine Seebestattung beschert hatte, für die er noch viel zu jung gewesen war. Seine Leiche war nie geborgen worden, und der Schmerz seines Verlustes nagte noch immer an ihr.

Als Chloes Vater erfuhr, dass sie als Nicks Therapeutin engagiert worden war, hatte er einen Wutanfall bekommen und Chloe gegen die Wand gedrückt. Beim Sprechen landete seine Spucke in ihrem Gesicht, was wieder die schreckliche Angst aus Kindertagen an die Oberfläche beförderte.

Nachdem seine Schimpftirade nach fast einer Stunde vorbei war, hatte Chloe der Ausdruck in seinem Blick viel mehr erschreckt als seine Wut. Er war hinterlistig und berechnend gewesen. Sein starrer Blick hatte ihr gesagt, dass sie ihn besser nicht enttäuschte. Ihr Vater hatte behauptet, dass man diese Gelegenheit nutzen sollte, um die Beweise zutage zu fördern, die ein Richter brauchte, um Nick Armstrong einzubuchten.

In den Augen von Chloes Vater war Nick bereits schuldig. Sie mussten nur dafür sorgen, dass er ihnen nicht irgendwie entkam. Chloe traute ihrem Vater nicht, aber ein weiteres Besatzungsmitglied des Schiffes der Küstenwache hatte sich gemeldet und ausgesagt, es hätte Nick in der Nacht trinken sehen, als er den Hubschrauber in das Unwetter geflogen hatte. Wenn das stimmte, war Nick schuld am Tod seiner Crew und sollte dafür bezahlen.

Drei gute Leute hatten ihr Leben gelassen, während Nick überlebt hatte. Hatte Chloe nicht mal gehört, dass viele betrunkene Fahrer überlebten, weil sie aufgrund ihrer Trunkenheit während eines Unfalls nicht verkrampften? Das schien bei Nick der Fall gewesen zu sein.

Aber Chloe mochte es nicht, blind in eine Situation hineinzustolpern, also hatte sie ihre Hausaufgaben gemacht und so viel wie möglich über die Familie Armstrong herausgefunden, besonders über Nick. Sie hatte nichts entdeckt, was die Anschuldigungen ihres Vaters untermauert hätte.

Chloe wurde von Schuldgefühlen zerfressen. Sie fühlte sich schuldig, dass sie ihren Bruder verloren und nichts in ihrer Macht Stehende getan hatte, um seinen Tod zu rächen, dass sie einen Patienten angelogen hatte, auch wenn dieser Patient des Mordes beschuldigt wurde, dass sie insgeheim den Niedergang eines Mannes plante, wenngleich dieser Mann *nicht* des Mordes schuldig war, und letztlich, dass sie ihrem Vater misstraute.

Chloe war zerrissen. Sie hasste es, dass sie sich von diesem Mann angezogen fühlte, der eigentlich ihr Feind sein sollte. Und sie hasste es, dass sie Hintergedanken hatte und sich ihr Eid, als medizinische Fachkraft niemandem Schaden zuzufügen, wie eine Lüge anfühlte. Sie musste Nick wie jeden anderen Patienten behandeln, musste ihn wieder zum Laufen bringen, auch wenn er das hinter Gittern tun würde.

Tief in Gedanken versunken, wäre sie fast über einen Ast gestolpert, als ihr Handy klingelte und sie zurück in die Gegenwart katapultierte. Normalerweise ignorierte Chloe Anrufe, wenn sie gerade Sport trieb, weil sie die Musik unterbrachen, die sie zur Motivation brauchte. Aber der Klingelton gehörte zu ihrer besten Freundin, und Chloe musste mit ihr sprechen.

Sie nahm das Gespräch entgegen, kurz bevor der Anrufbeantworter ansprang. Am anderen Ende der Verbindung entstand eine Pause, und dann musste Chloe schnell den Knopf an ihrem Kopfhörer drücken, denn die Stimme ihrer besten Freundin ertönte lautstark.

»Gut, dass du drangegangen bist, weil ich nämlich kurz davor war, aufzulegen, was bedeutet hätte, dass ich es immer wieder versucht hätte«, sagte Dakota.

Dakota und Chloe hatten sich in der Grundschule kennengelernt und waren sofort beste Freundinnen geworden, als sie herausgefunden hatten, dass sie beide eine Vorliebe für Schokolade hatten. Chloe war schüchtern und verängstigt gewesen, was sie größtenteils ihrem kaltherzigen Vater zu verdanken hatte. Dakota dagegen war voller Lebensfreude gewesen. Entgegen allen Erwartungen war zwischen den beiden eine sofortige Verbindung entstanden, die all die Jahre gehalten hatte.

Chloe verdankte Dakota ihre geistige Gesundheit und war nicht sicher, was sie ohne sie getan hätte. Dakota hatte sie durch ihre besten und schlechtesten Zeiten begleitet, und auch während ihrer Zeit im College hatten die beiden zusammengehalten.

»Ich laufe gerade«, sagte Chloe, aber dann wurden ihre Schritte zögerlicher und sie ging langsam den Weg entlang. Plötzlich hatte sie es nicht eilig, zu Nicks Haus zurückzukehren. Es war dringender, mit ihrer Freundin zu sprechen, als mit Nicks Therapie zu beginnen.

»Pah, du siehst fantastisch aus und musst nicht jeden verdammten Tag laufen«, konterte Dakota.

»Sagt die Frau, die andere Frauen hassen«, erinnerte Chloe ihre Freundin.

»Meinetwegen. Du musst das sagen, weil du meine beste Freundin und dafür verantwortlich bist, mein Ego zu streicheln.«

»Dein Ego muss nicht gestreichelt werden, Dakota«, betonte Chloe.

»Ach, Schätzchen, darüber haben wir doch schon gesprochen. Jede Frau braucht es, dass ihr Ego gestreichelt wird«, hielt Dakota dagegen. »Unter anderem«, fügte sie mit einem Kichern hinzu. Chloe seufzte, und für ein paar Augenblicke herrschte Schweigen.

»Was ist los? Ich kenne diesen Seufzer.« Dakota klang sofort verständnisvoll. Das trieb Chloe Tränen in die Augen.

»Ich bin für einen Job engagiert, und ich fürchte, es wird ein harter«, gestand Chloe.

»Bekommt dein Patient einen Ständer?«, fragte Dakota viel zu unschuldig.

Die Schlagfertigkeit ihrer Freundin funktionierte, und Chloe lächelte, obwohl Dakota es nicht sehen konnte. »Wenn *du* hier wärst, garantiert«, antwortete sie.

»Eines Tages wirst du selbst erkennen, wer du wirklich bist«, gab Dakota gereizt zurück.

»Ich schaue jeden Morgen in den Spiegel«, erwiderte Chloe.

»Aber du siehst nicht, wer zurückstarrt.«

»Jetzt bin ich dran zu behaupten, dass du das sagen *musstest*«, wandte Chloe ein.

»Ich kann einfach nicht lügen. Du weißt doch, dass das meine Schwachstelle ist«, erinnerte Dakota ihre Freundin.

»Aber wenn du dich ordentlich anstrengst, kannst du es.«

»Vielleicht sollte ich dich besuchen kommen und dir ein bisschen Grips in deinen berechnenden Verstand hämmern«, drohte Dakota.

»Ich muss dich also nur auf die Palme bringen, damit du das tust, was bedeutet, dass ich dich dann zu sehen bekomme«, folgerte Chloe.

Wieder herrschte einen Moment Stille. »Brauchst du mich, Chloe?« Die Frage war ernst gemeint.

»Immer, aber nein, ich bemitleide mich nur selbst«, versicherte ihr Chloe.

»Du weißt doch, dass ich sofort alles stehen und liegen lasse und komme, wenn du mich brauchst«, beteuerte Dakota.

»Das weiß ich.«

Als sie das Gespräch beendet hatten, fühlte sich Chloe ein klitzekleines bisschen besser; als sie jedoch auf das Haus zuging, kam die Nervosität mit voller Wucht zurück. Sie überlegte, noch ein wenig zu laufen, aber sie war bereits spät dran.

Von einer glänzenden Schweißschicht überzogen, ging sie ins Haus und weiter zu ihrem luxuriösen Zimmer. Wenn dieser Job einen Vorteil hatte, dann, dass sie ein herrliches Schlafzimmer und ein noch herrlicheres Badezimmer hatte. Gern hätte sie ein ausgedehntes Bad genommen, aber vielleicht konnte sie das am Abend nachholen.

Sosehr es ihr auch gefallen hätte, dem eingebildeten Mann mehr Schmerzen als notwendig zuzufügen, so hatte sie doch einen Eid geleistet, Kranken zu helfen. Chloe würde Nick auf legale Weise angehen, die sie nicht ihren Job kosten würde, den sie so sehr liebte.

Nachdem sie schnell geduscht hatte, zog sie ihre nicht gerade schmeichelhafte Krankenhauskluft an und ging geradewegs in die Küche. Sie konnte zwar morgens noch nicht viel essen, aber sie fand ein paar Apfel-Zimt-Muffins, aß einen und spülte ihn mit einem Glas eiskalter Milch hinunter. Jetzt fühlte sie sich schon besser.

Nun fragte sie sich allerdings, wo Nick war. Sie hatte ihm gesagt, dass sie um sieben Uhr beginnen würden. Immerhin wäre es ihr gegenüber höflich gewesen, pünktlich zu sein, auch wenn sie es nicht war.

Also beschloss Chloe, im Fitnessraum auf ihn zu warten. Sie ging durchs Haus und suchte nach dem Raum, dessen Existenz ihr Sherman Armstrong in Nicks Haus versichert hatte. Sie fand die Türen weit geöffnet vor, und es verschlug ihr den Atem, als sie den Mann mit freiem Oberkörper anstarrte, der eine Langhantel nach unten absenkte, wobei seine Schulter- und Armmuskeln durch die Anstrengung anschwollen und eine glänzende Schweißschicht seine natürlich gebräunte Haut bedeckte.

Das einzige Wort, das ihr in den Sinn kam, war »prachtvoll«. Er war wahrhaftig ein schöner Mann. Wenn sie nicht gewusst hätte, dass er einen Hubschrauberabsturz gehabt hatte, in dem drei andere Menschen ihr Leben gelassen hatten, dann hätte sie bei ihm niemals Verletzungen vermutet.

Ächzend stemmte er das Gewicht noch einige Male und bemerkte nicht, dass Chloe ihn beobachtete. Sie genoss diesen privaten Moment ein bisschen zu sehr. Wenn sie diesen eigenartigen Gefühlen der Begierde nachgab, die sie für Nick empfand, würde sie nicht nur sich selbst kompromittieren, sondern auch ihre Familie und besonders ihren Bruder. Dieser Mann konnte der Grund sein, weshalb sie Pat nie wieder am Tisch gegenübersitzen, nie mehr sein Lächeln sehen und von dem einzigen Mann beruhigt werden würde, der sie nie im Stich gelassen hatte.

Schließlich knallte das Gewicht zu Boden, was Chloe in Bewegung versetzte. »Ich sehe, Sie haben schon ohne mich angefangen.« Sie betrat den Raum und versuchte, nicht auf Nicks angespannte Rückenmuskulatur zu schauen.

»Ich bin Frühaufsteher«, sagte er und wandte sich zu ihr um.

Sie ging zu ihm und kniete sich vor ihn. Ganz professionell untersuchte sie die Kniebandage, die er trug. Diese erlaubte es ihm, das Bein zu bewegen, während Druck von der zersplitterten Kniescheibe genommen wurde. Die Haut hatte eine gesunde Farbe, und der Chirurg hatte ausgezeichnete Arbeit geleistet, um die Vernarbungen auf ein Minimum zu begrenzen.

»Wir beginnen heute mit leichten Übungen, damit ich sehen kann, wie Sie die vertragen. Aber zuerst möchte ich Ihr Bein richtig dehnen«, erklärte Chloe ihm.

»Sie können mit mir machen, was Sie wollen, Doc.« Nick lächelte sie an.

»Ich bin nicht Ihr Arzt.«

»Sie haben aber eine entsprechende Ausbildung. Das macht Sie zu einer Ärztin«, beharrte er.

Chloe lächelte ihn an. »Einige Leute bestehen auf ihrem Titel, wenn sie das Zeugnis ausgehändigt bekommen. Ich gehöre nicht dazu.«

Ihre Blicke trafen sich, und Chloe spürte, wie ein warmes Gefühl von ihrem Körper Besitz ergriff. Sie wischte das Lächeln weg und erinnerte sich daran, dass er nur ein weiterer Patient war, dem zu helfen sie geschworen hatte. Allerdings hatte sie auch versprochen, ihn ans Messer zu liefern. Ihre Moralvorstellungen lieferten sich einen Kampf.

»Wo wollen Sie mich haben?«, fragte er und drehte sich auf seinem Sitz, während sie noch immer vor ihm kniete. Plötzlich war sie genau zwischen seinen Beinen und mit dem Gesicht viel zu nahe an dem Teil seines Körpers, an den sie nicht denken wollte.

»Auf den Matten dort drüben, wo ich Ihre Muskeln dehnen kann. Ich bin sicher, dass Sie das nicht getan haben.« Chloes Stimme klang ein bisschen zu kurzatmig.

Nicks Grinsen wurde breiter. Er kannte die Wirkung, die er auf Frauen, auf Chloe hatte, und er genoss sie. Sie müsste ihm erst mal beweisen, dass sie kein typisch weibliches Wesen war, das für ein Fitzelchen seiner Aufmerksamkeit dankbar war.

Chloe half ihm auf, und er humpelte hinüber zu den Matten. Obwohl sie sich sicher war, dass er sich alleine hätte hinlegen können, streckte er hilfesuchend die Hände aus, als er sich auf den Boden setzte und dann auf den Rücken legte. In Basketballshorts, Turnschuhen und mit der Kniebandage zeigte er viel zu viel Haut.

Auf seinem Bauch bemerkte Chloe eine Narbe, über die sie sich wunderte. Wenn er nur irgendein Patient gewesen wäre, dann hätte sie ihn vielleicht danach gefragt. Aber sie musste sich ins Gedächtnis rufen, dass er Nick Armstrong war, und je weniger Persönliches sie über ihn wusste, desto besser für sie.

»Einiges wird jetzt richtig wehtun, aber Sie müssen mir vertrauen, dass ich meinen Job vorschriftsmäßig mache. Wenn Sie richtige Schmerzen anstelle von einem unangenehmen Gefühl verspüren, dann müssen Sie mir das sagen. Ich weiß nicht genau, wo bei Ihnen gerade die Schmerzgrenze liegt.«

»Alles klar, Doc.«

»Heben Sie Ihr verletztes Bein an.«

Chloe half ihm nicht dabei. Sie wollte sehen, wie stark sein Muskel war. Es war eine Weile her, seitdem er in der Lage gewesen war, ihn uneingeschränkt einzusetzen. Er biss die Zähne zusammen, als er das Bein anhob. Die Bewegung war offenbar unangenehm für ihn. Der Muskel war wirklich geschwächt.

»Okay, ich werde jetzt nach Ihrem Fuß greifen. Die Bandage wird Ihr Bein gerade halten, und ich drücke es in Richtung Ihres Kopfes. Wenn ich es Ihnen sage, möchte ich, dass Sie gegen meine Hand drücken, und dann werde ich Sie den Muskel entspannen lassen. Mal schauen, wie weit wir das Bein strecken können«, erläuterte sie ihm.

Nick nickte, als Chloe nach seinem Fuß griff, und dann blinzelte er ihr zu. »Ich sollte aber schon ein bisschen mehr über Sie wissen, bevor wir so intim werden.«

»Ich habe Sie schon gestern Abend gewarnt, das Flirten einzustellen, Nick«, erinnerte Chloe ihn, bevor sie sich seinen Fuß auf die Schulter legte und ein bisschen mehr auf ihn zutrat. Die Bewegung streckte den Muskel, und Nick blickte finster drein.

»Verdammt, was machen Sie?«, fragte Nick mit einem Grunzer.

»Ich prüfe Ihre Gelenkigkeit«, ließ Chloe ihn wissen.

»Oder Sie malträtieren mich«, konterte er.

Chloe kicherte. »Ich sage Ihnen mit Sicherheit, *wenn* ich Sie malträtiere.«

»Mmm, wie pervers. Aber das mag ich.«

Sie drückte ihr Gewicht ein bisschen mehr gegen ihn und dehnte die Achillessehne. Das vertrieb sein arrogantes Grinsen.

»Okay, drücken Sie jetzt gegen mich«, befahl sie, während sie eine Hand auf seinem Fuß ließ und die andere auf der

Außenseite seines Oberschenkels. Ihre Brüste wurden von dem Gewicht seines harten Wadenmuskels zusammengedrückt, aber Chloe versuchte zu ignorieren, wie intim Dehnübungen sein konnten. Sie versuchte auch nicht darüber nachzudenken, wie sehr sich ihre Körper berührten.

Aber sie schwitzte genauso wie er. Und zwar nicht vor Anstrengung. Dass sie sich immer mehr von diesem Mann angezogen fühlte, brachte sie zunehmend um den Verstand. Sie musste sich am Riemen reißen, und zwar schnell, bevor sie wirklich etwas tat, das sie ihren Job kosten konnte, den sie so liebte, und den Respekt vor sich selbst.

Eine Weile widmeten sie sich der Übung, und Chloe vertrieb das ungewohnte Kribbeln, das Nick in ihrem Bauch verursachte. Je öfter sie die Übung wiederholte, desto mehr Schweiß bildete sich auf seiner Stirn. Er machte weiter Witzchen, aber je länger sich die Dehnübung hinzog, desto ruhiger wurde er.

»Okay, jetzt testen wir Ihre Hüften«, verkündete Chloe.

Nicks Blick huschte zu ihrem. »Ich versichere Ihnen, meine Hüften wurden bei dem Unfall überhaupt nicht verletzt.«

Die Bemerkung ließ Chloe auf die Stelle zwischen seinen Beinen schauen, aber sie riss den Blick wieder los und schaute zurück zu Nick. Der zwinkerte ihr zu. Chloe seufzte und sagte sich erneut, sie müsse sich zusammenreißen.

»Wir werden jetzt das Bein langsam über den Körper schieben«, erklärte sie. Dann drückte sie sein Bein über das andere und kam ihm dabei noch näher. Er zuckte zusammen, aber im Laufe der Übung brachte sie ihn dazu, die Muskeln zu entspannen. Als sie das nächste Mal zu ihm schaute, lächelte er sie wieder an.

»Meine Arme könnten Sie auch so dehnen«, schlug er mit heiserer Stimme vor.

»Träumen Sie weiter.«

Sie beendeten die Dehnübungen, und Chloe war beeindruckt, obwohl sie das dem Mann gegenüber nicht zugeben wollte. Er war arrogant genug. Da musste sie ihm nicht noch erzählen, wie beeindruckt sie war, dass er dermaßen gut in Form war.

»Sie können davon ausgehen, dass Sie wieder vollkommen genesen, wenn Sie tun, was ich sage, und wir zusammen mit den Übungen an mehr Dehnung arbeiten. Ich möchte nicht, dass Sie Beinübungen machen, bevor wir nicht gedehnt haben. Es gibt einige Übungen, die Sie selbst durchführen können, aber in den ersten Wochen möchte ich dabei sein und den Fortschritt dokumentieren.«

»Wird gemacht, Doc«, erwiderte Nick.

Chloe legte sein Bein wieder vorsichtig am Boden ab und trat einen Schritt zurück. Sie wandte sich um und seufzte. Das würden wirklich sechs lange Wochen werden. Vielleicht konnte sie ihren Aufenthalt verkürzen. Er war ein leistungsfähiger Mann. Je schneller sie ihn gesund bekam, desto eher würde sie ihn wieder aus ihrem Leben drängen können.

Nick stand wieder auf. Er brauchte dazu länger, als Chloe normalerweise angenommen hätte. Aber er bat sie nicht um Hilfe. Als sie sich zu ihm umdrehte, bemerkte sie, dass ihm sein Stolz Schmerzen bereitet hatte.

»Kommen Sie her und setzen Sie sich, Nick.« Sie reichte ihm die Krücken, mit denen er zum Stuhl humpelte, auf den sie deutete. Langsam setzte er sich.

Wieder kniete sich Chloe vor ihn. Es war besser, sie gewöhnte sich daran. Sie würde ihm eine Zeit lang sehr nahe kommen. Wenn sie das nicht klaglos durchstand, würde es unerträglich werden.

»Ich werde den Fußrücken umfassen, und ich möchte, dass Sie das Bein zehnmal anheben.«

Sie demonstrierte ihm die Bewegung, und dann begannen sie. Der Morgen verging langsam und mühsam, aber Nick beklagte sich kein einziges Mal. Er tat, was sie von ihm verlangte, während ihm der Schweiß in Sturzbächen vom Körper lief und er die Zähne zusammenbiss. Aber am Ende der zweiten Stunde hatte er sie zweifellos beeindruckt.

Sie hatte schon Patienten gehabt, die nach den ersten fünf Minuten kapitulierten. Chloe machte es ihnen aber auch nicht leicht. Als sie mit dem Morgentraining fertig war, reichte sie Nick ein Handtuch und lächelte. Sie kam nicht umhin, vor diesem Mann Respekt zu haben, der so hart trainierte, damit er wieder auf die Beine kam. Die meisten hätten schon längst aufgegeben. Chloes turbulente Gefühle vereinnahmten sie völlig und waren überhaupt nicht willkommen.

»Das haben Sie sehr gut gemacht, Nick.« Sie musste ihn ein wenig loben.

»Ich bin schwach«, gab er zu und stieß die Luft aus. »Das gefällt mir nicht.«

»Sie sind es nicht gewohnt, so eingeschränkt zu sein, oder?«

»Nein, überhaupt nicht«, brummte er.

»Beklagen Sie sich nicht. Sie sind der Glückliche, der davongekommen ist. Verschwenden Sie keine Zeit damit, sich selbst zu bemitleiden.«

Blitzschnell hob er bei ihren Worten den Kopf. Chloe erwartete einen wütenden Blick, aber stattdessen sah sie, dass er amüsiert war. Das brachte sie durcheinander.

»Nur keine Hemmungen, Doc«, sagte er lachend.

»Es ist nicht meine Aufgabe, mich zurückzuhalten. Ich bin dazu da, die Wahrheit zu sagen und Sie dorthin zu bringen, wo Sie sein sollten.«

»Vielleicht ist es meine Aufgabe, Sie ein kleines bisschen lockerer zu machen«, konterte er.

Chloe verdrehte die Augen. »Das ist nicht lustig, Nick«, warnte sie ihn.

»Wer sagt, dass das ein Witz war?«

Er schaute sie so intensiv an, dass sie sich vor ihm wand.

»Nick …« Ihre Stimme hatte einen warnenden Unterton.

»Schauen Sie, Doc, ich möchte, dass Sie mich hart rannehmen, aber gleichzeitig auch ein bisschen Spaß haben. Ich mag es nicht, körperlich oder emotional am Boden zu sein«, erklärte er.

Chloe lächelte. »Ich garantiere Ihnen, dass ich kein Problem damit haben werde, Sie hart ranzunehmen. Aber auf den Spaß kann ich verzichten.«

»Ich glaube, in Ihrer Gegenwart wird *hart* nicht nur auf das Training anzuwenden sein.«

»Seien Sie nicht kindisch!«, schnauzte sie ihn an.

»Ich kann nichts dafür«, wehrte Nick mit erhobenen Händen ab.

»Wagen Sie es nicht, mir die Schuld zuzuschieben.«

»Was erwarten Sie bei Ihrem Aussehen?« Er ließ den Blick von Kopf bis Fuß über sie wandern, was ihr wieder sichtbar unangenehm war.

»Ich bin durchaus vorzeigbar in meiner Berufskleidung«, gab sie zurück.

»Doc, Sie könnten einen Kartoffelsack tragen und würden immer noch gut aussehen.«

»Hören Sie, ich habe Respekt vor meinen Patienten, vor dem, was sie durchgemacht haben und mit mir durchmachen werden. Deshalb bin ich hier. Um Ihnen zu helfen und nicht, um mir Ihren Mist gefallen zu lassen.«

»Wissen Sie was, Doc? Ich habe in der Beziehung ein gutes Gefühl. Ich tendiere dazu, auf meinen Bauch zu hören, und der sagt mir gerade, dass Sie Ihr Handwerk verstehen. Ich bin gewillt, Ihre Regeln zu befolgen, wenn Sie gewillt sind einzugestehen, dass Sie mich und meine Fähigkeiten nicht kennen. Sie müssen flexibel sein.«

»Ich passe mich immer den Bedürfnissen meiner Patienten an. Glauben Sie bloß nicht, dass Sie anders sind als die, mit denen ich bisher zu tun hatte«, gab sie zurück.

»Na gut. Ich nehme an, Sie wollen mich in meine Schranken weisen.« Nick kicherte.

»Mit Hitzköpfen wie Ihnen muss ich das oft tun.«

Nicks Lächeln wurde immer breiter, bis man annehmen musste, dass ihm die Wangen wehtaten. Chloe lehnte sich besorgt zurück. Er sah aus, als wäre er verrückt geworden. Entweder das, oder er amüsierte sich zu sehr.

»Baby, ich versichere Ihnen, ich bin heißer als irgendeiner Ihrer bisherigen Patienten.« Seine Stimme triefte vor Sex-Appeal, und Chloe hasste sich ein wenig dafür, dass sie den Blick auf seine Lippen heftete und vor Begierde über ihre eigenen leckte.

»Nick ...« Die Warnung war deutlich in ihrer Stimme zu hören, als sie auf die Türen des Fitnessraums zuging.

»Ich freue mich schon auf Ihr Outfit für den Pool!«, rief er ihr hinterher. Kurz blieb sie stehen, ging dann aber weiter. Diese Bemerkung war keiner Antwort würdig.

Chloe wusste ohne jeden Zweifel, dass ihr das Zusammensein mit Nick im Wasser das kleine bisschen Geduld abfordern würde, das ihr noch geblieben war. Wenn sie ihn nur nicht so verdammt attraktiv finden würde! Sie war sicher, dass das nur eine vorübergehende Unzurechnungsfähigkeit war und das Gefühl bald vergehen würde.

Sie hoffte wirklich, dass das der Fall war, und wandte sich zu ihm um.

»Können Sie sich nicht mal fünf Sekunden benehmen?«, fragte sie.

Nick lächelte. »Ich verspreche, der ideale Patient zu sein. Sie werden gar nicht mehr von hier wegwollen.«

»Ich *garantiere* Ihnen, hier wieder wegzuwollen«, konterte sie.

»Wir werden ja sehen.«

»Hören Sie, Nick, ich versuche, nicht unhöflich zu sein, aber ich fange nichts mit meinen Patienten an. Ich bin hier, um meine Arbeit zu machen, herauszufinden, was Ihnen fehlt, und Sie wieder auf die Beine zu bringen«, erklärte sie. »Und jetzt brauche *ich* eine Pause. Essen Sie etwas, und dann beginnen wir am Nachmittag mit der Wassergymnastik. Ich möchte, dass Sie in der Zwischenzeit das Knie kühlen.« Und dann machte sie sich davon.

Der erste Tag war noch nicht einmal vorbei, und sie war schon bereit, das Weite zu suchen.

KAPITEL 4

Nick war vor Chloe am Pool und glitt mühelos ins warme Wasser. Er würde ihr nicht sagen, dass er hier in den letzten Monaten einen Großteil seiner Therapie absolviert hatte. Er gehörte zur Küstenwache, und er wusste, wie er sich in jedem Gewässer verhalten musste. Davon zu lange getrennt zu sein, war, als würde man ihn eines Stückes seiner Seele berauben.

Im Pool wurde der Druck von seinem Knie genommen, und er konnte sich stundenlang dahintreiben lassen. Er schwamm jetzt zwar langsamer als vor dem Unfall, aber das würde eines Tages auch wieder besser werden. Definitiv bevorzugte er sein rechtes Knie, aber er hatte keinen Zweifel daran, dass es nicht lange dauerte, bis er in der besten Form seines Lebens sein würde. Mit Nachdruck würde er auf dieses Ziel hinarbeiten.

Obwohl sie keinen Laut von sich gab, wusste Nick, wann Chloe den warmen Raum betrat. Er konnte es praktisch spüren, als das Wasser gegen ihn plätscherte und sie in den Pool stieg. Eigentlich wollte er sich unbedingt umdrehen, um zu sehen, was sie trug, aber er hatte noch den ganzen Nachmittag Zeit, ihr Erscheinungsbild zu bewundern. Vorfreude war bekanntlich die schönste Freude.

»Sie sollten ohne Aufsicht nicht in den Pool gehen. Ihre Muskeln sind schwach, und Sie könnten einen Krampf bekommen«, schimpfte Chloe mit ihm, während sie durch das hüfthohe Wasser auf ihn zuwatete.

Erst dann drehte sich Nick zu ihr um. Sie trug einen Einteiler, der an ihren üppigen Brüsten klebte. Ihre untere Hälfte konnte er nicht genau erkennen. Das Wasser verzerrte die Sicht. Er würde dieses Vergnügen genießen, wenn sie aus dem Pool kletterte oder wenn er sie zur Seite hob, damit er mit den Lippen ihre Beine erkunden konnte.

»Ich bin Pilot bei der Küstenwache, Doc. Mit Wasser weiß ich umzugehen«, sagte er und starrte ihr auf die Brust.

»Meine Augen sind hier oben, Nick«, warnte ihn Chloe.

Nick mochte es sehr, wenn ihre Stimme diesen strengen Unterton annahm. Nichts anderes törnte ihn dermaßen an. Er konnte es gar nicht abwarten, bis sie sich in seinen Armen völlig gehen lassen würde. Sie war dermaßen angespannt, dass sie wahrscheinlich in Flammen aufgehen würde, sobald sie losließ.

»Ich weiß, wo bei Ihnen *alles* sitzt«, scherzte er, hob aber den Kopf und begegnete ihrem feurigen Blick.

»Haben Sie mit dieser Masche eigentlich jemals Erfolg?«, fragte Chloe und erschreckte ihn damit.

»Ich weiß nicht, was Sie meinen.« Jetzt war er vorsichtig. Sie hatte einen Ausdruck in den Augen, dem er überhaupt nicht traute.

»All diese Anspielungen und dieses Flirten. Gibt es Frauen, die darauf reinfallen?« Sie stand mehr als eineinhalb Meter von ihm entfernt, und er wollte diesen Abstand schleunigst aufheben.

»Ja«, gab er zu.

»Dann lassen Sie mich Ihnen versichern, dass das bei mir nicht zieht. Ich bin hier, um meine Arbeit zu machen, und nicht, um mit Ihnen zu schlafen, zu flirten oder vorzugeben, für Sie zu schwärmen. Behalten Sie Ihre schmutzigen Gedanken für sich und Ihre …« Sie machte eine Pause und schaute auf das Wasser, das gegen seine Hüften plätscherte. »Und lassen Sie Ihre anderen Körperteile in der Hose.«

Lächelnd starrte Nick sie an. Obwohl ihr Badeanzug eher züchtig war, fand er sie darin äußerst sexy, und das lag an dem, was der Stoff verbarg. Am liebsten hätte er ihn Chloe abgestreift und das entblößt, was er eigentlich nicht bemerken sollte.

»Können Sie das Wort nicht aussprechen?« Er machte sich über sie lustig.

Chloe riss die Augen auf und starrte ihn an. »Ich kann jedes Wort aussprechen. Im Gegensatz zu den meisten Frauen, mit denen Sie eine Beziehung haben, bin ich gebildet. Da bin ich mir sicher.«

»Ach, haben wir jetzt eine Beziehung?«, fragte er und konzentrierte sich auf den Mittelteil ihres Satzes.

Plötzlich hob sie den Arm, und ein Wasserschwall traf ihn mitten im Gesicht. Als Nick das Wasser wegwischte, sah er den schockierten Ausdruck in ihrem Gesicht, und der war unbezahlbar. Chloe hatte die Beherrschung verloren und ohne nachzudenken gehandelt. Das war ein Fortschritt.

»Das war aber nicht sehr professionell, Doc«, gab Nick zu bedenken und kam näher.

Sofort wich Chloe zurück. »Tut mir leid. Das war eine spontane Reaktion.« Die Warnung war deutlich an ihrem Blick zu erkennen.

»Zu spät für Entschuldigungen. Sie haben damit angefangen.« Jetzt kam er noch näher und stand dicht vor ihr.

»Ich habe keine Lust auf Spielchen«, warnte sie ihn. Und dann drehte sie sich um, um zu fliehen, und genau in diesem Moment stürzte er sich auf sie.

Nick griff von hinten nach ihrem Badeanzug, zog daran und schlang dann die Arme um sie. Mit seinem gesunden Bein stieß er sich vom Boden des Swimmingpools ab und katapultierte sie beide in die Luft.

Chloe schrie, als es wieder in die andere Richtung ging, aber der Schwung war zu groß. Sie konnte nicht entkommen. Ihr Schrei wurde erstickt, als sie beide untertauchten. Nick ließ sie auch dann nicht los, als sie beide nach Luft schnappend wieder auftauchten.

Chloe spuckte Wasser, als er sie zu sich drehte. Ihre Brustwarzen waren hart und zeichneten sich unter dem schwarzen Badeanzug ab. Nick genoss das Gefühl auf seiner nackten Brust, als er sie an sich drückte.

Ohne nachzudenken, schob er eine Hand in ihre nassen Haare und kostete von ihren Lippen. Es war besser, als er es sich vorgestellt hatte.

Diese Therapie ist gar nicht mal so schlecht, dachte er erneut, als er begann, die Kontrolle zu verlieren und an ihren Haaren zu ziehen, um besseren Zugriff auf ihrem Mund zu haben. Chloe wehrte sich kurz, aber dann schmolz sie dahin, und ihre Lippen reagierten auf seine Berührung.

Nick hatte eine ausgewachsene Erektion und wollte am liebsten die Badebekleidung loswerden. Er griff unter Wasser nach Chloes Bein, schlang es um sich und strich über die Rundung ihres Hinterteils. Seine Erektion wurde stärker, als er Chloes Mitte an sich presste, damit sie spürte, wie erregt er wirklich war.

Er bewegte sich mit Chloe durchs Wasser, bis sie den Beckenrand erreichten. Dann drückte er sie dagegen und begann ihren Mund zu erobern. Und als er ihr die Zunge hineinschob, um ihre samtige zu erforschen, spürte er keinen Widerstand.

Chloe stöhnte, und er spürte eine winzige Bewegung ihrer Hüften, als sie versuchte, sich selbst Erleichterung zu verschaffen. Sie wollte ihn genauso sehr wie er sie. Nur hatte sie sich viel besser unter Kontrolle und gab es nicht zu.

»Ich will dich so sehr«, stöhnte Nick, als er seine Lippen von ihren löste und mit dem Mund über den Kiefer zum weichen Hals wanderte, wo er an der Haut sog.

Chloe griff in seine Haare und hielt ihn fest, während seine Finger unter den Stoff des Badeanzugs glitten und die weiche Haut ihres Pos liebkosten. Das gute Gefühl entlockte ihm ein Stöhnen.

»Lass uns in mein Zimmer gehen.« Obwohl Nick nichts dagegen hatte, den Akt im Pool zu vollziehen, war es nicht sein Lieblingsplatz für Liebesspiele.

Bei seinen Worten erstarrte sie, und Nick stöhnte innerlich. Warum hatte er nicht geschwiegen, ihr einfach nur den Badeanzug abgestreift und ihr gegeben, was sie Angst hatte zuzugeben.

Sie begann sich zu wehren, und diesmal ließ Nick sie los. Er war mehr als gewillt, sie zu verführen, aber niemals würde er eine Frau zwingen, mit ihm zu schlafen. Chloe machte mit geröteten Wangen und zitterndem Körper ein paar Schritte nach hinten.

»Es ist doch nichts dabei, wann man sich gegenseitig will.« Nick bewegte sich bei diesen Worten auf sie zu.

»Das hätte nicht passieren dürfen«, stieß sie hervor und fuhr sich mit den Fingern über die gerade noch leidenschaftlich geküssten Lippen.

»Doch, das hätte es. Wir wollen es doch beide«, beharrte Nick.

Mit jedem Schritt auf sie zu machte sie zwei zurück, bis sie die Treppe des Pools erreicht hatte und schnell hinaufstieg, was ihm einen atemberaubenden Blick auf ihren herrlichen Körper verschaffte. Sie hatte Kurven an all den richtigen Stellen. Ihre Brüste waren voll und fest, ihre Hüften breit und gut zu greifen und ihre Beine muskulös.

»Für heute ist die Therapie vorbei«, sagte sie, griff nach einem Handtuch, wickelte es um sich und nahm Nick somit die Sicht.

»Wir haben doch noch nicht einmal angefangen«, beklagte er sich, als er an der Treppe ankam.

Chloe rannte fast auf die Tür zu, drehte sich dann jedoch noch einmal um.

»Wenn das noch einmal passiert, werde ich abreisen«, warnte sie ihn. Bei dem Gedanken war ein wenig Panik in ihrem Blick zu erkennen, und da wusste Nick, dass sie den Job brauchte. Das war das Druckmittel, das er dringend benötigte.

»Ich bin ein geduldiger Mann, Chloe, aber glaub mir, es *wird* wieder passieren, und zwar, weil du deine Hände nicht von mir lassen kannst«, prophezeite Nick ihr.

Sie lachte höhnisch, bevor sie aus der Tür rannte. Nick lächelte, als er zurück ins Wasser sprang und hoffte, dass seine Erektion abklingen würde, wenn er ein paar Bahnen schwamm. Weit würde sie nicht kommen. Er konnte sie vorerst gehen lassen.

In nur einem Tag hatte es diese Frau geschafft, in sein Haus zu rauschen und ihn ins Leben zurückzuholen. Er war nicht gewillt, sie davonlaufen zu lassen, bis er nicht herausgefunden hatte, was er da im Übermaß spürte. Er mochte Chloe Reynolds, er mochte sie wirklich.

KAPITEL 5

Chloe wusste, dass sie sich zusammenreißen musste. Sie konnte nicht zulassen, dass sich so etwas wie am Vortag mit Nick im Pool wiederholen würde. Chloe war nicht nur Profi, sondern sie durfte auch nicht vergessen, dass Nick der Feind war.

Erst seit ein paar Tagen war sie bei diesem Mann, und schon begannen die Grenzen zwischen richtig und falsch so sehr zu verschwimmen, dass sie nicht sicher war, ob sie sie je wieder ziehen konnte. Als ihr Vater verlangt hatte, dass sie den Job bei Nick annahm, hatte sie zum ersten Mal gezögert. Eigentlich hatte die Angst vor ihrem Vater immer dafür gesorgt, dass sie ständig nach seiner Pfeife tanzte.

Was war jetzt eigentlich anders? Obwohl sie die Antwort nicht laut aussprechen wollte, war Nick der Unterschied. Von der Sekunde an, in der Chloe in die Augen dieses Mannes geschaut hatte und dann in seinen Schoß gefallen war, hatte sie eine Verbindung gespürt, die sie noch nie zu einem Mann gehabt hatte.

Wie konnte er der Teufel sein, wenn sie sich mit ihm verbunden fühlte? Sie erinnerte sich daran, dass ihr Vater ihr immer von Leuten in Engelskleidung erzählt hatte, in deren Seele der

Teufel wohnte. War sie so eine Närrin, dass sie den Unterschied nicht kannte? Vielleicht.

Als Chloe um eine Kurve joggte, hatte sie einen prächtigen Ausblick auf die Bucht. Sie ging einen Pfad hinunter, der zu einem Steg führte. Chloe war sofort verzaubert. Sie verlangsamte ihre Schritte und ging den Steg entlang, an dessen Ende ein wunderschöner Pavillon stand.

Sie zog die Schuhe aus und hielt die Füße ins eiskalte Wasser, was sehr angenehm war. Chloe war sich sicher, dass das Wasser nur so kalt war, weil es noch früh am Morgen war und die Sonne es noch nicht erwärmt hatte.

Sie lehnte sich zurück, schloss die Augen und spürte, wie sie eine angenehme Ruhe überkam. Zumindest bis ihr Handy klingelte. Und der Ton war ihr nicht gerade angenehm. Chloe hatte nicht allzu viele Kontakte in ihrem Smartphone, und jeder hatte einen eigenen Klingelton.

Sie riss die Augen auf und dachte darüber nach, den Anruf zu ignorieren, aber sie wusste, dass es das Ganze nur noch verschlimmern würde. Entweder nahm sie das Gespräch an und stellte sich ihrem Vater, oder er würde sie so lange schikanieren, bis sie es tat.

Also drückte sie den Knopf an ihren Kopfhörern und gab ein zaghaftes »Hallo« von sich.

»Warum hast du mich nicht auf dem Laufenden gehalten?«, schimpfte er laut, dass Chloe das Trommelfell schmerzte.

»Ich bin doch erst seit Kurzem hier, Sir«, rechtfertigte sie sich. Sie nannte ihn weder Dad noch Daddy oder gar Vater. Für sie war er Sir, und wenn sie dumm genug war, das zu vergessen, dann würde sie das sicher zu spüren bekommen, wenn sie ihn das nächste Mal traf.

»Ich erwarte abendliche Berichte«, schnauzte er sie an, als würde er mit einem Soldaten reden, der einem Offizier gegenüber Respektlosigkeit gezeigt hat.

»Ich kann nicht riskieren, dich täglich anzurufen. Wenn Nick das zufällig mitbekommt, schmeißt er mich aus dem Haus«, verteidigte sie sich.

Obwohl Chloe befürchtete, dass genau das passieren könnte, war es nicht der Hauptgrund dafür, dass sie nicht allabendlich mit ihrem Vater sprechen wollte. Ihr graute vor Gesprächen mit ihm, aber sie hasste sie noch mehr, wenn sie ihm dabei gegenüberstand.

Ihr Vater überwachte sie, weil sie sein Eigentum war. Er erinnerte Chloe daran und hatte auch ihren Bruder oft daran erinnert, dass sie ohne ihn nicht existieren würden. Da sie wusste, dass das stimmte, spürte sie ihm gegenüber eine gewisse Loyalität, jedoch keine Liebe.

»Du tust gefälligst, was ich dir gesagt habe.« Dieser Satz enthielt kein *oder*. Er hatte keinen Zweifel daran, dass Chloe sich fügen würde.

»Ja, Sir«, sagte sie. Sofort erwachte Unmut in ihr, ein neues Gefühl, das sie nicht ganz verstand.

»Was hast du bisher rausgefunden?«, wollte er wissen.

»Ich bin doch erst zwei Tage hier.«

»Spar dir deine frechen Antworten!«, fuhr er sie an. »Das ist jede Menge Zeit, um Beweise zu finden.«

»Ich beginne mich gerade einzuleben und arbeite eine Therapie aus. Bisher habe ich noch nichts herausgefunden.«

»Was?«, schrie er. Chloe zuckte zusammen und drehte die Lautstärke weiter herunter. »*Therapierst* du den Mann etwa?«

»Deshalb bin ich doch hier, Sir. Wenn ich ihn nicht therapiere, wird er mich garantiert nicht länger im Haus behalten«, gab sie zu bedenken.

»Das gefällt mir nicht. Davon lässt du besser die Finger«, warnte sie ihr Vater.

»Ich kann doch nicht absichtlich seine Therapie boykottieren!« Aus ihrer Stimme klang Verzweiflung, obwohl sie versuchte, sie zu unterdrücken.

»Dann sollte ich dir vielleicht einen Besuch abstatten. Scheint so, als hättest du vergessen, wem gegenüber du ergeben zu sein hast«, drohte er.

Chloe überlief ein Schauer. Das Letzte, was sie wollte, war eine weitere Lektion ihres Vaters in Sachen Respekt. Die endete meistens mit blauen Flecken, die schwer zu verbergen waren. Wenn die Leute wirklich wüssten, welch ein Monster er war, hätte er nichts mehr zu verlieren und keinen Grund, sich zurückzuhalten, befürchtete Chloe.

»Ich halte dich auf dem Laufenden, Sir. Tut mir leid, dass ich das bisher nicht getan habe«, entschuldigte sie sich und hoffte, dass die Panik in ihrer Stimme nicht so offensichtlich war, wie sie sie empfand.

Ein paar Augenblicke schwieg er, und Chloe konnte die eitle Selbstzufriedenheit praktisch über die Telefonverbindung spüren.

»Sehr gut. Ich erwarte, morgen von dir zu hören.«

»Ja, Sir.« Chloe wollte nur, dass das Telefonat zu Ende war.

Und er legte tatsächlich auf, ohne sich von ihr zu verabschieden. Sie war es nicht wert, dass er ihretwegen Worte verschwendete. Chloe war das egal.

Schweren Herzens zog sie die Füße aus dem Wasser und trocknete sie ab, so gut sie konnte. Dann zog sie wieder ihre Socken und Schuhe an. Mittlerweile war sie zu ausgelaugt, um weiterzujoggen, deshalb trottete sie zum Haus zurück.

Es war ein neuer Tag, und den ließ sie sich nicht von ihrem Vater ruinieren. Sie hatte genug Stress und einen Patienten, den sie sich vom Leib halten musste. Aber zumindest konnte sie nicht behaupten, dass ihr Leben langweilig war.

KAPITEL 6

Wenn jemand bei einem Sturm von sechzig Knoten und tobendem Meer über den Ozean flog, verlor die Zeit jegliche Bedeutung. Allerdings konnte man niemanden retten, wenn keine Chance bestand, dass es der Hubschrauber zurück an Land schaffen würde, weil man dumm genug war, nicht mehr genug Sprit im Tank zu haben.

Aber wenn man wegen einer Verletzung zu Hause festgehalten wurde, bekam die Zeit eine ganz andere Bedeutung. Nick war nie jemand gewesen, der ständig auf die Uhr schaute, auch nicht in seiner Freizeit. Seit dem Unglück jedoch, als aus einem Tag zwei wurden, aus zwei Tagen eine Woche und dann ein Monat und mehr, bemerkte Nick, dass die Zeit die einzige Konstante war, die er wahrnahm.

Noch immer war er überzeugt davon, dass er Chloe in sein Bett bekommen würde, und zwar schon sehr bald. Aber er durfte sie in keiner Weise anmachen. Nach dem Fiasko im Pool war sie nicht mehr aus ihrem Zimmer gekommen, auch nicht, als er an die Tür geklopft hatte. Er hatte zwar nicht genau gewusst, was er hätte sagen sollen, doch das hatte ihm keine allzu großen Sorgen bereitet. Nick hatten noch nie die Worte gefehlt.

Lange konnte sie ihm nicht mehr aus dem Weg gehen. Und tauchte sie erst einmal wieder auf, würde er ihr mit Sicherheit seine volle Flirtkunst, Aufmerksamkeit und Konzentration schenken. Wenn sie ihn dann immer noch mied, musste er sich etwas Neues einfallen lassen. Seine Schachzüge waren immer legendär gewesen, aber wenn sie ihnen widerstehen konnte, dann stimmte etwas ganz und gar nicht.

Geduld war etwas, das Nick noch nie besessen hatte, und deshalb starrte er auf die Uhr, als er darauf wartete, dass Chloe zur morgendlichen Therapie erschien. Er merkte, dass er am liebsten genau wissen wollte, was sie tat und wann sie wieder zusammen sein würden.

Von einer Frau dermaßen besessen zu sein, war ein merkwürdiges und leicht beunruhigendes Gefühl. Das wusste er, aber er schien nichts dagegen tun zu können. Er wusste auch, dass er es so bald nicht würde abstellen können. Seine Brüder würden in Jubelschreie ausbrechen, wenn sie sehen könnten, wie er sich benahm. Zum Glück waren sie nicht in der Nähe.

Aber fest stand, dass Nick bei dieser Mission erfolgreich sein würde. Er war nicht die Art von Mann, die eine Niederlage akzeptierte, auch wenn der Gegner das bessere Blatt in der Hand hielt. Und im Moment war Chloe ganz sicher seine Gegnerin. Aber er war das Raubtier, das zuschlagen würde.

Nick musste zugeben, wenn auch nur sich selbst gegenüber, dass es ihm irgendwie gefiel, so viel Anstrengung in diese einseitige Beziehung stecken zu müssen. Es war eine Herausforderung, denn er konnte einer Frau nicht widerstehen, die er nicht haben konnte. Bei der Frau in seiner Grundausbildung hatte es natürlich nicht geklappt. Egal, wie sehr er ihr auch nachgestellt hatte, sie hatte ihn links liegen lassen. Wäre sie nicht in ein anderes Land versetzt worden, dann hätte er eine Niederlage trotzdem nicht akzeptiert. Dennoch war er versucht gewesen, sie aufzuspüren, mit Rosen auf ihrem Stützpunkt aufzutauchen und zu schauen, ob das ihre Meinung änderte. Aber schließlich hatte er angesichts der Entfernung einfach das Interesse verloren. Er fragte sich, ob es bei Chloe genauso sein würde, aber irgendwie bezweifelte er es.

Er weigerte sich, bei ihr das gleiche Ergebnis hinzunehmen. Sie fühlte sich von ihm angezogen, wie der Kuss am Tag zuvor deutlich bewiesen hatte. Sie war einfach extrem gut darin, ihre Gefühle zu verbergen. Er musste sie nur dazu bringen, ihren Schutzschild zu senken, damit er an ihren Verteidigungsmechanismen vorbei zu ihr vordringen konnte. Nick mangelte es nicht an Selbstvertrauen, und er würde genau das tun.

Chloes geschmeidige Schritte auf den Fliesen verrieten ihm, dass sie sich näherte. Zu seiner Überraschung nahm sein Herz Fahrt auf, während er am Küchentresen lehnte und darauf wartete, dass sie um die Ecke bog. Als sich ihre Blicke trafen, spürte er es bis hinunter zu seinen Fußsohlen. Diese Art von Verbindung gab es selten zwischen zwei Menschen, und sie zu ignorieren, wäre dumm gewesen. Nick hätte sich so gerne vom Tresen abgestoßen und wäre zu ihr gegangen, um sie in die Arme zu nehmen und ihre Lippen zu küssen, die ein klein wenig geöffnet waren, während sie ihn ebenfalls anstarrte.

Bald. Jetzt war er mehr denn je entschlossen, so schnell wie möglich wieder gesund zu werden. Er hatte die Nase voll von seinen Einschränkungen. Sie erlaubten es ihm nicht, die Ideen, die ihm in den Kopf kamen, sofort umzusetzen.

»Guten Morgen«, begrüßte er sie, und seine Stimme klang tief und schleppend. Er genoss das sofortige Funkeln in ihren Augen und fragte sich, weshalb sie so sehr dagegen ankämpfte.

»Morgen«, erwiderte sie nach einer langen Pause. Ihre Stimme klang forsch, und es sah aus, als hätte sie Zentnergewichte an den Füßen, als sie den ersten Schritt auf ihn zu machte. Doch dann ging sie an ihm vorbei zur Kaffeemaschine, um sich eine Tasse einzuschenken.

Nick schaute zu, als sie einen Bagel in den Toaster schob und es bei all ihren Tätigkeiten vermied, ihn anzuschauen. Er musste über ihre Sturheit lächeln. Vielleicht sollte er seine ganze Philosophie, von wem er sich eigentlich angezogen fühlte, noch einmal überdenken. Seitdem er Chloe kannte, fand er, dass Sturheit, Klugheit und Kratzbürstigkeit eine gute Mischung zu sein schienen.

»Was steht heute auf der Tagesordnung, Doc?«, fragte er sie.

»Dehnübungen und dann ein paar Stunden im Pool«, war die Antwort.

»Mmm.« Mehr sagte er nicht, und erst dann schaute sie mit zusammengekniffenen Augen auf. Sie stellte ihre Tasse ab und ignorierte den Bagel, der aus dem Toaster sprang. Mit in die Hüften gestemmten Händen sah sie ihn streng an.

»Ich möchte, dass das absolut klar ist. Du hast gestern dermaßen die Grenze überschritten, dass ich es fast nicht für möglich gehalten habe. Ich bin an Männer gewöhnt, die versuchen, nach einer Verletzung ihre Männlichkeit zu beweisen, die flirten und sich an mich heranmachen. Wenn du glaubst, ich wäre beeindruckt, täuschst du dich gewaltig. Was mich *wirklich* beeindrucken würde, wäre, wenn du zugibst, verletzt worden zu sein, und mir erlaubst, dir ohne dieses ganze Machogehabe zu helfen. Haben wir uns verstanden?«

Nick war völlig verblüfft von dem, was sie gesagt hatte, und sprachlos, als ihm klar wurde, dass sie irgendwie recht hatte. Nicht vollkommen, natürlich, aber irgendwie schon. Er war auf unglaubliche Weise von ihr fasziniert und setzte alles daran, sie in sein Bett zu bekommen. Aber vielleicht ging er es falsch an. Es war schon lange her, dass er wegen schlechten Benehmens einen Klaps auf die Finger bekommen hatte, aber Chloe war

71

das verdammt beeindruckend gelungen. Immerhin duzte sie ihn jetzt auch, und das war doch schon mal ein Fortschritt.

»Ich glaube, wir verstehen uns ziemlich gut«, sagte Nick mit einem aufrichtigen Lächeln. Sein geändertes Verhalten schien sie aus der Bahn zu werfen. Ihm fiel auf, dass ihre Finger zitterten, als sie die Tasse nahm und einen Schluck vom abgekühlten Kaffee trank, bevor sie sie wieder abstellte. Schweigend beschmierte sie den Bagel dick mit Frischkäse und kam mit ihrem Frühstück zum Küchentresen.

»Ich lasse dich in Ruhe essen, während ich mich aufwärme«, teilte Nick ihr mit.

Chloe warf ihm einen scharfen Blick zu, bevor sie den Bissen herunterschluckte, auf dem sie gerade herumgekaut hatte. »Tu nichts, bis ich da bin. Es dauert nur ein paar Minuten.«

Als Nick ging, dachte er darüber nach, welch ein Widerspruch sie tatsächlich war. Offensichtlich nahm sie ihren Job sehr ernst, denn sie wollte ihm keine Schmerzen zufügen. Und es war mehr als klar, dass sie sich von ihm angezogen fühlte, aber sie wollte, dass er wusste, dass es eine Grenze gab, die sie ohne einen erbitterten Kampf nicht überschreiten würde.

Es muss anstrengend sein, so verkrampft wie sie herumzulaufen, dachte er kichernd, als er langsam durch sein großes Haus ging. Nick hatte das Gefühl, dass sie ihm einen Tritt in den Hintern geben würde, wenn sie nur die geringste Ahnung von seinen Gedanken hätte. Er fügte *starke Frauen* zu seiner Liste von Frauentypen hinzu, die er attraktiv fand.

Nick genoss das Brennen, nachdem er die Hantel abgesetzt hatte und eine kurze Pause einlegte, bevor er sie wieder stemmte. Er beendete seinen Trainingsdurchgang, lehnte sich zurück und wusste, dass Chloe bereits im Raum war.

Als er sich umdrehte, erwartete er bereits den schwirrenden Stromstoß, der ihn durchzuckte. Er hielt den Blick auf sie gerichtet, sah ihr die Erkenntnis an und spürte die Kraft ihrer

Verbindung. Was er nicht verstand, waren die Gründe für ihre Zurückhaltung. Wenn er sie nachvollziehen könnte, würde er ihr vielleicht ein wenig Freiraum geben.

»Was ist dein Geheimnis, Chloe?«, fragte er und überraschte sie beide damit. Chloe riss ein klein wenig die Augen auf, bevor ihr Gesicht wieder ausdruckslos wurde. Ihre Mundwinkel bogen sich nach oben, aber es war kein Ausdruck von Belustigung.

»Ich bin ein offenes Buch, Nick«, antwortete sie und blieb auf Abstand.

Nick hatte keinen Zweifel daran, dass sie ihn anlog. Allerdings wusste er nicht, weshalb. Und die Tatsache, dass es seine Gefühle nicht beeinflusste, schockierte ihn noch mehr. Auf seiner Bank herumrutschend, beschloss er, sich mehr auf ihre Bewegungen und ihren Gesichtsausdruck zu konzentrieren als auf ihre Worte.

Chloe bewegte die Lippen und sagte etwas, doch er hatte keine Ahnung, was es war. Sie kam ein wenig näher, und ihr blumiger Duft hüllte ihn ein und sensibilisierte seine Sinne noch mehr. Anblick, Duft, Berührung: Wer brauchte da Geräusche? Er nicht, es sei denn, es wäre ihr Stöhnen.

Seine Gedanken wanderten zurück zum Pool, zum Gefühl ihrer zarten, weichen und köstlichen Lippen auf seinen. Noch nie zuvor hatte er von einem Kuss fantasiert, ihn nie gedanklich immer wieder durchgespielt und eine Erektion bekommen, wenn er darüber nachdachte, an welchen Stellen er eine bestimmte Frau überall küssen wollte.

Er fantasierte weiter, stellte sich vor, wie er mit den Fingern durch ihr seidiges Haar fuhr und dann hinunter zu ihren glatten Schultern, über ihre fülligen Brüste und weiter zu ihrer heißen Mitte. Wie sollte er jeden Tag so eng mit ihr zusammenarbeiten und seine Fantasie nicht ausleben dürfen? Er war sich nicht sicher, ob ihm das gelingen würde.

»Hast du überhaupt gehört, was ich gesagt habe?«, blaffte Chloe. Dann bekam sie einen besorgten Gesichtsausdruck, trat noch näher an ihn heran und verstärkte damit seine Qual. »Bist du okay, Nick?«

»Was?«, fragte er fast in Trance.

»Nick, ich mache mir Sorgen. Hast du einen Krampfanfall oder einen Schlag?« Sie beugte sich hinunter und streckte die Hand nach ihm aus, aber sie berührte ihn nicht. Das war die schönste Tortur, die er je erduldet hatte.

Er fühlte sich wie aus Stein, als sein intensiver, starrer Blick dazu führte, dass sie erstarrte. Die Verbindung zwischen ihnen war so real, aber er war mit seinen Gefühlen auch immer offen umgegangen. Vielleicht deutete er die Situation falsch. Noch nicht einmal das wusste Nick mehr.

»Mir ist ein bisschen heiß«, gestand er. »Aber ich habe keinen Schlaganfall oder so was.«

»Stimmt das auch?«, fragte sie. Ihre Sorge war echt. Das war ein weiterer Grund, weshalb Nick diese Frau respektierte.

»Ja, ich bin nicht krank.« Er seufzte.

Beide wechselten einen verständnisvollen Blick, und Nick war überrascht, als sie nicht zurückwich. Doch da war etwas in ihrem Blick, was er nicht deuten konnte. Entschlossenheit, Traurigkeit und eine Spur von Verlangen. Sie kämpfte dagegen an, aber dahinter steckte mehr, als sie ihn wissen lassen wollte.

»Nick«, begann sie mit einem Seufzer. Er spielte mit dem Gedanken, sie zu unterbrechen, aber er wartete darauf, dass sie den Satz beendete, obwohl sich die Pause endlos hinzuziehen schien. »Ich bin keine Närrin und werde nicht lügen und sagen, dass ich mich von dir nicht angezogen fühle. Doch es führt zu nichts.«

Jetzt legte Nick eine Pause ein. Chloe schwieg.

»Warum? Das verstehe ich nicht, Chloe. Wir sind beide erwachsen, und wir mögen uns. Weshalb sollten wir nichts daraus machen? Ist es, weil du mich nicht als ganzen Mann ansiehst?«

Nick sagte das mit einem Lächeln, aber unter seinem erzwungenen Gesichtsausdruck fühlte er ein Quäntchen Unsicherheit. Er konnte nicht wie sonst vorgehen und sie in sein Schlafzimmer tragen. Das hätte sie wahrscheinlich ein wenig abgestoßen.

Chloe streckte sofort die Hand aus, berührte seine Wange und ein Tränenschleier war in ihren Augen zu sehen. Sie blinzelte ihn fort.

»Niemals würde man dich als etwas anderes als einen ganzen Mann ansehen, Nick. Du bist der Inbegriff von Attraktivität«, sagte sie mit dem Anflug eines Lächelns.

»Beweis es«, forderte er, und sein Grinsen kehrte zurück.

»Aber du bist auch hoffnungslos. Können wir uns bitte auf deine Genesung konzentrieren?«, fragte sie fast verzweifelt.

Die Zärtlichkeit ihrer Berührung und der Ausdruck in ihren Augen ließen Nick hoffen, dass sich mehr zwischen ihnen entwickeln würde. Das gab ihm die Stärke, weiterhin am Ball zu bleiben. Vielleicht würde sich der Rest von selbst ergeben, wenn er sich auf seine Heilung konzentrierte.

»Na gut, Doc, dann machen wir es fürs Erste, wie du es willst«, gab er nach.

»Fürs Erste«, stimmte Chloe zu.

Das war ein Anfang.

KAPITEL 7

Ihre Morgenroutine hatten sie im Griff. Chloe stand auf, joggte und erkundete dabei die wunderschöne Umgebung, in der Nick lebte. Dann trafen sie sich in der Küche, tranken zusammen Kaffee und aßen etwas. Danach verbrachten sie Stunden im Fitnessraum und im Pool.

Nick hatte nicht aufgehört, mit ihr zu flirten, aber die Intensität hatte nachgelassen. Es war mehr Spaß, fast harmlos. Und ihr gefiel das viel zu sehr. Sie sprach immer noch mit ihrem Vater, aber nicht täglich, und sie ertappte sich dabei, dass sie ihm gar nichts erzählen wollte. Es gab ja auch nicht viel weiterzugeben.

Egal von welcher Seite es Chloe auch betrachtete, sie konnte in Nick nicht das Monster entdecken, von dem ihr Vater gesprochen hatte. Sie wusste, dass manche Leute gut darin waren, Dinge zu verschleiern, doch dieser Mann arbeitete hart, lächelte oft trotz der Schmerzen und hatte für jeden ein gutes Wort übrig, der durch die Haustür trat. Wie konnte er etwas getan haben, das Menschen, die sich auf ihn verlassen hatten, in Gefahr brachte. Das ergab keinen Sinn.

Chloe war erschöpft davon, die Mauer, die sie um sich errichtet hatte, aufrechtzuerhalten und die Anziehungskraft zu bekämpfen, die dieser Mann auf sie ausübte. Sie war sich nicht sicher, ob sie imstande wäre, diese Arbeit durchzustehen, es sei denn, sie schickte ihren Vater zur Hölle und konzentrierte sich ausschließlich auf Nicks Genesung.

So reizvoll es sich auch anhörte, sie hatte sich noch nie ihrem Vater widersetzt. Wenn sie es jetzt tat, wären die Konsequenzen den Wegfall von Stress in ihrem Leben nicht wert. Sie war zerrissen, und das würde wahrscheinlich in nächster Zeit nicht besser werden.

Als Chloe auf der hinteren Veranda sitzend hörte, wie die Tür geöffnet wurde, hielt sie den Atem an, als sie merkte, dass Nick sich ihr näherte. Sie wollte sich umdrehen und ihn anschauen, aber gleichzeitig wollte sie nicht, dass er mitbekam, wie sehr sie auf jede seiner Bewegungen in ihrer Nähe eingespielt war.

»Warum trägst du nicht deinen Badeanzug, Doc?«, fragte er. Er war nahe, nur etwa dreißig Zentimeter hinter ihr. Obwohl sie saß und er stand, hatte sie das Gefühl, dass sein heißer Atem an ihrem Nacken entlangstrich.

»Heute Nachmittag machen wir etwas anderes«, teilte sie ihm mit.

»Da bin ich aber gespannt.«

Mit viel Mühe ließ er sich auf dem Stuhl nieder und zuckte nur ein wenig zusammen, als er das Bein zu sehr belastete, bevor sein Hinterteil die Sitzfläche erreichte.

»Ich wäre nicht allzu gespannt. Ich werde dir Schmerzen zufügen«, warnte Chloe ihn. Endlich drehte sie den Kopf und spürte die Wirkung seines Blickes. Chloe wünschte, dass es sie nicht mehr so sehr berühren würde, aber wenn überhaupt, dann war die Anziehung in den letzten Wochen nur noch größer geworden. Jedes Mal, wenn sie sich in seinem Blick verlor, führte es dazu, dass sich ihre Welt ein bisschen schneller drehte.

»Äh, Doc, du fügst mir ständig Schmerzen zu«, bemerkte er mit einem Lächeln. Hinter dieser Aussage steckte allerdings Wahrheit, die sie zusammenzucken ließ.

»Ja, mein Job wird nicht immer geschätzt«, gab sie zu. Es gab Zeiten, da brauchte sie, nachdem sie mehrere Wochen mit einem Patienten gearbeitet hatte, dringend eine Auszeit. Jemandem wieder vollständig auf die Beine zu helfen, bedeutete, ihm auf dem Weg dorthin wehzutun. Das ließ sich nicht vermeiden, aber sie fühlte sich trotzdem schlecht dabei.

»Er wird mehr geschätzt, als du dir je vorstellen kannst«, widersprach Nick aufrichtig und legte ihr die Hand auf den Oberschenkel. Sofort wurde Chloe durch diese Geste von einer Hitzewelle erfasst, die sie die Zähne zusammenbeißen ließ.

Vielleicht war es einfach schon zu lange her, dass sie sich hatte gehen lassen und in der Umarmung eines Mannes verloren. Daran musste es liegen. Die Alternative war zu verrückt, um auch nur darüber nachzudenken.

Chloe wünschte sich fast, Nick hätte genug davon, dass sie sich von ihm distanzierte, und würde aufgeben. Wenn das wirklich so wäre, würde sie allerdings nicht den stechenden Schmerz spüren, den ihr dieser Gedanke verursachte. Vielleicht wurde Chloe verrückt und war auf dem Weg, so zu werden wie ihr Vater – gemein und bitter, mit zu viel Zeit zur Verfügung, um ein glücklicher Teil der normalen Gesellschaft zu sein.

Was auch immer los war, sie musste sich zusammenreißen. Sie rutschte auf ihrem Stuhl herum, und es gelang ihr, Nicks Hand abzuschütteln, als sie aufstand. Merkwürdigerweise fehlte ihr danach die Wärme seiner Berührung.

»Wir werden Treppensteigen üben«, verkündete sie.

Sie hatte im Garten bereits alles aufgebaut. Es war ein wunderschöner Sommertag, und Chloe hatte keine Lust, mit Nick im heißen Fitnessraum zu trainieren. Vielleicht würde die frische Luft ihrem wirren Verstand guttun.

Sie bezweifelte es.

Nick diskutierte nicht wie sonst mit ihr, sondern stellte sich den neuen brutalen Aufgaben, was ihm noch mehr Respekt von ihr einbrachte.

Kapitel 8

Für Nick war jeder Tag genau gleich, wenn er morgens aufstand, trainierte, eine Pause machte, weiter trainierte und sich dann ohne Chloes Wissen noch mehr abverlangte, wenn sie es nicht bemerkte.

Er hatte nicht auf den Rollstuhl angewiesen sein wollen, und jetzt war eine Woche voller Schmerzen vorbei, und er hätte eigentlich wieder darauf zurückgreifen müssen. Von dem Augenblick an, als Chloe in sein Haus gekommen war, war er entschlossen gewesen, auch auf die Krücken zu verzichten – und obwohl er das erst ein paar Tage in seinem Haus praktizierte und jeden Abend entkräftet ins Bett sank, hatte er sie ebenfalls nicht mehr benutzt.

Es war alles wegen Chloe. Natürlich strengte er sich auch selbst an, aber er hatte keinen Zweifel daran, dass er sich weiter selbst geschadet hätte, wenn sie nicht ins Haus gekommen wäre. Er hatte gewusst, dass es dumm war, aber er war von Kummer zerfressen gewesen, weil er seine Mannschaft verloren hatte, und verärgert, so schwach zu sein. Er war von dem Gefühl getrieben gewesen, etwas beweisen zu müssen. Dieses Gefühl war verschwunden.

Und das hatte er Chloe zu verdanken, ihrem Vertrauen in ihn, ihrer Art, ihn die Welt mit anderen Augen sehen zu lassen. Es gab immer noch Dinge, die sie ihm verheimlichte, aber er glaubte nicht, dass es etwas war, das seine Gefühle ihr gegenüber ändern würde. Seine Gefühle nahmen nicht ab, sondern wurden immer intensiver.

Nick wusste, dass ein Großteil seiner Wertschätzung auf ihrer Hilfe beruhte, besonders beim Gehen ohne Krücken, obwohl die Entfernungen viel kürzer waren, als er es gerne gehabt hätte. Aber es war mehr als das. Wenn sie den Raum betrat, wollte er ein besserer Mensch sein. Bevor sie in sein Leben getreten war, hatte er noch nicht einmal gewusst, dass er etwas an sich ändern musste.

War es möglich, dass er erwachsen wurde? Bei diesem Gedanken musste Nick lächeln. Nach Meinung seiner Mutter und seines Lieblingsonkels Sherman musste er das schnellstens. Vielleicht sollte er diese neu entdeckten Gedanken für sich behalten, damit er nicht ihre selbstgefälligen Blicke ertragen musste. Aber dennoch gestand er sich seine eigenen Fehler ein. Noch vor ein paar Monaten hätte zumindest er selbst noch nichts an sich zu bemängeln gehabt.

Als Chloe die Küche betrat, wartete er dort mit einer Jacke bekleidet auf sie. Sie schaute ihn argwöhnisch an, bevor sie zur Kaffeemaschine ging und sich eine Tasse einschenkte.

»Willst du heute unsere Therapie schwänzen?«, fragte sie.

»Genau.« Nick grinste.

»Meine Zeit ist wertvoll, Nick. Wenn du meine Hilfe nicht willst …« Den Rest des Satzes ließ sie unausgesprochen und zuckte mit den Schultern.

»Ich muss dir sagen, dass ich es liebe, wenn du ärgerlich die Stirn in Falten ziehst und die Lippen kräuselst«, gestand er. Daraufhin schaute sie ihn noch finsterer an.

»Ich versuche nicht, charmant zu sein«, gab sie zurück, und ihre Worte klangen wie ein Fluch. »Ich versuche, meinen Job zu machen.«

»Wir nehmen einen Tag frei. Ich möchte zum Stützpunkt fahren.«

»Stützpunkt? Welcher Stützpunkt?«, fragte sie, und der finstere Gesichtsausdruck verschwand.

»Der Stützpunkt der Küstenwache«, erklärte er und griff nach den Schlüsseln seines Pick-ups.

»Warum?«

»Weil er meine zweite Heimat ist und ich ihn vermisse«, antwortete er einfach. »Beeil dich mit dem Frühstück, damit wir fahren können.«

»Ich habe aber nicht angeboten mitzukommen.«

»Aber du bist mein Doc, und du musst sicherstellen, dass ich gut ankomme, weil du sonst für die Verzögerung meines Heilungsprozesses verantwortlich bist.« Nick schreckte nicht davor zurück, Chloe emotional unter Druck zu setzen, damit er bekam, was er wollte.

»Das ist durchtrieben, Nick.« Sie verdrehte die Augen. »Und absoluter Quatsch.«

Er lachte. »Na gut, dann sagen wir eben, dass ich deine Gesellschaft möchte«, gab er zu.

»Vielleicht will ich aber deine nicht«, konterte sie und schaute ihm nicht in die Augen.

»Komm schon«, drängte er mit einem Kichern, »ich bin doch ein toller Typ.«

Ihre Mundwinkel gingen nach oben, bevor sie sie hinter der Kaffeetasse verbarg. Er hatte diesen kleinen Kampf gewonnen. Das konnte er sehen.

»Na gut. Ich begleite dich, aber nur, weil ich dich zum jetzigen Zeitpunkt nicht hinterm Steuer sehen will.«

»Das reicht mir völlig«, erwiderte er. Und dann wartete er ungeduldig, bis sie langsam ihren Bagel aufgegessen hatte und in ihr Zimmer ging, um ihre Krankenhauskluft gegen andere Kleidung einzutauschen. Fast war Nick traurig, denn sie sah verdammt gut darin aus.

Er änderte jedoch seine Meinung, als sie an der Haustür auf ihn traf und sie enge Jeans und eine taillierte Bluse trug. Sie war von einer natürlichen Schönheit, die noch nicht einmal Make-up brauchte, obwohl sie ein klein wenig aufgetragen hatte. Wie hatte Nick je denken können, dass die äußere Fassade das Wichtigste an einer Frau sei? Vielleicht, weil er Chloe noch nicht getroffen hatte.

Langsam verließen sie das Haus, und Nick nahm sich Zeit, die Stufen hinabzusteigen. Er würde seinen Ausflug nicht ruinieren, indem er ausrutschte und fiel. Dann würde er wieder im Bett landen. Wenn Chloe ihm dort Gesellschaft leisten würde, dann wäre das natürlich ein noch vergnüglicherer Nachmittag.

Als sie bei seinem Auto ankamen, blieb sie abrupt stehen und warf ihm einen ungläubigen Blick zu. Nick lächelte sie an, bevor er den alten Ford-Pick-up anschaute.

»Du glaubst doch wohl nicht, dass ich diese Kiste fahre, oder?«, fragte sie.

»Natürlich tue ich das. Das ist ein Oldtimer«, verteidigte er sein Auto und strich mit der Hand über die makellose Motorhaube.

»Ja, ein Oldtimer. Auf jeden Fall«, sagte sie, nahm seinen Arm und führte ihn weg von seinem geliebten Pick-up zu ihrem kleinen Auto. Jetzt war er es, dem es die Sprache verschlug.

»Willst du ernsthaft, dass ich mich in eine Brezel verwandele, um mich in dieses Ding zu quetschen?«, fragte er.

»Das ist ein völlig normaler, schöner VW Jetta. Er schützt die Umwelt und verpestet nicht die Luft mit einem lauten Motor oder übermäßigen Auspuffgasen«, erklärte sie.

»Und er ist eine Todesfalle auf vier Rädern. Wenn uns in diesem Ding ein Radfahrer anfährt, sind wir geliefert«, gab Nick zu bedenken.

»Zufällig weiß ich, dass es einer der sichersten Kleinwagen auf dem Markt ist«, konterte sie.

»Ich tue ja eine Menge für Frauen, aber das hier schießt den Vogel ab«, murmelte er, als er auf die Beifahrerseite ging und die winzige Tür öffnete. Er musste zwei Anläufe nehmen, bis er sich tief genug gebückt hatte, um sich hineinzuzwängen, und dann ließ er sich auf den Sitz fallen.

Aus dem Teil wieder herauszukommen, würde ein noch größeres Problem werden. Nick brach fast der Schweiß aus, als er sich zurechtsetzte und nach dem Sicherheitsgurt griff. Er drehte sich gerade rechtzeitig zur Seite, um zu sehen, dass Chloe ein Kichern zu unterdrücken versuchte.

»Glaub nicht, dass ich es nicht gemerkt habe, wie sehr du mein Elend genießt.«

Das Lächeln, mit dem sie ihn daraufhin anschaute, verschlug ihm den Atem. Verdammt, wenn er gewusst hätte, dass er diese Reaktion von ihr bekommen würde, hätte er sich noch mehr zum Narren gemacht. Das wäre es wert gewesen.

»Du bist so ein Baby, Nick.« Chloe kicherte. Er grinste sie an, und plötzlich verstummte das Gelächter.

In ihrem Auto saßen sie viel näher beieinander als in seinem Pick-up, weshalb er kleine Autos zu schätzen begann. Nick wollte sich unbedingt hinüberbeugen und ihre Lippen kosten. Ihr Atem ging stoßweise, und er hatte das Gefühl, ungestraft davonzukommen.

Aber dann hatte er keinen Zweifel daran, dass sie es sofort bereuen würde und somit ihr Ausflug vorbei wäre. Also hielt er mit viel Widerwillen dem Drang stand, sie zu sich herüberzuziehen. Als sie mit der Zunge über ihre Unterlippe fuhr, pulsierte Nicks Körper, und er verfluchte die Tatsache, dass sie ihn auf Abstand hielt.

»Ich brauche die Adresse.« Ihre Stimme klang heiser, und am liebsten hätte Nick gestöhnt, doch stattdessen wies er ihr den Weg und versuchte, umnebelt von ihrem Parfüm, sich in der Enge des Autos zu entspannen.

Obwohl es ihn sehr viel Mühe kostete, gelang es Nick, Small Talk zu führen, während sie die Fähre nahmen und sich dann auf den Weg in die Stadt und zum Stützpunkt der Küstenwache machten, wo Nick die letzten acht Jahre stationiert gewesen war. Chloe war zunächst angespannt gewesen, war dann aber während der Fahrt wieder lockerer geworden. Nick achtete darauf, sie nicht zu berühren, obwohl das angesichts der Enge im Wagen schwierig war. Deshalb war er so erleichtert wie noch nie, als sie die Einheit der Küstenwache erreichten.

Nick zeigte seinen Ausweis vor, und sie durften auf das Gelände fahren. Eine vertraute Euphorie erfüllte ihn, als sie sich der Einsatzbasis näherten. Sein Bein zuckte, und ohne nachzudenken, berührte er es. Er wollte fliegen, wollte seinen Dienst leisten. Und er wollte nicht zugeben, dass er noch nicht so weit war.

Nick lotste Chloe zu einem Parkplatz und war dann noch frustrierter, als er ihre Hilfe brauchte, um aus dem Auto zu kommen. Ihre Liebenswürdigkeit, zu versuchen, es nicht zu offensichtlich aussehen zu lassen, war fast sein Verderben.

»Das fällt dir bald leichter, Nick«, versprach sie, als es ihm endlich gelang, auf die Füße zu kommen.

»Theoretisch weiß ich das, aber ich tue mich schwer mit Einschränkungen«, gestand er.

»Du bist schon weiter, als die meisten meiner Patienten an diesem Punkt wären.«

»Das höre ich gerne, aber es sind nur Worte. Diese Verletzung wird mich nicht weiter unterkriegen«, brummte er. Chloe entgegnete nichts, und ihm wurde klar, welch ein Arschloch er war. »Tut mir leid«, fügte er hinzu.

»Du brauchst dich nicht zu entschuldigen, Nick. Warum erzählst du mir nicht, wie ein normaler Tag hier für dich aussieht?«, schlug sie vor.

»Versuchst du mich von meiner bedauernswerten Lage abzulenken?«, fragte er mit einem Lachen, bevor er ihr einen Arm um die Schultern legte.

»Du berührst mich schon wieder«, erinnerte sie ihn.

»Mittlerweile solltest du dich daran gewöhnt haben.« Er nahm seinen Arm nicht weg, und sie lachte, als er sie in das große Gebäude führte. Noch ein Fortschritt, dachte er bei sich.

»Erklärst du mir jetzt, was du hier machst, oder stehst du nur den ganzen Tag herum und siehst gut aus?«, fragte sie, als sie weitergingen und Nick das bekannte Geplapper von Mitgliedern der Crew hörte.

»Findest du, dass ich gut aussehe?« Nick wackelte mit den Augenbrauen.

»Du weißt sehr wohl, dass du gut aussiehst.« Chloe verdrehte die Augen.

»Ach, jetzt werde ich aber rot.« Sie starrte ihn an. »Na gut. Es ist alles gar nicht so aufregend«, begann er. »Seit acht Jahren bin ich hier stationiert. Normalerweise wird ein Pilot alle vier Jahre versetzt, aber da ich schnell befördert worden bin, konnte ich nah bei meiner Familie bleiben, was mir wichtig ist. Ich war auch einige Zeit oben in Kodiak, wo es ganz anders ist. Wenn ich Lust auf etwas Aufregendes habe, gehe ich gern dorthin.«

»Was ist der Unterschied?«, wollte Chloe wissen.

»Einerseits extreme Wetterbedingungen.«

»Du musst mir von deinen Erfahrungen dort erzählen«, bat sie.

»Ich darf aber nicht alles auf einmal preisgeben«, sagte er. »So bleibst du mir länger erhalten.«

»Ich werde so lange bleiben, wie es der Job erfordert«, stellte sie klar.

»Spielverderberin.« Sie gingen weiter in Richtung Kommandozentrale, und Nick war aufgewühlt. Er wollte Dienst tun. »Das hier macht mir ein bisschen zu schaffen. Ich vermisse die Arbeit«, gestand er.

»Ich weiß, dass es hart ist, aber du wirst bald wieder hier sein. Du machst bereits große Fortschritte«, versicherte Chloe ihm.

»An den meisten Tagen passiert nicht viel. Ich arbeite ungefähr acht Vierundzwanzig-Stunden-Schichten pro Monat. Wir sind nicht die ganze Zeit wach, aber wir müssen innerhalb von dreißig Minuten nach einem Notruf startbereit sein, deshalb sind wir immer in Alarmbereitschaft«, erklärte Nick ihr.

»Das ist irgendwie beängstigend …, dass du direkt nach dem Aufwachen in schlechtes Wetter hineinfliegst«, gab sie zu bedenken.

»Daran sind wir gewöhnt. Ich bin normalerweise ungefähr dreißig Stunden pro Monat bei verschiedenen Einsätzen in der Luft.«

»Was sind das für Einsätze?« Es schien mehr hinter ihrer Frage zu stecken, doch Nick nahm das alles in sich auf und würde es irgendwann herausfinden. Vorerst war er glücklich, einfach zu antworten.

»Einige sind Trainingseinsätze, Aufklärungsflüge, Rettungseinsätze. Kommt ganz darauf an.«

Gerade wollte Chloe noch etwas sagen, als Nicks Captain ihn entdeckte und grinsend auf beide zukam.

»Was machst du denn hier, Nick?« Er schüttelte ihm die Hand.

»Ich kann einfach nicht genug bekommen. Das wissen Sie doch, Captain.«

»Wenn ich du wäre, würde ich die Zeit genießen«, sagte Captain William McCormack.

»Ich konnte noch nie ruhig auf meinem Hintern sitzen«, entgegnete Nick.

Beide Männer lachten. Nick schaute zu Chloe und entdeckte einen Ausdruck in ihren Augen, den er nicht verstand. Sie schien verwirrt zu sein. Gerade wollte er sie danach fragen, da wandte sie sich von ihm ab.

In Gegenwart seines Captains konnte er sie nicht darauf ansprechen. Er war jedoch entschlossen, der Sache später auf den Grund zu gehen.

»Ich wollte Chloe den Stützpunkt zeigen und sie vielleicht auf eine Bootsfahrt mitnehmen«, erzählte Nick. Chloe schaute ihn begeistert an. Die Idee war ihm gerade gekommen, und offenbar kam sie gut an.

»Die Jungs machen sich gerade bereit für eine Übungsfahrt. Ich nehme an, wir bekommen euch beide noch an Bord«, sagte William. Chloe hüpfte fast vor Begeisterung neben ihm.

Es gab mehr als eine Art, dieses Mädchen zu beeindrucken, stellte er fest. Er hätte schon eher daran denken können, sie mit seinem Küstenwachencharme zu begeistern. Vielleicht war der Schlag auf den Kopf doch ein bisschen härter gewesen, als er ursprünglich angenommen hatte. Aber jetzt war er mehr denn je entschlossen, die Mauer zu durchbrechen, die Chloe um sich errichtet hatte.

Sie gingen über den Stützpunkt, und Nick war voller Vorfreude.

KAPITEL 9

Chloe war fast so aufgedreht wie ein Kind, als Nick ihr half, den Reißverschluss eines offiziellen Kälteschutzanzugs der Küstenwache hochzuziehen. Obwohl es eine Übungsfahrt war, wurde sie sehr ernst genommen, und alle waren in voller Montur. Chloe grinste Nick an, als sich die beiden dem großen Schiff näherten, mit dem sie hinausfahren würden. Nick hatte Schmerzen. Das sah Chloe daran, dass er das gesunde Bein mehr belastete.

»Wir können auch zurückfahren«, bot Chloe an und versuchte, sich die Enttäuschung nicht anmerken zu lassen.

»Hast du Angst?«, fragte er mit einem Augenzwinkern. Seine Hand verweilte in der Nähe ihres Halses, und ein Beben erfasste sie. Nick sah so verdammt gut aus in seinem Schutzanzug, dass sie betrübt war, als er eine große Rettungsweste darüberzog.

»Überhaupt nicht, aber ich bin deine Therapeutin, und ich kann sehen, dass du Schmerzen hast.«

»Ich werde mich auf dem Schiff hinsetzen«, versprach er ihr.

Chloe war wegen der Schifffahrt zu aufgeregt, um weiter mit Nick zu diskutieren. Sie wusste zwar, dass sie das tun sollte, aber als sie am Schiff ankamen und sie den wunderschönen rot-weißen Kreuzer sah, da versicherte sie sich, dass sie ihr Bestes getan hatte, um ihn von der Fahrt abzubringen.

»Willkommen an Bord«, begrüßte sie ein Mann und streckte ihr die Hand entgegen, um ihr zu helfen.

»Vielen Dank, dass ich mitkommen darf«, sagte sie und versuchte ihre Aufregung zu zügeln.

»Das erste Mal?«, fragte der Mann grinsend.

»Lass sie in Ruhe, Jed, sie gehört mir«, wies ihn Nick mit finsterem Blick zurecht.

»Passiert ja nicht jeden Tag, dass wir so eine hübsche Passagierin an Bord nehmen. Man kann's doch mal versuchen«, konterte der junge Mann und lachte. Dann führte er sie zum Bug des Schiffes.

»Was war das?«, fragte sie Nick, als der junge Mann gegangen war.

»Dir muss klar sein, dass die Mannschaft ein Haufen geiler Böcke ist. Sie werden dich von allen Seiten anflirten.« Noch immer blickte er finster drein.

»Du übertreibst, und außerdem *gehöre* ich niemandem«, wies Chloe ihn zurecht. Auf keinen Fall würde sie ihm das durchgehen lassen.

»Wir werden sehen«, entgegnete Nick. Der finstere Blick verschwand allerdings, als er ihre Hand nahm. Chloe versuchte zwar, sie ihm zu entziehen, gab jedoch schon bald auf. Das Gefühl ihrer Hand in seiner gefiel ihr ein bisschen zu sehr, und deshalb unterdrückte sie das Gefühl von Verrat an ihrer Familie.

Im Moment konnte sie die unterhaltsame Zeit genießen. Sie wusste, dass sie Fragen stellen und Informationen über Nick herausfinden musste, aber unterm Strich schienen alle Männer Nick zu mögen und zu respektieren. Er wurde auch von seinem Captain und den anderen Leuten auf dem Stützpunkt geschätzt. Jeder schien sich zu freuen, ihn zu sehen. Es sah so aus, als wäre sie die Einzige, die zum jetzigen Zeitpunkt wusste, dass eine

Untersuchung im Gange war. Sie wusste auch, dass er schon bald eine gerichtliche Aufforderung erhalten würde. Würde sich das auf die Reaktion der Leute auf Nick auswirken? Würde es für ihn einen Unterschied machen? Sie war sich nicht sicher.

Sie legten ab, und der Wind wehte durch Chloes Haar, während sie die ruhige See und das Gespräch der Männer genoss. Sie versuchte, über Fragen nachzudenken, die sie Nick stellen sollte, aber sie wollte den Augenblick nicht ruinieren.

Das Funkgerät begann zu knacken, und Chloe hörte offiziell klingendes Gerede, das die Aufmerksamkeit aller Männer an Bord erregte. Nick erstarrte neben ihr, und Chloe schaute ihn besorgt an.

»Was ist los?«, fragte sie.

»Scheint so, als wäre das Training gerade abgebrochen worden. Ein Notruf ist eben von einem Freizeitboot eingegangen, das bei Ebbe auf Grund gelaufen ist«, informierte er sie.

»Das hört sich nicht allzu schlimm an.«

»Nein, aber das Meer ist unberechenbar, und die Lage kann in Sekundenschnelle gefährlich werden. Wir ändern unseren Kurs und fahren hin, um zu helfen. Es ist wahrscheinlich nichts, aber viele Leute, die ein Boot besitzen, haben nicht die geringste Ahnung von Sicherheit. Wenn jemand ausfällt oder in Panik gerät, wird so ein Boot schnell in das offene Meer gezogen«, erklärte Nick. »Wir nehmen alles ernst.«

»Tut mir leid.« Er war so besorgt. Das war ein weiterer Anhaltspunkt, der nicht passte. Nick schien nicht jemand zu sein, der leichtsinnig mit der Sicherheit seiner Männer umging.

»Ich möchte helfen«, stieß er mit einem frustrierten Seufzer hervor und griff nach seinem schmerzenden Bein.

»Das wirst du bald wieder«, tröstete sie ihn, erschauderte dann jedoch. Wenn ihr Vater die richtigen Beweise zusammentrug, würde Nick nie wieder jemandem helfen. Dann landete er hinter Gittern. Irgendwie erschien ihr das nicht richtig. Wie viele Helden gab es wirklich auf dieser Welt? Chloe nahm an, dass die Anzahl erstaunlicherweise gering war.

Das Schiff der Küstenwache pflügte durchs Wasser, und Chloe blieb, wo sie war. Sie hatte den Blick aufs Meer gerichtet. Schließlich entdeckte sie das kleine Boot. Es lag halb im Wasser und hatte offenbar zwei Erwachsene und zwei Kinder an Bord. Sie winkten verzweifelt, während das Wasser gegen das Boot schwappte und anscheinend entschlossen war, es zu überspülen.

»Wir kommen nicht nahe genug heran. Das Wasser ist zu seicht. Ich befürchte, sie werden gegen die Felsen dort gedrückt, wenn wir sie nicht bald von Bord holen«, gab ein Mann zu bedenken.

»Ruf den Helikopter. Wir bleiben hier«, wies der Captain den Mann an. Dann nahm er das Megafon und informierte die verzweifelten Leute über den Plan.

Chloe erkannte nicht, ob sie darüber froh waren, aber als ihr winziges Boot immer weiter auf die Felsen zutrieb, schien ihre Panik zu eskalieren. Nach einer endlos erscheinenden Zeit hörte Chloe endlich den Motor des sich nähernden Hubschraubers über sich.

Alles geschah mit äußerster Präzision. Chloe war völlig fasziniert. Ein Mann wurde aus dem Helikopter heruntergelassen, der hoch über dem havarierten Boot schwebte. Er landete auf dem Deck, und die beiden kleinen Kinder schlangen die Arme um seine Beine. Für Chloe sah es aus, als lächelte er sie an, bevor er vor ihnen in die Hocke ging und anscheinend beruhigend mit ihnen sprach.

Ein kleiner Hund sprang an ihm hoch, und er bückte sich und streichelte seinen Kopf, während er mit den Eltern sprach. Das Boot schaukelte, und die Frau fiel hin. Der Mann von der Küstenwache half ihr auf und gab dem Hubschrauber winkend ein Zeichen.

Ein im Wind schaukelnder Korb wurde vorsichtig heruntergelassen. Die Kinder duckten sich hinter den Beinen der Eltern, und Chloe beobachtete weiter die Geschehnisse.

Eines der Kinder und der Familienhund wurden in den Korb gesetzt, der langsam nach oben gezogen wurde. Chloe hielt den Atem an, bis der Korb den Heli erreicht hatte. Nachdem das Kind und der Hund sicher an Bord waren, wurde der Korb erneut heruntergelassen und das kleinere Kind und die Mutter ebenso hinaufbefördert.

Als Letzter war der Vater an der Reihe, gefolgt vom Retter der Küstenwache. Chloe schaute dem Hubschrauber hinterher, als er davonflog. Gerade als sie den Blick davon abwandte, traf eine Welle das Boot und ließ es an den nahe gelegenen Felsen zerschellen.

»Das war aber knapp«, flüsterte sie Nick zu.

»Manchmal entscheiden Sekunden, ob jemand überlebt oder stirbt«, erklärte Nick ihr düster.

»Wie kannst du dabei so ruhig bleiben?«, fragte Chloe.

»Das ist mein Job. Wenn ich in Panik gerate, tut das keinem gut.« Nick schien noch angespannter zu sein, als sein Blick dem Helikopter folgte, bis er außer Sicht war.

»Du vermisst das Fliegen wirklich.« Fast tat er ihr leid.

»Ja, mehr, als du dir vorstellen kannst.« Dann riss er den Blick vom Himmel los. »Es ist einfach ein gutes Gefühl, hier draußen zu sein und Leben zu retten.«

»Warum hast du dich für den Hubschrauber entschieden und nicht fürs Schiff?«, fragte sie.

Das Schiff, auf dem sie sich befanden, drehte und nahm Kurs auf den Stützpunkt. Die Übungsfahrt war vollkommen gestrichen worden, denn es wurde immer stürmischer. Sie wollten Nick und Chloe zurück zur Basis bringen.

»Ich bin zur Flugschule gegangen und wusste vom ersten Augenblick, als ich mit einem Hubschrauber aufstieg, dass ich nichts anderes tun wollte. Tag für Tag auf dem Hintern zu sitzen, wäre überhaupt nichts für mich. Und obwohl ich Bootfahren liebe, ist es nicht mit dem Hochgefühl zu vergleichen, das ich vom Fliegen bekomme.«

»Weshalb hast du die Küstenwache gewählt und nicht etwas anderes, wie beispielsweise die Armee oder sogar die zivile Luftfahrt?«, hakte sie nach.

»Mein ältester Bruder ist für eine Fluggesellschaft geflogen, aber nicht lange«, erzählte Nick. »Er ist ein totaler Kontrollfreak, und obwohl er das Fliegen liebt, musste er sich bald seine eigene Fluggesellschaft zulegen, damit er das Beste aus zwei Welten bekam. Maverick, mein anderer Bruder, fliegt für die Marineinfanterie, und ich wollte etwas anderes machen. Ich wollte Menschen helfen und sie nicht auslöschen oder irgendwohin karren.« Nick zuckte mit den Schultern. »Uns liegt das Fliegen im Blut. Mein Vater und mein Onkel sind auch geflogen. Für meinen Onkel war es die gleiche Leidenschaft wie für meine Brüder und mich. Für meinen Dad war es mehr ein Hobby.«

»War die Ausbildung anstrengend?«, fragte sie. Das waren nicht die Fragen, die sie ihm eigentlich stellen sollte. Vielmehr sollte sie versuchen, etwas über die Nacht herauszubekommen, in der ihr Bruder gestorben war. Aber genau das hier wollte sie wissen, obwohl sie nicht verstand, warum.

»Ja und nein. Du musst an vieles denken, wenn du deine Mannschaft schützen willst. Bei jedem Flug sind zwei Piloten dabei, und wir sind beide gefordert. Wetter ist extrem. Gerade noch kann es schön sein, und im nächsten Moment sieht man fast nichts mehr. In Washington gibt es oft Nebel und eine Menge unberechenbarer Stürme. Die meisten Leute informieren sich vor dem Ablegen nicht über die neuesten Wettervorhersagen. Es ist nicht so, dass sie dumm wären, aber sie sind unerfahren. Ich denke, es sollte viel strengere Schifffahrtsgesetze geben, aber das ist nur meine persönliche Meinung. Mein Bruder sagt immer, ich soll kandidieren, wenn ich in der Politik mitmischen will.«

»Hast du schon mal daran gedacht?«, fragte Chloe überrascht.

»Überhaupt nicht«, wehrte er ab. »Kannst du dich mir in einem Frack vorstellen?« Er grinste sie an.

»Doch, eigentlich kann ich das.« In einem Dreiteiler würde er verdammt gut aussehen. »Und was gefällt dir am Pilotenberuf am besten?«

Er zögerte und schaute aufs Wasser. Chloe gefiel, dass er über die Frage nachdachte. »Ich glaube, teilweise, weil ich weiß, dass ich eine Fähigkeit besitze, die die meisten Leute nicht haben. Ich kann einen Hubschrauber durch schlimmste Unwetter fliegen und erreiche damit Leute, die ansonsten unerreichbar und somit verloren wären. Ich mache das nicht alleine, und wir gewinnen auch nicht immer, aber wenn wir es tun, dann ist die Euphorie unbeschreiblich«, gestand er.

»Ich habe gehört, Piloten hätten einen Götterkomplex.« Chloe lachte.

»Das stimmt.« Nick zwinkerte ihr zu. All das hätte sie eigentlich veranlassen müssen, noch mehr auf Abstand zu ihm zu gehen, aber stattdessen hatte sie Respekt vor ihm. Er schien so ehrlich zu antworten, und ihre Verwirrung wuchs.

»Gibt es irgendetwas, das dir an deinem Pilotenjob nicht gefällt?«, fragte sie.

»Nein. Nichts.«

»Wirst du noch mal etwas anderes machen?« Eigentlich wollte sie fragen, ob es ihm etwas ausmachen würde, den Beruf nicht mehr ausüben zu können, aber sie befürchtete, dass er dann misstrauisch werden würde.

»Ganz bestimmt nicht. Das ist mehr als ein Job. Es ist eine Berufung. Ich werde hier sein, bis ich in Rente gehe, und dann werde ich nicht widerstandslos aufhören. Junge Piloten werden kommen, und ich bin dann ein schrulliger alter Mann.« Nick lachte.

»Das kann ich mir irgendwie gar nicht vorstellen«, gestand Chloe, als sie am Stützpunkt anlegten und sie aufstand.

»So wie ich zurzeit gehe, ist es einfacher denn je, sich das vorzustellen.« Aus dem darauffolgenden Lachen klang keine Fröhlichkeit.

Nach einer langen Verabschiedungsrunde gingen sie zurück zu Chloes Auto. Auf der Rückfahrt schwieg sie. Der Tag hatte ihr viel mehr Fragen als Antworten gebracht, und sie war verwirrter als am Tag ihrer Ankunft.

Sie befürchtete, dass es immer schwieriger werden würde, je länger sie mit diesem charismatischen Mann zusammen war.

KAPITEL 10

Nick hatte gedacht, dass sich die Dinge mit Chloe nach der Fahrt zum Stützpunkt der Küstenwache ändern würden. Er hatte gespürt, dass sie sich ihm gegenüber öffnete, aber nachdem sie wieder zu Hause waren, hatte er bemerkt, wie sie sich wieder zurückzog. Mehrere Tage hatte er versucht, vertraute Gespräche mit ihr zu führen, doch die vermied sie. Diese Sorge und Verwirrung in ihrem Blick schienen von Tag zu Tag zuzunehmen. Nick war entschlossen herauszufinden, woran das lag.

Die Frau war unglaublich gut darin, seinen Fragen und Avancen auszuweichen. Heute Abend würde ihm wahrscheinlich nichts anderes übrig bleiben, als das Handtuch zu werfen und die Niederlage zu akzeptieren, wenn sie seinem Charme widerstehen konnte.

Doch an Sonnenuntergang war noch lange nicht zu denken. Nach ihrem vormittäglichen Training hatte ihm Chloe geraten, sich für einen Spaziergang auszuruhen, den sie später machen würden. Er war nicht allzu versessen darauf gewesen, eine Pause einzulegen, aber zumindest hatte er Zeit dafür gehabt, seinen Plan voranzutreiben. Sein Bruder Cooper hatte Nick noch einen Gefallen geschuldet, und deshalb wartete nun ein Picknick unten am Steg. Er würde der Frau einen romantischen Abend verschaffen.

Nick schaute noch einmal auf die Armbanduhr, als er an der Hintertür mit ihrer Jacke über dem Arm wartete. Heute braucht sie aber lange, dachte er, aber die Vorfreude auf ihr Eintreffen war es wert. Er saß auf der Rückenlehne des Sofas, denn er brauchte all seine Kraft für sein schwaches Knie. Er hatte für Chloe und sich viel Erfreulicheres geplant als nur einen profanen Spaziergang.

Als die Tür ihres Zimmers ins Schloss fiel, schoss ein Adrenalinstoß durch Nick. Jetzt war Showtime, und Nick ging davon aus, dass die Veranstaltung die ganze Nacht dauern würde. Chloe betrat den Raum mit ihrem typischen distanzierten Lächeln, und Nick reagierte, indem er sie angrinste.

Er war zufrieden, als ihre Schritte nur ganz kurz zögerten, bevor sie näher kam.

»Wie geht es deinem Knie? Wir haben es heute hart rangenommen.« Sie blieb weiterhin auf Abstand. Doch dann hielt er ihr die Jacke hin, und ihr blieb nichts anderes übrig, als näher zu kommen. Dennoch zögerte sie.

»Einen Spaziergang schafft es«, scherzte er. Chloe versuchte, nach der Jacke zu greifen, doch er hielt sie ihr auf. Sie seufzte, warf ihm einen Blick zu und ließ zu, dass er ihr hineinhalf.

Dabei strich er ihr einen Augenblick zu lange über die Schultern, als angemessen gewesen wäre, und spürte, wie sie bei seiner Berührung erstarrte. Chloe war besorgt, dass sie ihm gegenüber nachgeben könnte, und deshalb übertrieb sie es damit, einen angemessenen Abstand einzuhalten. Nick hatte überhaupt nichts dagegen. Es zeigte ihm nur, dass sie ihn wollte, auch wenn ihr dieses Gefühl nicht gefiel.

»Wir sollten besser losgehen. Ich will nicht, dass du zu schnell läufst. Ist ja schließlich der erste Spaziergang draußen.

Ich möchte, dass du aufpasst, wo du hintrittst, und locker bleibst. Und falls du vorhast, mich zu beeindrucken, dann bekenn dich zu deiner Verletzung und tu, was ich dir sage.«

»Ich liebe es, wenn du in diesem Doktorton mit mir sprichst.« Nick konnte den Blick nicht von ihr losreißen. Chloe verdrehte die Augen. Am liebsten hätte er nach ihr gegriffen und sie für einen Kuss an sich gezogen, aber er verkniff es sich. Allerdings mit Mühe und Not.

Sie gingen hinaus, und er fasste nach dem Geländer, um die Stufen hinunterzugehen. Chloe behielt ihn im Auge, hielt aber einigen Abstand, als sie den Pfad erreichten, der zum Steg führte. Sie versuchte, ihn in eine andere Richtung zu lenken, aber er ging, wohin er wollte. Da er gezwungen war, sich langsam fortzubewegen, würden sie sechs bis sieben Minuten zum Steg brauchen.

Chloe schwieg während der ersten Minuten, und Nick stolperte absichtlich, damit sie sofort an seiner Seite war. Sie legte den Arm um ihn, und er musste sich das zufriedene Lächeln verkneifen, das sich sofort um seinen Mund ausbreiten wollte. Jetzt hatte er sie, wo er sie haben wollte. Sie versuchte, sich ihm zu entziehen, als er wieder sicher auf den Beinen stand, aber er hatte ebenfalls den Arm um sie geschlungen und hielt sie fest.

»Ich halte mich besser an dir fest, damit ich nicht stolpere«, sagte er und verschluckte sich fast an den Worten. Um ihre Aufmerksamkeit zu erregen, musste er einen verletzlichen Eindruck machen. Das bekam er hin, wenn es bedeutete, dass sie ihm ganz nahe kam. Sie seitlich an sich gedrückt zu haben, war für Nick ein himmlisches Gefühl.

Die Erstarrung wich langsam aus ihrem Körper, als sie beide weiter den Pfad entlanggingen. Nick schaute aufmerksam zu Boden, etwas, das er noch nie zuvor hatte tun müssen. Aber er wollte den von ihm geplanten Abend nicht in Gefahr bringen, indem er über eine Wurzel oder einen Stein stolperte. Wenn er auf sein Knie stürzte, würden ihn Schmerzen durchzucken, die es unmöglich machten, auch nur einen Gedanken daran zu verschwenden, mit Chloe auf dem wunderschön hergerichteten Steg zu schlafen. Na ja, vielleicht einen klitzekleinen Gedanken, aber der Plan geriete deutlich ins Wanken.

»Ich möchte den ersten Spaziergang nicht zu sehr ausdehnen, Nick«, warnte Chloe, als er stetig voranschritt.

»Ich habe eine Überraschung für dich. Es ist nicht mehr weit«, verriet er ihr. Wieder erstarrte sie in seinem Arm, und er spürte, wie sie dichtmachte. Er blieb stehen und schaute ihr in die Augen. Dann grinste er sie so verführerisch an, wie er nur konnte.

»Welche Art von Überraschung?«, fragte sie.

»Das erfährst du, wenn du weitergehst.« Er zog an ihr, um sie zum Weitergehen zu bewegen.

Doch Chloe sträubte sich. »Ich will nichts. Ich bin hier, um meinen Job zu machen, erinnerst du dich?« Da war er wieder, dieser von ihr bevorzugte Oberlehrerinnenton.

»So ein Pech! Du gibst den ganzen Tag den Ton an, und jetzt bin ich mal an der Reihe«, gab er zurück.

Mit seinem Arm übte er mehr Druck aus, und sie wurde zum Weitergehen gezwungen. Irgendetwas, das er nicht ganz verstand, brummelte sie vor sich hin, und er unterdrückte ein Lachen. Obwohl er nicht so weit gehen würde, Chloe durchschaubar zu nennen, so würde er doch sagen, dass sie dickköpfig war. Wenn etwas nicht ihre Idee gewesen war, neigte sie dazu, Einspruch zu erheben. Solange sie Teil seines Lebens war, musste sie lernen nachzugeben.

Dieser Gedanke schmerzte ihn plötzlich. Er war nicht sicher, wie viel Zeit ihm noch mit Chloe blieb. Zweifellos würde sie, ohne sich umzuschauen, in der Sekunde aus der Tür rennen, wenn er für so weit geheilt erklärt worden war, dass er allein zurechtkam. Er glaubte nicht, dass er das wollte. Nick gefiel es, mit dieser Frau zusammen zu sein. Das hier war seine Chance herauszufinden, ob er nach Abschluss der ganzen Physiotherapie eine Beziehung mit ihr führen wollte.

Normalerweise hielt Nick nichts von langfristigen Beziehungen, aber im Fall dieser Frau erwog er sie. Fast konnte er sich die unerträglichen Sticheleien seiner Brüder vorstellen, die er würde aushalten müssen, wenn das geschah. Aber Chloe war einzigartig. Sie wäre die gutmütigen Hänseleien wert.

Als sie um die Kurve bogen, blieb Chloe erneut stehen, und Nick schaute auf. Sein Bruder hatte ganze Arbeit geleistet. Am Ende des Stegs befand sich der wunderschöne kleine Pavillon, in den Cooper eine Laterne gehängt hatte, die gedämpftes Licht verbreitete. Auf dem Boden lag eine dicke Decke, auf der ein Korb stand. Nick war sicher, dass er mit Köstlichkeiten gefüllt war. Und daneben stand ein Eimer, in dem eine Flasche Wein gekühlt wurde.

Es war ein warmer Sommerabend, aber auch das war egal. Von dem Augenblick an, als Nick das Anwesen gekauft hatte, hatte er gewusst, dass er viel Zeit am Ende des Stegs verbringen würde. Mit Angeln, Insichgehen, Gitarrespielen und was ihm sonst noch einfiel. Er war gerne draußen. Allerdings fror er ungern, und deshalb hatte er eine Gasfeuerstelle installiert, die den Pavillonbereich schön wärmte. Flammen flackerten darin und trugen zur Atmosphäre bei.

»Was wird hier gespielt, Nick?«, fragte Chloe. Sie schien nicht begierig darauf, zu dieser Oase zu gelangen.

»Ich dachte, wir könnten am Wasser zu Abend essen.«

»Wie hast du es fertiggebracht, das alles vorzubereiten?«, fragte sie. Nick konnte an ihrem Ton nicht erkennen, ob es ihr gefiel oder nicht. Das sollte es aber, denn es ist verdammt kreativ, dachte er bei sich.

»Ich habe vorhin meinen Bruder angerufen und es von ihm herrichten lassen. Bald schon werde ich viel besser laufen und das alles selbst machen können«, erklärte er. Es ärgerte ihn immer noch, dass er auf andere Leute angewiesen war, die die einfachsten Dinge für ihn erledigen mussten. Nick bat nicht gerne um Hilfe. Normalerweise war er es, den man um Unterstützung bat.

»Das ist ein bisschen viel, meinst du nicht?«, sagte sie, aber Nick sah den Beginn eines Lächelns um ihren Mund. Das machte ihm Hoffnung.

»Überhaupt nicht. Wenn ich wieder der Alte bin, esse ich die ganze Zeit hier unten.« Das war zumindest die Wahrheit. »Ich habe diesen Ort vermisst.« Die Spur von Verletzlichkeit, die er in seiner Stimme anklingen ließ, änderte ihre Meinung. Sie begann nachzugeben

»Bei gedämpfter Beleuchtung, Wein und auf einer Decke?«, fragte sie leicht ironisch.

»Na ja, ich wollte sichergehen, dass du es bequem hast«, gab er zu. Dann zog er sie an der Hand und war froh, als sie sich zusammen mit ihm wieder in Bewegung setzte.

»Was soll ich nur mit dir machen?«, stöhnte sie, aber Nick hörte, wie ihr ein leises Kichern entwich, und das klang wie Musik in seinen Ohren.

»Ich hätte da ein paar Vorschläge«, scherzte er, und sein Lächeln wurde breiter.

Normalerweise war das der Punkt, an dem sie sich ihm entzog. Doch dieses Mal lachte sie nur, was ihn außerordentlich ermutigte. Verdammt! Er hätte es viel eher auf die romantische Tour versuchen sollen.

»Dann setz dich mal, Romeo«, forderte sie ihn auf, als sie die perfekte Kulisse erreicht hatten.

Aufzustehen und sich zu setzen, war immer noch ein mühevolles Unterfangen für Nick, besonders mit der Bandage, die ihn in seiner Beweglichkeit einschränkte. Sich anmutig auf sein Hinterteil rutschen zu lassen, war unmöglich. Er kniete sich auf sein gesundes Bein, verlagerte langsam das Gewicht und brachte es schließlich fertig, sich zu setzen. Dass er dabei außer Atem geriet, widerte ihn ziemlich an.

»Setz dich zu mir«, forderte er sie auf und streckte ihr die Hand hin.

Chloe schaute zum Steg, und Nick überkam Panik, als ihm bewusst wurde, dass sie weglaufen konnte und er rein gar nichts dagegen tun könnte. Er konnte sie noch nicht einfangen. Bald, aber jetzt noch nicht.

Mit einem Seufzer setzte sie sich ihm gegenüber und öffnete den Deckel des Picknickkorbs. Nick hoffte, dass sein Bruder seiner Bitte gefolgt war und nicht versucht hatte, witzig zu sein. Chloe beförderte gebratenes Hühnchen, Obst, Salat, Kräcker, Käse und Oliven zutage. Sie schaute ihn an und lächelte wieder.

»Das ist gut«, sagte sie. Ihr Kompliment ließ ihn strahlen. Wie weit war er um alles in der Welt gesunken? Noch nie war er so versessen darauf gewesen, eine Frau zu beeindrucken. Es gefiel ihm nicht, dass es ihm jetzt so wichtig war.

»In den letzten Wochen habe ich das eine oder andere über dich gelernt«, gestand er ihr.

Die Augenbrauen hebend, schaute sie ihn skeptisch an. »Wirklich?« Sie zog das Wort in die Länge und ließ ihn damit wissen, dass sie am Wahrheitsgehalt zweifelte.

»Ich passe auf, Doc«, versicherte er ihr und nahm den Teller entgegen, auf den sie ihm ein bisschen von allem angerichtet hatte.

»Beweis es!«, forderte sie.

Nicks Herz raste, als sie ein wenig Käse und ein Stückchen Obst nahm und es sich in den Mund steckte. Das war ein Test.

Da war er sich sicher. Und noch nie in seinem Leben war er so besorgt, dass er ihn nicht bestehen würde.

Aber Nick war in seinem Job schon durch die Hölle und zurück gegangen, und noch nie war er vor einer Herausforderung davongerannt. Er würde die Note eins bekommen, und dann hätte er Chloe genau dort, wo er sie haben wollte … in seinen Armen und in seinem Bett.

KAPITEL 11

Chloe wusste, dass sie das dritte Glas Wein hätte ablehnen sollen, als Nick ihr anbot nachzuschenken. Aber wenn sie mit diesem Mann zusammen war, zeigte sie sich stets von ihrer besten Seite, und es fühlte sich gut an, aus der Deckung zu kommen, zu lachen und sich über seine Geschichten zu amüsieren. Es fühlte sich gut an, für einen einzigen Moment zu vergessen, wer sie war und wer er war.

Sie war nicht so dumm zu glauben, dass das etwas zwischen ihnen ändern würde, aber einen freien Abend zu haben, ohne die Stimme ihres Vaters im Kopf, ohne jeden von Nicks Schritten zu analysieren, forderte ihr nicht allzu viel ab. Deshalb ließ sie Nick Wein nachschenken, lehnte sich gegen einen der Pfosten des Pavillons, während sie an ihrem Hühnchen zupfte, und lachte über eine weitere Geschichte, die Nick ihr über seine Zeit bei der Küstenwache erzählte.

»Nach dem Juckpulvervorfall musste unser Captain sämtliche Dummejungenstreiche verbieten. Ungefähr zehn von uns hatten eine unruhige Zeit, weil ein Teil unseres Körpers höllisch brannte und wir vorgeben mussten, dass uns nichts fehlte«, schloss er.

»Ich habe nie verstanden, wie Jungs es lustig finden können, sich gegenseitig wehzutun«, sagte sie. Allerdings hatte sie die ganze Zeit mit ihm gelacht, was ihre Worte Lügen strafte.

»Es ist nicht so, dass wir uns gegenseitig wehtun wollen. Wir wollen einfach die Oberhand gewinnen«, erklärte Nick.

»Und gab es in dieser Dummejungenstreichkampagne irgendwelche Gewinner?«, fragte sie demonstrativ.

»Wenn ich jemanden zum Gewinner erklären sollte, dann würde ich sagen, dass ich das war. Johnson musste sich eine Glatze rasieren, um den Kleber aus den Haaren zu bekommen. Das war genial«, verkündete Nick stolz.

Chloe schaute ihn an, als wäre er verrückt. Das brachte ihn nur noch mehr zum Lachen. »Mach schon, lob mich ein bisschen. Es hat mich einige Zeit gekostet, den richtigen Kleber zu finden und ihn in die Shampooflasche zu bekommen, ohne dass Johnson es gemerkt hat.«

»Du bist furchtbar! Und es ist wirklich nicht gerecht, denn er wird wegen des Verbots des Captains keine Gelegenheit zur Vergeltung bekommen«, erwiderte sie.

»Nee, nach ein paar Monaten wird der Captain alles vergessen haben, und dann beginnt das Spiel von Neuem«, entgegnete Nick mit einem Kichern.

»Glaubst du nicht, es ist an der Zeit, irgendwann erwachsen zu werden?«, fragte sie.

»Das habe ich nie genau verstanden.« Nick klang fast ernst.

»Was hast du nicht verstanden?«

»Das mit dem Erwachsenwerden. Nur weil man ein bestimmtes Alter erreicht hat, bedeutet das doch nicht, dass man seine ganze Persönlichkeit ändern sollte, oder?« Er erwartete offenbar eine Antwort.

»Na ja, wir können doch nicht immer Kinder bleiben.« Allerdings gab es viele Tage, an denen Chloe liebend gern keine Verantwortung gehabt hätte und frei wie ein Kind gewesen wäre. Warum hatte sie es so eilig mit dem Älterwerden gehabt? Eigentlich wusste sie das gar nicht.

»Warum nicht? Warum können wir nicht Spaß haben und das Leben genießen? Warum ist es so wichtig, zu einer neuen Person zu werden, nur weil die Anzahl der Kerzen auf der Geburtstagstorte jedes Jahr zunimmt?«

Er war ganz ernst, als er das sagte. Die Fragen überraschten sie, und sie war nicht sicher, was die richtigen Antworten darauf waren. Jeder sagte, dass man erwachsen werden musste. Es gab zwar kein wirkliches Gesetz, aber die Leute taten es einfach.

»Ich nehme an, dass die Welt im Chaos versinken würde, wenn Erwachsene herumlaufen und sich wie Kinder benehmen würden«, machte Chloe einen Erklärungsversuch.

»Wieso?«, fragte er.

»Was meinst du damit?« Dieser Punkt schien ihm wirklich wichtig zu sein. Sie war nicht sicher, was sie darüber denken sollte.

»Glaubst du wirklich, dass die Welt nur halb so viele Probleme hätte, wenn die Leute sich nicht so ernst nehmen würden?«

»Wovon redest du?«, fragte Chloe verzweifelt.

»Okay, ich gebe dir ein Beispiel. Wenn du in der Grundschule bist und mit jemandem Freundschaft schließen möchtest, was machst du dann?«

»Ich weiß nicht, worauf du hinauswillst«, sagte Chloe.

Er seufzte, als würde er mit einem Kind reden. »Das ist doch eine einfache Frage. Versetz dich in deine Grundschulzeit zurück und sag mir genau, was du getan hast, um Freundschaften zu schließen.«

Chloe dachte einen Moment nach. Es war schon lange her, dass sie die Schule besucht hatte. Aber es schien, als wollte er eine ehrliche Antwort.

»Ich glaube, ich habe mein Spielzeug geteilt«, begann sie, bevor sie lächelte. »Und meine Mutter hat mir jeden Tag eine Süßigkeit mitgegeben. Meistens etwas mit Schokolade. So habe ich meine beste Freundin Dakota kennengelernt. Ich habe die Süßigkeiten ins Klassenzimmer geschmuggelt, und wenn wir still sein und lesen sollten, habe ich sie herausgeholt und mit ihr geteilt«, erzählte Chloe.

»Warst du aufgeregt, dass die Lehrerin dich erwischen könnte?«, fragte er.

Sie lachte. »Nein. Eigentlich hätte sie sehen müssen, was wir taten, aber sie hat uns nie darauf angesprochen. Wir haben ja niemandem geschadet.«

»Genau das meine ich. Du hast Freunde gewonnen, indem du deine Süßigkeiten geteilt, einer Freundin bei den Hausaufgaben geholfen oder mit ihr in der Pause gespielt hast. Du hast dich nicht wie ein Pfau spreizen und versuchen müssen, jemand zu sein, der du nicht warst. Du warst einfach du selbst und hast Leute angezogen. Warum kann das jetzt nicht auch so einfach sein?«, drängte er.

»Weil wir erwachsen werden müssen«, schnaubte Chloe.

»Aber warum?«

»Ich möchte mal wissen, warum du so sehr darauf herumhackst.« Ihre Stimme klang immer erregter.

»Weil mir seit meiner Kindheit eingetrichtert wurde, dass ich erwachsen werden müsste, dass ich Verantwortung übernehmen und wie ein Erwachsener handeln sollte. Aber warum kann ich nicht das Beste aus beiden Welten haben? Was ist so schlimm daran, Baseball im Regen zu spielen und schlammbeschmiert zu sein? Oder sich einen geilen Nerf-Battle mit Freunden und Familienmitgliedern zu liefern? Und was ist falsch daran, meine Süßigkeiten mit einem hübschen Mädchen zu teilen?«

Als er mit seinem kleinen Vortrag fertig war, zog er eine Schachtel Pralinen hervor, die er versteckt hatte. Chloe lächelte sofort und streckte die Hand danach aus. Es waren mit Fruchtcreme gefüllte Pralinen, für die sie eine heimliche Schwäche hatte. Sie hatte keine Ahnung, wie er das herausgefunden hatte.

»Es ist nichts Schlimmes daran zu spielen«, gab sie widerwillig zu. »Aber wir sind als Erwachsene verantwortlich dafür, einen Job zu haben, Rechnungen zu bezahlen, das Gesetz zu befolgen.« Sie rückte näher an Nick heran, um nach den Pralinen zu greifen. Er hielt sie knapp außer Reichweite, und Chloe wurde von Sekunde zu Sekunde frustrierter.

Sie brauchte ein paar Augenblicke, bis ihr bewusst wurde, dass sie auf das Brechen von Gesetzen hingewiesen und dabei nicht sofort an ihn gedacht hatte. Das brachte sie in die Gegenwart zurück. Vielleicht war es der Wein, vielleicht seine Gesellschaft, und vielleicht war es seine Beharrlichkeit, aber bereits von Anfang an hatte sie Zweifel daran gehabt, dass er für den Tod ihres Bruders verantwortlich sein sollte. Und jetzt, wo sie ihn besser kannte, schien es unmöglich. Dennoch gab es einen kleinen Teil in ihr, der ihn verantwortlich machte, aber der größere Teil glaubte nicht, dass er je etwas tun konnte, das jemanden, den er mochte, in Gefahr brachte. Sich vor ihren Gefühlen und Gedanken fürchtend, schaute sie ihn mürrisch an und konzentrierte sich wieder auf das, was er sagte.

»Dieselben Pflichten haben wir als Kinder«, betonte er.

»In der Grundschule haben wir keine *Jobs*«, widersprach sie. Ihr war nicht bewusst, wie nahe sie in dem Versuch, an die Pralinen zu kommen, an ihn herangerutscht war.

»Doch, haben wir. Wir haben häusliche Pflichten, Hausaufgaben müssen pünktlich gemacht werden, und wir müssen zu bestimmten Zeiten zu Hause und im Bett sein. Wir werden älter, und diese Dinge bekommen andere Namen, aber wir müssen uns immer noch an die Regeln halten. Als Kind haben wir aber auch Pausen, Filmabende und Pyjamapartys.

Ich will damit nur sagen, dass es okay ist, für immer jung zu sein. Die Regeln kann ich einhalten, aber der Tag, an dem ich erwachsen werden muss, ist der Tag, an dem ich das Leben aufgebe.«

Seine Worte trafen sie schwer. Sie war in einem unglaublich strengen Elternhaus aufgewachsen, in dem sie bestraft wurde, wenn sie nicht auf das hörte, was ihr Vater sagte. Und unter Bestrafung verstand er Schläge mit dem Paddel, die blaue Flecken hinterließen. Chloe hatte schnell gelernt, dass man entweder dem Familienoberhaupt gehorchte oder den Preis bezahlte. Was wäre gewesen, wenn sie völlig anders aufgewachsen wäre? Wäre sie dann eine völlig andere Frau geworden?

»Hältst du die Regeln ein?«, fragte sie ihn und versuchte sich krampfhaft auf die ursprüngliche Aufgabe zu konzentrieren, die ihr unter Druck auferlegt worden war, als sie den Job als seine Therapeutin angenommen hatte.

Nick lächelte und sagte lässig: »Natürlich tue ich das.«

»Immer?«, hakte sie nach.

Nicks Lächeln verschwand, als er ihren Gesichtsausdruck analysierte. Sie war zu beschwipst, um ihre Gefühle zu verbergen, und hatte einen wirklich schlechten Zeitpunkt gewählt, ihm Fragen jeglicher Art zu stellen, aber sie konnte offenbar nicht aufhören.

»Worauf willst du hinaus?«, fragte er schließlich. »Das scheint eine gezielte Frage zu sein.«

»Ich habe nur gehört, dass Piloten rücksichtslos sind und einen Gottkomplex haben. Deshalb frage ich mich, ob du auch so bist. Ob du vielleicht glaubst, dass du die Regeln im Job nicht anwenden musst, weil du einen Rettungshubschrauber fliegst.«

Nick presste die Lippen fest aufeinander und kniff die Augen zusammen, was Chloe noch nicht bei ihm gesehen hatte. Vielleicht hatte sie ihn zu sehr in die Enge getrieben. Ein Schauer überlief sie, und genauso schnell, wie der verkniffene

Ausdruck in seinem Gesicht erschienen war, wischte Nick ihn wieder fort

»Ich glaube, du kommst mir näher, und das macht dir Angst. Deshalb versuchst du einen Streit vom Zaun zu brechen, indem du meine Ehre infrage stellst«, wagte er einen Erklärungsversuch, bevor seine Mundwinkel wieder nach oben gingen. »Das wird nicht funktionieren. Der Abend war bisher zu perfekt, dass das passieren könnte.«

Merkwürdigerweise atmete Chloe erleichtert aus. Sie wollte nicht, dass der perfekte Abend ruiniert wurde. Also verdrängte sie die Stimme ihres Vaters, die ihr ständig im Ohr klang. Heute Abend wollte sie Nick nicht hassen.

»Na gut, ich gebe nach«, sagte sie und saß fast auf ihm. Ihr war nicht bewusst gewesen, dass sie immer noch die Hand nach den Pralinen ausstreckte, sogar noch während ihres kleinen Streits. Endlich reichte er ihr die Schachtel. Sie riss den Deckel herunter, nahm eine Praline heraus und schob sie sich in den Mund. Chloe genoss den süßen, intensiven Geschmack auf der Zunge, und das letzte bisschen Anspannung verflog beim Kauen.

»Ich glaube nicht, dass du das tust. Ich glaube, du hast nur wegen der Pralinen nachgegeben«, mutmaßte er. »Wirst du jetzt, wo du sie hast, deine Meinung ändern?« Das war eine gute Frage. Sie sollte eigentlich Ja sagen, aber dazu war sie viel zu zufrieden.

Sie kicherte. »Vielleicht war es auch das«, gab sie zu.

»Dann musst du bestraft werden.«

Bevor ihr klar wurde, was geschah, war Nick über ihr. Er saß rittlings auf ihr und hielt ihr die Hände über dem Kopf fest. Die Pralinenpackung kippte um, und der Inhalt purzelte auf die Decke. Chloe war entsetzt über so viel Verschwendung.

»Hör sofort auf, Nick!«, rief sie und versuchte sich zu befreien.

»Das glaube ich kaum«, entgegnete er, und ein verruchtes Lächeln erhellte sein Gesicht. Es verschlug ihr den Atem. Obwohl er darüber geredet hatte, für immer jung bleiben zu wollen, waren die Gedanken, die Chloe in den Sinn kamen, als sein warmer Körper ihren niederdrückte, alles andere als kindlich.

»Ich warne dich. Wenn du mich nicht sofort loslässt, werde ich dir wehtun müssen.« Sie versuchte ernst zu klingen.

Nicks freie Hand wanderte zu ihrer Hüfte, und sie sog scharf die Luft ein. Seine Hand auf ihrer Haut zu spüren, machte sie wahnsinnig. Es war ihr in den letzten Wochen gelungen, einen Abstand zu ihm einzuhalten, aber heute Abend hatte sie nicht aufgepasst. Das war alles andere als klug gewesen. Aber sie wusste beim besten Willen nicht, weshalb sie unachtsam gewesen war.

Gerade als sie dachte, er würde sie gleich streicheln, fing er an, sie zu kitzeln. Innerhalb von Sekunden entwich schrilles Lachen ihrer Kehle.

»Was machst du?«, kreischte sie und versuchte ihn abzuwerfen. Aber Nick war jetzt stärker als zu Beginn der Therapie. Wenn er sie nicht losließ, hatte sie keine Chance.

»Ich helfe dir dabei, deine kindliche Ader wiederzuentdecken«, verteidigte er sich.

Und dann lachte er mit ihr, als die Folter weiterging und seine Finger jede empfindliche Stelle an ihrem Körper fanden. Sie wand sich unter ihm, aber er kannte kein Erbarmen. Doch als sie schließlich keine Luft mehr bekam, gab er nach.

»Gibst du nun zu, dass es viel lustiger ist, niemals erwachsen zu werden?«, fragte er sie.

»Nein«, entgegnete sie, doch als er wieder seine Hand ausstreckte, rief sie: »Ich meine, ja, ja!«

Nick lachte und ließ von ihr ab, erlaubte ihr, unter ihm hervorzukrabbeln. Chloe würde es ihm gegenüber nicht eingestehen, aber sie konnte sich nicht erinnern, wann sie das letzte Mal dermaßen gelacht hatte. Vielleicht hatte er irgendwie recht mit dem, was er gesagt hatte. Andererseits konnte es auch sein, dass sie zu viel Wein getrunken hatte.

»Wir sollten jetzt wirklich zurückgehen«, mahnte sie. Obwohl es ihr überhaupt nicht gefiel, dass der Abend vorbei sein sollte, war es schon spät und ein anstrengender Therapietag würde am nächsten Morgen beginnen.

»Wie wäre es mit einer Pyjamaparty?«, fragte er augenzwinkernd. Chloe stand schnell auf und lächelte auf ihn herab.

»Keine Chance«, gab sie zurück, aber ihre Worte klangen nicht bissig. »Wie tief ist das Wasser hier?«, fragte sie und schaute auf die ruhige schwarze Oberfläche.

»Tief genug zum Angeln und Schwimmen.« Sie bemerkte, dass er Mühe hatte, auf die Beine zu kommen, ohne ihr zu zeigen, dass er Schmerzen hatte.

»Das sollte ich mal testen, bevor mein Job hier endet«, sagte sie. Dann wandte sie sich ab, um ihm die Privatsphäre zu geben, die er verdiente. Er sagte nichts, aber sie war sicher, dass er für die Geste dankbar war. Dann kam er herüber und stellte sich am Rand des Steges neben sie.

»Das Wasser ist kalt, aber erfrischend«, meinte er, griff nach ihrem Arm und tat so, als würde er sie gleich ins Wasser werfen. Chloe kreischte und reagierte schnell, indem sie ihn wegstieß und einen Schritt zurück machte.

Entsetzt sah sie, wie Nick das Gleichgewicht verlor, als er sein verletztes Knie zu sehr belastete. Zu langsam streckte sie die Hände nach ihm aus, und fast wie in Zeitlupe fiel er über den Rand des Stegs. Ein lautes Klatschen sagte ihr, dass er ins Wasser gefallen war. Sie war zu benommen, um zu reagieren, und schaute zu, wie er mit aufgerissenen Augen und zusammengebissenen Zähnen wieder auftauchte. Ein Frösteln durchlief ihn.

»Na gut, es ist ein bisschen mehr als kalt«, gestand er mit klappernden Zähnen.

»Das tut mir leid«, jammerte sie entsetzt darüber, was sie getan hatte. »Ist dein Bein okay?« Wenn sie ihm weiteren Schaden zugefügt haben sollte, würde sie sich das nie verzeihen.

»Ich spüre es nicht, also nehme ich an, dass alles gut ist«, beruhigte er sie und kam näher zum Steg.

»Du hättest mich nicht stoßen sollen. Ich habe nur reagiert«, schimpfte sie mit ihm.

»Gut zu wissen.« Dann grinste er sie an. »Komm doch auch rein. Jetzt, wo ich mich ans Wasser gewöhnt habe, ist ein abendliches Bad doch eine ausgezeichnete Idee.«

»Ähm, vergiss es. Ich dachte eher an Schwimmen um die Mittagszeit herum, wenn es draußen schön warm ist.«

Er schenkte ihr ein Grinsen, das sie in Schwierigkeiten bringen würde. Das wurde ihr immer mehr bewusst. Sie trat einen Schritt zurück, und plötzlich änderte sich sein Gesichtsausdruck, und er sah verletzt und schwach aus.

»Ich glaube, ich komme hier alleine nicht mehr raus.« Nick klang verzweifelt.

»Oh, stell dich nicht so an. Ich sehe doch immer, wie du aus dem Pool steigst«, erinnerte sie ihn. Plötzlich ging er unter.

»Nick … Nick!« Als sein Kopf unter der Wasseroberfläche verschwand, schrie Chloe auf, fiel auf die Knie und streckte die Hand nach ihm aus.

Das war ihr erster und letzter Fehler. Wie von der Tarantel gestochen schoss er aus dem Wasser und griff nach ihrer Hand. Und dann brauchte es nicht mehr viel, dass sie durch die Luft flog und direkt neben ihm im Wasser landete.

Prustend tauchte Chloe auf und war ernsthaft besorgt, dass ihre Gliedmaßen Schaden nehmen könnten.

»Es ist eiskalt!«, rief sie zähneklappernd und zog die Worte gequält in die Länge. »Nicht zum Schwimmen geeignet, auch wenn es draußen heiß ist.«

Nick zog sie in die Arme, und da wurde ihr bewusst, dass ihnen das Wasser nur bis zur Brust reichte. Er hatte sie die ganze Zeit an der Nase herumgeführt, damit sie dicht an den Rand des Steges trat und er sich rächen konnte. Hätte sie Vergeltung im Sinn gehabt, wäre er in ernsthaften Schwierigkeiten gewesen. Aber im Gegensatz zu ihm war sie erwachsen und ließ sich zu solchen Maßnahmen nicht herab.

Sie versuchte, sich von ihm loszureißen, aber er hielt sie fest umschlungen und drückte sie an seine Brust, die unglaublicherweise warm war. Anstatt zu versuchen, von ihm loszukommen, drückte sie sich noch enger an ihn.

»Unser Date kann aber nicht ohne einen Kuss enden«, forderte er. Nick gab ihr keine Zeit nachzudenken, sondern beugte den Kopf und nahm ihr den Atem.

Der Kuss war verzehrend. Er fuhr ihre Lippen nach, stieß ihr die Zunge in den Mund und nahm Besitz von ihr. Dann umfasste er ihren Po und zog sie gegen seinen Körper. Schockiert spürte sie seine Erektion. Sie hätte nicht gedacht, dass er bei dieser Wassertemperatur erregt sein könnte.

Chloe ließ sich gegen ihn sinken, vergaß all die Gründe, weshalb sie sich nicht küssen, berühren und ertasten sollten.

Mit einer Hand griff er in ihre Haare, zog sie noch enger an sich und nahm Besitz von ihrem Mund. Chloe vergaß das kalte Wasser und verlor sich in seiner Umarmung. Doch als ein Schauder ihren Körper erfasste, wich er mit widerwilligem Gesichtsausdruck zurück.

»Ich habe den falschen Zeitpunkt gewählt«, sagte er und strich ihr über die Wange. »Sobald wir aus dem Wasser geklettert sind, wirst du wieder dichtmachen und davonrennen.«

Chloe wollte sich vorbeugen, ihre Lippen auf seine legen und ihm zeigen, dass er falsch lag. Aber er hatte recht. Sie stemmte sich gegen seinen Griff und bedauerte es fast, als er sie losließ. Egal, wie gern sie seinen Rat angenommen hätte, wieder ein Kind zu sein, das war sie einfach nicht.

Als sie aus dem Wasser auf den Steg kletterte, spürte sie noch immer die Leidenschaft seines Kusses. Doch als der Wind auf ihre nasse Haut traf, begann sie unkontrolliert zu zittern. Nick, der ebenfalls aus dem Wasser gestiegen war, legte ihr die Decke um die Schultern.

»Die brauchst *du* doch«, wehrte sie sich, brachte es aber einfach nicht fertig, die Decke herzugeben. Nick löschte das Feuer und die Laternen und ließ den Rest des Picknicks liegen, um es dann später zu holen.

»Wie wäre es, wenn wir uns die Decke teilen, denn schließlich hast *du* mich ins Wasser geschubst«, schlug er vor. Er zwang sie nicht dazu und überließ ihr die Wahl. Eigentlich hätte sie ihm einfach die Decke geben sollen, aber sie konnte sich nicht dazu durchringen.

Ohne Nick in die Augen zu schauen, streckte sie die Hand aus, die das eine Ende der Decke hielt, und er gesellte sich neben sie, legte ihr den einen Arm um die Taille und übernahm den Deckenzipfel mit der anderen Hand. Langsam gingen sie schweigend zum Haus zurück.

Als er weiter neben ihr blieb, während sie zu ihrer Zimmertür ging, dachte sie an eine Million Dinge, die sie ihm sagen wollte. Hatte er getrunken gehabt, als er mit ihrem Bruder in das Unwetter geflogen war? Spürte er Reue? Hatte er so viel Geld, dass er dachte, er könne tun, was er wolle? Sie wollte ihn geradeheraus fragen, ob er ihren Bruder getötet hatte.

Doch sie stellte keine Fragen. Stattdessen ließ sie die Decke los, drehte den Türknopf und schlüpfte ins Zimmer. Den Rest der Nacht bereute sie ihre Entscheidung, als sie alleine und leidend im Bett lag. Schließlich übermannte sie der Schlaf, aber ihre Träume handelten von Nick. Und was sie mit ihm tat, war garantiert nicht jugendfrei.

Als ihr Handy am nächsten Morgen klingelte und sie sah, dass es ihr Vater war, wartete sie, bis sich die Mailbox einschaltete. Ja, sie wusste, dass sie für diese Sünde seinem Zorn begegnen würde, aber es war ihr egal. Ihre Gefühle waren durcheinander, und sie hatte sie noch nicht so weit geordnet, dass sie einen Anruf ihres Vaters entgegennehmen konnte.

Wenn Chloe sich nicht bald zusammenriss, würde sie anstelle von Nick hinter Gittern landen. Unter den gegebenen Umständen und aufgrund dessen, was sie plante, hatte er gute Gründe, Chloe wegen des Verstoßes gegen ihre Berufsethik zu verklagen. Er hatte genauso ein Recht auf seine Privatsphäre wie auf angemessene medizinische Behandlung.

Chloe wollte das alles aufgeben, aber sie konnte es nicht. Deshalb tat sie, was sie schon ein paar Wochen praktizierte ... sie verdrängte wieder die Probleme. Vielleicht würden sie eines Tages so tief vergraben sein, dass keiner sie wieder ausbuddeln konnte.

Kapitel 12

Nick war völlig überzeugt davon, dass er sterben würde. Sogar im Meer, ohne zu wissen, ob er gerettet werden würde, hatte er sich nicht dermaßen vor dem Tod gefürchtet wie in diesem speziellen Moment. Sein Leben lief vor seinem inneren Auge ab, und er hoffte nur, dass das Leiden aufhörte und es schnell gehen würde.

Den Kopf an die Duschwand gelehnt, wechselte er zu kaltem Wasser und begann zu zählen. Er kam bis einhundert, dann fünfhundert, dann tausend. Sein Körper nahm eine bläuliche Farbe an, und erst dann ließ die Erektion nach.

Er würde gern sagen können, dass Chloe ein Biest war, aber er wusste, dass das nicht stimmte. Sie hatte äußerst deutlich gemacht, dass sie keine Beziehung wollte, und er *vermutete*, dass somit Sex vom Tisch war. Sein Körper verstand diese spezielle Nachricht nur noch nicht. Nick hoffte inständig, dass sie ihre Meinung noch ändern würde, aber die Frau blieb hart, und er lebte mit einer Dauererektion.

Letztens hatte er sogar versucht, sich selbst zu befriedigen. Das war aber nicht gut gelaufen, denn er wollte *ihre* Hände und *ihren* Mund dafür. Er wollte tief in ihre heiße Mitte eindringen und von ihr umschlungen werden. Und es schien, dass nichts anderes helfen würde.

Solange sie nicht beschloss, dem Verlangen nachzugeben, das sie beide umtrieb, war sein Leben in Gefahr. Er fragte sich, ob er ihr das auf eine Weise erklären konnte, die sie nachempfinden würde. Irgendwie bezweifelte er das, obwohl es ihm selbst völlig einleuchtete.

Nick trat aus der Dusche und trocknete sich ab. Seine Erektion hatte nur zum Teil nachgelassen. Eine Unterhose anzuziehen, war schmerzhaft, und die Trainingshose engte ihn auch zu sehr ein. Aber es war nicht das erste Mal, dass Nick in solch einem erregten Zustand war. Ich stehe es durch oder auch nicht, dachte er und verzog das Gesicht, als er die Küche betrat, wo Chloe ihm den Rücken zuwandte und ihr Parfüm in der Luft lag.

Vielleicht wollte sie ihn fertigmachen? Das schien tatsächlich eine Menge Sinn zu ergeben. Keine normale Frau würde sich so strikt ihrem Verlangen widersetzen. Da war er sich ganz sicher. Schon ihr Anblick und ihr Duft ließen seinen Körper schmerzhaft pulsieren. Er stellte sich vor, wie er hinter sie treten, ihr die sexy Krankenhauskleidung vom Leib reißen und sich tief in ihr versenken würde, bis sie seinen Namen rief.

Solche Gedanken halfen ihm in der aktuellen misslichen Lage nicht im Geringsten. Ein leises Stöhnen entwich seiner Kehle, und sie musste es gehört haben, denn sie wirbelte herum und schaute ihn prüfend an.

»Wie geht's dir heute Abend?«, fragte sie und nippte an einem Glas Milch. Sie hatte ihr abendliches Ritual, und er hatte seins, aber oft tranken sie noch etwas zusammen, bevor jeder in sein Bett ging. Das gab ihnen die Möglichkeit, die Therapie des Tages durchzusprechen.

Nick schaute sie finster an, was sie offenbar kränkte. »Beschissen«, sagte er. Er nahm die Tasse, die sie ihm hinhielt, mit ein bisschen zu viel Schwung, wollte sich aber nicht dafür entschuldigen. Sie hatte sicher kein Mitleid mit *seiner* Misere.

»Hast du Probleme mit dem Knie?«

»Nein, höher«, blaffte er.

»Mit den Rippen?« Sie klang wirklich besorgt. Er sollte nachsichtiger mit ihr umgehen, aber dafür hatte er zu schlechte Laune.

»Tiefer«, knurrte er.

Ihr Blick wanderte über seinen Körper, was das Pulsieren weiter verstärkte. Dann hörte er sie nach Luft schnappen und lächelte fast. Er war sicher, dass ihrem Blick nichts verborgen blieb, so erregt, wie er war. Nick lehnte am Küchentresen, nippte an seinem Saft und ließ sie seinen Zustand in sich aufnehmen.

»Oh ... na ja, ich ... ähm...« Sie gab die Sprechversuche auf und wandte sich von ihm ab.

Nicks Laune besserte sich nur ein wenig.

»Gibt's ein Problem, Doc?«, fragte er. Er hatte Schmerzen, und sie konnte ruhig wissen, dass sie daran schuld war.

»Nein, überhaupt nicht. Wir hatten heute einen langen Tag, und der morgige wird noch härter«, sagte sie und errötete bei der Wortwahl, obwohl sie vorgab, keinen Fehltritt begangen zu haben. Sie versuchte, ihrer Stimme eine extra Portion Strenge zu geben, aber die war zu belegt, als dass ihr das gelang.

»Ich habe allerdings ein Problem, von dem ich sicher bin, dass nur *du* es lösen kannst«, erwiderte er.

Sie wirbelte herum und starrte ihn an. Ihr Blick blieb auf sein Gesicht geheftet und suchte nicht mehr nach Verletzungen. Nick kicherte, bevor er einen weiteren Schluck Saft trank. Verdammt, er wollte sie.

»Sieht aber so aus, als würde mich dein aktuelles Problem nichts angehen«, gab sie mit scharfer Zunge zurück.

»Glaub mir, Doc, meine Lage ist nur dir zuzuschreiben.« Ohne auf Chloe Rücksicht zu nehmen, griff sich Nick in den

Schritt und versuchte, den Druck etwas zu mildern, aber es half nichts.

Ihr Blick schnellte bei seinem kühnen Griff nach unten und dann wieder zurück in sein Gesicht. Er war so vernichtend, dass es Nick auf der Stelle hätte umhauen müssen.

»Du bist ekelhaft.«

»Ich will dich«, beharrte er.

»Dann such dir eine andere.«

Sie starrten sich eine Zeit lang an und dann drängte er sie gegen den Küchentresen. »Willst du das wirklich, Doc? Willst du, dass ich mir eine andere Frau suche und sie so küsse?«, fragte er, beugte sich vor und sog an ihrem Hals. Sie schnappte nach Luft, stieß ihn jedoch nicht weg. »Oder so?« Mit den Zähnen knabberte er an ihrer Haut, bevor er mit der Zunge besänftigend über die Stelle strich.

Als Nächstes drückte er sich gegen sie, ließ sie seine Erektion an ihrem Bauch spüren. »Willst du, dass ich in eine andere Frau eindringe und sie immer wieder meinen Namen rufen lasse?«, flüsterte er ihr ins Ohr, bevor er es mit der Zunge nachfuhr. Sie schauderte in seinen Armen.

»Das ist mir egal«, stieß sie keuchend hervor und strafte ihre Worte Lügen.

»Ich glaube, du lügst. Ich glaube, du willst, dass ich dich hart und schnell nehme und dann langsam und lange. Ich glaube, du willst meine Lippen kosten, während ich in deine enge, feuchte Mitte stoße. Ich glaube, du träumst von mir und wachst leidend auf. Ich glaube, du willst es genauso sehr wie ich, aber du hast zu viel Angst, es zuzugeben«, forderte er sie heraus.

Er lehnte sich zurück, schaute in ihre rauchgrauen Augen, und dann stöhnte er, beugte sich wieder vor und presste die Lippen auf ihre. Seine Hände wanderten zu ihren Pobacken und drückten sie fest, bevor er Chloe anhob und sich gegen ihre süße Mitte drängte. Die Kleidung störte. Er wollte es richtig machen.

»Nick«, seufzte sie. Er war sich nicht sicher, ob sie protestierte oder nicht, aber wenn sie ihn nicht wegstieß, würde er nicht zurückweichen.

Mit einem tiefen Knurren hob er sie auf den Küchentresen und stellte sich zwischen ihre gespreizten Beine. Er zog sie nach vorn und rieb sich an ihr. Das reichte fast, um ihn in seiner Hose explodieren zu lassen.

Verdammt, das würde ihm wenigstens für ein paar Stunden Erleichterung verschaffen. Einfach nicht mehr das ständige Pochen zu spüren, wäre es vielleicht wert. Mit einer Hand hielt er sie an sich gedrückt, während er die andere in ihrem Haar vergrub, das Gummiband herauszog und den süßen Duft ihres Shampoos einatmete, der ihn umgab.

Er knabberte an ihrer Unterlippe, bevor er den Kuss intensivierte und in ihren Mund eindrang, als wollte er bis zu ihrer heißen Mitte vorstoßen. »Sag einfach Ja«, bettelte er. Chloe wimmerte in seinen Armen und drängte gegen ihn.

»Nick«, sagte sie und stöhnte.

»Lass mich dich lieben«, verlangte er und küsste sie erneut. Er schob ihre Hand langsam in den Bund seiner Trainingshose. Ihre Finger strichen über die Haut, als er sie hin zu seiner Erektion stupste. Er ließ sie los und schrie fast auf vor Freude, als sie die Hand nicht aus der Hose zog.

Dann schob er seine Hand unter ihr T-Shirt, hakte schnell den BH auf und fuhr mit den Fingern über ihre harten Brustspitzen, was ihr ein Stöhnen entlockte, das er gierig in sich aufnahm. Chloe umschloss mit den Fingern seinen Schaft, und er war ein bisschen besorgt, dass er es niemals in sie schaffen würde. Er war so verdammt erregt, dass er wahrscheinlich in seiner Hose kommen würde. Die kleinste Berührung von ihr würde ausreichen, um ihn dem Paradies näher zu bringen.

»Nick …« Diesmal klang ihre Stimme fast wie ein Protest. Nein! Sie beide brauchten es, brauchten es mehr als die Luft zum Atmen. Sie musste es zugeben, oder er befürchtete, dass er tatsächlich sterben würde.

»Lass mich dich lieben«, flehte er sie an. Er wich zurück und schaute ihr in die Augen. »Wir wollen es doch beide. Es ist nichts dabei, sich zu nehmen, was man braucht.«

Sie sah unsicher aus, deshalb küsste er sie erneut … lange und mit Bedacht. Dann drückte sie sein Glied und entlockte ihm ein paar Tropfen. Mit dem Daumen strich sie über die Spitze, was in ihm den Wunsch weckte, ihr die Kleidung vom Leib zu reißen.

»Bitte«, bettelte er. Noch nie hatte Nick eine Frau angebettelt, aber jetzt war er bereit dazu. Er würde sogar auf die Knie fallen, wenn sie es wollte. Nick musste ihren Körper anbeten.

Chloes Augen wurden glasig, als er auf eine Antwort wartete. Mit einer Hand umfasste sie seine Wange. »Wir sollten das wirklich nicht tun«, sagte sie, aber für ihn klang es, als würde sie nachgeben.

»Aber wir werden es«, beharrte er und vermied die Frageform.

»Ja, Nick …« Bei diesen Worten empfand er reinste Freude und wollte gerade reagieren …, als sie von der Türklingel unterbrochen wurden. Chloe riss die Augen auf und drehte den Kopf abrupt zur Eingangstür. Sofort versuchte sie sich von ihm loszureißen.

»Es ist mir egal, wer das ist. Derjenige soll sich von meinem Grundstück scheren!«, polterte Nick und wollte Chloe nicht loslassen.

»Nick, bitte, ich möchte nicht, dass jemand hereinkommt und mich so sieht«, bat sie.

Sie riss die Finger von seiner schmerzenden Erektion, und er hätte am liebsten geheult. Nick konnte sich nicht erinnern, wann er das letzte Mal tatsächlich eine Träne vergossen hatte, aber jetzt, in diesem Moment, war ihm danach.

»Sie werden schon wieder gehen«, beruhigte er sie und zog sie wieder an sich, damit sie nicht vergaß, wie gut sich das anfühlte.

Es klingelte erneut, und Nick entschlüpften ein paar Flüche. »Beweg dich nicht, es sei denn, um deine verdammt sexy Hose auszuziehen. Ich bin sofort zurück.«

Dann wirbelte er herum und lief zur Tür. Wer auch immer da draußen stand, würde die Unterbrechung ganz sicher bereuen. Er war dem Paradies schon so nahe gewesen, und es gab keinen Grund, dass er unterbrochen wurde.

Nick riss die Tür auf und war sicher, dass er ziemlich wild aussehen musste. Seine Haare waren zerzaust, die Kleidung zerknittert und sein mürrischer Gesichtsausdruck unübersehbar. Er starrte die beiden Militäroffiziere an, die vor ihm standen. Einer war Paul Holland, ein Anwalt, der für die Abteilung Wehrdisziplinarwesen arbeitete. Sie hatten jahrelang an jedem Wochenende Fußball miteinander gespielt, zumindest bis zu seinem Unfall, aber er war nie bei Nick aufgetaucht, ohne sich vorher anzukündigen. Und ganz sicher nicht mit einem anderen Mann, der neben ihm stand und den Nick nicht kannte.

»Hallo, Nick, entschuldige die Störung, aber wir müssen reden.«

»Worüber, verdammt noch mal?« Nicks Worte klangen scharf, aber sein Zorn verwandelte sich in Verwirrung.

»Entschuldigung. Ich bin nicht ich selbst«, sagte Nick, als Paul eine Augenbraue hob.

»Verstehe. Du hast ja auch viel durchgemacht«, lenkte Paul ein. »Allerdings müssen wir dringend miteinander reden. Ich bin hier als dein Freund und eventuell als dein Anwalt, wenn du willst.«

»Weshalb sollte ich einen Anwalt brauchen?«, fragte Nick. Seine Verwirrung dämpfte die Leidenschaft und vertrieb den Zorn. Hinter sich hörte er Geräusche, aber irgendwie bezweifelte er, dass sie von Chloe kamen, die ihre Hose auszog und sich mit weit gespreizten Beinen für ihn auf dem Küchentresen positionierte. Er seufzte. Wieder eine Gelegenheit verpasst. Er befürchtete, dass sich so bald, wie er sie brauchte, keine weitere bieten würde.

»Gegen dich wird ermittelt«, teilte ihm Paul mit.

Das letzte bisschen von Nicks Begierde erstarb, als er seinen langjährigen Freund anstarrte. »Was zum Teufel sagst du da?«

»Darf ich reinkommen?«, fragte Paul. Der neben ihm stehende Mann schaute Nick mitleidig an, sagte jedoch nichts. Nick beschloss, dass er wissen musste, wovon Paul gesprochen hatte, und öffnete die Tür. Er konnte es genauso gut hinter sich bringen.

Die beiden Männer folgten ihm in die Küche, die Chloe, wie von Nick bereits vermutet, verlassen hatte. Er gab den beiden jeweils eine Tasse Kaffee, und dann gingen sie alle zum Tisch.

»Paul, du kannst mir so etwas nicht an den Kopf knallen und mich dann zappeln lassen, bis wir es uns gemütlich gemacht haben«, beschwerte sich Nick.

»Es gibt einen Zeugen, der sich gemeldet hat und behauptet, dass du in der Nacht des Hubschrauberabsturzes getrunken hast.« Paul sagte das ruhig und ungläubig, aber trotzdem vergingen einige Momente, bis Nick wirklich verstand, was sein Freund gerade gesagt hatte. Er schüttelte den Kopf, als er von Paul zu dem Fremden und dann wieder zurück zu seinem Freund schaute.

»Erklär mir das«, bat Nick schließlich.

»Hör mal, Nick, ich weiß nicht, ob du dir einen Feind gemacht hast oder was zum Teufel da vor sich geht, aber ich weiß mit Sicherheit, dass diese Akte auf meinem Tisch gelandet ist. Ein angesehenes Mitglied der Küstenwache schwört unter Eid, dass es dich trinken sehen hat, bevor du in der Nacht des Absturzes losgeflogen bist. Die Wehrdisziplinarabteilung hat beschlossen, dass der Fall es wert ist, genauer untersucht zu werden. Ich bin hergekommen, um dich zu warnen, was ich eigentlich nicht tun sollte, aber du könntest sehr wohl eine gerichtliche Aufforderung bekommen. Es kann gut sein, dass die Sache vor Gericht kommt«, ließ Paul ihn wissen.

»Ich höre, was du sagst, aber ich verstehe es nicht.« Nick ließ den Kopf hängen. »Wer würde denn so etwas behaupten?«

»Den Namen der Person darf ich zum jetzigen Zeitpunkt nicht nennen, Nick, aber sie hat sich nichts zuschulden kommen lassen und wird als glaubhafte Quelle betrachtet.«

»Paul, du weißt doch, dass ich niemals im Dienst trinken würde.« Nick war wütend, dass er das überhaupt sagen musste.

»Ich weiß das, Nick, deine Mannschaft weiß das, dein Captain weiß das. Aber nicht jeder in der Abteilung Wehrdisziplinarwesen kennt dich. Sie haben keine andere Wahl, als eine Untersuchung einzuleiten. Du wirst einen Anwalt brauchen. Es sind Menschen gestorben.« Paul senkte die Stimme.

»Glaubst du, ich erinnere mich nicht daran, dass meine Mannschaft gestorben ist?«, rief Nick plötzlich. »Glaub mir, ich erinnere mich jeden verdammten Tag an diesen furchtbaren Moment!« Nick war wütend. Die Schuldgefühle, die er hatte, weil er der einzige Überlebende war, hatten ihn fast zerstört. Wurde jetzt seine Moral infrage gestellt? Er hatte das Gefühl, die Kontrolle zu verlieren.

»Nick, du brauchst mir das nicht zu erklären. Ich kenne dich«, erklärte Paul in seinem, wie Nick feststellte, beruhigenden Anwaltston. Nick war sauer, dass er den bei ihm anwandte.

»Aber wenn du mich offiziell beauftragst, dann können wir

126

die Sache gleich im Keim ersticken, bevor sie außer Kontrolle gerät.«

Nick lehnte sich ruhig zurück und dachte darüber nach, was Paul gesagt hatte. Brauchte er wirklich einen Anwalt? Er hatte nichts Falsches getan. Kopfschüttelnd stellte er fest, dass das keine Rolle spielte. Das Gesetz war keineswegs schwarz und weiß, und wenn es da draußen jemanden gab, der ihm Böses wollte, dann würde es nichts bringen, den Kopf in den Sand zu stecken. Er brauchte einen Schlachtplan, und er brauchte ihn jetzt.

»Ja, ich engagiere dich.« Nicks Stimme klang viel ruhiger.

»Gut. Das hier ist Brandon, mein Assistent. Er wird Notizen machen. Wir müssen mit der ganzen Schicht beginnen, die du gearbeitet hast. Ich hoffe, du hast Zeit«, sagte Paul.

»Die nehme ich mir.«

Nick hatte keine Ahnung, wohin Chloe sich davongestohlen hatte, und er sollte eigentlich besorgt sein, dass sie belauschte, was hier vor sich ging. Aber obwohl er noch nicht ganz aus ihr schlau geworden war, riet ihm sein Bauch, ihr zu vertrauen. Er verließ sich in seinem Arbeitsgebiet in hohem Maße auf seinen Bauch, und deshalb beschloss er, auch jetzt auf ihn zu hören.

Nachdem er mehr Kaffee geholt hatte, setzte sich Nick an den Tisch und seufzte. Er wollte diese Erinnerung nicht noch einmal hervorkramen. Es war zu schmerzlich. Paul lächelte Nick beruhigend an.

»Ich weiß, dass das hart ist, aber auch das kleinste Detail kann wichtig sein«, meinte er.

Also begann Nick. »Es war ein Notruf wie jeder andere, aber die Sicht war schlecht. Wir mussten uns als Team beraten und entscheiden, ob wir losfliegen. Natürlich waren wir uns einig und hoben ab.«

Brandon machte sich Notizen, als Nick erzählte, und obwohl Nick wusste, dass er darüber reden musste, fühlte er sich dennoch irgendwie missbraucht. Es war lächerlich, aber er teilte mit den beiden Männern den schlimmsten Augenblick in seinem Leben, und jedes Wort, das er sagte, wurde analysiert. Das war ein Eingriff, den er ihnen übelnahm.

»Das Meer bäumte sich mit aller Kraft auf, als wir das Boot erreichten.«

»Beginn früher«, forderte Paul ihn auf. »Ab dem Moment, in dem du den Anruf erhieltest.«

Nick wurde immer frustrierter, aber das war nicht Pauls Schuld, und er versuchte verzweifelt, es nicht an dem Mann auszulassen.

»Wir waren routinemäßig draußen. Gail, Pat, John und ich saßen unten bei einer Tasse Kaffee und haben uns gegenseitig wie immer Quatsch erzählt. Es war ein typischer Abend. Die Sonne ging gerade unter. Alles war ruhig, aber wir wussten, dass weiter weg ein Unwetter tobte.«

»Gut. Ich weiß, dass das ätzend ist, Nick, aber auch die kleinste Kleinigkeit ist wichtig«, versicherte ihm Paul.

»Dass wir auf unseren Ärschen saßen und Kaffee getrunken haben, ist wichtig?«, blaffte Nick. Diesmal entschuldigte er sich nicht.

»Ja, das ist es«, bekräftigte Paul und nahm es ihm nicht übel.

»Gut«, fuhr Nick fort. »Ich wurde ein bisschen unruhig, deshalb bin ich aufgestanden und rausgegangen, um aufs Meer zu schauen und eine Minute nachzudenken. In der Ferne habe ich Blitze gesehen, aber die mussten mindestens vierzig Meilen entfernt sein. Trotzdem wusste ich, dass jemand vom Unwetter überrascht werden würde. Ich konnte es spüren.«

»Ja, darauf scheinst du dich zu verstehen«, gab Paul zu.

»Gail gesellte sich zu mir und hat mich dann überredet, ihr mit der Ausrüstung zu helfen. Wir haben über nichts Wichtiges geredet.«

»Über was genau?«

»Keine Ahnung, verdammt!«, blaffte Nick.

»Einzelheiten, Nick«, erinnerte Paul ihn und sprach mit Nick, als wäre er ein Kind.

Nick dachte nach. »Wir haben über das Unwetter geredet, über die Kraft von Mutter Natur. So'n Zeug.«

»Gut, okay.«

»Als ich bei Gail fertig war, bin ich zum Landeplatz gegangen. Mein Bauchgefühl wurde immer stärker, und deshalb habe ich auf der Brücke vorbeigeschaut, um den Funkverkehr zu verfolgen. Ich war noch nicht lange dort, als der Anruf kam.«

»Welcher Art war der?«, fragte Paul.

»Es war ein Notruf. Die *Southern Belle* war in Schwierigkeiten und lief voll Wasser. Das Meer war aufgewühlt, und das Boot sank schnell.«

»Gut, Nick«, lobte Paul. »Du hast ein ausgezeichnetes Gedächtnis.«

»Das war der allerschlimmste Moment in meinem Leben. Ich erinnere mich daran, als wäre er gestern gewesen.« Nicks Wut war verraucht, und jetzt war er voller Sorge.

»Ich weiß. Ich wünschte, ich könnte sagen, es ist das letzte Mal, dass du die Geschichte erzählen musst, aber das ist es wahrscheinlich nicht«, gab Paul zu.

»Matrose Harper war fast noch ein Kind, kaum fertig mit dem Bootcamp, aber er hatte alles gut im Griff. Er hat sofort reagiert, und obwohl seine Stimme zitterte, hat er geantwortet und sich Notizen gemacht. Die Mannschaft der *Belle* wurde immer panischer, als sie ihre Position und die Anzahl der Leute an Bord durchgab«, fuhr Nick fort.

»Was passierte dann?«, fragte Paul weiter.

»Der Captain war da. Er hat wie immer die Nerven behalten und mich angewiesen, meine Mannschaft zu holen und die

Leute auf dem Boot zu retten«, erzählte Nick. »Dann löste er den Alarm aus, um die Crew in Gang zu setzen.«

Nick nahm einen Schluck Kaffee und versuchte, seine Stimme emotionsloser klingen zu lassen. Er durfte nicht zulassen, dass die Geschichte ihn berührte, und musste sie einfach nur wiedergeben.

»Ich bin in den Umkleideraum gelaufen und habe mich fertig angezogen. Das Adrenalin ist durch meinen Körper geschossen wie immer vor einem Flug. Meine Mannschaft war schon abflugbereit, und wir sind sofort in den *Jayhawk* gestiegen.«

»Ihr wart also zu viert?«, fragte Paul.

»Ja, Gail, meine Co-Pilotin, John, unser Sanitäter und Mechaniker, und Pat, unser Rettungsschwimmer. Wir waren ein tolles Team«, beteuerte Nick, diesmal unfähig, den Knoten im Hals herunterzuschlucken.

»Vor dem Absturz bist du viele erfolgreiche Rettungseinsätze geflogen«, stimmte Paul ihm zu.

»Ja, aber es spielt keine Rolle, wie viele erfolgreich waren, wenn ich nur an den Verlust denken kann«, gestand Nick.

»Okay, mach weiter«, forderte Paul ihn auf.

Nick war am Boden zerstört. Er wollte nicht fortfahren, denn diesen Teil wollte er unbedingt vergessen. Doch dieser Luxus war ihm nicht vergönnt.

»Wir haben den Preflight-Check durchgeführt, den *Jayhawk* gestartet, und ich habe mich kurz bei der Mannschaft des Schiffes gemeldet, bevor wir abgehoben haben.«

»Allen ging es gut?«, fragte Paul.

»Ja, sonst wären wir nicht losgeflogen. Gail hat um Abflugerlaubnis gebeten, und sobald wir die hatten, ging es los.«

»Gab es irgendwelche Probleme?«, wollte Paul wissen.

»Nein. Der Abflug war problemlos, und wir nahmen Kurs auf das in Seenot geratene Schiff. Jeder sah, dass das Unwetter an Intensität zunahm, je weiter wir uns von unserem Kreuzer entfernten.«

»Wie lange wart ihr da draußen?«

»Es dauerte ungefähr zehn Minuten, bis wir ein Leuchtsignal und ein knallgelbes Floß entdeckten. Ihr Boot war so schnell untergegangen, und sie wurden vom Meer hin und her geworfen.«

Brandon machte sich weitere Notizen, und Nick nutzte die Gelegenheit, um tief Luft zu holen.

»Ich habe den Hubschrauber in Position gebracht, und John hakte sich ein, um herabgelassen zu werden. Wir wussten, dass wir uns beeilen mussten. Das Unwetter nahm ständig an Stärke zu.«

»Was bedeutete das, Nick?«

»Es bedeutete, dass wir keinem würden helfen können, wenn es noch schlimmer wurde«, antwortete Nick.

»Warum bist du zu dem Zeitpunkt nicht umgekehrt?«, fragte Paul.

»Weil wir die Leute retten wollten. Wir alle waren uns einig, dass wir sie aus dem Wasser holen würden«, erklärte Nick. »Es war schwierig, den Helikopter unter Kontrolle zu halten, und die Wellen schlugen immer höher. Ich beobachtete den Status des Unwetters, während Gail ein Auge auf John hatte, der heruntergelassen wurde.«

»Was passierte dann?«

»Wir hatten bereits drei der in Seenot Geratenen vom Floß in den *Jayhawk* verbracht, und der Vierte war auf dem Weg nach oben. Alles sah nach einer geglückten Rettung aus«, fuhr Nick mit leiser Stimme fort. »Wir waren so verdammt dicht dran.«

»Was ist schiefgegangen?«, fragte Paul.

»Unser Captain hat sich gemeldet, und wir haben berichtet, dass wir gerade den letzten Mann hochziehen und dann zurückkommen würden. Wir haben Sanitäter angefordert.«

»Wie ist der Rest der Mannschaft mit dem Stress klargekommen?«

»Wie die Profis, die sie sind ... waren«, korrigierte sich Nick. Er konnte noch immer nicht fassen, dass es sie tatsächlich nicht mehr gab. Das hatte für ihn keinen Sinn. »Der letzte Mann wurde an Bord genommen, und John hielt den Daumen hoch, was besagte, dass wir zurückfliegen konnten. Ich habe uns auf den richtigen Kurs gebracht, aber die Blitze waren genau über uns. Die Windgeschwindigkeit nahm zu, als wir versuchten, dem Schlimmsten zu entkommen. Noch nie war mir die *Orca* so wunderschön erschienen wie bei unserer Rückkehr, obwohl auch sie von den Wellen hin und her geworfen wurde.«

»Das muss eine unruhige Landung gewesen sein«, warf Paul ein.

»Ja, die Landung war eine Herausforderung, aber wir haben sie gut aufgesetzt, und alle haben einen Seufzer der Erleichterung von sich gegeben«, erzählte Nick weiter. »Die Sanitäter kamen herausgerannt und holten die Geretteten ab. Und da sagte einer der Männer, dass ihr Kapitän fehlte.« Wenn sie nur nicht einen Mann zurückgelassen hätten, wäre seine Mannschaft noch am Leben. *Wenn* ... Dieses Wort war Nick tausend Mal durch den Kopf gegangen.

»War das Unwetter zu diesem Zeitpunkt nicht zu heftig für einen Flug?«, fragte Paul.

»Das Unwetter war schlimm, aber es war nicht unmöglich zu fliegen. Gail und ich haben uns angeschaut, und es gab keinen Zweifel, dass wir wieder rausfliegen würden. Wir mussten zumindest versuchen, den Kapitän zu finden.«

»Hast du auch Pat und John gefragt, ob sie dafür waren?«, wollte Paul wissen.

»Ich musste sie nicht fragen. Ich habe mich umgedreht, sie angeschaut und beide nickten. Wenn sie den Kopf geschüttelt hätten, wäre es ein No-Go gewesen. Nur wenn alle zustimmen, fliegen wir raus«, erklärte Nick. »Gail setzte sich mit der Flugsicherung in Verbindung und teilte mit, dass wir noch einmal losfliegen würden.«

»Es gab also keine Bedenken?«, hakte Paul nach.

Nick starrte ihn an. »Doch, Bedenken gab es, aber wir beschlossen, keinen Mann zurückzulassen, wenn wir es nicht mussten«, beharrte Nick. »Das Unwetter war viel heftiger geworden, der Himmel schwarz, die Wellen hoch und gefährlich. Wir haben Wrackteile der *Southern Belle* gesehen und das Gebiet abgeflogen, während uns der Wind herumstieß. Es gab keine Spur vom Kapitän.«

Diesmal stellte Paul keine Frage. Er wartete nur. Nick war dankbar dafür. Jetzt kam der schlimmste Teil der ganzen Geschichte.

»Der Alarm ging los, und ich stellte fest, dass wir nicht mehr genug Treibstoff hatten. Gail sagte, wir müssten zurückfliegen. Sie wollte genauso wie der Rest von uns keinen Mann zurücklassen, aber wenn wir ins Meer gestürzt wären, hätte ihm das auch nicht geholfen.« Nicks Stimme klang jetzt kraftlos.

»Ich habe den Helikopter gedreht, und dann ging alles schief. Ein Blitz traf uns. Ich habe mich am Steuerknüppel festgehalten und gemerkt, dass ich einen verlorenen Kampf kämpfe, aber ich war keineswegs bereit aufzugeben.«

»Hast du währenddessen überhaupt mit der Mannschaft gesprochen?«, fragte Paul.

»Was tut das zur Sache? Zu dem Zeitpunkt strömte dermaßen viel Adrenalin durch mich, dass ich nicht glaube, mich erinnern zu können«, antwortete Nick aufgebracht.

»Ich weiß, aber noch einmal: Die kleinste Kleinigkeit kann wichtig sein.«

»Wir wurden seitlich auf eine Welle zugedrückt, und gleichzeitig glitt die Frachttür halb auf. Ich habe Gail zugeschrien, dass wir den Helikopter hochziehen müssen, und den Gashebel auf maximale Kraft geschoben, sodass die Turbinenmotoren aufheulten. Ich habe das Geräusch noch immer in den Ohren. Wir stiegen auf, aber es war zu spät. Die Welle krachte seitlich gegen uns und flutete den *Jayhawk* mit Meerwasser. Dann fiel die Frachttür zu, und das Wasser konnte nicht mehr entweichen. Jetzt waren wir viel zu schwer, und ich konnte den Hubschrauber nicht mehr hochbekommen.«

Nick hatte die Kälte nicht gespürt, hatte nichts gefühlt als den Wunsch, sie alle aus dieser Situation herauszubekommen.

»Gail hat einen Notruf abgesetzt und dem Captain mitgeteilt, dass wir keine andere Wahl haben, als aus dem Helikopter zu springen. Sie war so verdammt tapfer. Dann hat sie mich gefragt, ob ich bereit sei, und die gleiche Frage an unsere Jungs auf der Rückbank gestellt.«

»Ihr seid also abgesprungen?«

»Wir waren nahe dran, aber das ist alles so verdammt schnell gegangen.« Nick fuhr sich mit der Hand durchs Haar.

»Bevor wirs uns versahen, krachte eine weitere Welle auf uns und brachte den Hubschrauber zum Absturz. Wir verloren die Kommunikation untereinander, als wir aufs Wasser aufschlugen.«

»Erinnerst du dich, was als Nächstes geschah?«

»Das werde ich nie vergessen. Die Windschutzscheibe zerbrach, und wir gingen unter. Der Schein der Lampen wurde schwächer und erlosch, als wir immer tiefer sanken.«

»Und dann?«

»Ich erwachte an der Wasseroberfläche, und meine Mannschaft sah ich nicht mehr.« Nick war am Ende. Er konnte nicht mehr. Mit hängendem Kopf kämpfte er gegen den emotionalen Schmerz an, der ihn herunterzog, wie es das Meer getan hatte.

»Ich glaube, das reicht erst mal, Nick«, sagte Paul.

Nick war völlig ausgelaugt. Paul und Brandon dankten ihm, sammelten ihre Notizen zusammen und verließen das Haus. Nick ging erschöpft ins Wohnzimmer und direkt auf die Flasche Bourbon zu, die in der Bar stand. Während seiner Schicht mochte er zwar keinen Alkohol trinken, aber jetzt hielt ihn nichts davon ab.

Er goss sich einen doppelten Whiskey ein und stürzte ihn hinunter, um dann das Kristallglas erneut zu füllen. Gerade war er beim dritten angelangt, als er Schritte hörte. Nick war aufgebracht und zu verbittert, um jemanden ertragen zu können, aber als er Chloe sah, wäre er fast auf die Knie gefallen, weil er sie so sehr brauchte.

Ihre Blicke trafen sich, und Nick fühlte sich noch verlorener als zuvor. Chloe war entweder sein Untergang oder diejenige, die ihm dabei half, die Scherben seines zerbrochenen Lebens aufzusammeln. Er war sich wirklich nicht sicher, in welche Richtung es für sie beide gehen würde. Also schloss er die Augen, weil er nicht dabei zuschauen wollte, wie sie ihre Entscheidung traf.

KAPITEL 13

Chloe stand erstarrt in der Tür zum Wohnzimmer und sah, wie es Nick innerlich zerriss. Sie hatte zugehört, als er mit den beiden Männern gesprochen hatte, und war völlig verwirrt. War er tatsächlich ein derart guter Schauspieler, oder war er unschuldig?

Was ihr erzählt worden war, hatte sie glauben lassen, dass er der Grund für den Absturz des Hubschraubers gewesen war, der Grund, weshalb ihr Bruder gestorben und nie gefunden worden war. Als sie zu Nick gekommen war, hatte Chloe einen Plan gehabt. Sie hatte sich unter dem Vorwand eingeschlichen, ihm bei seiner Genesung zu helfen, aber eigentlich hatte sie ihn seiner Lügen überführen wollen.

Jetzt war sie nicht mehr sicher. Schmerzerfüllt dachte sie an den Verlust ihres Bruders, aber was, wenn es tatsächlich ein Unfall gewesen war? Was, wenn Nick unschuldig war? Sie wusste nicht mehr, was sie denken sollte. Konnte ein Mensch den Schmerz vortäuschen, den er offensichtlich durchlitt, als sie ihn dort stehen sah, fast zitternd nach dem, was er im Geiste noch einmal durchlebt hatte?

Bei dem Gespräch mit seinem Freund war er so empathisch gewesen. Säße sie unter Geschworenen, fiele es ihr schwer, ihm nicht zu glauben. Chloe war sich nicht mehr sicher, was die Wahrheit war und was Lügen.

Sie näherte sich ihm und wusste sehr wohl, dass sie nicht alle Antworten kannte. Aber sie wusste, dass sie ihren Job ernst nahm, egal, was passierte. Obwohl ihr Ziel die ganze Zeit gewesen war, etwas zu finden, das ihn belastete, hatte sie auch vorgehabt, seine Verletzungen zu kurieren. Ihren Job würde sie nicht riskieren. Sie hatte sich gesagt, dass sie ihn gesund im Gefängnis sehen wollte. Aber es ging darüber hinaus.

Sie hatte sich dafür gehasst, dermaßen von ihm angezogen zu sein. Aber wenn er tatsächlich unschuldig war, waren die ungewöhnlich starken Gefühle, die sie umtrieben, gar nicht mal so falsch. Sie wünschte, sie wäre nicht so verwirrt. Eigentlich sollte sie sich zurückziehen, aber Chloe ging stattdessen immer weiter auf Nick zu.

»Bist du okay, Nick?« Die Frage überraschte sie. Eigentlich hätte sie sich schleunigst aus dem Staub machen und ihn sich selbst bemitleiden lassen sollen, ob er es nun verdient hatte oder nicht. Doch stattdessen ging sie immer weiter auf ihn zu. Sie schien ihre Vorwärtsbewegung nicht stoppen zu können.

»Nein.« Das eine Wort klang fast barsch. Nick öffnete die Augen, und sein Blick ließ sie schaudern. Sie war sich nicht sicher, ob es Angst oder Verlangen war, vielleicht ein bisschen von beidem. Aber eine Sache wusste sie ganz bestimmt. Sie sollte sich aus dem Staub machen … und zwar schnell.

»Tut mir leid. Ich lasse dich dann besser allein«, sagte sie.

Chloe war noch nie auf der Jagd gewesen. Ihre Familie auch nicht, aber als sie Nick anschaute und das Leuchten in seinen Augen sah, stellte sie sich vor, dass so ein Raubtier aussehen muss, wenn es seine Beute erspäht.

»Wir waren noch nicht ganz fertig, Doc«, sagte er in sich abrupt änderndem Tonfall und kam auf sie zu.

Langsam wich sie zurück und warf einen Blick zur Tür, fragte sich, wie groß ihre Chancen waren zu fliehen. Nick war zwar mittlerweile in der Lage, sich schneller fortzubewegen, aber vielleicht konnte sie ihm trotzdem zuvorkommen. Allerdings war sie sich bei dem Ausdruck in seinen Augen nicht so sicher.

»Weißt du was, wir sind doch beide ziemlich müde. Ich denke, ähm … den Rest besprechen wir am besten morgen früh.« Wieder wich sie einen Schritt zurück. Er kippte den Rest seines Whiskeys hinunter und machte einen Schritt auf sie zu.

»Bist du nicht immer diejenige, die sagt, dass man nichts aufschieben soll, dass man es durchziehen muss, auch wenn man es nicht will?«, sagte er. Bei seinen Worten schaute sie ihn mit zusammengekniffenen Augen an.

Er war so ruhig, aber da war dieses unruhige Funkeln in seinen Augen. Chloe wusste, wann sie bleiben und kämpfen und wann sie sich zurückziehen musste, und in diesem Moment war es das Beste, die Notbremse zu ziehen, bevor einen die Flutwelle traf. Er versuchte noch nicht einmal zu verbergen, dass er ihren Körper anstarrte, nahm sich extra Zeit für die Brüste, die Hüften und die Stelle im Schritt. Sie fühlte sich, als wäre sie völlig nackt, und das gefiel ihr nicht.

Sie presste die Beine zusammen und spürte, wie die Hitze in ihr aufstieg. Eigentlich sollte sie diesen Mann hassen und sich nicht derart von ihm angezogen fühlen. Schon gar nicht von seinem bloßen Blick. Aber gerade dieser Blick erinnerte sie an das, was erst vor ein paar Stunden geschehen war, wie es sich angefühlt hatte, als er zwischen ihren Schenkeln gestanden und sein Mund verruchte Dinge auf ihrer Haut getan hatte.

»Ich habe einiges davon mitbekommen, was du vorhin erzählt hast«, sagte sie. Er kniff die Augen ein bisschen mehr zusammen. Wieder machte Chloe einen Schritt zurück. »Es tut mir wirklich leid. Ich bin sicher, du brauchst Zeit, das alles zu verarbeiten.« Hastig stieß sie die Worte aus. Von Sekunde zu Sekunde wurde sie nervöser und verwirrter. In den Wochen, die sie jetzt schon hier war, war er dreist gewesen, aber jetzt war da ein völlig neues Leuchten in seinem Blick, eines, dem sie überhaupt nicht traute.

Mit jedem Schritt, den er auf sie zu machte, raste ihr Herz ein bisschen mehr, und das Zittern nahm zu. Der hungrige Ausdruck in seinen Augen führte dazu, dass sie eng und heiß ihr Innerstes spürte. Sie wusste nicht, was sie davon halten sollte. Sie wollte ihn, das war eindeutig. Aber sie wusste auch, dass sie solche Gefühle nicht haben durfte.

Chloe wusste ohne jeden Zweifel, dass sie es bereuen würde, mit diesem Mann zu schlafen, und zwar aus tiefster Seele. Es wäre Betrug an ihrer Familie und an ihr selbst. Sie musste diese Situation in den Griff bekommen und schnellstens verschwinden. Aber auch mit diesem Wissen war sie nicht schnell genug. Wich sie einen Schritt zurück, dann kam er zwei auf sie zu. Sie glaubte nicht, dass sie sich von ihm greifen lassen wollte, aber es sah ganz danach aus.

Nicks Blick blieb auf ihren gerichtet, als er langsam und bedächtig die Hand hob. Er knöpfte den obersten Knopf seines Hemdes auf, dann den nächsten … und den nächsten. Chloe war fasziniert, als er den Blick auf immer mehr Haut freigab. Zitternd bewegte sie sich rückwärts, während er auf sie zukam und das Hemd langsam weiter aufknöpfte.

»Was tust du da?«, fragte sie mit zittriger Stimme. Mit der Zunge befeuchtete sie ihre trockenen Lippen, und ihre Beine versagten ihr den Dienst.

»Ich hatte einen wirklich schlechten Tag, und jetzt mache ich es mir bequem«, antwortete er beim Öffnen des letzten Knopfes. Dann wandte er sich den Manschetten zu und knöpfte auch diese auf, bevor er das Hemd von den Schultern gleiten ließ und es zu Boden fiel.

Völlig fasziniert beobachtete Chloe die Szene. Dann schnellte ihr Blick wieder nach oben, traf auf seine muskulöse Brust und weigerte sich, von diesem köstlichen Anblick abzulassen. Sie hatte ihn schon mehrere Male ohne Hemd und mit feurigem Blick gesehen, aber nicht so. Die Luft flirrte vor Begierde. Nick zielte, und sie war das anvisierte Objekt. Sie wusste natürlich, dass er sie gehen lassen würde, wenn sie ihn abwies. Allerdings war sie nicht mehr sicher, ob sie die Willensstärke besaß, genau das zu tun.

Chloe wich weiter zurück. Der Abstand zwischen ihnen war jetzt nicht mehr groß. Ihr war gar nicht bewusst gewesen, dass sie sich die ganze Zeit über den Flur bewegt hatte, bis sie merkte, dass sie an ihrer Zimmertür stand. Der Gedanke an das große Bett auf der anderen Seite der massiven Holztür ließ sie feucht werden.

Ihre Finger zitterten, als ihre Hand nach dem Türknauf griff und ihn drehte, woraufhin sich die Tür quietschend öffnete. Aber Chloe stand nur da und starrte den Mann an, der ihr folgte.

»Tut mir leid, dass du einen schlechten Tag hattest«, flüsterte sie mit tiefer, belegter Stimme. Ihr Blick fing das Spiel jedes Muskels ein, als er näher kam. Chloe wunderte sich, dass sie nicht in völliger Unterwerfung zu Boden sank. »Ich werde jetzt schlafen gehen.«

Sie betrat ihr Zimmer und drückte mit der Hand gegen die Tür. Ein winziger Teil in ihr wusste, dass sie sie zustoßen sollte, aber die Tür hatte sich gerade mal ein paar Zentimeter bewegt, als Nick vortrat und Chloe daran hinderte, ihn auszuschließen. Ein Wort oder vielleicht ein paar, und sie wusste, dass er gehen würde. Warum brachte sie diese Worte nicht heraus?

»Ich möchte mich weiter mit dir unterhalten«, sagte er, während sein Blick über sie wanderte und Chloe sichtbar zittern ließ.

»Ich glaube nicht, dass das im Moment eine gute Idee ist«, entgegnete sie. Er war ihr zu nahe, und sie gab es auf, die Tür zu schließen, sondern beschloss, dass weiterer Rückzug die sicherere Methode und beste Option sei. »Ich bin erschöpft und sollte schlafen.« Das war eine Lüge. Schlaf wäre angesichts ihrer derzeitigen Gefühlslage unmöglich.

Und genau darauf sprach er sie an.

»Du bist nicht müde, Chloe. Du bist überhaupt nicht müde. Du spürst eine Sehnsucht und wehrst dich dagegen. Eigentlich willst du mich so sehr wie ich dich, aber du hast Angst, es zuzugeben. Heute Nacht können wir uns gegenseitig helfen … ohne Spielchen, ohne Lügen, ohne Drohungen. Wir wollen einander, und daran ist nichts Schlimmes. Gib einfach zu, wie sehr du mich willst«, verlangte er.

Er stand so nahe vor ihr. Sie spürte die Hitze, die sein Körper verströmte. Am liebsten hätte sie die Hand ausgestreckt und ihn berührt, aber sie wusste, wenn sie das tat, war alles vorbei. Sie wollte sich auf ihr Bett legen und sich von ihm in himmlische Höhen entführen lassen.

Aber sie fühlte sich dazu nicht bereit und garantiert nicht mit diesem speziellen Mann. *Es ist ein Fehler!*, schrie sie ihr Verstand an, aber ihr Körper wusste genau, was er wollte.

Nick streckte quälend langsam die Hände nach ihr aus. Dann wanderten sie über ihre Hüften auf den Rücken und zogen sie zu sich. All das geschah mit Bedacht. Nick gab ihr viel

Zeit, um zu protestieren. Aber die Worte kamen einfach nicht über ihre Lippen. Chloe hatte Angst davor, etwas zu sagen, denn sie befürchtete, sie würde ihn anflehen, sie zu küssen, zu lieben und die Sehnsucht zu stillen.

Er beugte sich hinab und drückte ihr zarte Küsse auf den Mundwinkel. Ihr Körper zitterte, und dann wich er mit loderndem Blick zurück, und seine Arme zitterten ebenfalls, weil er Zurückhaltung übte. Und da wollte ihn Chloe noch viel mehr. Sie wollte seinen Mund erobern, aber sie war sich nicht sicher, wie sie vorgehen sollte.

Ihre Zurückhaltung verschwand schnell. Sie versuchte sich einzureden, dass es einzig und allein der Sex war. Aber wann war Sex nur Sex? Für andere Leute mochte das so sein, doch nicht für sie. Chloe setzte Sex mit Liebe und Intimität gleich. Mit dem Feind wäre er unmöglich. Das sagte sie sich zwar, wich aber nicht zurück. Sie befanden sich in einer ausweglosen Situation. Ihr Bett stand nur gut einen halben Meter entfernt, und sein Körper war hart und unnachgiebig.

»Willst du immer noch *reden*, Chloe?«, fragte er und strich ihr mit der Zunge über die Unterlippe. Sie öffnete den Mund, aber er drang nicht ein. »Oder willst du etwas anderes?«

Das war eine höhnische Frage, und sie wusste es. Es war eine Herausforderung. Er konnte gehen und sie stehen lassen, da war sie sich sicher. Wollte sie, dass er das tat? Bei dem Gedanken, er könnte sich bei einer anderen Frau Befriedigung verschaffen, nachdem sie es gewesen war, die ihn dermaßen erregt hatte, wurde ihr schlecht.

»Nick ...« Sie wusste eigentlich nicht, was sie sagen wollte, aber sie stieß seinen Namen mit einem tiefen Seufzer aus und sehnte sich nach ihm.

Er riss sie an sich, drückte seine Erektion gegen sie, und Chloe wurde von absoluter Euphorie erfasst. Sie hätte Stunden oder gar Tage so dastehen und sich in seiner Umarmung verlieren können.

Ein Stöhnen entwich ihrer zugeschnürten Kehle, bevor sie es zurückhalten konnte, und er belohnte sie, indem er sich hinunterbeugte und seine Zunge über ihren Hals streichen ließ. Dann küsste er sie wieder zärtlich. Doch Chloe wollte keine Zärtlichkeit mehr. Sie wollte es hart und heiß.

Ihre Brüste spannten, wo sie gegen seine harte Brust drückten, und ihr Unterleib zitterte, wo sie seine Erregung spürte. Sie wollte ihre Kleidung loswerden und erleben, wie er seine Erektion in ihre weichen Kurven drückte.

Er umfasste ihr Hinterteil, drückte es, während er sie anhob, damit seine Männlichkeit gegen ihr schmerzendes Inneres stieß. Sie war so eng an ihn gepresst, dass er ohne Kleidung in sie geglitten wäre. Bei der traumhaften Vorstellung schloss sie die Augen und seufzte.

Die Hände zu Fäusten geballt, damit sie nicht nach ihm griff, überlegte Chloe angestrengt, was sie tun sollte. Wenn er sich nur noch ein kleines bisschen bewegte, noch mehr Druck auf ihren Körper ausübte, würde sie schon allein davon zum Höhepunkt kommen. Vielleicht würde das ihrem Verstand guttun und sie wieder einen klaren Kopf bekommen. Sie drängte sich mit schlängelnden Bewegungen an ihn und stöhnte, weil es sich so gut anfühlte.

Sie hatte sich allerdings geirrt. Davon wurde die Sehnsucht nur noch größer. Es befriedigte das durch ihn geweckte Verlangen überhaupt nicht. Sie wollte ihn. Konnte sie das zugeben? Es schien, als wollte er sie diese Worte sagen hören. Allerdings war sie nicht sicher, ob sie das tun konnte.

Nick hob ihr Bein an, schob sich zwischen ihre Schenkel und verstärkte den Druck. Sie befanden sich in einem Tanz, der ein Leben lang hätte weitergehen können.

»An diesem Punkt waren wir bereits, Chloe. Du willst mich, aber du hast Angst, es zuzugeben. Sobald du die Deckung aufgibst, sobald du mir sagst, wie sehr du es willst, werde ich mit meinem Mund jeden Zentimeter deines Körpers erkunden. Ich werde dir die Kleider vom Leib reißen und dich immer wieder kommen lassen. Ich werde in deine enge, feuchte Mitte eindringen und dich meinen Namen rufen lassen. Alles, was du tun musst, ist, loslassen und zugeben, dass das hier richtig ist zwischen uns. Lass mich uns beide von dieser Qual befreien. Sag mir, dass du mich willst«, forderte er Chloe auf.

Er sprach gegen ihr Ohr, fuhr dann mit der Zunge über das Ohrläppchen, bevor er sich vorbeugte und an ihrem Hals sog, während seine Hüften sich in kreisenden Bewegungen nach vorn schoben und an ihrer feuchten Scham rieben. In seinen Armen wimmernd, drängte sie sich gegen ihn und spürte, wie seine Erektion gegen ihren Körper pulsierte. Nur ein paar simple Worte, und das alles könnte ihr gehören.

Chloe verbarg den Kopf an seiner Brust, und ihre Lippen strichen über die Brustwarzen. Ihre Zunge schob sich vor, um davon zu kosten. Nick keuchte vor Erregung und schob die Hüften vor. Chloe stand in Flammen.

Er streckte die Hand aus, fuhr ihr mit den Fingern durchs Haar und bog ihren Kopf zurück, damit ihr nichts anderes übrig blieb, als in seine vor Leidenschaft glühenden Augen zu schauen. Diesmal küsste er sie ein wenig härter, hielt sich aber dennoch zurück.

»Was willst du, Chloe? Dein Körper sagt mir genau, was er braucht. Aber du musst die Worte aussprechen«, sagte er, ohne die Lippen von ihren zu nehmen.

Wieder leckte sich Chloe über die Lippen, und ihre Zunge streichelte gleichzeitig seinen Mund. Der Geschmack ließ sie aufstöhnen. Sie wollte sich von ihm verschlingen lassen. Mit geöffneten Lippen lud sie ihn ein, aber noch immer ließ er sich nicht ködern.

Sie wollte es nicht aussprechen, wollte nicht zugeben, wie sehr sie es brauchte. Das wäre ein Verrat an ihr selbst. Wenn sie einfach nachgab, konnte sie sich doch sagen, dass es in der Hitze des Gefechts passiert war, oder? Aber wenn sie ihre Bedürfnisse aussprach, konnte sie sie nicht zurücknehmen.

Nick griff ihr zwischen die Schenkel und streichelte ihre erregte Mitte, verlagerte den Druck nach oben und berührte Chloe genau dort, wo sie es wollte. Er drückte mit den Fingern zu, und sie stöhnte auf. Dann änderte sie die Position und versuchte ihn dorthin zu bekommen, wo sie ihn brauchte. Allerdings tat er nicht, was sie wollte. Es war zu viel Kleidung im Weg.

»Meine starrköpfige kleine Therapeutin«, seufzte er. »Begreifst du nicht, dass ich dich auf dieses Bett lege und dir die Kleidung ausziehe, sobald du deine Bedürfnisse in Worte gefasst hast? Ich werde mich so tief in dir versenken, dass wir eins werden. Wir verschwenden diese kostbaren Momente für deinen inneren Kampf. Momente, in denen ich dich zum Gipfel der Lust führen könnte. Tu mir den Gefallen, Liebling, und ich verspreche dir, du wirst es nicht bereuen.«

Chloe schüttelte den Kopf, und er wich von ihr zurück. Sofort wurde ihr ganzer Körper von Panik erfasst. Würde er sie einfach so stehen lassen? Das könnte sie nicht verkraften. Sie schaute auf, ihre Blicke trafen sich, und sie sah seinen triumphalen Gesichtsausdruck. Tief atmete sie aus und ballte die Hände zu Fäusten.

Nick begann, seine Hose auszuziehen, und ihr Blick fiel auf den Teil seines Körpers, der ihr bisher verborgen geblieben war. Zwar hatte sie ihn schon viele Male gespürt, aber noch nicht seine Perfektion bewundern dürfen. Sie hatte keinen Zweifel daran gehabt, dass er perfekt sein würde. Wie konnte er das nicht sein? Jeder Quadratzentimeter seiner Haut war makellos, und sogar die Narben verstärkten noch seine Attraktivität.

Innerhalb von Sekunden stand er nur wenige Schritte von ihr entfernt und war vollkommen nackt. Seine wunderschöne Erektion ragte hart und dick auf und ließ Chloe vor Verlangen, ihn zu berühren, zu schmecken und in sich zu spüren, das Wasser im Mund zusammenlaufen. Er war noch perfekter, als sie es sich je hatte vorstellen können.

Als sie auf seine atemberaubende Männlichkeit starrte, pulsierte diese und ein Tropfen Flüssigkeit trat aus der Spitze hervor. Chloe wäre am liebsten auf die Knie gefallen und hätte von seinem Saft gekostet. Sie zitterte unkontrolliert, als sie dastand und ihn anstarrte.

»Ich gehöre ganz dir, Chloe«, sagte er, umfasste seine Erektion und begann, sich weiter zu stimulieren, während Chloe diese Herrlichkeit anstarrte. »Ich will deine Finger und deinen Mund auf mir. Ich möchte mich in dir versenken. Sobald du mir sagst, dass du mich auch willst, werden wir den Gipfel vollkommenster Lust erklimmen.«

Wieder bewegte er sich auf sie zu, und sie dachte noch nicht einmal daran zurückzuweichen. Mühelos zog er sie in die Arme, und sie seufzte, denn es fühlte sich so gut an, ihn nackt an sich gedrückt zu halten. Ihr innerer Kampf war verloren. Sie griff nach ihm und stöhnte, als die Finger seine Erektion umschlossen.

»Ja, Nick.« Ihre Worte waren kaum hörbar, als sie ihren Körper gegen seinen in Flammen stehenden drückte.

»Was?«, fragte er und stieß seine harte Pracht in ihre Hand. Gleichzeitig wanderten seine Lippen zu ihrem Hals und saugten kräftig daran. Sie spürte, wie er die Kontrolle verlor, und sie ergötzte sich daran, dass es ihretwegen war.

»Ja, Nick, ich will dich«, sagte sie.

Die Worte befreiten sie, und sie schrie fast auf in der Euphorie, zu wissen, dass er sich in ihr versenken und sie eins werden würden. Sie durfte das hier nicht bereuen. Es war zu perfekt, um es nicht zu wollen.

Nick zögerte nicht. Er zog ihr das T-Shirt über den Kopf, bevor er die Hose aufknöpfte und sie nach unten schob. Innerhalb von Sekunden hatte er sie von ihrer Unterwäsche befreit, und dann stand sie vor ihm – nackt, erhizt, feucht und lüstern.

»Lass mich kommen, Nick, bitte, lass mich kommen«, bettelte sie schluchzend und rieb sich, Erleichterung suchend, an ihm. Seine Finger wanderten über ihren Rücken, griffen nach ihren Pobacken und zogen sie eng an sich. Er spreizte ihre Beine und rieb seine Erektion an ihrer Scham.

Chloe drängte sich an ihn, versuchte ihn dazu zu bringen, in sie zu gleiten, aber er strafte sie beide, indem er sie an sich drückte, ohne in sie einzudringen. Sie zog seinen Kopf zu sich, musste ihn unbedingt küssen. Dieses Scharfmachen dauerte schon viel zu lange.

Dann wurde bei Nick ein innerer Schalter umgelegt, und er knurrte, bevor er nach ihrem Po griff und sie hochhob. Sie schlang die Beine um ihn, und er bewegte die Hüften, damit seine Erektion an ihrer heißen Mitte entlangglitt und die Feuchtigkeit verteilte. Chloe versuchte erneut, ihn dazu zu bewegen, in sie zu gleiten, aber er fuhr mit den langsam kreisenden Hüftbewegungen fort, rieb über jeden Quadratzentimeter ihres empfindlichen Körperteils, ohne dort einzudringen, wo sie ihn am meisten brauchte.

Chloe riss an seinen Haaren, und er beugte sich vor und nahm endlich ungestüm Besitz von ihren Lippen. Seine Zunge glitt in ihren Mund, und die Lippen waren auf ihre gepresst. In dem Versuch, ihm noch näher zu kommen, drängte sich Chloe an ihn, hatte die Füße hinter seinem Rücken verschränkt und zerrte an seinen Haaren.

Chloe wurde von Nick völlig verzehrt, aber es war ihr egal, sich in ihm zu verlieren und von ihm so hart angepackt zu werden, dass sie blaue Flecke davontragen würde. Er stöhnte in ihren Mund und nippte an ihr. Mühelos glitt er an ihren vor Erregung feuchten Schamlippen entlang.

»Ich wollte nicht, dass es so schnell geht«, stöhnte er. »Aber du bist so verdammt schön und so bereit für mich.« Er biss ihr in die Lippe, fügte ihr Schmerzen zu, aber sogar das war perfekt. »Ich muss in dir sein.« Fast stieß er die Worte wie eine Entschuldigung hervor.

»Dann nimm mich«, ermutigte sie ihn. Er hatte sie lange genug scharf gemacht. Jetzt wollte sie, dass er sie ausfüllte. »Ich verhüte.« Sie kannte seine Arztberichte und war seinetwegen nicht beunruhigt.

Das war alles, was er brauchte, um sein letztes bisschen Selbstbeherrschung über Bord zu werfen. Er drückte Chloe gegen die Wand. Die Kälte im Rücken und die Wärme an ihrer Brust stimulierten sie noch mehr, und sie wand sich in seinen Armen. Er wich gerade so viel zurück, dass er sich genau vor ihrer heißen Mitte positionierte.

Sein Mund landete hart auf ihrem, als er die Spitze in sie schob und dann innehielt. Wieder wand sie sich, wollte, dass er in sie stieß. Doch er nahm den Mund von ihrem und legte eine Spur von Küssen entlang ihres Halses.

»Du bist so verdammt heiß und eng«, stöhnte er und biss ihr in die Schulter.

Bei seinen Worten schauderte sie. Er war nur ein paar Zentimeter in sie eingedrungen, und sie löste sich bereits in seinen Armen auf.

Dann griff er nach ihren Hüften und schaute auf. Ihre Augen waren kaum mehr als Schlitze, aber sie sah die Leidenschaft in seinen. Er stand kurz davor, völlig die Kontrolle zu verlieren. Mit einem Schrei stieß er zu und vergrub sich tief in ihr.

Ihre Schreie gellten durch die Nacht, als Chloes Erregung, ausgefüllt von seiner Männlichkeit, sie fast zerschellte. Sie wollte mehr und krallte sich an seinem Rücken fest. In dem Moment biss er sie noch fester in die Schulter, suchte einen sicheren Stand und zog sich aus ihr zurück, um dann wieder in sie zu gleiten.

Chloe war heiß vor Verlangen. Ihr Körper war feucht vor Begierde, und ihr Innerstes brannte lichterloh. Die innere Spannung nahm unaufhörlich zu, bis sie wimmerte, weil der Drang, loszulassen immer größer wurde. Nicks Stöhnen wurde von ihrem begleitet, als er immer schneller in sie hinein- und aus ihr wieder herausglitt und sie sich beide aneinander festklammerten.

Als er wieder in sie stieß, sie dabei gegen die Wand drückte und Chloe dem unermesslichen Druck nachgab, pulsierte ihr Körper wieder und wieder, und sie schrie ihre Lust heraus. Nick erhöhte noch einmal das Tempo, zog ihren Orgasmus in die Länge, und sein Stöhnen hallte in ihr wider. Und dann spürte sie, wie er schauderte, fühlte, wie er sich in sie ergoss. Sie kam noch einmal, krampfte noch intensiver um ihn, während er stöhnte, sein Körper erstarrte und er sie weiterhin gegen die Wand gedrückt hielt.

Beide zitterten sie, als die Nachbeben ihrer unglaublichen Orgasmen verebbten. Chloe sackte völlig erschöpft gegen Nick, hatte die Beine noch fest um ihn geschlungen und genoss die Befreiung von dem aufgestauten Druck.

Endlich trug Nick sie zu ihrem Bett und setzte sich darauf. Ihre beiden Körper waren noch immer miteinander verbunden.

Chloe umklammerte ihn fest und war noch nicht gewillt, von ihm abzulassen. Sie wusste, dass sie das bald tun musste, aber im Moment wollte sie den Genuss des Gefühls von ihm in ihr, von der engen Verbindung ihrer Körper genießen.

Sie wollte an nichts anderes denken, wollte genau dort sein, wo sie jetzt war. Es war in so vielerlei Hinsicht perfekt. Nick legte sich zurück, mit ihr auf ihm, und sie schloss die Augen. Chloe war erschöpft, aber auf entspannte Weise zufrieden.

KAPITEL 14

Nick streckte sich im Bett aus und brauchte ein paar Augenblicke, bis ihm bewusst wurde, wo er war. Die Sonnenstrahlen drangen durch die Ritzen der Fensterläden, und der geringen Intensität nach zu urteilen, war es früh am Morgen. Er brauchte nicht auf die Uhr zu schauen, um das herauszufinden.

Chloe schlief fest neben ihm, ihr Körper viele Male geliebt und erschöpft. Er war nach ihrem intensiven Liebesspiel mit ihr eingeschlafen, um nur wenige Stunden später aufzuwachen und sie erneut zu nehmen. Der Stress des Tages zuvor war verflogen, während er in ihren Armen lag und es immer wieder tun wollte.

Seitdem er mit ihr geschlafen hatte, dachte er nur noch an sie. Nick war nicht sicher, ob das ein gutes Zeichen war oder nicht. Er hatte Sex immer genossen, aber das hier war anders. Er spürte eine Verbindung zu dieser Frau, die er normalerweise nicht fühlte, wenn er Liebe machte. War er damit fertig, hatte er nie das Bedürfnis gehabt, eine Frau an sich gedrückt zu halten und ihre weiche Haut zu streicheln. War sein Körper befriedigt, wollte er gehen.

Nicht so bei Chloe. Er wollte sie berühren, mit den Fingern über ihre zarte Haut streichen und sich jeden Quadratzentimeter ihres Körpers einprägen. Und er wollte immer wieder in sie gleiten und sich in ihr verlieren.

Auch während Chloe friedlich neben ihm schlief, fühlte er sich von ihr angezogen und konnte den Blick nicht von ihr abwenden. Klar, sie war wunderschön, hatte helle Augen, die jetzt im Schlaf geschlossen waren, eine cremefarbene zarte Haut und engelsgleiche Haare. Bei ihrem Anblick verschlug es ihm den Atem.

Aber es war nicht nur ihr Aussehen. Sie war temperamentvoll und stark, resolut und hartnäckig. Sie forderte ihn auf eine Art heraus, die ihm gefiel, und sie entfachte ein Feuer in ihm, wie es noch nie eine Frau auch nur annähernd vermocht hatte.

Enttäuschung und Freude hatten die letzten Wochen bestimmt und das Bedürfnis, ihr ein Lächeln zu entlocken. Jeder seiner Gedanken war von dieser einen Frau bestimmt gewesen, und es hatte ihm noch nicht einmal etwas ausgemacht.

Gerade noch ging sie ernst und streng mit ihm um, und im nächsten Moment lachte sie und brachte ihn zum Lächeln. Sie lobte ihn, wenn er sich anstrengte, und ihretwegen wollte er ein besserer Mensch werden. Chloe hob seine Welt aus den Angeln, und er wusste, dass er ein neuer Mann sein würde, wenn diese Welt wieder ins Gleichgewicht kam. Das Merkwürdige daran war, dass er es nicht bedauerte.

Er hatte sie sofort haben wollen, als er sie das erste Mal gesehen hatte. Allerdings war er nicht sicher, ob er sich damit seine Männlichkeit hatte beweisen wollen oder einen Wettbewerb gewinnen. Was er jedoch ohne jeglichen Zweifel wusste, war, dass er so nicht mehr fühlte. Er hatte mehrere Male mit ihr geschlafen, und es war immer noch nicht genug. Irgendwie hatte er das Gefühl, dass er niemals genug von ihr bekommen würde – innerhalb und außerhalb des Schlafzimmers.

Gemurmel entwich Chloes süßen Lippen, und seine ihren Bauch streichelnden Finger hielten inne. Sie reckte sich, und als sie die Hand ausstreckte, lächelte er. Suchte sie ihn selbst im Schlaf? Zwischen ihren Augenbrauen bildete sich eine Falte, als sie ins Leere griff. Dann bewegte sie sich wieder ein wenig und rutschte zur Wärme seiner Haut. Sie murmelte erneut ein paar Worte und schlief wieder ein.

Nick grinste bei ihrem Anblick. Er beschloss zu glauben, dass sie ihn genauso wollte und brauchte wie er sie. Mit jeder Faser ihrer Körper wurden sie voneinander angezogen. Er fragte sich, ob er sich tief und fest schlafend genauso bewegen würde. Es würde ihn nicht überraschen, wenn es so wäre.

Nick lag ungefähr eine halbe Stunde neben Chloe, bis er nicht mehr umhinkam, den Tag zu beginnen. Widerwillig stand er auf und ging zurück zu seinem Zimmer, wo er einige Kleidungsstücke heraussuchte und eine heiße Dusche nahm. Als der dampfende Strahl auf ihn traf, schloss er die Augen und bekam die nächste Erektion. Er stellte sich vor, wie ihre Finger das Wasser ersetzten, ihre Lippen seinen Bauch hinunterwanderten und sie ihn tief mit dem Mund aufnahm.

Schnell schlug er die Augen auf und musste diese Gedanken verdrängen. Ansonsten wäre er zurück zu ihrem Zimmer gelaufen und hätte sie aufgeweckt, bevor sie ausreichend Schlaf bekommen hatte. Sie hatten für diesen Tag Pläne, obwohl sie davon noch nichts wusste. Nick war sich allerdings sicher, dass er sie auf seine Seite bekommen würde.

Er schleppte sich aus seinem Zimmer und versuchte, einige Arbeit in seinem Büro zu erledigen, aber seine Gedanken wanderten immer wieder zu Chloe, die ganz allein in ihrem schönen, warmen Bett lag. Wie einfach wäre es für ihn, in ihr Zimmer zu schlüpfen und den Morgen ohne Eile mit Liebesspielen zu verbringen. Seine Brüder könnten doch auf ihn warten.

Dieser Gedanke ließ ihn lächeln. Jetzt verstand er, weshalb seine Geschwister oft zu spät zu Terminen kamen. Sie konnten ihre Hände nicht von ihren Frauen lassen. Ein kleines bisschen hatte er sie darum beneidet, sich dann aber selbst für dieses Gefühl in den Hintern getreten. Mit Chloe in seinem Leben verstand er allerdings zunehmend die Abneigung seiner Brüder, das Schlafzimmer zu verlassen. Einmal würde nie genug sein.

Nick brachte es fertig, Chloe mehrere Stunden schlafen zu lassen, und dann beschloss er, sie zu wecken. Normalerweise war sie eine Frühaufsteherin. Er hatte mitbekommen, wie sie jeden Tag aus dem Haus schlich, um zu joggen. Leider war sein Knie noch nicht kräftig genug, sonst hätte er sie begleitet. Aber bald würde er wieder gesund sein, und dann würde er es genießen, mit ihr über die Insel zu laufen, während die Sonne über den Hügeln aufging.

Er konnte sich eine Menge Aktivitäten mit Chloe vorstellen, wenn er recht darüber nachdachte. Es würde ihm gefallen, sie in seinem Privatflugzeug mitzunehmen, in einem Feld zu landen, das sich mitten im Nirgendwo befand, und sie unter den Tragflächen zu lieben. Nichts wäre um sie herum, außer die Tiere und die Sonne. Ihre Gesellschaft gefiel ihm, und er hatte jede Menge Ideen, was sie unternehmen konnten, um ihre gemeinsame Zeit noch angenehmer zu gestalten.

Nick legte sich auf die Bettdecke, um der Versuchung zu widerstehen, beugte sich über Chloe und küsste sie zärtlich. Sie rekelte sich, ihre Augenlider zuckten, und dann wachte sie auf. Doch sie verkrampfte sich sogleich.

Er zog die Stirn in Falten und schaute in ihre aufgerissenen Augen. Sie versuchte, vor ihm zurückzuweichen. Daran bestand kein Zweifel. Ihr Körper war angespannt, und sie schaute sich hektisch im Zimmer um. Dann legte sie sich die Hand auf den Mund.

»Das ist aber nicht ganz die Reaktion, die ich erwartet habe«, beschwerte sich Nick, als er ihr die Decke wegzog, ihre Brüste entblößte und mit der Hand darüberstrich. Sofort stellten sich die Brustspitzen auf, und sie stieß die Luft aus. Nick beugte sich vor und versuchte, ihre Hand beiseitezuschieben.

»Nein«, murmelte sie zwischen den Fingern hindurch.

Er runzelte die Stirn. »Warum nicht? Letzte Nacht habe ich fast jeden Teil deines Körpers geküsst«, erinnerte er sie.

»Erstens habe ich morgens Mundgeruch ...« Sie verstummte, und Nick massierte weiter ihre Brüste. Jetzt atmete sie schneller, und er spürte, wie sich ihr Herzschlag beschleunigte.

»Ich habe dich mitten in der Nacht zweimal aufgeweckt, und da hast du dich nicht über Mundgeruch beklagt«, sagte er.

»Nick, das geht zu schnell«, warf sie ein, aber die Worte endeten mit einem Stöhnen, als er in ihre Brustspitzen zwickte. Sie wollte ihn, auch wenn sie nicht wollte, dass sie es wollte.

»Letzte Nacht warst du deswegen nicht besorgt«, erinnerte er sie. Da sie ihn nicht an ihre Lippen ließ, beugte er sich vor und sog eine Brustwarze in seinen Mund. Chloe bog das Kreuz durch und ließ es langsam wieder aufs Bett zurücksinken. Dann griff sie nach seinem Kopf und stieß ihn weg.

Er schaute ihr in die Augen und sah das Verlangen, aber auch die Angst. Das verstand er nicht. Wovor fürchtete sie sich? Es war ihr doch wohl nicht peinlich? Sie hatte einen fantastischen Körper, und er hatte sich Zeit genommen, jeden einzelnen Quadratzentimeter ihrer Haut genau zu betrachten.

»Ich habe dich letzte Nacht nicht *gezwungen*, Sex mit mir zu haben.«

»Das weiß ich. Ich wollte es ja auch. Es ist nur, dass es normalerweise nicht so schnell bei mir geht«, erklärte sie ihm. Sie atmete stoßweise, und Nick geriet genauso in Fahrt, wie er sie erregte.

»Es ist zu spät, es zurückzunehmen«, beteuerte er.

Sie seufzte, als sie an der Bettdecke zog. Sehr zu seiner Enttäuschung bedeckte sie ihre üppigen Brüste und rutschte dann hoch, um sich gegen das Kopfteil zu lehnen, umklammerte ihre Knie und presste die Bettdecke vor die Brust.

»Das verstehe ich, aber nur weil wir letzte Nacht Sex hatten, bedeutet das nicht, dass es jetzt eine offene Einladung ist. Ich habe hier einen Job.«

Nick kniff die Augen zusammen, als er sie genau betrachtete. »Welche Art von Spielchen spielst du?«, fragte er. Er blieb selten, um einen Plausch am Morgen danach zu führen, und die Richtung, die dieses Gespräch nahm, gefiel ihm nicht.

»Ich spiele kein Spiel. Wir waren gestern Abend beide aufgelöst. Und wir hatten Sex. Können wir das vergessen und jetzt wieder zur Normalität übergehen?«

Nick schwieg fassungslos. Er hatte den ganzen Morgen Pläne geschmiedet, und Chloe wollte so tun, als wäre nichts passiert. Sein Ego bekam einen gewaltigen Knacks.

»Oder ich könnte dich den ganzen Tag in deinem Bett festhalten, damit du alles vergisst außer den Sex mit mir.« Diese Idee gefiel ihm viel besser als ihre.

Chloe riss die Augen auf, und er merkte, wie sich ihre Atmung vertiefte. Sie wollte ihn immer noch. Was er nicht verstand, war, weshalb sie so angestrengt dagegen anzukämpfen versuchte. Das war vielleicht ein Rätsel, dem er auf den Grund gehen musste, bevor er völlig wahnsinnig wurde. Es wäre vielleicht schlauer, wenn er es einfach dabei beließ, aber Nick war nicht der Typ Mann, der einen Rückzieher machte. Aber jetzt war nicht die Zeit, dieses Gespräch zu vertiefen. Wenn sie die Diskussion beendeten, wollte er sicher sein, dass sie nicht unterbrochen wurden.

»Zieh dich an. Wir bekommen Besuch.«

Er stand auf und ging zur Tür. Nick war wütend, aber er war nicht sicher, ob mehr auf sie oder auf sich selbst.

»Nick!«, rief Chloe. Er blieb stehen, drehte sich aber nicht um. »Es tut mir leid, okay?«

Er antwortete nicht, sondern ging einfach aus der Tür und dann direkt zum Fitnessraum, wo er sich so hart rannahm, bis sein Bein versagte. Normalerweise lief er gute zehn Meilen, wenn er wütend war. Das erschöpfte ihn dermaßen, dass der Zorn verrauchte. Aber mit der Knieverletzung war das nicht möglich, was ihn noch wütender machte.

Als er zurück ins Wohnzimmer kam, stand Chloe dort angezogen, und ihr Blick aus leicht aufgerissenen Augen folgte ihm, als hätte sie Angst zu reden. Das ärgerte ihn noch mehr. Ihm gefiel, wie sie miteinander umgingen. Er wollte nicht, dass sie zu einer unterwürfigen kleinen Maus wurde, die sich fürchtete, ihm die Stirn zu bieten.

Ja, sie hatten Sex gehabt. Der musste aber nicht die ganze Dynamik ihrer Beziehung ändern. Wenn überhaupt, dann sollte er sie viel besser machen. Nick ging an ihr vorbei und hörte, wie sie leicht die Luft einsog. Am liebsten hätte er nach ihr gegriffen, sie auf die Couch gedrückt und vor Lust schreien lassen. Er wollte, dass sie zugab, wie sehr sie ihn immer noch brauchte.

Er verstand es nicht. Ja, sie war wunderschön. Aber das waren Millionen andere Frauen auf der Welt auch. Ja, sie reizte ihn, aber auch das taten andere Frauen, und er war nicht von allen begeistert. Was hatte sie also an sich, das ihn all seine normalen Regeln brechen ließ? Warum konnte er sie nicht einfach beiseiteschieben und vergessen, was passiert war?

Vielleicht war es das Unbekannte. Vielleicht wollte er sie erforschen, genau herausfinden, weshalb sie tat, was sie tat, und was ihre Geheimnisse waren. Sie war nicht der Typ, hinter dem er normalerweise her war. Also was machte sie so besonders? Vielleicht fand er heraus, dass es nichts war. Er würde wahrscheinlich nach kurzer Zeit dahinterkommen, dass sie einfach wie jede andere Frau auf diesem Planeten war, und dann das

Interesse verlieren. Er glaubte seinen wirren Gedankenspielen nicht, aber sie halfen ihm, damit umzugehen.

Keiner von beiden sprach, als sie ihren Morgenkaffee tranken. Beide hatten ihren eigenen Kopf. Nick war nicht von Natur aus schweigsam, aber die gespannte Stille im Raum nahm ihm die Luft. Er wollte sie durchbrechen, jedoch nicht der Erste sein. Es war ein Willenskrieg, entschied er.

Die Türklingel schellte, und Nick entfuhr fast ein Seufzer der Erleichterung. Lange hätte er nicht mehr durchgehalten, ohne sie zu erwürgen oder rittlings auf seinen Schoß zu ziehen. Wenn das hier zeigte, was in den nächsten Tagen auf ihn zukommen würde, dann konnte er sich auf beträchtlichen Ärger gefasst machen.

»Wer ist das?«, fragte sie, als er aufstand.

»Meine Brüder.«

Er wartete nicht auf ihre Reaktion, sondern ging zur Haustür und öffnete sie. Dort standen Cooper und Stormy mit Mav und Lindsey. Alle lächelten ihn an. Ein Baby schrie im Tragesitz und Lindseys Bauch wölbte sich beträchtlich.

»Ich würde dich ja gern umarmen, Lins, aber ich glaube, ich komme bei all dem Bauch nicht an dich heran«, scherzte Nick, dessen Laune sich auf der Stelle besserte, als seine Familie das Haus betrat.

»Willst du einen Tritt in den Hintern?«, knurrte Mav, der sich von hinten an seine Frau lehnte und ihr einen Kuss auf die Wange gab. »Du siehst absolut umwerfend aus«, schwärmte er.

»Nick, du solltest mich trotzdem umarmen, weil du sonst meine Gefühle verletzt.« Lindsey zog einen Schmollmund.

Nick legte vorsichtig die Arme um sie und drückte sie ganz kurz, denn er hatte Angst, sie zu zerbrechen. Er mochte Lindsey wirklich gern und wusste ganz genau, welche Horrorszenarien sie vor ein paar Jahren durchlebt hatte. Deshalb passte er auf, wenn er sie berührte, besonders jetzt, wo sie schwanger war.

»Du siehst wirklich atemberaubend aus, das weißt du doch, oder?«, fragte er, um seinen Scherz wiedergutzumachen.

»Ich bin ein aufgeblasener Wal, aber ich nehme alle Komplimente, die ich kriegen kann.« Sie tätschelte Nicks Wange und ging an ihm vorbei.

»Ihr seid spät dran. Ich wollte schon ohne euch mit dem Kochen anfangen«, beschwerte sich Nick bei seinen Brüdern, bevor er an ihnen vorbei nach Stormy griff und sie in die Arme zog. Sie drückte er viel heftiger als Lindsey.

»Ha! *Du* kochst das Essen! Das ist ja das Beste«, scherzte Mav, und Nick machte ein finsteres Gesicht.

»Einige von uns haben Kinder, um die sich gekümmert werden muss, bevor man das Haus verlassen kann. Du hättest besser zu uns kommen sollen«, verteidigte sich Stormy.

»Ja, recht hat sie«, pflichtete ihr Cooper mit einem Lächeln bei.

»Bedauernswert. Ihr beide seid so bedauernswert, seitdem ihr verheiratet seid«, ließ Nick seine Brüder wissen, aber er lachte dabei. Eigentlich freute er sich darüber, wie glücklich sie waren. Allerdings würde er das nie laut aussprechen.

Stormys Aufmerksamkeit wurde von etwas hinter ihm gefesselt, und Nick wusste, dass es Chloe war. Höchstwahrscheinlich versuchte sie, sich in ihr Zimmer zu schleichen. Wieder lächelte Nick. Da hatte sie aber die Rechnung ohne seine Schwägerinnen gemacht. Sie liebten es, sich zu unterhalten, und eine hübsche Frau, die in seinem Haus wohnte, war viel zu interessant, als dass sie sich diese Gelegenheit entgehen lassen würden.

»Hallo!«, rief Stormy und eilte an Nick vorbei. »Ich bin Stormy Armstrong, und der dort drüben ist Cooper, mein Mann. Der kleine Terrorist neben ihm ist unser dreijähriger Sohn Aaron und das heulende Kleinkind unsere einen Monat alte Tochter Addie.«

Stormy wartete geduldig darauf, dass Chloe etwas sagte. Alle Blicke richteten sich auf sie, und Nick bemerkte, dass ihre Wangen einen kleidsamen Rosaton annahmen.

»Ähm ... ich bin Chloe Reynolds, Nicks Physiotherapeutin.« Sie schien unsicher zu sein, wie sie sich vorstellen sollte. Und um es für sie noch ein bisschen peinlicher zu machen, stellte sich Nick für ein normales Patient-Therapeuten-Verhältnis viel zu dicht neben sie. Sie wich langsam zur Seite, und er folgte ihr.

Alle spürten die Anspannung, unter der diese Frau stand, aber Nicks Familie spielte nicht darauf an. Das war nicht ihr Stil, es sei denn, sie wollten jemanden in Verlegenheit bringen. Aber dazu kannten sie Chloe nicht gut genug.

Lindsey trat vor und stellte sich und Mav vor, und dann schleiften die Mädchen Chloe mit sich in die Küche. Sie versuchte es zwar mit einer höflichen Ausrede, aber wie Nick es vorhergesehen hatte, wollten die Frauen davon nichts wissen. Er hatte wirklich eine tolle Familie.

»Lassen wir mal die Frauen einen Plausch halten, dann kannst du uns das neue Boot zeigen«, schlug Mav vor.

Nick ertappte sich dabei, dass er Chloe nur widerwillig mit den Frauen allein lassen wollte. Er wusste, sie waren hervorragend darin, Leute auszufragen, und es interessierte ihn, was Chloe über ihn sagen würde. Das war ihm bisher immer egal gewesen. Aber aus irgendeinem Grund brachte ihn die Vorstellung, sie könnte gegenüber den beiden mit seinen Brüdern verheirateten Frauen über ihn herziehen, dazu, die Stirn zu runzeln.

Er war hin und her gerissen.

»Keine Angst, Nick, die Frauen werden auch noch hier sein, wenn wir zurückkommen.« Cooper lachte. Dieser Kommentar setzte Nick in Bewegung. Er wollte nicht, dass es aussah, als wäre er zu sehr von Chloe besessen.

Sie machten sich auf den Weg zum Steg, wo sein neuestes Spielzeug vertäut war. Nick war seit dem Unfall noch nicht in der Lage gewesen, es auszuprobieren, aber er würde noch früh genug damit aufs Wasser kommen.

»Verdammt, das ist aber eine Schönheit, auch wenn ich es vorziehe, in der Luft anstatt auf dem Wasser zu sein«, staunte Mav und gab einen anerkennenden Pfiff von sich, als er das circa zehn Meter lange Fischerboot mit allem Drum und Dran auf sich wirken ließ. Es hatte eine schöne Kabine unter Deck, damit Nick und ein Mädchen ein paar Tage in See stechen konnten und nicht befürchten mussten, gestört zu werden.

Im Augenblick war Chloe die einzige Frau, mit der er irgendwohin schippern wollte, aber er konnte sich nicht vorstellen, dass sie bei dem Gedanken, mit ihm auf See allein zu sein, vor Freude in die Luft sprang. Allerdings hatte es etwas, als Paar auf dem Wasser unterwegs zu sein, ohne gestört zu werden, und das machte die Sache umso reizvoller. Warum wollte er diese Frau so sehr nur für sich allein?

Die Brüder gingen an Bord, und Nick holte ein paar Flaschen Bier, die er im Kühlschrank kalt gestellt hatte. Sie setzten sich und genossen den Blick auf das leise plätschernde Wasser.

»Wie läuft's mit der Therapie?«, fragte Maverick.

Innerlich zuckte Nick zusammen. Letzte Nacht war es ziemlich gut gelaufen. »Es geht langsamer voran, als mir lieb ist, aber ich kann jetzt länger auf den Beinen sein, bevor die Schmerzen einsetzen. Chloe meint, in ein paar Wochen dürfte ich kein Problem mehr haben, wenn ich es nicht übertreibe, wie sie es nennt«, erklärte er lachend.

Mit seinen Verletzungen war nicht zu spaßen, aber er musste sie mit einem Lachen abtun, sonst wurde er wütend. Nick gefiel es nicht, so unbeweglich zu sein, wenn auch nur teilweise. Der Gedanke daran rief ihm wieder Pauls gestrigen Besuch ins

Gedächtnis. Sollte er seine rechtlichen Komplikationen seinen Brüdern mitteilen? Er sträubte sich, verstand aber nicht, warum.

»Hör auf alle Fälle auf die heiße Therapeutin«, riet ihm Cooper mit einem Grinsen.

»Du hast eine Frau. Du brauchst Chloe nicht hinterherzuschauen«, warnte Nick seinen Bruder.

Das brachte ihm Mavericks und Coopers Gelächter ein. Er hätte den Mund halten sollen. Im Moment war er viel zu leicht zu durchschauen.

»Jetzt weißt du, was wir jedes Mal durchmachen, wenn du mit unseren Frauen flirtest«, sagte Cooper, bevor er Nick auf den Rücken schlug und der lächeln musste.

»Na gut, das mag ein bisschen nervig sein, aber Chloe und ich haben nicht das, was man eine Beziehung nennt.«

»Scheint so, als wolltest du das ändern«, bemerkte Mav.

»Nein, mich beschäftigen zurzeit andere Dinge.« Er seufzte, bevor er seine Brüder anschaute. Sie warteten, kannten ihn gut genug, um zu wissen, dass er seine Gedanken ordnen musste, bevor er sprach.

Und dann erzählte Nick ihnen vom Besuch des Anwalts. Sie kniffen die Augen zusammen, als er zu den gegen ihn erhobenen Anklagepunkten kam. Er wusste nicht, weshalb er gezögert hatte, ihnen davon zu erzählen. Natürlich waren sie auf seiner Seite. Warum hatte ein kleiner Teil seines Verstandes befürchtet, sie könnten das Schlimmste glauben? Wenn er ihnen sagen würde, dass er sich tatsächlich über ihre Loyalität Gedanken gemacht hatte, wären sie sauer genug, ihn mit einem Tritt in den Hintern über die Bordwand ins kalte Meer zu befördern.

»Das bekommen wir hin, kein Problem«, beruhigte Mav ihn. »Ich habe ein paar gute Kontakte und werde einige Telefonate führen.«

»Wer auch immer es auf dich abgesehen hat, wird schnell lernen, dass man sich nicht mit einem Armstrong anlegt«, fügte Cooper hinzu.

»Ich mache mir keine Sorgen«, bekannte Nick. »Es nervt mich nur ein bisschen, dass jemand dermaßen lügt. Ich wollte den Absturz hinter mir lassen, und die Anschuldigungen lassen alles wieder hochkommen ... den Unfall, den Tod meiner Mannschaft, meine Verletzungen. Jeder, der mich kennt, weiß, dass ich meine Crew niemals in Gefahr gebracht hätte.« Er wurde immer lauter und schlug mit der Faust auf den Tisch vor sich.

»Natürlich nicht«, pflichtete Mav ihm schnell bei.

»Wenn man hat, was wir haben, dann macht man sich zwangsläufig Feinde. Du darfst dich davon nicht runterziehen lassen«, riet ihm Cooper.

»Wurde dir schon mal etwas vorgeworfen, das dich ins Gefängnis hätte bringen können?«, fragte Nick.

»Nein. Aber es würde mich nicht wundern, wenn das eines Tages passieren würde.« Cooper sagte das in ganz ernstem Tonfall.

»Wir stehen das durch, Nick. Cooper und ich werden dir bei jedem Schritt zur Seite stehen«, versprach Mav und schlug Nick auf die Schulter.

»Ich weiß, und dafür bin ich dankbar.« Er seufzte und schaute zu Boden. »Ich muss es Mom und Onkel Sherman sagen, und auf das Gespräch freue ich mich wirklich nicht.«

»Du kannst es nicht allzu lange aufschieben. Ansonsten werden sie fuchsteufelswild«, warnte Cooper.

»Ich weiß, ich weiß. Ich wurde aber erst gestern damit konfrontiert und hatte selbst kaum Zeit, es zu verarbeiten«, erklärte Nick und seufzte.

»Wir gehen zusammen zu ihnen«, schlug Mav vor.

»Danke. Ich bin froh, dass ich es euch gleich gesagt habe.«
Beide Brüder nickten. »Trotzdem will ich heute nicht weiter
darüber reden. Ich will nur ein nettes Essen mit meiner Familie
genießen«, verkündete Nick.

Mav lachte. »Ich glaube, ich kann das Essen schon bis hier-
her riechen. Die Ladys haben bereits angefangen.« Nick war
dankbar für den sofortigen Themenwechsel.

»Dann sollten wir uns schleunigst auf die Socken machen.
Wenn wir raffiniert genug sind, können wir uns den Bauch
vollschlagen, bevor die anderen eintreffen.«

»Erwartest du noch mehr Gäste?«, fragte Cooper.

»So, wie eure Frauen kochen, taucht vielleicht die ganze
Insel auf«, scherzte Nick.

»Aber bevor wir irgendwohin gehen, schuldest du uns noch
eine ernsthafte Erklärung«, forderte Mav.

»Was muss ich denn noch erklären?« Nick war verwirrt.

»Du vermeidest es, über die heiße Physiotherapeutin zu
reden, und es ist offensichtlich, dass es mächtig zwischen euch
knistert«, wurde Mav deutlicher.

»Du siehst doch gar nichts mehr in deinem heiratsbeding-
ten Liebeskoma, aber es ginge dich auch gar nichts an, wenn da
etwas wäre«, gab Nick zurück.

»Das bedeutet, dass es definitiv etwas zu erzählen gibt.«
Cooper lachte.

Nick starrte sie beide an. War er auch so lästig gewesen,
als sich die beiden in ihre Frauen verknallt hatten? Dieser
Gedanke ließ Nick innehalten. War er tatsächlich in Chloe
verknallt, oder ging es nur um Sex und die Jagd? Er war sich
nicht ganz sicher.

»Da gibt's überhaupt nichts zu erzählen«, murrte Nick.

»Ich hätte auch nicht gedacht, dass ich das mal erleben
würde«, meinte Cooper und schaute Nick an, als untersuchte er
ihn unter einem Mikroskop.

»Ihr bekommt beide einen Tritt in den Hintern, wenn ihr nicht aufhört«, drohte Nick.

»Verdammt, ich glaube, du sträubst dich viel zu sehr dagegen«, bemerkte Cooper.

»Klar ist sie heiß«, gab Nick zu. Vielleicht würde das seine Brüder zum Schweigen bringen. Aber seine Worte ließen ihre Augen nur noch mehr leuchten.

»Vielleicht bekommt Mom bald noch eine Hochzeitsfeier«, mutmaßte Mav kichernd. Sein Bruder duckte sich gerade noch rechtzeitig, um der auf seinen Kopf abzielenden Bierflasche auszuweichen. Das verstärkte Mavs Lachen nur noch.

Nick musste Chloe wiedersehen, aber er würde das nicht zugeben, besonders jetzt nicht. Er war viel zu verwirrt, und das mochte er nicht.

»Lasst uns nach dem Essen schauen«, murmelte er.

Seine Brüder lachten, aber sie gaben nach. Dann gingen sie alle zusammen zurück zum Haus. Nick lief viel besser als beim Eintreffen von Chloe, aber immer noch nicht optimal. Seine Brüder verlangsamten ihr gewöhnliches Tempo, damit er sich nicht überanstrengte. Nick sagte nichts, aber er war dankbar dafür. Er mochte es nicht, sich schwach zu fühlen, und er mochte es nicht, Leute zu bitten, ihre normalen Gepflogenheiten seinetwegen abzulegen. Alle Brüder waren so. Es war Ehrensache, und wenn sich die Armstrong-Männer mit einer Sache auskannten, dann mit der Ehre. Davon besaßen sie viel.

Lachend erreichten sie das Haus, weil Mav sie mit einer Geschichte seines letzten Boxabenteuers unterhielt. Als sie allerdings durch die Hintertür kamen und die Küche betraten, schwiegen sie alle abrupt, und ihre Mägen knurrten. Die Frauen kochten, und es roch köstlich.

Mav ging hinüber zu Lindsey, schlang von hinten die Arme um ihre Taille und legte die Hände auf ihren wachsenden Bauch. »Das riecht gut, Süße.«

»Mit Schmeicheleien erreichst du alles«, gab sie mit einem strahlenden Lächeln zu. Sie drehte sich um und beugte sich vor, um ihn zu küssen. Dann machte sie ein finsteres Gesicht. »Mein Bauch wird wirklich riesig«, schmollte sie.

»Du bist die schönste Schwangere auf diesem Planeten. Keine kann dir das Wasser reichen«, versicherte ihr Mav, und seine Worte erhellten ihr Gesicht deutlich.

Nick blickte kurz zu Chloe und bemerkte die Sehnsucht in ihrem Blick, als sie zu dem sich umarmenden Paar schaute. Er würde das gern bei ihr tun, und deshalb verstand er nicht, warum sie sich dagegen wehrte. Sie wurde rot, als könnte sie seinen Blick spüren. Er zwinkerte ihr lächelnd zu.

Chloe drehte sich weg, und Nick verspürte plötzlich den Drang, nicht lockerzulassen. Vielleicht fing der Spaß erst an. Chloe war vom ersten Tag an eine Herausforderung gewesen. Warum sollte das aufhören, nur weil sie bereits zusammen im Bett gewesen waren? Er sah dafür keinen Grund.

»Okay, ihr bringt mich mit dieser ganzen Küsserei und den Schmeicheleien dazu, unanständige Dinge mit meinem Mann tun zu wollen«, meldete sich Stormy zu Wort, pirschte sich an Cooper heran und gab ihm einen zärtlichen Kuss. Er griff um sie herum und kniff ihr ins Hinterteil, woraufhin sie kreischte und nach ihm schlug.

»Und ihr bringt mich noch dazu, dass ich mich übergebe«, meckerte Nick.

»Wenn dir das nicht gefällt, steht es dir frei zu gehen«, konterte Mav mit einem Augenzwinkern.

»Das ist mein Haus, du Blödmann«, gab Nick zurück, aber sein Blick wanderte wieder zu Chloe. Er hätte nichts dagegen, zu ihr zu gehen und sie in die Arme zu nehmen, damit er seinen Brüdern zeigen konnte, wie ein Mann die Frau küsst, die er begehrt.

Als könnte sie seine Gedanken lesen, senkte Chloe den Blick und fand plötzlich den Saum ihres T-Shirts faszinierend. Nick sah das als Ermutigung an. Sie war mehr von ihm fasziniert, als sie je zugeben würde. Es kostete Nick äußerste Selbstkontrolle, sich zurückzuhalten.

Irgendein Schalter hatte sich in Nicks Verstand umgelegt, und das verstand er noch nicht ganz. Er hatte sich immer davor gefürchtet, sich nur mit einer Frau zufriedenzugeben, aber wenn er Chloe anschaute, konnte er sich nicht vorstellen, sie nicht mehr um sich zu haben. Reichte ihm seine Familie noch? Oder brauchte er eine Beziehung zu einer Frau, wie sie seine Brüder hatten? Er war sich nicht mehr sicher.

»Ihr Jungs seid völlig hoffnungslos«, meldete sich Lindsey zu Wort. »Deshalb sind wir so verdammt vernarrt in euch. Aber wenn ihr uns nicht in Ruhe lasst ...«

Mav und Cooper murrten, ließen ihre Frauen jedoch los, und Cooper griff nach Nicks Arm und deutete an, dass sie sich lieber das Baseballspiel anschauen sollten.

»Ich habe kein Bier mehr und brauche noch eins. Noch jemand?« Die Brüder folgten Nick ins Wohnzimmer, aber er war nicht mehr in Besucherlaune. Sein Kopf war übervoll mit widersprüchlichen Gedanken.

Mitten in der Debatte seiner Brüder über das Spiel der Mariners stand Nick auf und ging. Die letzten Tage waren einfach zu viel für ihn gewesen. Das musste bald besser werden, versicherte er sich.

KAPITEL 15

Chloe wollte unbedingt die Küche verlassen, aber sie war zumindest dankbar, dass die Frauen die Männer hinausgeworfen hatten. Sie stand da und fühlte sich nicht nur wie das fünfte Rad am Wagen, sondern vermisste auch die Zeit, in der sie mit ihrem Bruder so gelacht hatte. Außerdem versetzte ihr die enge Beziehung zwischen Nicks Brüdern und ihren Frauen einen zusätzlichen Stich ins Herz.

Sie hatte immer angenommen, sie würde erwachsen werden, ihre Familie verlassen, vielleicht eine eigene gründen und alles richtig machen. Sie würde keinen Mann heiraten, der sie kontrollierte oder ihr verbot, ihre eigenen Entscheidungen zu treffen. Aber das Leben war vorangeschritten, und mehr Zeit war vergangen. Jetzt war sie achtundzwanzig und konzentrierte sich auf ihren Beruf.

Sie hatte weder die Zeit noch den Drang, Mister Right zu finden. Aber wenn sie suchen *würde*, wäre Nick Armstrong garantiert nicht der Mann. Er war so ... so ..., verdammt, ihr fiel das Wort nicht ein. Es war nicht so, dass er etwa dominant war. Er war definitiv selbstbewusst, aber er bestand nicht darauf, dass es immer *nur* nach seiner Nase ging. Während der

Therapiestunden respektierte er sie. Klar, er neckte sie viel und flirtete wie verrückt, aber er hörte auf das, was sie sagte.

Und im Schlafzimmer, heiliger Bimbam, im Schlafzimmer hatte der Mann auf jeden Fall das Sagen. Aber *das* machte ihr nichts aus. Es war nicht so, dass sie eine Menge Vergleichsmöglichkeiten gehabt hätte, aber der Mann hatte ihr Genüsse verschafft, von denen sie nicht gedacht hatte, dass es sie überhaupt gab.

Das hatte sie viel zu sehr verstört. Sie hatte noch keine Zeit gehabt, die Erlebnisse der letzten Nacht zu verarbeiten, und jetzt war sie umgeben von seiner Familie, und in ihrem Kopf drehte sich alles. Sie musste laufen gehen, hinunter zum Meer, irgendetwas tun und nicht im selben Raum mit zwei glücklich verheirateten Frauen sitzen, deren Eheglück förmlich von ihnen abstrahlte.

»Wir wollen alles wissen, Chloe«, sagte Stormy und mischte weiter Zutaten. Chloe hatte keine Ahnung, was die beiden Frauen kochten, aber die Männer hatten recht. Im Haus roch es so gut wie nie zuvor.

»Was meinst du damit?«, fragte sie. Sie wusste, dass sie auf der Hut sein musste, aber sie wusste nicht, worauf die beiden aus waren.

»Wir lassen nicht zu, dass du hier die Schüchterne spielst. Wie lieben diese Armstrong-Männer, aber wir wissen auch, dass sie einem furchtbar auf die Nerven gehen können. Ich wollte Maverick schon genauso oft erwürgen, wie ich ihn aufs Bett schmeißen wollte, um verruchte Spielchen mit ihm zu treiben.« Lindsey kicherte. »Offenbar war ich mehr für das Verruchte«, fügte sie hinzu und strich sich über den runden Bauch.

Chloe wurde wieder rot. »Da gibt es nichts zwischen uns«, sagte sie. Allerdings verriet sie die Farbe ihrer Wangen, und den Blicken der Frauen nach zu urteilen wussten sie, dass sie log.

»Du bist jetzt über zwei Wochen hier, oder?«, fragte Stormy und brachte Chloe damit durcheinander. Die versuchte herauszufinden, was hinter dieser Frage steckte, kam aber nicht dahinter. Deshalb entschied sie sich, ehrlich zu antworten.

»Ja, fast drei Wochen kümmere ich mich jetzt um sein Knie«, antwortete sie, um die Frauen daran zu erinnern, dass sie Physiotherapeutin von Beruf war.

»Schläfst du hier?«, wollte Lindsey wissen, obwohl sie die Antwort offenbar kannte.

Jetzt ähnelten Chloes Wangen der Farbe des roten Handtuchs, mit dem Stormy ihre Hände abtrocknete. Chloe hasste es, wie leicht man in ihrem Gesicht lesen konnte. Wenn sie eine Lüge nicht sorgfältig vorbereitete, bevor sie sie erzählte, hatte sie keine Chance, ungestraft davonzukommen. Da sie erst in der Nacht zuvor mit Nick im Bett gewesen war und Chloe nicht gewusst hatte, dass sein Familie heute vorbeikommen würde, war sie überhaupt nicht vorbereitet. Diese Frauen würden sie völlig auseinandernehmen.

Chloe arbeitete in ihrem Beruf viel mit Männern zusammen. Freundschaften mit Frauen schloss sie nicht so leicht, außer mit Dakota, die aber eher eine Schwester als eine Freundin war. Chloe war nicht an Klatsch gewöhnt, und sie fühlte sich von Sekunde zu Sekunde unbehaglicher.

»Ich sollte jetzt nach den Sachen für unsere spätere Trainingsstunde schauen.« Chloe war jede Ausrede recht, um sich davonzustehlen.

»Keine Chance, gute Frau. Es ist mehr als klar, dass du etwas vor uns verheimlichen willst. Wir sind Meisterinnen darin, an Informationen zu kommen«, erklärte ihr Stormy mit einem schelmischen Lächeln.

»Na ja … ähm …« Sie hörte auf, nach einem weiteren Grund zu suchen, um die Küche verlassen zu können, und ließ sich auf einen Hocker plumpsen. Sie hatte angeboten, den Frauen zu helfen, aber ihre Hände zitterten so sehr, dass sie Gefahr lief, sich eher einen Finger abzuschneiden, als Essen zuzubereiten.

»Du bist fast drei Wochen hier und willst uns erzählen, dass überhaupt nichts passiert ist?«, drängte Stormy. Chloes Wangen brannten nach wie vor. »Bei all der sexuellen Energie, die zwischen Nick und dir besteht? Das kaufe ich dir nicht ab.«

»Er konnte kaum die Augen von dir lassen, als wir alle zusammenstanden. Das ist überhaupt nicht typisch für Nick. Er war schon immer ein Aufreißer, aber er verliert auch verdammt schnell das Interesse am anderen Geschlecht. Das habe ich heute aber überhaupt nicht beobachtet. Er sah aus, als würde er dich gleich vor uns verschlingen«, fuhr Lindsey fort.

»Genau. Mir wurde schon ganz heiß, nur weil ich im selben Raum mit euch beiden war.« Stormy wedelte sich Luft zu.

Es war mehr als klar, dass es besser war zu reden, als weiter von ihnen in die Mangel genommen zu werden. Chloe rutschte auf ihrem Hocker herum, fühlte sich zunehmend unwohl, hatte aber auch das Verlangen, sich jemandem mitzuteilen. Und dann machte sie, ohne ein zweites Mal darüber nachzudenken, den Mund auf.

»Es ist da etwas vor *sehr* Kurzem passiert«, begann sie. Die Frauen grinsten sie an. »Aber es wird *nicht* weitergehen. Ich bin Physiotherapeutin und nur hier, um ihn wieder in Form zu bringen, damit er in seinen Job zurückkehren kann. In einem Monat werde ich gehen, und dann werden wir uns nie wiedersehen.«

Sie sagte das mit Überzeugung, spürte jedoch ein leises Bedauern, als sie die Worte aussprach. Chloe war sich nicht ganz sicher, was sie von der Aussicht hielt, Nick niemals wiederzusehen. Er war nicht der, für den sie ihn anfangs gehalten hatte, aber da wusste sie auch noch nicht viel über ihn. Sie genoss seine Gesellschaft und seine Berührungen noch viel mehr. Aber das war so verkehrt. Das durfte sie nicht vergessen. Bis sie nicht sicher wusste, ob er Schuld am Tod ihres Bruders hatte, wäre jegliche Sympathie oder Liebe, die sie für den Mann empfand, Verrat an Patrick.

Doch auch als ihr diese Gedanken durch den Kopf gingen, schaute sie seine Schwägerinnen an und fragte sich, wie schlecht ein Mann sein konnte, wie schlecht die gesamte Familie sein konnte, wenn sie solche Loyalität weckten. Die beiden Brüder waren mit anscheinend intelligenten, netten, schönen Frauen verheiratet. Konnten sie so schlimm sein, wie ihr erzählt worden war, und gleichzeitig solche goldigen Frauen haben? Das ergab eigentlich alles keinen Sinn.

»Du willst ihn mit Haut und Haaren, oder?«, fragte Stormy und hatte ihre ganze Aufmerksamkeit auf Chloe gerichtet. »Hab keine Angst, ich werde es ihm nicht erzählen, aber mir gegenüber kannst du ehrlich sein«, drängte Stormy sie.

»Wir versprechen, dass Dinge, die unter uns Mädels besprochen werden, nicht nach außen dringen«, fügte Lindsey hinzu und hielt die Hand hoch, als würde sie einen Eid schwören. Chloe seufzte und konnte nicht anders, als die beiden Frauen anzulächeln, die auf eine Antwort warteten.

»Kann sein, dass es die beste sexuelle Erfahrung war, die ich je gemacht habe«, gab sie sehr zur Freude der beiden Frauen zu, die breit grinsten. »Aber er macht mich auch wahnsinnig. Er ist rechthaberisch und eingebildet und flirtet ohne Ende, während ich versuche, meinen Job zu machen. Wenn mein Körper lernen würde, auf meinen Verstand zu hören, wäre ich jetzt nicht in so einem Dilemma.«

Stormy und Lindsey lachten, und Chloe schaute sie streng an, was sie noch viel lauter lachen ließ.

»Okay, okay, tut mir leid, aber du hast ja gerade unsere Ehemänner getroffen«, stieß Lindsey kichernd hervor. »Glaub mir, so sind alle Armstrong-Männer. Aber unter dieser ganzen protzigen Schale sind sie wunderbare Männer, die eher sterben würden, als zuzulassen, dass jemand, den sie lieben, verletzt wird.«

Bei ihren Worten spürte Chloe ein Stechen in der Brust. Wenn das wahr war, dann wäre Nick auf keinen Fall für den Absturz verantwortlich, der ihren Bruder das Leben gekostet hatte. Aber kannten Stormy und Lindsey Nick so gut, wie sie behaupteten?

»Was ist los?«, fragte Lindsey, kam zu Chloe und nahm ihre Hand, bevor dieser bewusst wurde, was geschah. »Wir setzen dir gerade etwas zu, aber wollen dir auch ein bisschen mit Rat zur Seite stehen. Ich möchte dir sagen, dass Mav in den dunkelsten Stunden für mich da war. Und seine Brüder waren immer an seiner Seite. Ich würde diesen Männern das Baby anvertrauen, das ich in mir trage, mein eigenes Leben und das der Menschen, die ich liebe. Die Jungs sind wirklich manchmal nervig, aber sie haben ein Herz aus Gold. Falls du Angst haben solltest, verletzt zu werden, das brauchst du nicht. Junge Hunde, die bellen, beißen nicht. Und so ist das auch bei Nick.«

Chloe spürte, wie ihr Tränen in die Augen schossen. Sie schüttelte den Kopf und hoffte, dass sie verschwanden. Was Lindsey ihr erzählt hatte, kam von Herzen. Sie wusste, dass die Frau nicht log. Nur hatte Chloe gerade das Gefühl, dass die ganze Welt um sie herum zusammenbrach. Wenn sie nicht mehr ihre Ansicht über Nick hatte, was sollte sie dann tun? Lag ihre Familie vielleicht falsch? Sie wusste es einfach nicht.

»Tut mir leid«, sagte sie und holte tief Luft.

»Entschuldige dich nie dafür, wenn du einen schwachen Moment hast«, riet ihr Stormy und stellte sich auf Chloes andere Seite. »Wir haben alle unsere schwachen Momente. Das Tolle an dieser Familie ist, dass wir sie nicht alleine durchstehen müssen. Wir kümmern uns umeinander.«

Eine Träne löste sich und lief Chloe über die Wange. Schnell griff Lindsey nach einem Papierküchentuch und gab es ihr. Chloe wusste nicht, was sie mit dem Gesagten anfangen sollte. Es war einfach zu viel. Eigentlich hätte sie sich um ihren Bruder kümmern sollen, wie sich diese Familie so entschieden umeinander kümmerte. Aber das konnte sie niemals mehr.

»Ich glaube, das gute Aussehen der Armstrong-Brüder ist eine Gefahr für die Zurechnungsfähigkeit aller Frauen.« Chloe versuchte, einen Witz zu machen, und Stormy und Lindsey lächelten und nickten zustimmend.

»Jetzt lassen wir dich mit dem Thema in Ruhe. Aber wir geben dir unsere Handynummern. Wenn Nick mal außer Kontrolle gerät, ruf uns einfach an. Tu das auch, wenn du einfach ein Gespräch von Frau zu Frau brauchst. Ruf uns an, und wir sind in null Komma nichts hier«, bot Stormy an.

»Wenn ich nicht im Kreißsaal liege«, fügte Lindsey mit einem Lächeln hinzu. »Aber auch wenn ich dort bin, kannst du vorbeikommen und mit mir in den Wehenpausen reden.«

Das brachte Chloe zum Lachen. »Ja, aber ich glaube, darauf werde ich verzichten.«

»Das wäre gar nicht mal so dumm. Stormy hat während der Geburt jeden angebrüllt, der in ihre Nähe kam. Und ich habe das Gefühl, ich werde vielleicht noch schlimmer sein«, mutmaßte Lindsey.

»Also, zu meiner Verteidigung muss ich sagen, dass die Geburt eines Kindes eigentlich als Foltermethode gelten sollte. Wenn Männer eine Ahnung hätten, wie schmerzhaft das ist, würden sie niemals wollen, dass wir eine Geburt durchstehen«, erklärte Stormy.

»Aber dann hätten wir nicht diese wunderbaren Kinder«, wandte Lindsey ein.

»Ja, das ist es ganz sicher letztendlich auch wert.« Stormy schaute auf ihre schlafende Tochter.

Chloe folgte ihrem Blick und schaute auf das süße kleine Mädchen. Sie sah so winzig aus in ihrem Tragesitz und in Decken gewickelt. Es hatte eine Zeit gegeben, da hatte Chloe so sehr eigene Kinder gewollt, dass sich ihre ganzen Gedanken darum gedreht hatten. Jetzt war sie sich nicht mehr so sicher. Sie hatte keine Ahnung, welche Art von Mutter sie sein würde, und wenn sie annähernd so wäre wie ihre eigene Mutter, schwach und bedauernswert, dann wollte sie nicht selbst Mutter werden.

Chloe konnte sich nicht vorstellen, dass sie es je zulassen würde, dass ihre Kinder von jemandem geschlagen wurden, noch nicht einmal von ihrem Vater. Als sie Stormys Gesicht vor Liebe für ihre Tochter strahlen sah, versetzte das ihrem Herzen einen weiteren Stich. Wenn ihre eigene Mutter sie so sehr geliebt hätte wie Stormy ihre Kinder, dann wäre Chloe vielleicht in ihrer Kindheit und Jugend die Hölle erspart geblieben.

Es tat ihr nicht gut, sich vorzustellen, was hätte sein können. Das war reine Verschwendung von Zeit und Gefühlen. Sie würde niemals Antworten bekommen, weil sie jetzt erwachsen war. Ihr Leben war, wie es war.

Die Frauen hörten auf, Chloe auf den Zahn zu fühlen, und der gefiel ihre Gesellschaft zunehmend. Sie blieb und half ihnen, Berge von Essen herzustellen, während sich die Männer irgendwo unterhielten. Allerdings war Chloe erschrocken, denn je länger sie mit ihnen zusammen war und lachte und ihren Geschichten lauschte, desto mehr wollte sie bei ihnen sein.

Sie wollte Teil dieser Familie sein. In ihr fühlte man sich sicher und geborgen, etwas, an das sie nicht gewöhnt war. Wenn sie nicht vorsichtig war, würde sie vielleicht etwas wollen, was sie nie haben konnte.

Gerade als ihr dieser Gedanke in den Sinn kam, betraten Nick und seine Brüder den Raum. Ihr Blick traf auf seinen, und die Intensität verschlug ihr den Atem. Es war, als würde in den Tiefen seiner wunderschönen grünen Augen ein Versprechen schimmern, und es besagte, dass sie nur die Hand ausstrecken musste, um es zu bekommen.

War sie mutig genug, es zu wagen? Chloe wusste, dass sie es nicht war. Anstatt zu ihm zu gehen und herauszufinden, was zwischen ihnen vorging, unterbrach sie den Blickkontakt und konzentrierte sich auf eine Stelle an der Wand.

Nick kam zu ihr, aber Chloe fand einen annehmbaren Grund, von ihm abzurücken. Ein wenig hasste sie sich dafür. Andererseits wusste sie, dass es richtig war. Es gab ihr allerdings das Gefühl, auch in einem Raum voller Menschen unglaublich einsam zu sein.

Chloe wusste, dass ihr Leben dafür bestimmt war. Das hatte sie schon vor langer Zeit akzeptiert. In Nicks Nähe zu sein, machte es ein bisschen schwerer, diese Bestimmung zu akzeptieren, aber so war es nun einmal. Träume waren für diejenigen, die den Luxus besaßen, wählen zu können.

KAPITEL 16

Als Chloe mit den Frauen aus dem Haus auf die hintere Veranda trat, um sich zu ihnen zu setzen, konnte Nick sie praktisch spüren. Sie waren wie zwei Magneten, die einander anzogen, und er hatte kein Verlangen danach davonzurennen. Erst vor einer Stunde war er mit ihr im selben Raum gewesen, und doch schien es zu lange her zu sein.

Sein Herz begann zu rasen, und alles in ihm wollte bei ihr sein. Er hörte nicht mehr zu, was sein Bruder sagte, und sein Blick konzentrierte sich auf die schöne Frau mit dem Lächeln im Gesicht, die Stormys Tochter Addie trug.

Der Anblick von Chloe mit dem Säugling auf dem Arm verursachte Nick ein Brennen in der Brust. Nie zuvor hatte der Anblick einer Frau und eines Kindes solch eine tiefe Sehnsucht in ihm geweckt. Als er jedoch das Lächeln auf ihren Lippen, die geröteten Wangen und das schützend von ihren Armen umschlungene Baby in sich aufnahm, hätte er am liebsten beide eng an sein Herz gedrückt und den Rest der Welt ausgesperrt.

Mit Ehrfurcht schaute Chloe auf das krähende Baby, und er schmolz innerlich dahin. Nick konnte den Blick nicht von ihr abwenden, konnte sich nicht im Entferntesten vorstellen, was er fühlte.

»Sie ist so klein. Ich habe Angst, ihr wehzutun«, sagte Chloe. Stormy lachte und tätschelte Chloes Arm.

»Glaub mir, sie ist vielleicht klein, aber sie ist auch eine Kriegerin. Und sie hat eine Lunge, die das beweist«, versicherte ihr Stormy. Chloe kicherte, als sie vorsichtig über den kahlen Kopf des Babys strich.

Sie lächelte immer noch, als sie aufschaute und ihre Blicke sich trafen. Chloes Gesichtszüge erstarrten für einen Moment, bevor sie versuchte, den Ausdruck zu verbergen. Nick sah jedoch noch immer die Sorge tief in ihren verräterischen Augen. Es zerriss ihn fast, der Grund dafür zu sein, dass sie das noch vor einigen Sekunden vorhanden gewesene Strahlen verloren hatte.

Schnell ging er zu ihr, wobei sein Blick auf ihr Gesicht gerichtet blieb. Sein Herz hämmerte, als er die Hand ausstreckte und ihren Arm berührte. »Du siehst wunderschön aus«, sagte er, und seine Stimme klang ehrfürchtig.

Nur ihr nahe, mit ihr auf Tuchfühlung zu sein, beruhigte seine mitgenommenen Nerven. Er nahm sie in sich auf, und Stolz erfüllte ihn, als sie ihn mit gleicher Intensität anschaute. Der Rest der Welt verblasste. Es gab nur sie beide und das winzige Baby. Nick hätte nichts dagegen, jederzeit dermaßen fixiert auf Familie zu sein.

Er hatte keine Ahnung, dass ihr kleiner Kreis die Aufmerksamkeit seiner Gäste auf sich gezogen hatte. Ihre Reaktionen waren das Letzte, was seinen Verstand beschäftigte.

Chloe mochte ihm vorgeworfen haben, dass es zu schnell ging. Sie mochte darauf bestanden haben, sich von ihm zurückzuziehen, aber ihre Augen sagten etwas anderes. Sie begehrte ihn. Was Nick nicht ganz verstand, war, dass es so viel mehr war als Begehren. Es war die Verschmelzung von Seelen.

Der Anblick von Chloe mit dem Neugeborenen hatte Gefühle durch seinen Körper gejagt, die er nicht einzuschätzen wusste, aber tief im Herzen konnte er sich vorstellen, dass es ihrer beider Baby war, das sie so fest an sich drückte. Ein Kind mit einer Frau zu haben, war immer etwas gewesen, das er beim Sex fürchtete. Nie traute er einer Frau, wenn sie sagte, sie würde verhüten, und er hatte niemals Sex ohne Kondom.

Aber mit Chloe hatte er genau das gehabt. Er hatte ihr vertraut, als sie sagte, dass sie verhütete. Er hatte keinen Moment gezögert, war in sie geglitten und hatte sie beide eins werden lassen.

Hatte er das getan, weil es ihn nicht umgehauen hätte, wenn sie schwanger geworden wäre? Nick konnte sich nicht vorstellen, dass ihm das recht gewesen wäre. Er verstand die Stimme in seinem Kopf nicht, die ihm sagte, sie könnte diejenige sein, die er nie verlassen wollte.

Chloe sah aus, als sollte sie unbedingt ein Baby in den Armen halten. Sie wäre eine wunderschöne Mutter und Frau. Trotzdem hatte Nick bereits vor langer Zeit entschieden, nicht zu heiraten. Wenn er jedoch seine Brüder so glücklich sah, erkannte er, dass es nicht das Ende der Welt zu sein schien.

Seine Gedanken jagten ihm eine Heidenangst ein. Dennoch schien er sich Chloe nicht entziehen zu können. Er versuchte sich einzureden, dass es nur der Sex war, der seinen Verstand benebelte, und dass sein Hormonspiegel auf ein normales Niveau sinken würde, wenn sie einige Zeit eine Beziehung hätten, und dann sämtliche merkwürdigen Gedanken verschwinden würden. Aber er hatte schon früher Frauen begehrt, und kein einziges Mal hatte er sich sie mit einem Baby im Arm vorgestellt. Ganz zu schweigen davon, dass er sich vorgestellt hatte, es könnte seins sein.

Chloe hatte sich ihm heute Morgen entzogen, und er hatte sie den ganzen Nachmittag in Ruhe gelassen. Na ja, den frühen Nachmittag jedenfalls. Nick war nicht besonders gut darin, zu Leuten auf Abstand zu gehen, wenn er keinen Abstand zu ihnen wollte. Persönliche Grenzen waren nie ein Thema für ihn gewesen.

Ohne ein weiteres Wort zu der Frau zu sagen, die ihn erschrocken anschaute, zog er sie an sich. Vorsichtig, damit das Baby nicht irritiert war, und ohne einen Gedanken daran zu verschwenden, wer zuschaute, drückte er zärtlich seine Lippen auf ihre. Sie faszinierte ihn immer mehr.

Chloe seufzte gegen seinen Mund, und für einen Augenblick gab es nur sie beide. Nicks Brüder und ihre Frauen zogen sich zurück. Er vertiefte den Kuss, und das Baby wand sich zwischen ihnen, erinnerte ihn daran, dass sie nicht alleine waren. Nick wich sofort zurück, hatte Angst, seiner Nichte wehgetan zu haben.

Er strich ihr zärtlich über den kleinen Kopf und sah Chloe dabei in die Augen. Sie waren leicht glasig, als sie sich über die Lippen leckte und ihn verwirrt und ein wenig verwundert anschaute.

»Ich bin nicht gut darin, die Dinge langsam angehen zu lassen«, sagte er.

Als er diesen Satz ausgesprochen hatte, merkte er, dass ein Funken Wut in ihm glomm. Sie wollte ihn, mochte ihn, brauchte ihn, also weshalb tat sie so, als stimmte das nicht? Seine Gefühle erdrückten ihn, und er musste mit ihr reden, musste verstehen, was sie dachte.

Chloe verschloss sich, als sie die leidenschaftlichen Gefühle deutete, die ihm ins Gesicht geschrieben standen. Er war erregt, wütend und halb verrückt. Eigentlich hätte sie sich ein bisschen Sorgen machen müssen. Das Einzige, das ihn davon abhielt, sie von hier wegzuschleppen, um allein mit ihr zu sein, war die Tatsache, dass sie seine Nichte im Arm hielt.

»Aber es steht dir nicht zu, zu entscheiden, wie ich es haben möchte«, entgegnete sie, straffte die Schultern und schaute ihm in die Augen.

Er lächelte sie an. »Ich fand Herausforderungen schon immer verlockend, Doc. Du sorgst dafür, dass mir dieses Abenteuer viel Spaß macht.«

Nick strich ihr mit der Hand über den Arm, und seine Wut verschwand. Er konnte nicht verärgert sein, wenn sie ihn so verwirrt ansah. Sie sollte nur zugeben, dass da etwas Besonderes zwischen ihnen war, und diese Worte wollte er unbedingt von ihr hören.

»Aber ich kann dich sicherlich zur Rede stellen, wenn du lügst, auch wenn du dich nur selbst anlügst«, fuhr er fort.

Sie sog hörbar die Luft ein und schaute ihn mit zusammengekniffenen Augen an. Chloe mochte es nicht, von ihm zur Rede gestellt zu werden. Gut. Wenn er sie anstachelte, wäre sie nicht so beherrscht und nicht fähig, Standardantworten zu geben. Sie wäre ihm gegenüber dann viel ehrlicher.

»Ich dachte, zwischen euch beiden wäre nichts?« Stormy kicherte, als sie wieder auf die Terrasse trat und sich in das Gespräch einschaltete.

Nick hätte Stormy am liebsten aufgefordert zu verschwinden. Er konnte sehen, wie Chloe in Panik geriet, und es wäre besser, ihr das Baby abzunehmen, bevor sie vergaß, dass sie es im Arm hielt. Mit Behutsamkeit, an die er in Bezug auf seine Nichte und seinen Neffen gewöhnt war, schob er die Hände unter Addies warmen Körper und nahm sie Chloe ab.

Chloe ließ die Hände sinken, als sie sah, dass das Baby sicher an Nicks Brust gedrückt war.

»Wie geht's meinem kleinen Goldstück?«, gurrte er mit Blick auf das kleine Mädchen. Das letzte bisschen Wut verrauchte. Wie konnte er an so einem hässlichen Gefühl festhalten, wenn er so etwas Unschuldiges im Arm hielt?

»Ich bringe meine Tochter mal in Sicherheit, damit ihr beide unter vier Augen besprechen könnt, was auch immer es sein mag«, schaltete sich Stormy lachend ein. Nick gab seiner

Nichte einen Kuss, bevor er sie Stormy übergab. Ein leeres Gefühl blieb in seinen Armen zurück, als ihm das Bündel abgenommen wurde.

Nick hatte nie in Betracht gezogen, Vater zu werden, musste er sich ermahnen. Das würde sich nicht ändern, nur weil er kostbare Momente mit seiner Nichte und seinem Neffen hatte. Andererseits war er sonst nie auf die Idee gekommen, eigene Kinder zu wollen, wenn er sie auf dem Arm gehabt hatte. Erst als er Chloe mit dem Baby im Arm gesehen hatte, hatte sich der Schmerz in seiner Brust ausgebreitet, und er hatte sich irgendwie leer gefühlt.

Kopfschüttelnd versuchte Nick, die beunruhigenden Gedanken zu verscheuchen, aber er befürchtete, sie würden ihn jetzt, wo sie erst einmal aufgetaucht waren, zunehmend beherrschen. Eigentlich hatte er genug Probleme, um die er sich kümmern musste, ohne dass seine väterliche Uhr tickte.

»Komm mit. Wir müssen allein sein«, sagte er zu Chloe, die erstarrte, als er den Arm um sie legte. Nick schaute ihr in die Augen und fragte sich, was in diesen süßen, unendlichen Tiefen vor sich ging. Er hatte keine Ahnung und war nicht sicher, was er davon halten sollte.

Nick hatte das Gefühl, dass sie sich nur von ihm wegführen ließ, weil sie keine Szene vor seiner Familie heraufbeschwören wollte. Er führte sie zu einem der Wege, die sein Grundstück umgaben. Dort hatten sie all die Privatsphäre, die er wollte.

Als sie sich weit genug vom Haus entfernt hatten, blieb Chloe stehen und zwang somit auch Nick dazu. Sie warf ihm einen vernichtenden Blick zu.

»Du hättest mich nicht so vor deiner Familie küssen dürfen. Ich hatte es gerade zuvor geschafft, den Frauen zu erzählen, dass es da nichts zwischen uns gibt«, schnauzte sie ihn an. Er liebte dieses Feuer in ihren Augen. Er fühlte sich dann nicht so sehr wie ein Raubtier.

»Dann hättest du meine Familie nicht anlügen sollen«, gab er einfach zurück. Chloe rang nach Luft.

»Ich habe nicht gelogen! Nur weil wir letzte Nacht miteinander geschlafen haben, bedeutet das nicht, dass über unsere gesamte Zukunft entschieden wurde. Es bedeutet ganz sicher nicht, dass ich will, dass noch etwas zwischen uns geschieht. Und ich will *wirklich* nicht, dass die Leute darüber reden«, stellte Chloe klar.

Etwas an dem, was sie gesagt hatte, ließ ihn aufhorchen. Er schaute sie an, sie wurde rot und wandte sich von ihm ab.

»Wer zum Teufel schert sich darum, worüber die Leute reden? Was zwischen uns geschieht, geht uns beide an. Es ist egal, ob die Leute darüber eine Meinung haben. Wichtig ist, was wir füreinander empfinden«, erklärte er.

Sie zuckte bei seinen Worten zusammen, und er fragte sich wieder, was in ihrem hübschen Kopf vorging. Sie verbarg ganz sicher etwas vor ihm, aber er wusste nicht, was das war.

»Mir ist nicht egal, was die Leute von mir denken, Nick. Ich habe einen Ruf zu verlieren, und wenn es die Runde macht, dass ich mit meinen Patienten schlafe, ziehe ich die falsche Sorte Kunden an«, machte sie ihm klar.

Da war etwas Wahres dran. Das sah er ein, aber da gab es noch etwas, das sie nicht sagte. Er war sich nur nicht sicher, wie er das aus ihr herausbekommen sollte.

»Ich weiß, wer du bist, und man muss kein Genie sein, um rauszufinden, dass du nicht zu dieser Sorte Frau gehörst, Chloe. Trotzdem gibt es da etwas zwischen uns, und ich möchte das nicht verstecken. Ich habe keine heimlichen Affären«, warnte er sie.

»Das ist gut, denn ich auch nicht.« Sie wich einen Schritt von ihm zurück.

»Oh, Chloe, ich glaube, du missverstehst mich.« Nick pirschte sich wieder an sie heran. »Ich habe gesagt, dass ich keine *heimlichen* Affären habe. Auf keinen Fall werde ich das, was wir miteinander haben, loslassen.«

Sie musste seine Selbstverpflichtung unbedingt voll und ganz verstehen. Sie waren beide schon viel zu sehr in diese Sache verwickelt. Wenn sie ihn nicht mochte, würde Nick sie ohne Probleme gehen lassen. Aber sie mochte ihn, und sie kämpfte dagegen an. Weshalb sie das tat, wusste er nicht.

»Du solltest lernen, ein Nein als Antwort zu akzeptieren, Nick. Ich bin nicht interessiert«, sagte sie.

Zum ersten Mal bemerkte Nick, dass Schamesröte über ihre Wangen huschte, wenn sie log. Sie errötete auch aus anderen Gründen, aber es war offensichtlicher, wenn sie versuchte, etwas vor ihm zu verbergen. Das war allerdings interessant zu wissen. Es bedeutete, dass sie ihn nicht so leicht würde täuschen können. Der Gedanke gefiel ihm.

»Du hast letzte Nacht nicht *Nein* gesagt, Chloe. Du hast mich jedes Mal angebettelt, dich zu nehmen. Erst am nächsten Morgen hast du wieder deinen Schutzpanzer angelegt. Lass es mich dir so deutlich wie möglich sagen. Ich will dich. Ich bebe vor Verlangen, dich sofort hier und jetzt zu lieben. Ich kann an niemand anderen mehr denken, nichts anderes mehr tun, ohne mir vorzustellen, tief in deine heiße, feuchte Mitte einzudringen. Ich möchte mit der Zunge über deine samtige Haut fahren und deine Brustwarzen in den Mund saugen. Ich möchte mit den Zähnen über deinen Rücken schrammen und dir mein Zeichen aufdrücken. Ich will dich unter der Dusche, im Schlafzimmer und auf dem Küchentisch nehmen, und das ist nur der Anfang. Ich glaube nicht, dass ich je genug von dir bekommen werde. Und wenn ich den Ausdruck in deinen Augen sehe, habe ich keinen Zweifel, dass du mich genauso sehr willst. Wir können weiter so tun, als wären wir nur Patient und Physiotherapeutin, alles was du willst, aber ich habe allergrößte Zuversicht, dass du wieder mein sein wirst. Wenn du es verzögerst, bedeutet das nur, dass wir beide leiden werden.«

Seine Stimme wurde immer heiserer, je länger er sprach. Chloe öffnete den Mund, um mit der Zunge die Lippen zu benetzen. Ihr Brustkorb hob sich, und er sah deutlich die harten Spitzen ihrer Brustwarzen. Er würde sein Leben verwetten, dass sie heiß und feucht war und er nur ihre Hose herunterziehen musste, um widerstandslos in sie einzudringen.

»Das will ich nicht«, widersprach sie, und ihre heisere Stimme stand im direkten Gegensatz zu dem, was sie sagte.

Nick lächelte. Er konnte es sich leisten, freundlich zu sein. Er würde bekommen, was er wollte, und auch wenn er normalerweise kein geduldiger Mann war, wollte er bei dieser Frau eine Ausnahme machen. Sein Mund verzog sich zu einem souveränen Grinsen, als er dastand und auf sie schaute. Er konnte sie sich praktisch ohne Kleidung vorstellen und wie sie beide zu Boden fielen, sie sich rittlings auf ihn setzte und er vollkommen in ihr versank.

Er griff nach ihrer Hand und legte sie auf seine pulsierende Erektion. Chloes Augen glühten fast, als sie zufasste. Sie wollte ihn, und sie wusste, dass er bereit war, sie zu beglücken. Wenn Chloe sie beide zum Warten zwang, sollte sie genauso leiden wie er.

Nick war sich sicher, dass sie sich in einer Misere befand. Ihr Blick wanderte seinen Körper hinunter, und sie starrte auf ihre seine Ausbuchtung bedeckenden Finger, auf denen seine große Hand lag. Sogar in der Hose war seine Erektion so groß, dass Chloe sie nicht ganz abdeckte. Aber sie hatte die perfekte Größe, um ihr zu geben, was sie brauchte. Das wusste sie sehr genau.

»Also, wie sieht's aus, Chloe?«, fragte er mit heiserer Stimme und krümmte die Finger über ihren. Der ausgeübte Druck war sowohl Qual als auch Genuss. Er wünschte, sie würde einfach ihrem Verlangen nachgeben und seine Hose öffnen, aber er bezweifelte sehr, dass das geschehen würde.

»Ich glaube, wir müssen zurück, bevor deine Brüder einen Suchtrupp aussenden«, sagte sie.

Er schob sie mit dem Rücken gegen einen Baum und griff nach ihrem Bein, um die Schenkel zu spreizen. Dann drückte er sich gegen sie, während eine Hand ihr Gesicht umfasste und die andere ihr Hinterteil drückte.

»Gut, wir gehen zurück. Und ich verspreche dir eins«, flüsterte er, bevor er sich hinunterbeugte und sie zärtlich küsste. Es überraschte ihn, dass er dazu in der Lage war, denn seine Hormone waren völlig außer Kontrolle. Dann küsste er sie erneut, und sie seufzte, als er sich gegen sie drängte.

»Was?«, keuchte sie, als er seine Lippen von ihren löste.

Es dauerte einen Moment, bis er sich erinnerte, was er gesagt hatte. »Es war heute das letzte Mal, dass ich angefangen habe, Chloe. Das nächste Mal bist du dran. Du solltest nur wissen, dass ich jedes Mal hart und bereit für dich bin, wenn du den Raum betrittst, in dem ich bin. Du musst nur Bescheid sagen, dann bereite ich uns den Himmel auf Erden.«

Ein letztes Mal schob er sich gegen sie, wollte ihr so gern die Kleider vom Leib reißen und sich in ihr versenken, doch er wusste, dass sie ihre eigene Entscheidung fällen musste. Würde er sie jetzt nehmen, hätte sie sofort danach wieder den Schutzwall um sich errichtet. Und das würde keinem von ihnen helfen.

Als er zurückwich, sah er die Sorge in ihren Augen und außerdem das Misstrauen, ob er zu seinem Wort stehen würde. Mit pulsierendem Körper, und sein Versprechen ihr gegenüber bereits bedauernd, ließ er sie los und machte ein paar Schritte zurück.

Nick verlagerte das Gewicht und versuchte, mit der schmerzenden Erektion eine bequeme Stellung zu finden. Aber nichts machte es besser. Er zog sein Hemd aus der Hose und hoffte, dass der Stoff genug abdeckte, damit seine Familie nicht den erbärmlichen Zustand sah, in dem er sich befand.

Dann drehte er sich um und ging. Das schockierte Keuchen, das Chloes Mund entwich, war Musik in seinen Ohren. Nick wusste, dass er sie verführen konnte, und das war genug, um irgendwie bei Verstand zu bleiben, während er darauf wartete, dass sie auf ihn zukam. Er war sicher, dass sie das tun würde. Sie wollten einander viel zu sehr, als dass sie standhaft bleiben konnte.

Nick betete nur, dass er die Wartezeit überlebte.

KAPITEL 17

Chloes Arme zitterten, als sie Nick nach unten drückte. Ihre Finger gruben sich in sein Fleisch und ein Stöhnen entfuhr seinen geöffneten Lippen. Sie hätte sich am liebsten den Schweiß von der Stirn gewischt, aber ihre Hände waren beschäftigt.

»Ja, Chloe, genau so«, stöhnte er.

Ihr Magen zog sich zusammen, als ihr Innerstes krampfte und eine Hitzewelle ihren gesamten Körper überflutete. Nick war so hart, so perfekt gebaut, dass es sowohl Ekstase wie äußerste Tortur war, ihn zu berühren.

Chloes ölige Finger glitten Nicks Wirbelsäue hinunter, was ihm ein weiteres Stöhnen entlockte. Sie erreichte die Wölbung seines knackigen Hinterteils und spürte den Drang, ihm die Shorts herunterzuziehen. Ihre Atmung wurde unkontrollierter, aber Chloe riss sich zusammen.

»Drück da«, forderte er.

Chloe konnte sich ein Lächeln nicht verkneifen, als sie sich zu ihm hinunterbeugte und ganz dicht an seinem Ohr flüsterte: »Ich habe hier das Sagen, und ich weiß, was ich tue.« Und dann spürte sie ein merkwürdiges Triumphgefühl, als sein Körper von einem Schauder erfasst wurde.

»Du kannst mit meinem Körper machen, was du willst, Doc«, stieß er mit einem langen Seufzer hervor.

Chloe wandte sich seinem Bein zu, und ihre Finger kneteten seine Oberschenkel. Er zuckte unter ihrer Berührung zusammen, und sie wandte sanften Druck an, als sie mit der Massage fortfuhr. Sein Stöhnen erfüllte den Raum, in dem es von Sekunde zu Sekunde heißer wurde.

»Wie fühlt sich das an, Nick?«, fragte sie und rieb seine Kniekehle.

»Himmlisch.«

Verdammt, viel länger würde sie das nicht aushalten. Jedes Mal, wenn sie mit ihren Fingern über die glühend heiße Haut fuhr, bewegte sie das mehr und mehr. Noch nie zuvor hatte sie einen Patienten massiert und dabei erotische Glückseligkeit empfunden.

»Dreh dich um«, bat sie ihn und richtete sich auf.

Nick zögerte keine Sekunde. Mithilfe des gesunden Beins rollte er sich herum, und Chloe sog scharf die Luft ein, als sie die gewaltige Erektion sah, die er zur Schau trug. Ihr Blick schnellte zu seinem Gesicht, und sie sah das Feuer in seinen Augen, das sie fast kommen ließ, während sie zu seinen Füßen kniete.

»Ich tue alles, was du willst«, versprach er.

Chloe schüttelte den Kopf, um ihn freizubekommen. Ihre Hände zitterten, als sie sie auf seinen Schenkeln platzierte und nach unten rieb. Ihr Blick wanderte immer wieder zurück zu der in seinen Shorts pulsierenden Erektion. Sie wollte die Hand ausstrecken und mit den Fingern darüberstreichen.

Wieder stöhnte er, und Chloe begann sich zu fragen, weshalb sie nichts dagegen unternahm. Sie hatte keinen Zweifel daran, dass er sie umklammern und in eine völlig andere Wirklichkeit entführen würde, sobald sie sich vorbeugte und ihren Körper auf seinen schob.

»Sieht so aus, als wäre Physiotherapie kein leichtes Brot.«

Chloe erstarrte mit den Händen mitten auf seinen Schenkeln. Ihre Finger verkrampften sich, und ein leises Knurren entfuhr Nicks Kehle, bevor sie sich beide zur Tür drehten, wo eine Frau stand.

»Dakota?« Chloe schüttelte erneut den Kopf, um den Nebel zu lichten. War das nicht ihre beste Freundin, die da mit einem süffisanten Grinsen im Gesicht am Türrahmen lehnte?

»Die einzig wahre. Ich habe dich auf dem Handy angerufen und mehrmals an die Tür geklopft, aber niemand hat aufgemacht. Jetzt weiß ich, warum nicht«, sagte sie.

»Und wie bist du reingekommen?« Chloe konnte sich nicht konzentrieren, was diese Unterhaltung sehr erschwerte.

»Nick sollte mehr Wert auf Sicherheit legen. Seine Haustür war nicht abgeschlossen, und als niemand geöffnet hat, bin ich reingekommen, um sicherzugehen, dass ihr nicht von einem Grizzlybären zerfleischt worden seid. Einer wird aber offensichtlich zerfleischt, aber es sieht nicht so aus, als würde es ihm Schmerzen bereiten«, fuhr Dakota fort.

Nick hatte sich bisher nicht zu Wort gemeldet, und da bemerkte Chloe, dass sie die ganze Zeit seinen Oberschenkel festgehalten hatte. Als stünden ihre Hände in Flammen, riss sie die Finger weg und richtete sich auf. Nick grinste erst sie und dann Dakota an. Er setzte sich auf, als Chloes beste Freundin näher trat.

»Ich bin Dakota. Schön, dich kennenzulernen«, sagte ihre selbstbewusste Freundin, als sie zu ihnen kam und sich elegant auf dem Boden niederließ.

Nick streckte die Hand aus. »Nick Armstrong. Du hast ein furchtbares Timing«, begrüßte er sie mit einem Grinsen.

»Dafür bin ich bekannt.« Dakota zwinkerte ihm zu. »Soll ich gehen, damit ihr weitermachen könnt?«

»Klar«, stimmte Nick mit einem wölfischen Grinsen zu.

»Sei nicht albern. Ich habe Nick nur massiert. Das ist Teil der Therapie.« Chloe schaute sie beide mit einem finsteren Blick an. »Wir sind sowieso gerade fertig.«

»Ich war noch nicht fertig«, murmelte Nick. Aber sein Grinsen war schnell wieder da. »Offenbar brauche ich eine kalte Dusche …, damit ich das Öl abbekomme.«

»Braucht man dafür nicht eine heiße Dusche?«, wandte Dakota ein.

»In meinem Zustand ist kalt viel besser«, antwortete Nick und zwinkerte ihr zu.

Chloes Wangen brannten, als sie auf seinen immer noch harten Körperteil starrte. Zumindest war es nicht so offensichtlich, wenn er saß. Allerdings wusste sie, dass Dakota garantiert alles mitbekommen hatte. Der Mann war prachtvoll.

»Dann kümmere dich mal um dich, und Chloe und ich trinken etwas«, schlug Dakota vor, sprang auf die Füße und hielt Chloe eine Hand hin.

»Ich habe Öl an den Händen«, sagte Chloe und stand vom Boden auf. Sie hütete sich davor, Nick aufzuhelfen. Er war dickköpfig und stolz, und auch wenn er keine Probleme damit hatte, von ihr massiert zu werden, mochte er es nicht, Hilfe anzunehmen.

»Viel Spaß, Ladys.« Nick rappelte sich auf. Diesmal wandte Chloe den Blick von ihm ab. Sie fühlte sich bereits unbehaglich und wollte nicht mehr auf seine Erektion schauen und sich dabei ausmalen, wie sie mit den Fingern und der Zunge darüberstrich.

Nick verließ den Raum, und Chloe merkte, wie ihre Muskeln zitterten. Das war eine furchtbare Massage gewesen. Dakota und sie verließen den Fitnessraum und gingen durch Nicks großes Haus zur Küche.

»Was machst du hier?«, fragte Chloe.

»Das ist aber eine schöne Begrüßung!« Dakota kicherte.

»Ich freue mich wahnsinnig, dich zu sehen, aber du hast nicht gesagt, dass du kommen würdest«, sagte Chloe, als sie den Kühlschrank öffnete und eine Flasche Weißwein herausnahm.

»Ich habe mir Sorgen um dich gemacht. Ich dachte, ich komme besser mal vorbei und schaue nach dir, weil ich schon ein paar Tage nichts von dir gehört habe«, erklärte Dakota.

»Mir geht's gut. Tut mir leid, dass ich so launenhaft mit meinen Anrufen bei dir war. Es gab in den letzten Wochen jede Menge zu verarbeiten«, sagte Chloe.

»Wag es ja nicht, dich zu entschuldigen, sonst muss ich dir mit dem größten Stock, den ich finde, eins aufs Dach geben«, drohte Dakota. »Wir haben nicht viel Zeit, bis Adonis kommt, also spuck's aus.«

Chloe lächelte. »Ja, er ist verdammt gut aussehend«, gab sie zu.

»Etwas, worauf du vergessen hast hinzuweisen. Der Mann ist schön.« Dakota zog das letzte Wort in die Länge.

»Ich sollte ihn aber eigentlich hassen.«

»Du wirst doch nicht so dumm sein und auf deinen bescheuerten Vater hören! Erinnerst du dich noch daran, was wir immer gesagt haben?«, fragte Dakota.

»Ja, ja, wir bilden uns unsere eigene Meinung, egal, was andere Leute sagen.«

»Genau!«, bestätigte Dakota. »Du bist schlau, Chloe, viel schlauer, als du denkst. Und darüber hinaus bist du wunderschön, liebenswürdig und eine exzellente Therapeutin. Du brauchst deinen Vater nicht, und du brauchst seine hasserfüllten Worte auch nicht deinen prächtigen Verstand vereinnahmen zu lassen. Wenn dir dein Inneres eindringlich sagt, dass er unrecht hat, dann solltest du darauf hören. Außerdem«, fügte sie mit einem anzüglichen Grinsen hinzu, »schien es, dass es in dem Raum mächtig Funken gesprüht hat während deiner … Massage.«

»Das ist halt mein Job«, verteidigte sich Chloe.

»Schätzchen, deinen Job hätte ich auch gerne!« Dakota brach in schallendes Gelächter aus.

»Schön, dass dich das amüsiert«, gab Chloe zurück.

Die Mädchen hörten Schritte und drehten sich um. Ein frisch geduschter Nick kam in die Küche geschlendert. Chloe war beruhigt, dass er ein T-Shirt und eine lange Hose angezogen hatte. Allerdings war er barfuß, und sie musste zugeben, dass sie sogar seine Zehen sexy fand. Sie hatte wirklich ernsthafte Probleme.

»Chloe hat mir nichts von dir erzählt, Dakota.« Nick setzte sich zu ihnen an den Frühstückstresen und goss sich ein Glas Wein ein.

»Weil ich ihr schmutziges kleines Geheimnis bin«, scherzte Dakota mit einem Augenzwinkern.

»Ich sehe, weshalb«, entgegnete Nick. Die beiden lächelten sich an, und Chloe spürte einen seltenen Moment der Eifersucht.

Dakota war so verdammt hübsch, und sie verzauberte Männer, ohne sich anzustrengen. Chloe versicherte sich, dass sie gar keine Beziehung mit Nick wollte, aber gleichzeitig wusste sie, dass es sie völlig umhauen würde, Dakota und Nick zusammen zu sehen.

»Dakota kann nicht lange bleiben. Wir haben noch einen langen Tag vor uns«, sagte Chloe plötzlich.

Beide schauten Chloe an. Dakota grinste wissend, und Chloe fühlte sich wie ein furchtbarer Mensch. Was tat sie da?

»Ich möchte die Therapie nicht blockieren. Sah nach viel Spaß aus«, bemerkte Dakota, bevor sie wieder Nick anschaute.

»Das ist nicht immer spaßig. Chloe nimmt mich ganz schön hart ran.« Über den letzten Satz lachte Dakota erneut.

»Dann scheu dich mal nicht, sie genauso hart ranzunehmen«, ermunterte ihn Chloes treulose beste Freundin.

»Jetzt ist es aber an der Zeit zu gehen«, schaltete sich Chloe ein.

»Hab schon verstanden.« Dakota ließ ihr nicht ausgetrunkenes Weinglas stehen und stand auf. »Ich habe sowieso noch eine Verabredung.« Dann wandte sie sich an Nick. »War mir ein Vergnügen, dich kennenzulernen.«

Die beiden schüttelten sich die Hand. Irgendeine Botschaft schien zwischen ihnen ausgetauscht zu werden, aber Chloe wusste nicht, was es war. Nick grinste wie ein Irrer. Chloe brachte ihre beste Freundin zur Tür, wollte, dass sie ging, bevor die Dinge aus dem Ruder liefen, wusste aber, dass sie sie vermissen würde, sobald sie weg war.

»Ich werde mir am Samstag freinehmen. Können wir uns dann treffen?«, fragte Chloe.

»Na klar. Ich habe einen neuen Wanderweg entdeckt, den ich gerne laufen würde«, berichtete Dakota. »Und dann wirst du mich über alles, was Nick Armstrong betrifft, ins Bild setzen«, fügte sie hinzu.

»Klar werde ich das tun«, versicherte ihr Chloe.

Die beiden umarmten sich, und dann verschwand Dakota genauso schnell, wie sie aufgetaucht war. Als Chloe sich umdrehte, stand Nick da und schaute sie mit undurchdringlicher Miene an.

»Ich mag deine Freundin«, sagte er.

Der Funken Eifersucht glomm wieder auf. »Jeder mag Dakota. Sie ist unglaublich.«

»Ich bin froh, dass du nette Leute um dich hast«, gab Nick zurück.

Er schien das Gesagte ehrlich zu meinen, deshalb verflog Chloes Eifersucht genauso schnell, wie sie aufgetreten war. Sie war engstirnig und dumm gewesen. Zum einen gehörte Nick ihr nicht, und zum anderen würde ihre Freundin ihr das nicht antun, auch wenn Nick Interesse an ihr hätte. All diese chaotischen Gefühle waren ganz allein ihr Problem.

»Ich bin froh gewesen, dass wir auf der Stelle Freundinnen geworden sind«, gestand Chloe.

Niemand sagte ein Wort, als Nick sie anschaute und ihr das Gefühl gab, analysiert zu werden – und vielleicht sogar schlecht abzuschneiden. Es war ein Gefühl, an das sie gewöhnt war, aber keines, das sie mochte. Chaotische Gefühle. Sie hasste chaotische Gefühle.

»Ich werde schon noch aus dir schlau«, versprach er, obwohl sich das anhörte wie eine Drohung.

»Na dann, viel Erfolg«, erwiderte Chloe. Er lächelte, und sie beschloss, dass es ein guter Zeitpunkt war, sich zurückzuziehen. »Wir sehen uns dann in drei Stunden.«

Chloe ging ohne ein weiteres Wort. Sie brauchte eine Pause von ihm. Entweder das, oder sie würde den Mann verführen. Vielleicht war das gar keine schlechte Idee.

KAPITEL 18

Chloe stand vor der Tür zum Swimmingpool und versuchte, ihre Atmung in den Griff zu bekommen. Sie wusste, dass er dort drin war … halb nackt … äußerst appetitlich. Sie hatte ihm erklärt, dass sie keine Beziehung wollte. Und das wollte sie auch nicht, versicherte sie sich. Aber er *war* ein extrem gut aussehender Mann, der sie zum Lachen brachte, aber auch dazu, mit den Zähnen zu knirschen. Und vor knapp einer Woche hatte er sie zum Gipfel der Lust geführt. Seitdem war es schwer, mit ihm zu arbeiten.

Chloe war zu neunzig Prozent sicher, dass Nick nicht am Tod ihres Bruders schuld war. Da war nur dieser leichte Zweifel, aber der bestand lediglich, weil ihr Vater sie mit seinen giftigen Worten verseucht hatte. Sie war innerlich darauf programmiert worden, das Samenkorn war gepflanzt, und nun hatte sie Angst, die Wurzeln herauszureißen. Wie würde ihr Leben weitergehen, wenn sie wusste, dass alles in ihrem Leben eine Lüge war?

Aber das alles führte zurück zu der Frage, was sie für Nick empfand und wie sehr sie ihn begehrte.

Er hatte allerdings sein Versprechen gehalten, sie nicht mehr zu bedrängen. Chloe redete sich ein, dass sie es genau so wollte. Er hatte während ihrer Trainingseinheiten weiterhin mitgemacht, hatte ihr Mitgefühl für seine Verletzung ausgenutzt, aber er hatte nicht versucht, sie zu küssen oder unsittlich zu berühren. Und jeden Abend, wenn sie zu Bett ging, litt sie. Ihr Körper wurde von einem nie zuvor erlebten Schmerz erfasst, der ihr fast die Luft nahm.

Chloe wusste nicht, was sie tun musste, damit das aufhörte. Sie könnte ihren Job hier aufgeben, das Geld nehmen, das sie bisher verdient hatte, und gehen, aber sie hatte schon mehr als die Hälfte herum. Wenn sie es durchzog, würde sie eine hübsche Prämie bekommen, eine, die sie unbedingt brauchte, um den Schuldenberg abzutragen, der durch Kredite für ihre schulische Ausbildung entstanden war.

Es war nicht so, dass ihre Mutter oder ihr Vater ihr helfen würden. Sie hatte schon vor langer Zeit gelernt, dass sie auf sich allein gestellt war. Sie hatte ihren Bruder gehabt, aber jetzt hatte sie noch nicht einmal ihn. Mit gestärkter Entschlossenheit öffnete sie die Tür zum Pool und sah ihn am anderen Ende seine Dehnübungen machen.

Bei der Arbeit im Pool gab es Vor- und Nachteile. Sie konnte seinen Körper unter Wasser nicht gut sehen, aber es gab viele enge Kontakte zwischen ihnen, und sie trugen beide fast nichts. Chloe war sich nicht sicher, was schlimmer war.

Immerhin trug sie ihren strammen Einteiler. Der ließ sich nicht im Entferntesten so leicht ausziehen wie ein Bikini, was ihr dabei half, die Gedanken daran zu verdrängen, dass sie sich entkleidete, damit er sie gegen die Wand des warmen Pools gedrückt nehmen konnte.

»Hallo, Nick«, begrüßte sie ihn und passte auf, dass ihre Stimme ruhig und professionell klang.

Er schaute auf, und sein Blick schien zu sagen, dass er sie bei Laune halten wollte. Tatsache war, dass sie sein schiefes Lächeln liebte. Mit den Fingern fuhr er sich durchs Haar, Wassertropfen perlten von seiner muskulösen Brust, und Chloe musste nach Luft schnappen.

Schnell tauchte auch sie im Wasser bis zum Hals unter, damit er ihre steifen Brustwarzen nicht bemerkte. Nach einer Weile würde sie diesen Zustand auf das Frösteln im Pool schieben können. Allerdings würden sie beide wissen, dass sie log. Die Lufttemperatur im Raum betrug sechsundzwanzig Grad, und das Wasser war fast genauso warm. Normalerweise begann sie gegen Ende ihrer Therapiestunde zu schwitzen. Ob das an der Temperatur lag oder an der Nähe zu Nick, das wusste Chloe nicht hundertprozentig.

»Du bist aber spät dran, Doc«, empfing er sie, als sie näher kam.

»Tut mir leid, ich habe mir Notizen gemacht und dabei die Zeit vergessen.« Die Wahrheit war, dass sie sich Notizen gemacht *hatte*, dann aber mit den Gedanken abgeschweift war, wie es in diesen Tagen öfter vorkam. Sie hatte in der letzten Stunde über Nick nachgedacht und was er am liebsten mit ihr machen sollte. Ganz sicher würde sie ihm das nicht erzählen.

»Bist du mit dem Dehnen fertig?«, fragte sie und blieb einen Meter vor ihm stehen.

»Ja, ich habe es diesmal extra wild getrieben«, antwortete er ihr. Sein Ton war normal, aber das Funkeln in seinen Augen zeigte Chloe, dass er sie aufzog. Sie beschloss, ihn zu ignorieren.

»Gut, dann gehst du jetzt mal aufs Laufband. Ich glaube, du bist stark genug, also können wir es auf vier stellen«, teilte sie ihm mit einem gemeinen Grinsen mit, das ihre Lippen umspielte.

Nick sagte kein einziges Wort, als er sich zum Unterwasserlaufband begab. An den Seiten des Laufbandes befanden sich Stangen, damit er das Gleichgewicht halten konnte, aber er zog es immer vor, sie nicht zu benutzen. Nick mochte es, bis an die Grenzen zu gehen, wenn Chloe es erlaubte.

»Wenn du irgendwelche Schmerzen spürst, dann musst du mir das sagen. Das Wasser schützt dich zwar, aber du kannst dich trotzdem verletzen«, warnte sie ihn.

Er verdrehte die Augen, fragte sich, wie solch eine leichte Aufgabe eine Verletzung verursachen konnte. Manchmal wollte sie dem Mann wegen seiner lächerlichen Angeberei am liebsten eine scheuern.

»Du denkst vielleicht, ich übertreibe, aber *meine* Lizenz steht auf dem Spiel, wenn du dich verletzt, während ich dich behandle. Wenn du zurück in diesen Helikopter willst, dann tätest du gut daran, auf mich zu hören«, riet sie ihm ernst und mit strengem Blick.

»Okay, okay«, gab er mit einem Lachen nach und stellte sich aufs Band. »Lass uns anfangen, *bevor* meine Haut einer Rosine gleicht.«

Sie ging hinüber zum Bedienpult und stellte das Laufband auf zwei. Er schaute sie mit hochgezogener Augenbraue an und begann durch das Wasser zu joggen. Langsam erhöhte Chloe die Geschwindigkeit. Als sie bei drei angekommen war, holte sie Luft und tauchte unter, drückte ihre Hand gegen sein Knie.

Sie musste ihn oft berühren, und zuerst hatte das zu einer Menge sexueller Kommentare geführt. Die hatten abgenommen, aber sein Blick sagte mehr als tausend Worte.

Seine Muskeln fühlten sich gut an und spannten sich schön. Chloe tauchte wieder auf, um Luft zu holen, und ging hinüber zum Bedienpult. Sie erhöhte weiter die Geschwindigkeit, und Nick atmete noch nicht einmal schwer, als er die Schritte beschleunigte.

Vier schien keine hohe Geschwindigkeit für einen Athleten wie Nick zu sein, aber mit dem Wasserwiderstand war es nicht einfach. Chloe würde es natürlich nicht zugeben, aber sie hielt diese Geschwindigkeit im Wasser nicht lange durch, und sie joggte immerhin sechs Tage die Woche.

Chloe behielt Nick im Auge, während er mit perfektem Schritt und mit den Armen pumpend nach vorn schaute. Sie beobachtete ihn genau, damit ihr nicht entging, ob er Schmerzen hatte. Er lief fünfzehn Minuten und kam noch nicht einmal ins Schwitzen. Er war jetzt stärker, so viel stärker, als zu Beginn der Therapie.

Chloe wurde bewusst, dass er sie nicht die ganzen sechs Wochen brauchen würde. Es gab nicht mehr viel, was sie für ihn tun konnte. Den Rest konnte er auch alleine machen. Er lief, ohne zu humpeln, wusste, wo seine Grenzen im Fitnessraum lagen und welche Dehnübungen er machen musste, bevor er mit Anspruchsvollerem begann, und er hatte eine Ausrüstung zur Verfügung, die keine Wünsche offenließ.

Sie brauchte wahrscheinlich nur noch bis Ende der Woche zu bleiben. Dieser Gedanke verursachte ihr einen stechenden Schmerz, und sie fühlte sich unbehaglich. Eigentlich hätte sie sich freuen sollen, das Haus früher verlassen zu können, weil sie weiterhin bezahlt werden würde. Nur müsste sie sich nicht mehr mit Nick Armstrong oder seiner Familie befassen. Aber sie mochte ihn. Und seine Familie auch.

Doch das war alles egal. Sie könnte mit keinem von ihnen eine Beziehung eingehen. Es würde nicht funktionieren. Das wäre nicht richtig, auch wenn sie bisher nichts Schändliches in ihren Leben entdeckt hatte.

»Okay, Zeit aufzuhören!«, rief sie. Sie schaltete das Laufband aus und musste ein paarmal tief Luft holen, bevor sie wieder sprechen konnte. »Ich möchte, dass du zum Abwärmen einmal sehr langsam, so langsam du kannst, quer durch den Pool und wieder zurück schwimmst.«

Nick trat vom Laufband und schaute sie an. Der Ausdruck in seinem Gesicht war schwer zu deuten. Er kam ein bisschen näher und blieb dann stehen. Chloe war gar nicht bewusst, dass sie den Atem anhielt, bis er einen Seufzer ausstieß, sich umdrehte, ins Wasser stürzte und langsam davonschwamm.

Sie ging zu den Stufen, um auf ihn zu warten. Dann stieg sie mit ihm aus dem Pool, und er musste sich hinsetzen, damit sie sein Bein untersuchen konnte. Alles war bestens. Schon bald würde man nicht mehr vermuten, dass er verletzt gewesen war, es sei denn, er erzählte es.

Chloe teilte ihm mit, dass sie für den heutigen Tag fertig seien, und ging davon. Sie schloss sich in ihrem Zimmer ein, ließ den Kopf hängen und fragte sich, weshalb sie so niedergeschlagen war. Es war doch alles gut. Sie musste sich nur selbst davon überzeugen. Mehr als alles andere musste sie eine Entscheidung treffen und dann dabeibleiben, anstatt so viel zu schwanken.

In den nächsten Tagen benahm sich Nick ihr gegenüber nicht wie sonst. Vielleicht war er zu viele Male abgewiesen worden, vielleicht hatte er das Interesse verloren, aber als Chloes Abschied immer näher rückte, spürte sie ein immer größer werdendes Gefühl des Unbehagens.

Sie war sich nicht sicher, was sie dagegen tun sollte. Sie wusste, dass es das Beste war, es dabei bewenden zu lassen, ihren Job zu beenden und im Leben voranzukommen. Sie war sich nicht sicher, ob sie das tatsächlich tun würde. Es wäre klug, zweifellos, aber sie war nicht immer die Klügste.

KAPITEL 19

An Tag fünf von Nicks und Chloes Unentschieden – er flirtend, aber nicht vorpreschend, sie jegliche Art von Vorstoß ablehnend – war sie geistig, körperlich und emotional am Ende. Der Tag schien nie vorüberzugehen, aber gleichzeitig war er unglaublich erfolgreich gewesen. Nick würde man nie einen einfachen Patienten nennen können, aber er war genesen. Chloe wünschte, sie könnte ihn immer noch hassen, doch sie wusste, dass hinter seiner Geschichte so viel mehr steckte als das, was sie anfangs geahnt hatte. Nick war kein Teufel.

Aber was genau bedeutete das? Chloe war sich nicht sicher. Eines wusste sie allerdings ganz genau, nämlich dass sie ihm nicht länger widerstehen konnte. Seit Wochen hatte sie das heftige Verlangen bekämpft, das in ihr brannte. Jetzt wollte sie das nicht mehr. Der Schmerz, Nick ihrer Familie vorzuziehen, zerriss sie jedoch. Hieß das etwa, dass ihr Nick mehr bedeutete als ihr verstorbener Bruder? Nein! Das tat es ganz sicher nicht. Sie gab nur zu, dass Nick am Tod ihres Bruders keine Schuld hatte und dass sie nicht zulassen würde, dass ihr Vater sie weiterhin kontrollierte.

Sie ging in die Küche und räumte die Reste ihres Abendessens weg. Nick war in seinem Büro und arbeitete. Sie hatte keine Ahnung, was er dort stundenlang machte, aber sie wusste, dass er bei allem erfolgreich war, was er sich in den Kopf gesetzt hatte.

Chloe wusste, dass sie schlafen gehen, sich in den Schutz ihres Zimmers zurückziehen und in ihr schönes, bequemes Bett kuscheln sollte, nachdem sie ein wirklich langes und extra heißes Bad genommen hatte. Das war, was sie eigentlich tun *sollte*.

Stattdessen ging sie durch die dunkle Küche zum großen Fenster. Sie verbrachte viel Zeit damit, auf die mondbeschienene Bucht zu schauen. Die Aussicht war atemberaubend und beruhigend. Nach besonders stressigen Tagen kam sie dort zur Ruhe.

Als sie sich umdrehte, warf Chloe einen Blick auf Nicks offene Bürotür. Er schaute auf seinen Computer und gab ihr somit Zeit, ihn einer eingehenden Prüfung zu unterziehen. Der Mann war wirklich atemberaubend. Er überdeckte seinen Schmerz mit Humor, aber sie sah, was er sie eigentlich nicht merken lassen wollte. Vielleicht empfand sie deshalb so ein hohes Maß an Respekt für ihn. Sogar mit in Falten gelegter Stirn war er noch beeindruckend.

Irgendetwas zog Chloe näher zu ihm.

Einige Augenblicke stand sie in der Tür und fragte sich, was in aller Welt sie hier tat. Sie versuchte wegzugehen, aber es gelang ihr einfach nicht.

»Möchtest du noch etwas zu trinken, bevor ich schlafen gehe?«, fragte sie.

Er schaute auf und schenkte ihr sein brillantes Lächeln. Verdammt! Dieses Lächeln nahm ihr den Atem. Da war wieder dieses Funkeln in seinen Augen, das sie sehr wohl kannte und das ihr sagte, dass sie nur zu ihm gehen musste, und dann würde er sie wieder und wieder und wieder nehmen.

Doch anstatt genau das zu tun, wartete sie auf seine Antwort. Je länger sich der Augenblick hinzog, desto mehr erkannte sie, dass sie einfach zu ihrem Zimmer hätte gehen sollen. Es war noch nicht zu spät. Sie drehte sich um.

»Ich könnte eine Tasse Kaffee gebrauchen«, sagte er, und seine Worte trieften vor Sex-Appeal. Chloe wusste, dass er nicht wirklich nach Kaffee lechzte.

Sie verließ das Zimmer und stellte fest, dass ihre Hände zitterten, als sie eine Kaffeetasse aus dem Schrank holte. Sie nahm sich Zeit, bereitete den Kaffee so zu, wie er ihn mochte, und sträubte sich zunächst gegen den Weg zurück in sein Büro.

»Das ist doch Blödsinn. Es ist nur eine Tasse Kaffee, mehr nicht«, murmelte sie leise vor sich hin, schaute sich dann jedoch um, um sicherzugehen, dass er nicht hinter ihr stand. Sie wollte nicht, dass er wusste, was sie dachte. Innerhalb von Sekunden würde sie ansonsten auf seinem Schreibtisch landen.

Der bloße Gedanke daran jagte ihr einen Schauer über den Rücken. Chloe war im Moment in unglaublich schlechter Verfassung, und es schien nicht besser zu werden, egal, wie lange sie sich in der Küche aufhielt.

Die Tasse umklammernd, machte sie sich schließlich tapfer auf den Weg zurück zum Büro. Sie ging langsam durch das große Wohnzimmer zu seiner offenen Tür. Dieses Mal schaute er nicht nach unten. Mit einem wissenden Funkeln in den Augen beobachtete er, wie Chloe sich näherte. Sie wünschte, dass er sich irrte bei dem, was er dachte.

Als Chloe näher an ihn herantrat, fiel ihr auf, dass er sein Hemd ein wenig aufgeknöpft hatte und einen verführerischen Blick auf seine glatte Brust freigab. Die Ärmel hatte er hochgekrempelt, und als er die Finger krümmte, wurde ihr Blick auf die hervortretenden Muskeln gelenkt. Seine untere Hälfte wurde Tag für Tag stärker, aber seine obere Hälfte trieb er stets bis an die Grenze, wenn Chloe nicht seine Beine therapierte. Er war stark und fit, und sie ertappte sich dabei, wie sie sich wünschte, mit den Händen über seine glatte Haut zu streichen.

»Ich werde jetzt in mein Zimmer gehen«, teilte Chloe ihm mit und hasste es, dass der Satz viel zu sehr gehaucht war. Sie hoffte, er würde das Verlangen dahinter nicht bemerken.

Nick zuckte zusammen, und Chloe war sofort besorgt. Sie ging mit ausgestreckter Hand auf ihn zu, zog sie aber im letzten Moment zurück. Die Therapiezeit war schon lange vorbei, und sie brauchte ihn nicht zu berühren.

»Kannst du erst noch meine Schulter ausstreichen? Ich glaube, ich habe mir einen Muskel gezerrt«, bat er sie.

Chloe schaute ihm prüfend in die Augen. Sie bemerkte nichts Hinterhältiges darin.

»Das passiert nur, weil du dir zu viel abverlangst. Das sage ich dir doch schon die ganze Zeit«, schimpfte sie mit ihm. Dann stellte sie sich hinter ihn, und er beugte sich vor, damit sie problemlos an seine Schultern herankam.

Chloes Finger zitterten, als sie sie aneinanderrieb, damit sie warm wurden. Obwohl sie Nick während der Therapie viele Male berührt hatte, war das hier anders, intimer. Das Licht war gedimmt, es war spät und ihr war heiß.

Ein Ruck ging durch sie, als sie sein Hemd berührte. Durch das dünne Material spürte sie seine Körperwärme. Sie schloss die Augen und inhalierte seinen würzigen Duft, versuchte, sich unter Kontrolle zu bekommen. Chloe musste sich ermahnen, dass sie Profi war und einfach einem Patienten half.

Als Nick ein Schauer durchlief, spürte sie, wie er in ihrem gesamten Körper nachhallte. Sie drückte die Hände in seine festen Muskeln und versuchte, an etwas zu denken, das überhaupt nicht sexy war … Geschirr spülen … den Müll rausbringen … Fußnägel schneiden. Aber nichts half, ihren Verstand lange von der Begierde abzulenken.

Ihre Daumen bewegten sich zu seinem Nacken, wo sie sie fachmännisch kreisen ließ, als Nick ein Stöhnen entwich, das direkt in ihr Innerstes fuhr. Chloes Beine zitterten, als sie mit der Massage fortfuhr und ihr Verstand dazwischen schwankte, entweder aus dem Zimmer zu fliehen und sich zu verstecken oder sich vorzubeugen und die salzige Haut genau unterhalb seiner ordentlich gestutzten Haare zu kosten.

»Das ist wunderbar, Chloe«, schwärmte Nick mit einem leisen Knurren. Sie war dermaßen abgelenkt, dass sie fast nicht verstand, was er gesagt hatte. Sich vorzubeugen, stellte sich als ein großer Fehler heraus. Sein Duft wurde stärker, und Chloe kam einer leichten Ohnmacht immer näher.

»Äh ... was?«, flüsterte sie kaum hörbar.

»Ich liebe deine Massagen«, gestand Nick. Er griff nach ihrer Hand und hielt sie davon ab, weiter seine Schulter zu massieren. Sie wusste nicht, was sie tun sollte.

»Lass mich das zu Ende bringen.« Diesmal klang ihre Stimme ein bisschen fester.

»Jetzt bist du dran«, sagte Nick.

Chloe hatte keine Ahnung, was er vorhatte, aber plötzlich wirbelte der Schreibtischstuhl herum und ließ sie einen schnellen Schritt nach hinten machen. Bevor sie weiter zurückweichen konnte, griff er nach ihrer Taille und zog sie schwungvoll auf seinen Schoß, wo ihr ein kräftiger Atemzug entwich.

»Was tust du?«, fragte sie und versuchte aufzustehen.

»Meiner Schulter geht es jetzt viel besser. Ich dachte, ich revanchiere mich.«

Eine Hand hatte er um ihre Taille geschlungen und hielt sie damit auf dem Schoß fest, während sich die andere ihren Rücken hinaufschob und ihren Nacken zu kneten begann. Ohne dass Chloe es wollte, entfuhr ihr ein Stöhnen. Sie *war* verspannt, wahrscheinlich mehr als er, und das Gefühl seiner massierenden Finger war absolut perfekt.

Ohne darüber nachzudenken, gab sie auf, zu versuchen, sich ihm zu entziehen. Es war so falsch, auf ihm zu sitzen. Das war viel zu intim für das Verhältnis zwischen Patient und

Therapeuten, aber als auch die andere Hand, mit der er sie festgehalten hatte, ihre Muskeln zu kneten begann, gab ihr Körper jeglichen Widerstand auf.

Minuten oder gar Stunden vergingen, und als Chloe Nicks warmen Atem im Nacken spürte, bevor seine Lippen einen zärtlichen Kuss darauf drückten, erstarrte sie. Seine Hände rieben immer noch über ihre Schultern, aber sie waren jetzt behutsamer, verführerischer.

Sie sollte von seinem Schoß aufspringen. Chloe wusste, dass sie mit dem Feuer spielte, denn sie konnte unter sich den Beweis seiner Erregung spüren und wusste, dass er zu allem bereit war. Jetzt wäre es an der Zeit, sich bei ihm zu bedanken und schnell davonzulaufen.

Aber aus irgendeinem Grund erreichte der Befehl ihres Verstandes nicht die Beine. Sie saß auf ihm, willenlos und entspannt, während seine Zunge über ihren Nacken strich, seine Finger ihre Schultern massierten und sich immer mehr auf ihren Brustansatz zubewegten.

Beim Kampf, die Kontrolle zu behalten, atmete Chloe immer flacher. Wochen der Qual lagen hinter ihr, in denen dieser Mann mit ihr geflirtet, zu viel Haut gezeigt und sie an die Grenzen ihrer Zurechnungsfähigkeit gebracht hatte. Sie war sich nicht sicher, ob sie heute Abend standhalten konnte.

»Ich sollte gehen«, sagte sie, aber ihrer Stimme mangelte es an Überzeugung.

»Wehre dich nicht gegen mich, Chloe. Wir beide wollen es, brauchen es, und ich kann nicht mehr darauf warten, dass du den ersten Schritt machst«, hörte sie Nick sagen. Dann wanderten seine Lippen ihren Nacken entlang zum Ohrläppchen, und er biss ihr behutsam in die Haut.

Eine Hand umklammerte wieder ihre Taille, als hätte er Angst, sie würde tatsächlich fliehen. Sie wusste, dass sie ihm sagen konnte, er solle sie in Ruhe lassen, wusste, dass sie das hier stoppen konnte. Das hatte sie einige Male in der kurzen Zeit getan, die sie sich kannten. Aber der Unterschied war jetzt, dass sie nicht mehr gegen ihn und gegen sich selbst ankämpfen konnte. Sie wollte ihn so sehr.

»Du schmeckst wie Zucker und riechst noch besser«, flüsterte er, schob dabei seine Hand unter ihr T-Shirt und rieb über die zitternden Muskeln ihres Bauchs. Sein Daumen streifte die Unterseite einer Brust, und Chloe spürte, wie eine Hitzewelle ihr Innerstes flutete. Nick drückte mit seiner harten Erektion gegen ihren Po. Sie wusste, wie es sich anfühlte, wenn er tief in ihr war, und sie wollte es erneut spüren.

»Sag mir, ich soll aufhören, Chloe, und ich werde es tun«, forderte Nick sie auf. Die Überzeugung in seinem Tonfall sagte ihr, dass er wusste, sie würde es nicht tun. »Es wäre eine qualvolle Nacht für uns beide.« Wieder schob er sich gegen sie für den Fall, dass sie seine Erregung noch nicht wahrgenommen hatte.

Ein Stöhnen entfuhr ihr, als seine Finger über ihre Brust wanderten und den empfindlichen Körperteil drückten. Chloe rutschte unruhig auf seinem Schoß herum, versuchte, die Schenkel zusammenzuhalten, um wenigstens ein klitzekleines bisschen den Schmerz zu lindern, der dort saß.

»Verdammt, du bist an all den richtigen Stellen weich«, stöhnte er, als seine andere Hand unter ihr T-Shirt glitt. Schnell griff er nach der anderen Brust und drückte zu, bevor sich seine Finger in den Spitzen-BH schoben und in ihre Brustspitzen zwickten.

»Nick …« Sein Name war begleitet von einem leisen Stöhnen, und ihr Rücken gab nach und lehnte sich an seine Brust, wodurch er noch besser an sie herankam.

»Sag mir, wie sehr du mich willst, damit ich dir diese Kleider ausziehen kann«, forderte er, bevor er fachmännisch ihren hauchdünnen BH öffnete. Ohne zu zögern, nahm er ihre vollen Brüste in die Hände und rieb und drückte sie, bis Chloe immer wieder seinen Namen stöhnte.

»Sag's mir, Chloe, sonst weiß ich es nicht«, warnte er sie.

»Bitte …«, stöhnte sie, als sie die Arme hob und hinter seinem Kopf verschränkte, wobei sie das Kreuz durchdrückte und die Beine spreizte. Sie wollte seine Berührung an so vielen anderen Stellen ihres Körpers.

»Bitte was?«, drängte Nick, als sein Daumen über ihre Brustspitze schnellte, bevor seine Hand weiter nach unten wanderte, bis sie an Chloes Hosenknopf ankam.

»Bitte berühr mich, Nick«, flehte sie.

Er kicherte ihr ins Ohr, und für den Bruchteil einer Sekunde war sie wütend auf ihn, aber dann schoben sich seine Finger in ihren Hosenbund, und sie hielt erwartungsvoll die Luft an.

Den ganzen Abend war sie ruhelos im Haus herumgelaufen, hatte gewusst, dass es das hier war, was sie wollte. Sie war nur nicht in der Lage gewesen, es zuzugeben, noch nicht einmal sich selbst gegenüber. Es war ihr egal, ob sie es am nächsten Morgen bereuen würde. Der Genuss, den er ihr heute Nacht verschaffen würde, war es allemal wert.

»Dein Körper ist weicher als Satin. Ich kann nicht genug davon bekommen«, säuselte Nick. Seine Finger strichen über ihren Bauch, schoben sich aber nicht weiter in ihre Hose.

»Nick … ich will mehr«, seufzte sie.

»Du bekommst sehr viel mehr«, versicherte er ihr und zog seine Finger weg. Am liebsten hätte Chloe nach seiner Hand gegriffen und ihm gezeigt, wo genau sie ihn wollte. Aber sie hatte nicht viel Erfahrung mit Männern, wusste nicht, wie sie ihnen zeigen sollte, wonach sie sich sehnte. Sie wünschte wirklich, sie wüsste es.

Nick drehte Chloe auf seinem Schoß und umfasste ihr Gesicht. Jetzt war sie wehrloser. Er beugte sich vor und drückte seinen Mund auf ihren, nahm ihre Lippen mit einem zärtlichen

Kuss, der sie überraschte. Sie drängte sich an ihn, als seine Hände ihre nackte Brust umfassten und seine Zunge ihre Lippen nachfuhr.

Chloe drehte sich, so weit sie konnte, drückte ihre Kehrseite gegen seine Erektion und verband ihre Lippen mit seinen in einem hungrigen Kuss. Sie zog an seinem Nacken, wollte, dass er sie verschlang und sie sich in ihm verlor.

Schnell war die Sanftheit verschwunden. Nick zog an ihren Haaren, und der Kuss wurde fordernder. Heftig drückte er seine Erektion gegen ihr Gesäß. Er wurde immer erregter, und Chloe wünschte sich, dass er in ihren Armen die Kontrolle verlor. Sie musste sich weiter drehen und ihre Brüste gegen ihn drücken, ihre Beine spreizen und spüren, wie sich seine Männlichkeit gegen sie schob. Sie wollte, dass sie miteinander verbunden waren.

Als er zurückwich, wimmerte sie. »Nick, bitte.«

Plötzlich schob er sie von sich, und für einen Augenblick war sie verwirrt und verletzt, aber dann tat er genau, was sie sich erhofft hatte, und zog sie wieder an sich, drehte sie schnell, sodass Chloes Rücken zum Schreibtisch zeigte. Dann rutschte er vor und zog sie in seine Arme und zwischen die Beine.

Eigentlich wollte sie ihre Beine spreizen, aber immerhin waren jetzt ihre zarten Brüste gegen ihn gedrückt, auch wenn er an ihr zog, damit sie auf Augenhöhe kam. Gott sei Dank gab es hohe Stühle, war ihr einziger Gedanke, bevor er nach ihrem Kopf griff und sie küsste.

Nicks Hände packten und drückten ihren Po, während seine Zunge tief in ihren Mund tauchte und ihn erkundete. Seine Finger wanderten nach unten, griffen nach ihren Schenkeln und rieben genau an der Stelle, die sich am meisten nach ihm sehnte.

Sie war so erregt und feucht, dass sie keinen Zweifel daran hatte, ihre Hose ruiniert zu haben und preiszugeben, wie sehr sie ihn wollte. Es war ihr egal. Sie war fast wahnsinnig vor Begierde. Ihr Verlangen war so stark, dass sie bezweifelte, das hier je wieder stoppen zu können

Nick löste die Lippen von ihren und schnappte nach Luft, aber seine Hände wanderten wieder ihren Körper hinauf. Er gelangte zum V-Ausschnitt ihres T-Shirts und zerriss den Stoff, damit er ihre erregten Brüste und steifen Brustwarzen betrachten konnte. Anerkennung murmelnd, beugte er sich vor und nahm eine Knospe in den Mund.

Seine heiße Zunge tanzte um die harte Spitze, sog heftig daran und sorgte dafür, dass Chloe auf wackligen Füßen stand. Sie würde gleich umkippen und zu seinen Füßen dahinschmelzen.

Nick schien genau zu wissen, wie sie sich fühlte, denn er ließ die Brustspitze los und griff nach ihrem Bein, hob es an und brachte sie dazu, sich rittlings auf seinen Schoß zu setzen. Sie stöhnte, als ihre feuchte Mitte gegen seine Erektion rieb. Chloe drängte sich an ihn, wollte, dass sie sich beide ihre Kleidung vom Leib rissen.

Nick gab ihr keine Zeit mehr nachzudenken. Er vertiefte seine Küsse, während sie die schmerzenden Brüste gegen seine Brust drückte. Sie wollte, dass sie beide nackt waren, ihn aber auch nicht lange genug loslassen, um sich auszuziehen.

Darum kümmerte er sich nun. Er riss sich das Hemd vom Leib und zog sie an sich. Das Gefühl ihrer geschwollenen Brüste an seiner Brust war köstlich.

Chloe fuhr mit den Händen über seine starken Schultern, genoss es, seine Muskeln zu spüren. Er zeichnete mit der Zunge die Form ihrer Lippen nach, und seine Hände wanderten abwärts und umklammerten ihren Po. Nick zog sie neben seine Erektion und stieß mit den Hüften nach oben. Beide stöhnten sie.

Dann nahm Chloe die Lippen von seinen und strich damit über den Kiefer, genoss das Gefühl der Anspannung, hervorgerufen durch das Zusammenbeißen der Zähne, womit er versuchte, ein gewisses Maß an Kontrolle zu behalten. Es war ein verlorener Kampf für sie beide. Chloe rutschte auf seinem Schoß zurück und umkreiste mit der Zunge seine harte Brustwarze, bevor sie an ihr saugte.

Sein lustvolles Stöhnen ermutigte sie weiterzumachen. Dann rutschte sie von seinem Schoß und kniete sich vor ihn. Seine verhüllte Erektion war nur wenige Zentimeter von ihrem Gesicht entfernt. Sie musste davon kosten.

»Chloe«, warnte er sie. Sie war nicht sicher, ob er sie darum bat, wieder auf seinen Schoß zu steigen oder ihm die Hose auszuziehen. Sie entschloss sich zu glauben, dass es Letzteres war.

Mit Bedacht glitten ihre Hände über seine Schenkel und schoben sich langsam auf die Stelle zu, die sie am liebsten berühren wollte. Nicks Finger durchwühlten ihre Haare und zogen sie näher zu sich. Sie widersetzte sich nicht.

Chloe beugte sich vor und küsste seine Männlichkeit, spürte, wie er zusammenzuckte. Sie befand sich in einem Glücksdelirium, öffnete den Mund und biss behutsam in seine bedeckte Erektion, was ihm ein Stöhnen entlockte. Als sie aufschaute, war sie entzückt von seinem Anblick. Mit zurückgeworfenem Kopf und dem Schweiß auf dem harten Waschbrettbauch sah er umwerfend aus.

Schnell hatte Chloe genug davon, ihn zu erregen, und griff nach seiner Hose. Nick atmete schwer, als sie langsam den Reißverschluss nach unten zog und sah, wie seine Erektion gegen den schwarzen Stoff seiner Unterhose drängte.

»Steh auf!«, wies sie ihn an. Er zögerte nicht. Mit einem Ruck zog sie ihm Hose und Unterhose herunter, und seine herrliche Erektion sprang heraus, Zentimeter von ihrem Mund entfernt, in dem das Wasser zusammenlief. Sie umfasste den dicken Schaft und ließ ihre Finger ein paarmal hinauf- und hinabgleiten, bevor sie mit dem Daumen über den Lusttropfen fuhr, der aus der Spitze trat.

Sein ganzer Körper wurde bei der Berührung von einem Schauder erfasst. Er war so hart und heiß. Damit sie ihre Hand schneller auf und ab bewegen konnte, nutzte sie dieses Zeichen seiner Erregung, um seinen Schaft gleitfähiger zu machen.

Chloe war feucht, als sie weiter mit Nick spielte. Er war ein Mann, wie er im Buche stand. Seine Verletzung war vergessen, obwohl sie die Bandage an ihrer Seite spürte, als sie näher an ihn heranrückte. Nick würde nicht mehr lange unter Kontrolle gehalten werden können.

Nicht in der Lage, noch länger zu warten, beugte Chloe sich vor und nahm seine Spitze in den Mund, schmeckte das salzige Aroma, als er gegen ihre Zunge pulsierte. Fest umschloss sie mit den Lippen das untere Ende seines Schaftes und saugte ihn tief in den Mund. Dann bewegte sie sich langsam die samtige Länge hinauf und hinab.

»Dein Mund ist so heiß«, stöhnte er.

Die Lippen fest um ihn, schaute sie wieder zu ihm auf. Diesmal trafen sich ihre Blicke, und in seinen Augen loderte das Feuer. Bei diesem Anblick erschauderte sie, während ihr Mund weiter seinen Schaft hinabglitt, ihn in der Kehle aufnahm und zusammendrückte, Dinge, die sie mit der Hand so nicht vollbringen konnte.

Bei dem Genuss, den sie ihm bereitete, kniff Nick die Lippen zusammen, und sie konnte ihren Blick nicht abwenden, während sie weiter an ihm sog. Sie glitt mit den Lippen zurück zur Spitze, ließ die Zunge darum kreisen, bevor sie ihn wieder tief in ihrer Kehle aufnahm – immer und immer wieder tat sie das und wurde beim Anblick seiner jetzt fast schwarzen Augen noch erregter.

»Stopp!«, rief Nick, als sie ihn noch tiefer aufnahm und die Kehle zusammenzog. Sie spürte warme Flüssigkeit in sich fließen und hätte gelächelt, wenn ihre Lippen ihn nicht fest umschlossen hätten.

Nick zog heftiger an ihren Haaren, zwang sie, ihn aus der Wärme ihres Mundes freizugeben. Sie schaute hoch und leckte sich lächelnd über die Lippen.

»Hat dir das nicht gefallen?«, neckte sie ihn.

Er knurrte, griff ihr unter die Arme und zog sie hoch. Dann drehte er sie wieder mit dem Rücken zum Schreibtisch. Mit einer schnellen Bewegung zog er den Reißverschluss ihrer Hose herunter und schob sie ihr nach unten. Nackt stand sie vor ihm. Mühelos hob er sie hoch, setzte sie auf den Schreibtisch und drängte sich zwischen ihre Schenkel.

»Nick …«, stöhnte sie, als er sie auf den Tisch drückte. Dann begann er, die Innenseiten ihrer Schenkel zu küssen.

Chloe versuchte sich aufzusetzen, um ihn beobachten zu können, aber er drückte mit einer Hand gegen ihren Bauch und hielt sie nieder. Sein heißer Atem strich über ihre intimste Stelle, und dann spürte sie den Druck seiner Zunge, die ihre Erregung umkreiste.

Chloe schrie auf, als er sie in den Mund sog und mit der Zunge über ihre Schamlippen strich. Sie wand sich auf dem Schreibtisch, und Nick brachte sie dem Genuss näher, den sie so sehr herbeisehnte.

Seine Finger glitten mühelos in sie, und er schob sie hinein und heraus, während seine Zunge jeden köstlichen Zentimeter ihrer geschwollenen Scham kostete. Sie war verloren in dem Genuss, den er ihr verschaffte.

»Bitte, Nick, bitte«, bettelte Chloe.

Gleichzeitig mit einem heftigen Stoß seiner Finger sog er ihre empfindliche Knospe in den Mund, und sie schrie auf bei der Intensität der Erlösung, die er ihr verschaffte. Chloe zitterte, und ihr Körper krampfte immer wieder.

Nick stand auf und zog sie an den Beinen, bis ihr Hinterteil leicht über die Tischkante hinausragte. Sie bekam diese Bewegung kaum mit. Dann umklammerte er ihre Beine und stieß geradewegs in sie. Ein Zucken durchlief sie und auf den ersten Orgasmus folgte ein zweiter. Es war fast mehr, als sie ertragen konnte.

Chloe wimmerte, als er begann, heftig in sie zu stoßen und sich wieder zurückzuziehen. Ihr Innerstes umschloss ihn eng, und er stöhnte und stieß immer schneller in sie. Dann hielt er tief in ihr inne.

»Du fühlst dich fantastisch an«, stöhnte er, während sie ihn weiter umklammert hielt.

»So ausgefüllt, ich bin so ausgefüllt …«, seufzte sie schwer atmend. Die Lust trug ihren Körper in immer größere Höhen.

Nick bewegte sich wieder, und ihr Stöhnen vermischte sich, als er mit einer Hand ihre Brust drückte. Die andere hielt noch immer ein Bein umklammert, und weiter stieß er in sie.

Sie war so feucht. Mühelos glitt er in sie. Dann drückte er ihr Bein hoch und war so noch enger mit ihr verbunden. Wieder umklammerte sie seinen Schaft, als sie sich einem weiteren Orgasmus hingab. Noch nie zuvor hatte sie eine solch intensive Befriedigung erfahren. Sie schrie auf und bettelte um Gnade, aber die war Nick nicht gewillt ihr zu gewähren.

Der Genuss war unerträglich. Nick füllte sie immer wieder aus. Ihre Arme waren zu schwach, um nach ihm zu greifen. Sie versuchte sie zu heben, jedoch ohne Erfolg. Aber Nick wusste, was sie wollte. Er beugte sich vor, dehnte ihr Bein noch mehr und hob sie auf eine völlig neue Stufe der Lust.

Seine Lippen umklammerten eine Brustwarze, an der er sog, während er in sie stieß. Genüsslich liebkoste die warme Zunge die harte Knospe.

Mit einem Schrei versenkte er sich in ihr und füllte sie mit seiner heißen Lust, was Chloe einen weiteren Orgasmus verschaffte, der sie um ihn pulsieren ließ, um seinen Erguss tief in sich aufzunehmen.

Nick fiel nach vorn, sein Körper immer noch mit ihrem verbunden. Er fuhr ihr mit den Fingern durchs Haar. Beide waren sie verschwitzt und erschöpft. Mit einem Stöhnen zog er sich aus ihr zurück, und sie seufzte missbilligend. Dann ließ er sich auf den Schreibtischstuhl fallen und zog an ihr, bis sie sich aufsetzte.

Sie erneut auf seinen Schoß ziehend, drückte er sie an sich. Seine Hände strichen zärtlich ihren Rücken hinauf und hinunter, und er sog an der zarten Haut ihrer Schulter.

»Du bist fantastisch«, sagte er ehrfurchtsvoll.

Chloe war außerstande, Worte zu formulieren, um zu beschreiben, was gerade geschehen war. Als das Nachbeben des Orgasmus verebbte, versuchte sie sich ihm zu entziehen.

»Nein!« Er klang entschieden, und sie gab die Gegenwehr auf. »Dieses Mal läufst du nicht davon.«

Chloe schmiegte sich in seine Arme und fragte sich, was sie nun tun sollte. Sie war sich nicht sicher. Es fühlte sich gerade so richtig an. Aber nachdem sie befriedigt war, erinnerte sie sich wieder daran, wer er war. Nein, er war nicht das Monster, für das sie ihn einst gehalten hatte, aber seine Familie war der Feind. Ihr Vater würde niemals eine Beziehung mit Nick billigen. Chloe wusste nicht, was sie tun sollte.

»Wir gehen jetzt ohne Reue zusammen ins Bett«, sagte er zu ihr.

Genau das wollte Chloe auch, aber sie konnte ihre Meinung nicht laut äußern. Nick schob sie behutsam von seinem Schoß und stand auf. Er nahm ihre Hand in seine und ging langsam mit ihr durchs Haus zu seinem Schlafzimmer.

Sie zögerte nur einen Moment, bevor sie sein Reich betrat und den Kampf aufgab, als er sie in sein Bett zog. Sicher in seine

Arme gekuschelt, schloss sie die Augen und fiel in einen tiefen Schlaf.

Am nächsten Tag erlaubte ihr Nick nicht, sich von ihm zurückzuziehen, und sie war dankbar dafür. Am Abend schlief sie wieder in seinen Armen ein, nachdem sie beide ihr Verlangen gestillt hatten. So vergingen die nächsten Tage und Nächte, und die Reue, von der Chloe glaubte, dass sie sie fühlen sollte, stellte sich nie ein.

Kapitel 20

Chloe zitterte, als sie sich unter ihrem Bett versteckte. Die Schritte kamen näher, und sie hatte furchtbare Angst. Das einzige Geräusch war tiefes, kontrolliertes, fast erregtes Atmen.

Beim Versuch, keinen Laut von sich zu geben, bebte sie, aber es war zwecklos. Das Aufeinanderschlagen ihrer Zähne klang wie Schrotflintenschüsse und ihre laufenden Tränen wie Spritzer in einem See. Das alles verriet ihr Versteck.

Sie kroch weiter zurück, und ihr Körper schrammte über den Hartholzboden. Sie musste sich die Hand vor den Mund halten, um nicht zu wimmern, als die Schritte am Rand ihres Bettes anhielten. Vielleicht würde er sie nicht bemerken. Die Füße machten kehrt, und sie seufzte vor Erleichterung. Dann bückte er sich schnell, um unter das Bett zu schauen. Sie schrie auf, als sein Gesicht mit dem boshaften Lächeln erschien.

Seine Hand griff nach ihr, und sie wand sich, um sich ihm zu entziehen. Sein Gesichtsausdruck versprach Schmerzen. Sie trat nach ihm und widersetzte sich. Normalerweise fand sie sich einfach damit ab, aber diesmal wollte sie nicht so schnell nachgeben. Sie war jetzt stärker, größer. Sie durfte ihm nicht erlauben, sie zu verletzen.

»Bitte nicht!«, schrie sie. »Ich habe nichts gemacht! Bitte!« Ihre Worte wurden zu einem Schluchzen, als er sie unter dem Bett hervorzog, ihre Arme festhielt und sie zu Boden drückte. Sie trat nach ihm und biss ihn in die Brust, als er sich vorbeugte.

»Verdammt! Aufhören!« Die donnernde Stimme riss sie aus dem Schlaf und ließ sie schaudern. Sie schlug die Augen auf, und ihr Körper zitterte wie Espenlaub. Tränen ließen die Sicht verschwimmen, und sie zwinkerte mehrmals, um wieder klar sehen zu können. Der Mann vor ihr war mal besser, mal schlechter zu erkennen.

»Bitte nicht«, bettelte sie, noch immer nicht ganz wach. Sie konnte zwischen Traum und Wirklichkeit nicht unterscheiden.

»Chloe … Chloe …! Wach auf! Ich bin's!«

Tränen liefen ihr übers Gesicht, während sie immer noch um sich schlug, aber ihre Bewegungen wurden träger. Sie konnte ihn nicht aufhalten. »Ich bin's, Nick«, sagte er in sanftem Tonfall.

Endlich erkannte sie die Stimme, und die Reste ihres Albtraums verschwanden. »Nick?« Das eine Wort war nicht mehr als ein Flüstern. »Nick.« Sie wiederholte es und versuchte, sich wieder in den Griff zu bekommen.

Sie spürte sofort, dass es egal war, wie wütend Nick auf sie war, aber er würde sie niemals verletzen, jedenfalls nicht körperlich. Sie war sicher. Sie war sicher. Sie war sicher. Diesen Satz wiederholte sie immer wieder in ihrem Kopf. Sie war sicher.

Endlich hörte das Zittern auf, die Tränen trockneten, und sie konzentrierte sich auf das Gesicht über ihr. Er schaute auf sie herab, als wäre sie ein tollwütiges Tier. Vielleicht war sie das auch. Jahre der Misshandlung machen einen Menschen dazu.

»Was um alles in der Welt ist in deinem Traum passiert?«, fragte er. Er hielt sie immer noch fest. Chloe fragte sich, was sie ihm angetan hatte, dass er Angst hatte, sie loszulassen.

»Ist egal. Es war nur ein Albtraum. Mir geht's wieder gut. Du kannst mich loslassen«, bat sie ihn.

Nick betrachtete sie misstrauisch. »Du hast mich ein paarmal geschlagen. Ich bin nicht sicher, ob ich das tun sollte.« Seine Mundwinkel hoben sich ein kleines bisschen zu einem neckenden Grinsen. Er war froh, sie nicht losgelassen zu haben, denn sie hätte ihn dafür vielleicht geschlagen.

»Ich habe dir doch gesagt, dass es mir gut geht. Lass mich gehen«, forderte sie, obwohl ihre Stimme noch immer schwach klang.

»Was ist passiert?«, fragte er noch einmal.

»Es war nichts, nur ein Albtraum«, wiederholte sie und wandte sich ab. Auf keinen Fall würde sie ihm erzählen, dass sie einen realen Moment noch einmal erlebt hatte. Die Zeit, in der sie beschlossen hatte, sich gegen ihren Vater zu wehren.

»Das glaube ich aber nicht. Das sah mir nach mehr aus als nur nach einem Albtraum. Ich habe Wunden, um es zu beweisen.« Er schaute demonstrativ auf seine nackte Brust, und Chloe sah die Bisswunde. Sie war entsetzt, dass sie das getan hatte, wurde rot und schaute weg.

»Es tut mir leid, Nick. Ich glaube, ich bin in dem Fall nicht schnell genug aufgewacht.«

»Ist das schon einmal passiert?«, wollte Nick wissen. Ihre Wangen nahmen einen noch dunkleren Rotton an.

»Woher soll ich das wissen? Ich schlafe doch, wenn es geschieht«, antwortete sie und versuchte, sich ihm zu entziehen.

Schließlich ließ er ihre Arme los, aber er blieb auf ihren Schenkeln sitzen. Das Gefühl, gefangen zu sein, ließ Chloe langsam wieder in Panik geraten. Sie musste von ihm wegkommen, und zwar schnell, denn sie wollte ihm nichts erzählen.

»Hör auf zu strampeln«, fuhr er sie an, und sie hielt still. »Du versuchst ständig davonzulaufen, sobald die Sonne aufgeht. Dieses Mal wirst du mit mir reden.«

Sein Befehlston führte automatisch dazu, dass sie ihm gehorchen wollte, und dieser Instinkt machte sie wütend. Sie war nicht mehr dieses hilflose Kind und wollte nie wieder dermaßen von jemandem beherrscht werden. Ironischerweise machte sich ein Teil ihres Verstandes lustig über sie, denn sie war nur bei Nick, weil ihr Vater ihr diese Stelle verschafft hatte.

Sie gehorchte immer noch, und sie hasste sich dafür ein wenig. Der Unterschied zwischen ihrem Vater und Nick war jedoch, dass sie Nick vertraute. Das war ein erniedrigender und furchterregender Gedanke. Wenn sie ihm traute, dann hatte er die Macht, sie zu verletzen. Sie konnte es sich nicht mehr leisten, noch mehr verletzt zu werden.

Ihr Ringkampf hatte die Bettlaken zerwühlt, und jetzt, da Chloe sich beruhigte, sah sie, dass sie beide nackt waren. Ihr Blick wanderte über seine Brust nach unten, dann wurde sie rot und schaute wieder auf. Sie griff nach den Laken, die in einem Knäuel neben ihnen lagen, und versuchte sich damit zu bedecken.

Nick starrte sie an und riss ihr die Laken aus den Händen. Wieder nackt, fuhr er die Kurven ihres Körpers nach, schaute wieder zur ihr und hielt ihrem Blick trotzig stand.

»Da ist nichts, was ich nicht schon viele Male gesehen hätte«, sagte er. Sie starrte zurück.

Am Abend zuvor hatten sie auf dem Sofa gesessen. Sie erinnerte sich daran, nach einer weiteren unglaublichen sexuellen Erfahrung eingeschlafen zu sein. Er hatte sie über die Lehne gebeugt und war so tief in ihr gewesen, dass sie nicht mehr wusste, wo er endete und sie begann. Sie wurde wieder rot, als sie daran dachte.

»Wie sind wir hier hochgekommen?«, fragte sie. Chloe versuchte ihren Verstand vom Sex wegzubekommen, den sie offenbar immer wieder mit ihm hatte.

»Wir sind beide nach unserem Workout eingeschlafen«, antwortete er mit einem Lächeln. »Als ich aufgewacht bin, hast du gefröstelt, deshalb habe ich dich in mein Zimmer getragen.«

»Du hättest dich dabei am Bein verletzen können«, schalt sie ihn. Er hob eine Augenbraue.

»Du bist doch diejenige, die gesagt hat, mir ginge es so gut, dass ich absolut keine Therapie mehr bräuchte. Also was regst du dich auf?«

»Nur weil du nicht mehr mein tägliches Babysitting brauchst, heißt das nicht, dass du dich töricht benehmen sollst und deinen Fortschritt zunichtemachst«, gab sie zurück.

»Sorgst du dich um mich, Chloe?«, hakte er frech nach.

»Nein!«, rief sie in gereiztem Ton. »Lass mich jetzt aufstehen.«

»Auch wenn du das in diesem energischen Ton sagst, wird mich das nicht dazu bewegen, meine Meinung zu ändern.« Nick kicherte, und Chloe hätte ihm am liebsten eine gescheuert. Er machte sie viel gewalttätiger, als sie je in der Vergangenheit gewesen war.

»Hör auf, dich wie ein Arsch zu benehmen, und lass mich gehen«, versuchte sie es erneut, diesmal in besänftigendem Tonfall.

»Damit du davonlaufen kannst?«

Er hatte recht. Chloe wurde wieder rot. Dieses Gespräch führte zu nichts.

»Schau mal, wir haben in den letzten Nächten miteinander geschlafen, aber das ändert nichts an der Tatsache, dass es völlig unangebracht ist«, erklärte sie.

»Vielleicht will ich unangebracht sein«, gab er zurück.

»Meine Gefühle sind wichtig, Nick!«, brauste sie auf.

»Natürlich sind sie das, aber ich glaube nicht, dass du weißt, was du willst. Du fällst von einem Extrem ins andere, verdammt! Erzähl mir jetzt von deinem Traum.«

»Sind wir jetzt wieder bei *dem* Thema angelangt?«, schnaubte sie.

»Das war nie vom Tisch. Du hast nur gedacht, du könntest mich davon ablenken, und ich würde es vergessen. Ich habe aber die Kriegsverletzungen, um beweisen zu können, dass es passiert ist«, erinnerte er sie.

»Du sitzt auf meiner Blase, und ich muss mal ins Bad«, warf sie verlegen ein. Ihr hatte davor gegraut, es zu sagen. Er kicherte, stieg aber endlich von ihr und ließ sie frei. Sie warf das Laken über ihn, sprang aus dem Bett und flüchtete aus dem Zimmer, aber nicht, ohne sich noch einmal umzudrehen und ihn wütend anzustarren. Der Ausdruck von Genugtuung in seinen Augen, als er den Blick über ihren nackten Körper wandern ließ, war unverkennbar.

»Ich warte hier, bis du fertig bist!«, rief er ihr hinterher.

Chloe schloss die Badezimmertür mit entsprechendem Schwung und ließ sich dagegensinken. Mehrmals holte sie tief Luft und versuchte, wieder einen klaren Kopf zu bekommen. Sie war völlig entnervt. Der Albtraum hatte sie mitgenommen, und das Gespräch danach hatte alles sogar noch schlimmer gemacht.

Das innerliche Zittern kehrte zurück, als in ihrem Kopf Bilder nur einer Szene der Misshandlungen durch ihren Vater aufblitzten. Mit dem Mann zusammenzuleben, war ein Albtraum gewesen, und es schien, als könnte sie ihm noch nicht einmal in ihren Träumen entkommen. Vielleicht war es der Stress gewesen, unter dem sie stand, der alles wieder an die Oberfläche gebracht hatte. Sie wusste es nicht. Was sie jedoch sicher wusste, war, dass sie wegwollte, irgendwohin, wo sie eine Weile nichts hörte und nichts sah.

Als sie ein Kind gewesen war, hatte sie die Bettlaken fest um sich gewickelt und sich hin und her gerollt, wenn sie Angst hatte. Sie hatte zwar ihren Bruder gehabt, aber der hatte die

Fäuste ihres Vaters noch mehr zu spüren bekommen als sie selbst. Sie hatte sich oft gefragt, ob Patrick sie dafür verantwortlich machte. Aber sie war immer zu ängstlich gewesen, ihn danach zu fragen, und jetzt würde sie es nie mehr tun können.

Im Badezimmer ließ sie sich Zeit, stellte sich unter die Dusche und ließ das heiße Wasser ihre Muskeln entspannen. Sie wollte den sicheren abgeschlossenen Raum gar nicht mehr verlassen. Zweifellos würde Nick draußen auf sie warten und weitere Fragen stellen. Was sollte sie ihm erzählen?

Sie versuchte eine Geschichte zu erfinden, die ihn zufriedenstellen würde. Wenn sie nur den Morgen hinter sich bringen könnte, dann wäre das alles vielleicht vorbei. Dann könnte sie eventuell diese Sache, die sie mit Nick hatte, hinter sich lassen, ohne mehr verletzt zu werden, als sie es ohnehin schon war.

Als sie endlich das Bad verließ, saß Nick in einer tief sitzenden Jogginghose mit immer noch nacktem Oberkörper und argwöhnischem Blick auf dem Bett. Zwei Tassen Kaffee standen auf dem Nachtschrank, und Nick klopfte neben sich auf die Matratze.

»Komm her, trink einen Kaffee mit mir, und wir reden«, schlug er vor.

»Wir können in der Küche reden.« Chloe hatte sich ein Handtuch um den Körper gewickelt. Sie hielt die beiden Enden umklammert und an die Brust gedrückt. »Ich muss mich anziehen.«

Sie flitzte zur Tür. Das würde ihn doch sicher nicht beleidigen.

»Nein. Ich lasse dich nicht davonrennen und versuchen, eine Geschichte zu erfinden. Ich denke, du schuldest mir eine Erklärung, was in deinem Kopf so vor sich geht.« Er sah entspannt aus, aber Chloe wusste, dass er im Bruchteil einer Sekunde lossprinten konnte.

»Ich habe dir doch bereits gesagt, dass ich dir nichts erzählen will. Warum hörst du nicht auf, so penetrant zu sein, und akzeptierst das?«

Er kniff die Augen zusammen, als sie einen weiteren Schritt tat. »Treib es nicht so weit, dass ich aufstehe und dich zum Bett trage«, drohte er.

Sie blieb stehen und hatte keinen Zweifel daran, dass er genau das tun würde. Chloe umklammerte ihr Handtuch wie ein Rettungsseil und trat von einem Fuß auf den anderen, während ihr Blick zwischen ihm und der Tür hin und her ging. Nick seufzte.

»Soll ich zählen?«

Seine Worte führten dazu, dass ihr Herz vor Wut raste. »Ich bin kein verdammtes Kind, Nick!«, schrie sie.

»Du könntest mich beschwindelt haben. Hör auf, dich wie eine Göre zu benehmen.«

Chloe machte einen wütenden Schritt auf ihn zu, und er lächelte, machte sich lustig über sie und stachelte sie damit noch mehr an. Sie stand kurz davor, die Kontrolle zu verlieren, als sie ein Zittern erfasste und sie sich zurückhielt.

»Schüchterst du gerne Leute ein? Bekommst du so, was du willst?«, fragte sie ihn.

»Manchmal. Aber normalerweise muss ich auf solche Methoden nicht zurückgreifen. Die meisten Erwachsenen benehmen sich tatsächlich normal«, war seine Antwort.

»Du bist ein Arsch.«

»Ist das deine todsichere Methode? Beschimpfungen?«

»Ich beschimpfe *nie* jemanden. Du bringst einfach das Schlechteste in mir zum Vorschein«, beschuldigte sie ihn.

»Vielleicht machen wir das gegenseitig, denn normalerweise muss ich mich nicht so abmühen, um jemanden dazu zu bringen, mit mir zu reden.«

Sie starrten sich an und befanden sich in einer völligen Sackgasse. Chloe seufzte. Schließlich ging sie zum Bett und setzte sich so weit wie möglich von ihm entfernt darauf. Sie griff nach ihrer Kaffeetasse und nahm einen Schluck. Er hatte den Kaffee so zubereitet, wie sie es liebte.

»Danke für den Kaffee«, sagte sie mit extra höflicher Stimme. Er lachte, und sie musste sich zusammenreißen, ihn nicht finster anzuschauen.

»Ich möchte wissen, wovon du geträumt hast«, drängte er.

»Du lässt nicht davon ab, oder?«, fragte sie.

»Sehe ich aus wie ein Mann, der nicht zu Ende führt, was er begonnen hat?«, hielt er dagegen.

»Nein. *Das* ganz bestimmt nicht.« Sie wollte nicht, dass die Worte wie ein Kompliment klangen.

Einige Momente schwiegen sie beide. Chloe fragte sich, ob sie es einfach aussitzen sollte, aber sie wusste sofort, dass das niemals funktionieren würde.

»Ich kann mich kaum daran erinnern, worum es in dem Traum ging. Ich habe mich nur im Dunkeln vor etwas versteckt, und dann habe ich gemerkt, dass jemand nach mir griff. Als ich aufgewacht bin, hatte ich Schwierigkeiten, zwischen Albtraum und Wirklichkeit zu unterscheiden«, erzählte sie ihm. Das war doch eine erstaunlich einfache Erklärung.

»Das ergibt Sinn«, räumte Nick ein, und Chloe war erleichtert. »Aber die Panik und die Angst, die ich in deinen Augen gesehen habe, gingen über einen normalen Albtraum hinaus. Ich glaube, es steckt mehr dahinter.« Ihre Hoffnungen waren dahin.

Nick griff nach ihrem Kinn und zwang sie, ihn anzuschauen. Sie versuchte zu verbergen, was sie fühlte, aber seinem wissenden Blick entging nichts. Chloe gefiel nicht, wie gut er sie durchschaute.

»Ich möchte nicht darüber reden«, stieß sie hervor, und in ihren Augen sammelten sich Tränen. Als sie den offenbar mitleidigen Ausdruck in seinem Gesicht sah, ließ sie das fast wieder zusammenbrechen. Verdammter Kerl!

»Ich bin geduldig«, versicherte er ihr. »Aber _ch glaube, du solltest deine Geschichte erzählen. Du bist so daran gewöhnt, sie zurückzudrängen, dass du nicht weißt, wie du anfangen sollst.« Chloe lief ein Schauer über den Rücken, als er weiter den Blick auf sie gerichtet hielt.

»Manchmal ist es das Beste, Dinge in der Traumwelt hinter sich zu lassen«, wagte sie einen Erklärungsversuch und zwang sich, die Mundwinkel hochzuziehen, als wäre es nicht mehr als ein Witz.

»Was verheimlichst du vor mir?«, fragte er. Die Frage stellte er mehr sich selbst als ihr, und es sah aus, als würde er im Geiste die morgendlichen Begebenheiten durchgehen, um ihr Tun zu analysieren. Auch das gefiel ihr nicht.

»Hattest du noch nie einen Traum, den du nicht erklären konntest?«

»Viele Male. Manchmal sind sie verrückt, manchmal Furcht einflößend, und normalerweise steckt eine Bedeutung dahinter. Du hast vom ersten Tag unseres Kennenlernens an etwas vor mir verborgen. Also bist du entweder das kaltherzige Luder, das du mich glauben machen willst, oder es gibt da noch etwas.«

Er sagte das so ruhig, aber die Worte trafen sie mehr, als es ein Messer hätte tun können.

»Vielleicht bin ich ja genau das«, gab sie zurück, und ihre Stimme klang, als hätte sie einen Knoten im Hals.

»Das glaube ich nicht«, versicherte er ihr. »Ich vermute, dass es da etwas anderes in deinem Leben gibt. Ich weiß nicht genau, was das ist, aber was ich weiß, ist, dass ich es nicht mag, wenn Fragen unbeantwortet bleiben. Ich versuche gerade herauszufinden, ob es meine Anstrengung wert ist, mehr über dich zu erfahren.«

Das verletzte sie mehr als alles andere, was er bisher gesagt hatte. Chloe war immer eingeimpft worden, dass sie nicht gut genug sei, dass es nicht der Mühe wert sei, sie aufzuziehen, dass sie eine Enttäuschung sei. Dass Nick das bestätigte, brach ihr völlig das Herz. Aber wollte sie tatsächlich, dass er seine Meinung über sie änderte? Falls ja, musste sie ihm ihr Herz ausschütten.

Sie beschloss, dass sie es akzeptieren konnte, wenn er das Schlimmste von ihr dachte. »Es ist noch nicht einmal wert, darüber zu reden«, flüsterte sie nach einiger Zeit.

Er wartete, warf ihr einen Blick zu, der besagte, dass sie eine Närrin sei und er nicht darauf antworten würde. Sie trank ihren Kaffee aus und saß einfach da. Keiner von ihnen bewegte sich. Minuten vergingen.

»Gut. Was willst du wissen?«, stieß sie schließlich verärgert hervor.

»Ich will alles wissen, was in deinem hübschen Kopf vorgeht.«

»Da verlangst du aber nicht viel«, sagte sie mit einem falschen Lachen.

»Chloe.« Nick seufzte. »Du schiebst das Unvermeidbare auf. Du willst, dass ich dir vertraue, aber du willst mir nicht vertrauen.«

»Weshalb glaubst du, dass ich dir vertrauen kann?«, fragte sie.

»Ich bin nicht derjenige, der etwas verheimlicht. Was auch immer dir in der Vergangenheit zugestoßen ist, merkst du nicht, dass du bei mir sicher bist? Ich glaube nicht, dass du dich je beschützt gefühlt hast«, mutmaßte er, und Chloe zuckte zusammen.

»Ich weiß gar nicht, warum du dermaßen darauf drängst, und wo ich anfangen soll, weiß ich auch nicht«, fauchte Chloe ihn an.

»Du kannst damit beginnen, mir zu erzählen, was dir Angst gemacht hat. Das wäre ein Anfang.«

Er verlangte nicht viel, aber das eine, was er wissen wollte, war etwas, das sie absolut nicht preisgeben wollte.

»Mein Vater war nicht der netteste Mann«, begann sie. Chloe war dankbar, dass Nick sie nicht berührte. »Als mein Bruder und ich heranwuchsen, hatte er große Erwartungen an uns, die wir selten erfüllt haben.«

Chloe spürte, wie Nick sich neben ihr verkrampfte, aber sie schaute ihn nicht an. Wenn sie das täte, würde sie den Mut verlieren, und dann würden sie sofort wieder streiten.

»Mein Vater dachte, er müsste mit eiserner Faust regieren, und hat uns oft bestraft. Ich bin sicher, es war nicht schlimmer als bei anderen Kindern, aber ich hatte Angst vor ihm und davor, ihn zu enttäuschen.«

»Wo war deine Mutter?«, fragte er. In seiner Stimme war eine unterschwellige Wut zu hören, obwohl Chloe merkte, dass er versuchte, sie unter Kontrolle zu halten.

»Sie war die folgsame kleine Frau, die sich immer im Hintergrund hielt. Sie verarztete uns, wenn er zu weit gegangen war, aber sie sagte auch immer, wir sollten gehorchen, weil es sonst noch viel schlimmer werden würde.«

»Ging es in deinem Traum darum?«, fragte er.

»Einmal haben sich mein Bruder und ich an Süßigkeiten vergriffen, die in der Speisekammer aufbewahrt wurden. Das war ein absolutes Tabu. Ich hörte meinen Vater unten schreien und habe mich unter meinem Bett versteckt. Das hat es nur noch schlimmer gemacht. Als er mich fand, zog er mich hervor, und das hat mir damals einen gebrochenen Arm eingebracht. Das war die schlimmste Bestrafung, an die ich mich je erinnern kann«, gestand Chloe.

»Dafür, dass ihr euch Süßigkeiten genommen habt?«, fragte Nick ungläubig nach.

»Ich wusste, dass ich das nicht hätte tun sollen«, gab sie achselzuckend zu.

»Du glaubst also, es war dein Fehler?« Aus der Frage hörte man einen säuerlichen Unterton.

»Ich sage nicht, dass es mein Fehler war. Ich sage nur, dass ich etwas getan habe, von dem ich wusste, dass es Konsequenzen haben würde.«

»Wie alt warst du?« Chloe konnte Nick immer noch nicht anschauen. In seiner Stimme schwang zu viel Wut, und die erinnerte sie zu sehr an ihren Vater. Sie hatte Mühe, nicht vor ihm zurückzuweichen.

»Ich war acht und mein Bruder fünfzehn.«

»Mit acht wurde also von dir erwartet, dass du dich jederzeit anpasst?«, blaffte er.

»Mit zwei wurde erwartet, dass ich mich anpasse. Mit acht wurde erwartet, dass ich mich wie eine Erwachsene benehme. Ich konnte zwischen Gut und Böse unterscheiden. Für meinen Vater gab es nichts dazwischen.« Chloe seufzte.

»Wie kannst du zu diesem Mann noch eine Beziehung haben?« Nicks Stimme klang ungläubig. Natürlich konnte er das nicht verstehen. Er hatte eine liebende Familie, die alles für ihn tun würde. Einer, der keine Kindheit wie Chloe gehabt hatte, konnte nicht verstehen, wie das war.

»Er ist mein Vater«, sagte sie nur.

Nick nahm ihr die Tasse aus der zitternden Hand. Sie hatte noch nicht einmal bemerkt, dass sie zitterte. Es war eigentlich auch egal. Sie hatte ihm Informationen geliefert, die er verdrehen und gegen sie verwenden konnte. Vielleicht verdiente sie das. Sie war sich nicht mehr sicher.

»Ich glaube, ich hab's, Chloe«, sagte er.

»Was hast du?«, fragte sie.

Er hob sie hoch und setzte sie auf seinen Schoß. Dann strich er ihr über den Rücken und zog ihren Kopf an seine warme Brust.

»Ich glaube, ich verstehe, warum du Angst hast, dich jemandem zu öffnen.«

In seiner Stimme lag so viel Aufrichtigkeit, dass sie nicht wusste, was sie tun sollte. Sie kuschelte sich an ihn und ließ seinen Trost zu, zumindest für den Moment.

Als Nick ihr das Handtuch abnahm und sie neben sich ins Bett legte, wehrte sie sich nicht dagegen. Die zurückliegenden Wochen hatten sie erschöpft, und der Albtraum hatte ihr die restliche Energie geraubt. Mit Nick zu reden, war schwerer gewesen, als sie je erwartet hätte.

Als seine Finger über ihre Haut strichen, entspannte sie sich und konzentrierte sich nur noch darauf, was er mit ihr machte. Sie brauchte das. Sie brauchte ihn.

KAPITEL 21

Nick und Chloe saßen in einem Café mit Blick auf die wunderschöne Meerenge Pudget Sound. Eine Brise wehte, und Chloe strich sich ein paar Haarsträhnen aus dem Gesicht. Es war ein friedlicher Tag gewesen, fast zu friedlich. Chloe fragte sich, wann die nächste Hiobsbotschaft eintraf. Gleichzeitig versuchte sie sich zu sagen, dass das ihre einprogrammierte Denkweise war und sie diese Zweifel nicht mehr haben wollte.

Mit ihrer Arbeit lief es gut, und sie genoss die Zeit mit Nick. Dachte sie, dass es für immer so weitergehen würde? Nein. Aber im Moment fühlte es sich gut an, und das war wichtig. Jeder neue Tag begann so, wie sie es wollte. Das musste sie sich ins Gedächtnis rufen, musste sich daran erinnern, dass sie sich nicht kontrollieren lassen musste, wenn sie es nicht wollte.

»Ist es schwer für dich, aufs Wasser zu schauen und nicht da draußen zu sein?«, fragte Chloe.

Nick lächelte. »Ja und nein. Es war anfangs wirklich sehr schwer. Aber dich um mich zu haben, hat mich geradezu zu einer Landratte gemacht«, antwortete er.

Nick war ein Süßholzraspler, aber seine Worte waren ernst gemeint. Wie er sie anschaute, ließ ihr Herz höherschlagen. Vielleicht war sie so dumm, wie sie befürchtete.

»Du erzählst nicht viel von deiner Arbeit bei der Küstenwache«, beklagte sie sich.

»Ich bin ein offenes Buch. Was willst du wissen?«, fragte er. Sein Blick zeigte ihr, dass er nichts zu verbergen hatte. Doch *sie* hatte das, und das stand zwischen ihnen. Sie wünschte, sie wäre mutig genug, ihm die ganze Wahrheit zu erzählen. Aber sie war zu glücklich, um das zu riskieren.

»Erzähl mir von einigen deiner Abenteuer«, forderte Chloe ihn auf.

Sie hatten ihr Essen beendet, aber keiner der beiden hatte es eilig. Also lehnten sie sich zurück, nippten an ihrem Kaffee und kosteten vom dekadenten Nachtisch, mit Puderzucker bestäubten Donuts, die zusammen mit verschiedenen Dessertsoßen serviert worden waren.

»Ich habe ein Jahr in Sitka Dienst getan. Es war immer ziemlich aufregend dort«, erzählte er.

»Ja, du hast erwähnt, dass es in Alaska extrem ist.«

»Die Küstenwache hat 1977 in Sitka eine Air Base errichtet. Seitdem haben sie in dem Gebiet mehr als zweitausend Leben gerettet. Das ist ziemlich beeindruckend.«

»Das will ich wohl meinen«, stimmte sie ihm zu. »Erzähl mir mal von einem typischen Tag dort.«

»Ich würde nicht sagen, dass es dort typische Tage gab, aber an eine Nacht erinnere ich mich noch sehr gut«, fuhr er fort. »Ich wollte gerade meine Vierundzwanzig-Stunden-Schicht antreten. Es war ungefähr drei Uhr nachmittags. Zuerst ziehen wir immer unseren Fliegeroverall an und überprüfen die Wetterlage. Die meisten Piloten der Küstenwache wollen unbedingt in Sitka oder Kodiak fliegen, aber zuerst müssen wir Erfahrung sammeln. Ich hatte viele Flugstunden, aber bei meinen Flügen dort war ich immer Co-Pilot.«

»Ich kann mir gar nicht vorstellen, dass du von jemandem Befehle annimmst.« Chloe lachte.

»Wir sind ein Team, und wir arbeiten zusammen. Da geht es nicht darum, wer die Befehle gibt«, klärte Nick sie auf.

»Teamplayer. Das gefällt mir«, gab sie zurück.

»Das Team und ich haben uns umgezogen und sind dann zur Einsatzzentrale gegangen, um unsere anstehende Dienstanweisung entgegenzunehmen. Alle waren guter Stimmung.«

»Ich wette, ihr hattet alle eine enge Bindung zueinander, weil ihr schon oft zusammen in gefährlichen Situationen wart«, vermutete Chloe.

»Ja, du musst dich aufeinander verlassen können, um zu überleben. Man wird zu einer eng verbundenen Gruppe«, stimmte Nick zu.

Chloe hatte diese Bindung nicht in ihrem Job. Sie arbeitete mehr für sich. Zwar kam sie mit den medizinischen Kollegen zurecht, aber es gab auch einige, die meinten, dass sie nicht richtig dazugehörte. Sie hätte wetten können, dass es in den unterschiedlichen Rängen der Küstenwache davon auch einige gab. Allerdings wies sie Nick nicht darauf hin. Es war ein angenehmer Tag, und sie wollte das Gespräch nicht beeinträchtigen.

»Erzähl weiter«, bat sie ihn.

»Unser OWS setzte uns über die Wetterlage auf dem Flugplatz in Kenntnis, den Status unserer Hubschrauber und den Standort unseres Befehlskaders.«

»OWS?«

»Entschuldigung. Operations Watch Stander«, erklärte er mit einem Grinsen.

»Ich versuche nur zu folgen.«

»Das Wetter in jener Nacht war nicht das schlechteste, was ich je gesehen hatte, aber im Osten ziemlich unbeständig. Wir mussten die Wolkendecke im Auge behalten, um entscheiden zu können, ob es sicher war zu fliegen.«

»Kam es oft vor, dass ihr nicht starten konntet?«

»Leider ja, aber wenn wir die Möglichkeit hatten, eine Rettungsaktion durchzuführen, dann taten wir es, ohne zu zögern. Es war schwer für uns, wenn wir nicht rausfliegen konnten.«

»Musstet ihr die ganze Zeit im Dienst Tonnen Ausrüstung tragen?« Chloe hatte es gesehen, als sie mit Nick auf dem Stützpunkt gewesen war, und es machte nicht den Eindruck, als wäre es bequem, wenn man das die ganze Zeit tragen musste.

»Nein. Wir haben die Ausrüstung nur griffbereit. Die Weste, die mir das Leben gerettet hat, ist mit einem Gurtgeschirr ausgestattet, an dem wir gegebenenfalls aus dem Wasser gezogen werden können. Wir haben auch Überlebensausrüstung dabei, wie zum Beispiel Leuchtfackeln und ein kleines Atemgerät mit Sauerstoff für fünf Minuten, abhängig davon, wie schnell man atmet. Diese Dinge können zwischen Leben und Tod entscheiden, wenn man im Wasser gelandet ist.«

»Und wenn du nur einen Schritt vergisst, könnte das den Tod bedeuten«, bemerkte Chloe bewundernd.

»Das gilt eigentlich für jeden Job. Wenn man genauer darüber nachdenkt, könnte man im Einkaufszentrum eine Stufe übersehen, stürzen und sich das Genick brechen. Wir sind immer von Gefahren umgeben, wir müssen sie nur erkennen und vorbereitet sein«, betonte er.

»Das stimmt«, pflichtete sie ihm bei, obwohl sie sich bisher darüber noch keine Gedanken gemacht hatte.

»Nachdem wir mehr Instruktionen erhalten und unsere Ausrüstung klar gemacht hatten, warteten wir, ob ein Notruf eingehen würde.«

»Das hört sich langweilig an«, meinte Chloe.

»Nein. Meine Philosophie ist, dass sich nur langweilige Menschen langweilen.« Nick zwinkerte ihr zu, und Chloe machte ein finsteres Gesicht. »Ich sage nur, dass wir das Beste aus jeder Situation machen müssen, in der wir uns befinden.«

»Ich glaube, dem kann ich zustimmen«, sagte sie.

»Um ungefähr achtzehn Uhr bekamen wir einen Anruf von Juneau. Unsere Dienste wurden bei einem Krankentransport benötigt.«

»Krankentransport?«

»Ja, in Alaska haben wir viele solcher Transporte durchgeführt. Wir haben nicht nur auf See gearbeitet. Unsere Hubschrauber können auch dann starten, wenn es die der Krankenhäuser aufgrund der Wetterbedingungen nicht können«, erklärte er.

»Ich nehme an, das ist sicherer, als über sich auftürmende Wellen zu fliegen«, vermutete Chloe.

»Nicht unbedingt. Diesmal war es eine ältere Frau mit einer Blinddarmentzündung, die operiert werden musste. Wir waren einverstanden, sie aufzunehmen.«

»Wir flogen los, und das Wetter verschlechterte sich, aber wir kamen durch. Wir nahmen die Frau auf und brachten sie zum Zielort. Dann haben wir aufgetankt und schnell etwas gegessen. Wir waren noch nicht fertig damit, da erreichte uns ein weiterer Notruf. Diesmal war es ein älterer Mann, der Probleme mit dem Herzen hatte. Es war keine besonders aufregende Nacht, aber sie nahm kein Ende, und wir waren die Einzigen, die flogen.«

»Ich hatte gehofft, du würdest mir von einer tollen Rettung auf hoher See erzählen«, gestand Chloe.

Nick lachte. »Unsere Crew hat in dieser Nacht sechs Leben gerettet, und deshalb war sie so unvergesslich für mich. Unser Hubschrauber war der einzige, der gewillt war, die Leute aufzunehmen und abzusetzen. Das Wetter wurde immer schlechter, und weil meine Mannschaft so erfahren war, ist niemand gestorben. Das war eine gute Nacht«, schloss er.

»Tut mir leid. Ich wollte dich nicht schlechtmachen.« Chloe streckte die Hand nach ihm aus.

»Ich habe das nicht so aufgefasst. Ich wollte nur damit sagen, dass die aufregendsten Momente im Leben die unspektakulären im Hintergrund sein können.«

»Und was bedeutet das?«

»Wir müssen die Ruhe vor dem Sturm schätzen, um die bevorstehenden Turbulenzen durchzustehen«, antwortete er.

Chloe merkte, dass sie sich immer mehr in diesen Mann verguckte, der nicht ihr gehörte. Eigentlich wollte sie ihn in eine Schublade stecken, aber je mehr sie über ihn erfuhr, desto deutlicher wurde ihr bewusst, dass sie dazu niemals in der Lage sein würde. Nur verstand sie nicht, was das bedeutete. Vielleicht war es auch so, dass sie gar nicht wissen wollte, was es bedeutete, denn ansonsten müsste sie sich zu vielen Fragen stellen, deren Antworten sie gar nicht wissen wollte.

KAPITEL 22

Chloe wusste nicht, wie der heutige Tag verlaufen würde. Nach einem geruhsamen Morgen mit ausgedehntem Liebesspiel und Gesprächen über nichts Wichtiges befanden sich Nick und sie offenbar in einer Art Waffenstillstand. Sie frühstückten spät zusammen und sahen sich dann eine Show im Fernsehen an.

Chloe hatte einige Zeit gebraucht, um ihr Herzklopfen in den Griff zu bekommen, während sie darauf wartete, dass die nächste Hiobsbotschaft eintraf. Allerdings hatten sie auch mit der Physiotherapie weitergemacht. Nick hatte wieder mit ihr geflirtet, und diesmal hatte es Chloe zugelassen und genossen, ohne gegen ihre Gefühle anzukämpfen. Das Problem damit war, dass ihr bewusst wurde, wie sehr sie das Zusammensein mit ihm genoss. Allerdings war sie nicht sicher, wie lange ihre *Beziehung* noch andauern würde.

Eines Abends gegen sechs Uhr betrat er das Zimmer in einem Maßanzug, der seine Muskeln perfekt zur Geltung brachte.

Chloe lief das Wasser im Mund zusammen, als er näher kam. Der Mann war auf eine raue Art schön. Der Anzug war schwarz, und die Krawatte hatte grüne Akzente, die das Funkeln in seinen Augen betonten. Chloe fragte sich, was das alles bedeutete.

»Du solltest besser das Kleid anziehen, das ich dir gekauft habe«, sagte er und lächelte.

Sie schaute ihn argwöhnisch an. »Warum?«

»Heute Abend ist eine Party. Ich hatte sie ganz vergessen, bis mich mein Captain anrief.«

»Ich weiß aber immer noch nicht, weshalb *ich* ein Kleid anziehen soll.« Chloe hob eine Augenbraue.

»Weil *du* meine Partnerin sein wirst«, klärte er sie auf.

»Ich glaube, das ist keine gute Idee«, gab sie zurück.

»Warum nicht?« Er schien wirklich verblüfft zu sein.

Sie konnte es ihm nicht sagen. Sie wusste, dass irgendjemand die Teile zusammenfügen würde und so herauskam, wer sie war. Und dann wäre alles ruiniert. Deshalb bot sie eine andere Entschuldigung an.

»Wir haben keine Beziehung.«

Nick lächelte. »Wenn das hier keine Beziehung ist, dann weiß ich nicht, was eine ist«, sagte er und ließ seinen Blick über ihren Körper wandern.

Sie konnte nicht verhindern, dass sie rot wurde, als sein Blick an ihrem Ausschnitt hängen blieb, bevor er den Rest in Augenschein nahm. Chloe hatte das Gefühl, als stünde sie nackt vor ihm. Als sein leidenschaftlicher Blick wieder auf ihren traf, spürte sie, wie sie von Verlangen erfasst wurde.

Dieser atemberaubende Mann, an dem wirklich nichts Unrechtes zu sein schien, wollte und begehrte *sie*. Irgendwie schien sie sich nicht mit diesem Gedanken anfreunden zu können, aber trotzdem war sie auch ein bisschen euphorisch.

Sie konnte den Blick nicht von ihm abwenden, als er näher auf sie zukam. Seine starken Arme umfassten sie und zogen sie in eine Umarmung. Chloe seufzte behaglich, bevor seine Lippen den Laut erstickten. Als er sie losließ, war ihr fast schwindelig.

»Was ist das für eine Veranstaltung?«, erkundigte sie sich und hatte schon wieder vergessen, was er gesagt hatte.

»Nur ein Beisammensein.«

»Und warum bist du dann so förmlich gekleidet?«, fragte sie argwöhnisch. Er lachte.

»Gefalle ich dir nicht im Anzug?«, konterte er.

»Das ist es nicht. Du scheinst nur nicht der Schlips-und-Kragen-Typ zu sein.«

»He, ich kann mich auch zurechtmachen«, scherzte er, sog ihre Unterlippe in den Mund und küsst sie wieder.

»Du spielst nicht fair«, beschwerte sie sich, strich ihm mit den Händen über die Arme und liebte das Gefühl seiner angespannten Muskeln.

»Ich spiele, um zu gewinnen, und habe nie behauptet, ich würde die Regeln befolgen«, versicherte er ihr.

»Na gut. Ich begleite dich.« Für ihre Zusage erntete sie ein fulminantes Lächeln. Sie wandte sich ab, um in ihr Zimmer zu gehen, und er gab ihr einen Klaps auf den Po, damit sie sich beeilte.

Chloe war von dem Moment an, als sie das Kleid gesehen hatte, begeistert davon gewesen. Sie hatte keine Ahnung, wann er es besorgt hatte, aber es musste bereits eine Weile her sein, weil sie beide heute das Haus noch nicht verlassen hatten.

Chloe strich über den grünen Stoff, der zu seiner Krawatte passte, und seufzte, als sie spürte, wie weich er war. Schnell duschte sie und wollte das Kleid so bald wie möglich anziehen, um zu sehen, ob es passte. Als sie dann in den Spiegel schaute, war sie begeistert. Es war wie für sie gemacht, schmiegte sich an den richtigen Stellen an ihre Kurven, hatte einen Schlitz an der Seite, der den Blick auf ihren Schenkel freigab, und endete kurz unterhalb des Knies. Es bauschte sich um ihre Beine, und am liebsten hätte sich Chloe im Kreis gedreht, um zu sehen, wie hoch der Stoff flog.

Sie nahm sich Zeit für ihre Frisur und das Make-up, wollte in Nicks Augen Zufriedenheit sehen, wenn sie den Raum betrat. Zum Schluss schlüpfte sie in die silberfarbenen High Heels, die sie beim Kleid gefunden hatte. Nach einem letzten Blick in den Spiegel ging sie wieder zu Nick.

Seine Reaktion enttäuschte sie nicht. Ein tiefes Knurren entwich seiner Kehle, und dann zog er sie an sich und küsste sie. Seine Hände strichen ihr über den Rücken, während er sie eng an sich drückte, damit sie seine Erregung spüren konnte.

Als er zurückwich, schnappte sie nach Luft und dachte zweimal darüber nach, irgendwo hinzugehen.

»Vielleicht sollten wir einfach hierbleiben«, schlug sie vor.

Nick kniff die Augen zusammen. »Führ mich nicht in Versuchung, Frau. Du siehst zum Anbeißen aus, und ich habe bereits Schwierigkeiten damit, dich zu zeigen. Eigentlich will ich nicht, dass dich außer mir noch jemand anschaut.«

Seine Worte ließen ihr einen wohligen Schauer über den Rücken laufen. Sie beugte sich vor und küsste ihn zärtlich, um ihm zu danken. Dann folgte sie ihm bereitwillig zu seinem alten Pick-up und setzte sich auf den Beifahrersitz.

Sie waren spät dran bei der Party, und sofort kamen mehrere Männer und nahmen Nicks Aufmerksamkeit in Anspruch. Während er über etwas lachte, das einer der Männer ihm erzählt hatte, lächelte Chloe. Ihr Herzschlag beschleunigte sich. Fast war sie schockiert, als sie zu Nick schaute, dem Mann, der ihr Denken und viele Sichtweisen geändert hatte, die sie ein Leben lang gehabt hatte. Sie spürte, wie alle Farbe aus ihrem Gesicht wich, als ihr bewusst wurde, dass sie hoffnungslos in ihn verliebt war.

Oft hatte sie sich gefragt, ob sie je erfahren würde, wie sich wahre Liebe anfühlt. Die Bedeutung des Wortes *Liebe* war ihr nicht beigebracht worden, wie also konnte sie einer anderen Person gegenüber ein solches Gefühl haben? Aber als sie Nick anschaute, wusste sie ohne den geringsten Zweifel, dass sie ihn wirklich liebte.

Es war merkwürdig. In Filmen wurde die Liebe als unglaubliches Erlebnis geschildert, das so offensichtlich war, dass es einen ansprang. In Wirklichkeit schlich sich die Liebe an. Erst lebte man sein Leben, so gut man konnte, und dann schaute man in ein Gesicht, in das man schon viele Male geschaut hat, aber da war das Gefühl ein anderes. Plötzlich ist es, als wäre die Person der Grund, weshalb man dort steht, der Grund, weshalb sogar das eigene Herz schlägt.

Das alles war nicht in einem Augenblick geschehen, wurde ihr klar. Es hatte Zeit gebraucht. Es waren die kleinen Dinge gewesen, die sich summiert hatten. Wie er lächelte, küsste, sie neckte und mit ihr schlief. Wie er nicht zuließ, dass sie sich zurückzog oder fortging. Er war stark und selbstbewusst, aber ebenso liebenswürdig und mitfühlend. Und sie hatte sich in ihn verguckt. Der Gedanke war genauso Furcht einflößend wie erfreulich.

Ein Teil von ihr hatte Angst, aber ein anderer war hoffnungsvoll. Er wollte sie. Das wusste sie ganz bestimmt. Aber wollte er sie nur für jetzt oder für immer? Das war die Frage, auf die sie keine Antwort wusste und deren Antwort sie fürchtete.

Sie arbeiteten sehr gut zusammen, und im Schlafzimmer waren sie ganz sicher kompatibel, aber bis vor vielleicht zwei Wochen hatte sie gedacht, er sei ihr Feind. Ihr Vater hatte ihr eingeschärft, Nick sei schlecht. Wäre Nick gewillt, ihr all das zu vergeben? Es nicht als Betrug anzusehen?

Chloe ließ Nick mit seinen Freunden plaudern und machte sich auf den Weg zur Bar, wo sie ein Glas Wein bestellte. Sie kannte niemanden auf der Party, aber es machte ihr nichts aus, allein zu sein. Sie brauchte keine ständige Aufmerksamkeit, um sich gut zu fühlen. Manchmal zog sie es vor, zurückzutreten und zuzuschauen, wie sich die Leute bewegten, wie sie miteinander umgingen.

Sie schaute wieder hinüber zu Nick, und er lachte, bevor er aufschaute. Sein Blick traf auf ihren, und er lächelte. Freude erfüllte sie. Nick blickte einige Zeit zu Chloe, bevor seine Freunde wieder seine Aufmerksamkeit beanspruchten und er sich weiter mit ihnen unterhielt.

Chloe strahlte, fühlte sich warm und geborgen.

»Das ist aber so gar nicht der Gesichtsausdruck, den ich erwarte, wenn du *diesen* Mann anguckst.«

Die barschen Worte sorgten dafür, dass es Chloe eiskalt über den Rücken lief und das Lächeln sofort aus ihrem Gesicht verschwand. Ihre Schwärmerei für Nick hatte dafür gesorgt, dass sie sich entspannt hatte und nicht auf der Hut gewesen war. Erst jetzt war ihr das aufgefallen, aber sie schaute sich eigentlich immer um und hielt die Augen offen, wer in der Nähe war.

Diese Lektion war ihr bereits in jungen Jahren erteilt worden. Sie wollte niemals überrascht werden. Unvorbereitet zu sein, brachte gewöhnlich Angst und Schmerzen mit sich. Am Ende gab es auch kein tolles Geschenk, sondern nur Unheil. Verkrampft drehte sich Chloe zu ihrem Vater um, der sie missbilligend anschaute.

Sie musste alle Kraft zusammennehmen, damit sie nicht vor Angst zitterte, aber es gelang ihr, ein freundliches Gesicht zu machen, bevor sie mit ihm sprach.

»Ich wusste nicht, dass du hier sein würdest«, sagte sie, und ihre Stimme klang angespannt, egal, wie sehr sie auch versuchte, das zu ändern.

»*Du* bist diejenige, die eigentlich nicht hier sein sollte. *Ich* habe eine persönliche Einladung«, ließ er sie wissen. »Mir ist auch aufgefallen, dass du dich nicht mehr bei mir meldest. Ich nehme doch an, dass du mittlerweile an Informationen gekommen bist, die deinem Bruder helfen«, blaffte er. »Aber wie es aussieht, flirtest du lieber mit dem Feind, als ihn zu besiegen. So habe ich dich jedenfalls nicht erzogen, aber ich hätte mittlerweile nichts anderes von dir erwarten sollen, als enttäuscht zu werden.«

Chloe zitterte, als er schwieg. Sie hatte Angst, in einem Raum voller Leute zusammenzubrechen. Sie wollte nicht, dass das passierte, und auch nicht, dass sie sich vor diesem Mann fürchtete, der sie ein Leben lang terrorisiert hatte.

»Ich tue das nicht«, erwiderte sie, drehte sich um und ging. Sie war erschrocken, aber gleichzeitig auch erleichtert, dass sie dem Mann die Stirn geboten hatte und er nichts dagegen tun konnte. Er konnte in einem Raum voller Leute nicht auf sie einschlagen, denn dann würde alle Welt wissen, welch ein Monster er war.

Chloe kam nicht weit, bevor sie Finger spürte, die sich in ihren Arm gruben. Sie wurde durch eine Tür gezerrt, bevor sie wusste, was geschah, und bevor sie schreien konnte. Dass sie das gar nicht getan hätte, wurde ihr bewusst, als ihr Vater sie beide in den dunklen kleinen Raum sperrte, wo niemand mitbekam, was passierte.

»Was tust du?«, zischte sie und wich vor ihm zurück. Ohne die Aufmerksamkeit der Leute da draußen verzerrte sich sein Gesicht, und die wahre Persönlichkeit kam klar und deutlich zum Ausdruck.

»Ich kann machen, was ich will«, zischte er zurück, schrie sie aber immer noch nicht an. Er wollte nicht, dass jemand an der Tür vorbeiging, den Tumult hörte und hereingeplatzt kam. Das könnte seinen angesehenen Ruf ruinieren.

»Das kannst du nicht«, hielt sie dagegen und versuchte mutig zu sein. »Ich bin nicht alleine hier, und irgendeinem wird es auffallen.« Chloe konnte sehen, wie die Worte den Mann wütend machten. Er kam auf sie zu, und sie zitterte, straffte jedoch die Schultern, als sie dem Riesen gegenüberstand, der es liebte, sie zu drangsalieren.

»Hast du deinen verdammten Verstand verloren?«, raunte er, drängte sie in die Ecke und schlug ihr ins Gesicht. Chloes Wut und Entsetzen ließen sie das Brennen des Schlags nicht spüren.

»Was hast du vor? Willst du mich schlagen, damit ich grün und blau bin, wenn ich diesen Raum verlasse? Wie willst du das erklären?«, fragte sie und hasste es, dass ihr Tränen in die Augen stiegen.

»Ich kann dich aus diesem Gebäude schleifen und dafür sorgen, dass du deinen Ungehorsam bereust«, drohte er.

»Du kannst mich nirgendwo mehr hinschleppen. Ich bin nicht mehr das hilflose Kind, das du misshandeln kannst. Dein Sohn hat nur sein Leben riskiert, um von dir fortzukommen, und ich habe mein ganzes Leben damit verbracht, um deine Anerkennung zu betteln. Deinetwegen war ich verängstigt und duckmäuserisch. Ich war nicht gewillt, Risiken in meinem Leben einzugehen. Das wird *nie wieder* geschehen«, versicherte sie ihm.

»Du kleine Schlampe!«, schimpfte er, und offenbar war es ihm jetzt egal, ob ihn jemand hörte. »Glaubst du wirklich, ich erlaube dir, so mit mir zu reden?«

Bevor Chloe antworten konnte, traf seine Faust auf ihre Wange. Ihr verschwamm die Sicht, und Punkte tanzten vor den

Augen. Sie fiel jedoch nicht hin, wie er angenommen und sie es viele Male in der Vergangenheit getan hatte. Chloe stand da und wartete darauf, dass sie wieder klarer sehen konnte. Als das der Fall war, bemerkte sie, dass er sie zufrieden anschaute.

Chloe spuckte ihn an und verwandelte seine Genugtuung in Schock und dann Wut.

»Du kannst mich prügeln, so viel zu willst, du Mistkerl! Ich werde trotzdem nie wieder vor dir kuschen!«

Die Wut in seinen Augen verriet Chloe, dass sie einen Fehler gemacht hatte. Sie war zu weit gegangen. Obwohl ein Raum voller Leute auf der anderen Seite der Tür war, konnte es keiner rechtzeitig zu ihr schaffen. Die einzige Genugtuung, die sie hatte, war, zu wissen, dass er nicht davonkommen würde. Die Leute würden sehen, wie er den Raum verließ, und dann würde man sie finden und wissen, wer das getan hatte.

Sie lächelte, und damit war für ihn das Maß voll.

Er stürzte sich auf sie, und sie starrte ihn unentwegt an, wollte, dass er ihre Augen sah, während er versuchte, ihrem Leben ein Ende zu setzen. Er war derjenige, der daran beteiligt gewesen war, sie in die Welt zu setzen, und er war mehr als gewillt, sie jetzt wieder daraus zu entfernen.

Gerade als seine Hände kurz davor waren, sich um ihren Hals zu legen, wurde die Tür aufgerissen, und ein Lichtstrahl fiel auf sie. Verwundert sah Chloe, wie ihr Vater durch die geöffnete Tür nach hinten flog und mit einem Bums auf dem harten Boden aufkam.

Dann stand Nick vor ihr. Seine Augen voller Wut auf ihren Vater, aber auch voller Sorge um Chloe. Langsam streckte er die Hand aus und strich ihr zärtlich über die Wange. Chloe zuckte bei dem Schmerz zusammen, den sie bisher gar nicht bemerkt hatte.

»Ich bringe ihn um«, sagte er, als er sich umdrehte.

Voller Panik griff sie nach seinen Arm, um ihn davon abzuhalten. Obwohl es ein Leichtes für ihn gewesen wäre, sie abzuschütteln, drehte er sich wieder zu ihr. Mit wildem Blick schaute er auf ihre Hand.

»Lass mich, Chloe!«, warnte er sie. »Ich bin wütend.«

Obwohl sie eigentlich erschrocken sein musste, hatte Chloe überhaupt keine Angst. Anstatt Nick gehen zu lassen, zog sie ihn zu sich, schlang die Arme um ihn und hielt ihn zitternd fest. Sie erwartete fast, dass er sie wegstieß, aber auch er legte die Arme um sie und küsste sie auf die Wange.

»Es tut mir leid, Chloe. Es tut mir so leid«, flüsterte er und strich ihr zärtlich über den Rücken. Sie stand kurz davor durchzudrehen, weigerte sich aber, hier zusammenzubrechen.

»Schon gut. Ich bin okay. Nur ein weiteres typisches Zusammentreffen mit meinem Vater«, spielte sie das Geschehene herunter. Das hatte sie in solchen Fällen immer sagen sollen.

Nick wich zurück und schaute ihr in die Augen. Die Wut in seinen war verschwunden. Zärtlich umfasste er ihre unverletzte Wange und rieb ihr mit dem Daumen übers Kinn.

»Nein, du bist nicht okay. Dieser Mann hat dir das letzte Mal wehgetan«, versicherte er ihr.

Chloe hätte am liebsten ihren Gefühlen nachgegeben, sich gehen lassen und völlig auf Nick gestützt, aber sie hatte Angst, dass sie nie aufhören würde zu fallen, wenn sie das tat. Sie musste sich im Griff haben. Hinter ihnen lag ein Tumult, und erst jetzt ließ Nick sie los, nahm ihre Hand und zog sie behutsam hinter sich her aus dem Raum.

Chloes Vater rappelte sich gerade mit wütendem Blick vom Boden auf. Alle Leute, die im Raum gewesen waren, standen um ihn herum und versuchten herauszufinden, was los war. Chloes Vater hätte die beiden am liebsten mit Blicken getötet.

»Haben Sie gesehen, was passiert ist? Nick Armstrong hat mich angegriffen«, polterte ihr Vater.

Nick lächelte ihn an. Es war ein unbarmherziges Lächeln, das Chloe einen Schauer über den Rücken jagte. Sie klammerte sich an seine Hand und stellte sich der Wut ihres Vaters.

»Jeder hier im Raum weiß, dass das nicht der Fall ist. Sie haben Ihre Tochter geschlagen, wie man an der geschwollenen Wange erkennen kann. Der Anklage wegen Körperverletzung werden Sie nicht entgehen, Sie kleines Stück Scheiße. Ich weiß, dass Sie ihr in ihrer Kindheit und Jugend noch viel mehr angetan haben, aber dieses Mal haben Sie es vermasselt und sie in einem Raum voller ehrbarer Menschen misshandelt.«

Während Nick sprach, betraten zwei Polizeibeamte den Raum. Chloes Vater wollte sich auf seine Tochter und Nick stürzen, aber die Polizisten hielten ihn zurück. Als er sie bemerkte, versuchte er sich unter Kontrolle zu bekommen, aber es war zu spät.

Die Party war vorbei. Chloe musste erklären, was passiert war. Nick blieb an ihrer Seite, und ihr Vater wurde gewaltsam von der Party entfernt. Die Leute traten zurück, machten ihnen Platz, aber Chloe war beschämt.

Als alles vorbei war, bekam sie gesagt, dass sie eine offizielle Aussage würde machen müssen und dass sie den Mann wegen Körperverletzung verklagen könnte. Chloe war nicht sicher, ob sie so weit gehen würde. Aber das musste sie auch nicht heute Abend entscheiden.

Sie und Nick verließen die Party, und er drang nicht darauf, das Ganze weiter mit ihr zu diskutieren. Chloe war froh darüber. Sie glaubte nicht, dass sie eine Anklage durchstehen würde.

In jener Nacht brachte Nick sie zu Bett und nahm sie in die Arme. Sie wartete darauf, dass er sie auszog und sie liebte, aber das tat er nicht. Er hielt sie nur fest. Erst dann ließ sie sich endlich gehen und weinte, bis sie einschlief, während er ihr über den Rücken strich und beruhigend auf sie einredete. Alles würde gut werden.

Chloe war sich nicht sicher, ob es je gut werden würde. Aber in diesem Augenblick glaubte sie Nick wirklich.

KAPITEL 23

Nick betrat das Büro seines Anwalts mit einem breiten Lächeln im Gesicht. Der Mann schaute ihn an, als wäre er leicht verrückt. Wie falsch Paul lag. Nick war normalerweise ein fröhlicher Mann. Sein depressives Verhalten nach dem Unfall war mehr als ungewöhnlich, aber er hatte unter dem Verlust seiner Freunde gelitten und erst mal seinen Beruf nicht mehr ausüben können. Von Anfang an hatte er beschlossen, dass er sich den Verletzungen nicht ergeben würde. Gleichzeitig hatte er aber den Kopf hängen lassen, als er gemerkt hatte, wie lange die Genesung dauerte.

Nick war nicht gerade ein geduldiger Mann. Einschränkungen mochte er nicht, und eine zertrümmerte Kniescheibe hatte ihn definitiv eingeschränkt. Aber nach den letzten Tagen, in denen er unglaublichen Sex mit seiner bildhübschen Physiotherapeutin genossen hatte, stand Nick im Begriff, wieder ganz der Alte zu werden. Vielleicht hatten seine Brüder recht gehabt, dass er einfach nur Sex brauchte.

Der Gedanke ließ Nick sogar noch breiter lächeln. Er wusste, dass der Sex seiner Einstellung sicher half, aber gleichzeitig war es mehr als nur Sex. Er mochte Chloe wirklich. Sie war verdammt sexy, aber auch stark und tüchtig und ließ sich von ihm nichts gefallen. Nick merkte, dass er sie als gleichwertig betrachtete. Das war etwas, das er nicht von zu vielen Leuten behaupten konnte.

Es war nicht so, dass er dachte, er stünde über anderen, aber er verlangte sich selbst viel ab und erlaubte sich nicht zu versagen. Nicht allzu viele waren gewillt, es ebenso zu halten. Nick hatte keinen Zweifel daran, dass er sich in dieser Hinsicht auf Chloe verlassen konnte. Dieser Gedanke ließ ihn noch mehr lächeln.

»Verdammt, worüber lächelst du die ganze Zeit?«, fragte Paul, als sich Nick in den Stuhl ihm gegenüber setzte.

»Mein Bein fühlt sich super an, mein Arm ist fast wieder wie neu, und ich habe eine schöne Frau zu Hause, mit der ich vorhabe, den Rest des Tages zu verbringen. Ist das kein Grund zum Lächeln?«

Paul drückte die Lippen aufeinander, und eine Sorgenfalte bildete sich zwischen seinen Augenbrauen. Nick würde sich vom Pessimismus des Mannes nicht anstecken lassen. Er hatte einfach zu gute Laune. Sicher, jemand hatte behauptet, er habe vor dem Flug getrunken, aber darüber machte er sich auch keine Gedanken. Er hatte Freunde in der Medizinbranche, und die hatten ihm versichert, dass in seinem Blut etwas hätte nachgewiesen werden können, wenn er alkoholisiert gewesen wäre, als er nach der Rettung ins Krankenhaus eingeliefert worden war. Und natürlich hatte man nichts gefunden.

»Nick, dieser Fall ist weit davon entfernt, ein einfacher Sieg zu werden«, erklärte Paul.

»Hast du nicht mit den Leuten gesprochen, die mich nach dem Unfall versorgt haben?«, fragte Nick. Nein, er machte sich immer noch keine Sorgen.

»Doch, aber es hat sechs Stunden gedauert, bis man dich gefunden hat, und eine weitere Stunde, bis du im Krankenhaus warst. Du hast viel Blut verloren, warst dehydriert und schwer verletzt. Der andere Anwalt behauptet, es sei genügend Zeit vergangen, dass der Alkohol in deinem Organismus nicht mehr nachweisbar gewesen sei.«

»Paul, mein Lieber, ich bin unschuldig. Ich war verletzt und verärgert, als das alles begann. Verärgert darüber, dass mich jemand beschuldigt hat, ich hätte das Leben meiner Mannschaft riskiert, aber ich denke, ich werde von jeglichem Fehlverhalten freigesprochen«, sagte Nick.

Pauls Stirnrunzeln verstärkte sich.

»Nick, du bist doch nicht dumm, also reiß dich zusammen«, blaffte Paul. Seine Worte überraschten Nick ein wenig, und sein Lächeln ließ nach.

»Es ist nicht so, dass ich den Ernst der Lage nicht erkenne«, versicherte ihm Nick. »Aber ich bin sicher, wenn es daraufkommt, werden mein Commander, Kollegen, Freunde und Familienmitglieder alle mein Verantwortungsbewusstsein bezeugen. Da ist eine Person, die behauptet, sie habe gesehen, wie ich getrunken habe. Ich kann tausend benennen, die sagen werden, dass das niemals geschehen würde.«

Paul seufzte. »Der Richter hat es auf dich abgesehen.«

Das ließ Nick innhalten. Er schaute Paul schräg an und suchte in seinem Gedächtnis nach einem möglichen Feind im Wehrdisziplinarwesen. Ihm fiel keiner ein.

»Wie heißt er?«, fragte Nick.

»Richter Robert Williams.«

»Das verstehe ich nicht. Den Namen kenne ich gar nicht«, entgegnete Nick.

»Ich habe herausgefunden, dass er mit deiner Familie in einer Fehde liegt. Außerdem wurde mir erzählt, dass er tut, was Mitch Reynolds ihm sagt, aber das kann ich nicht beweisen«, fuhr Paul fort.

Das ließ Nick erstarren. Der Name konnte kein Zufall sein. »Reynolds?«, fragte Nick.

»Ja, und aus dem, was ich gehört habe, schließe ich, dass dich keiner von beiden mag«, fügte Paul hinzu.

»Warum?« Für Nick ergab das keinen Sinn.

»Ich weiß nicht, worum es in dieser Fehde geht. Vielleicht kannst du deswegen mal bei deiner Familie nachfragen, aber als wir uns letzte Woche getroffen haben, hat Richter Williams mehr als klargemacht, dass diese Sache vor Gericht gebracht und dir dein Name dabei nichts helfen wird«, sagte Paul.

»Mein Name?« Nick fühlte sich, als befände er sich in einer Parallelwelt. »Was zum Teufel hat mein Name mit all dem zu tun?«

»Du musst mit deiner Familie sprechen. Wir könnten die Sache vielleicht abwenden, wenn es eine Treibjagd wäre«, antwortete Paul.

Nick sagte ein paar Minuten gar nichts, sondern lehnte sich zurück und versuchte, die Puzzleteile zusammenzufügen. Er hatte keine Ahnung, was da vor sich ging, und mochte das Gefühl nicht.

»Paul, hat dieser Reynolds Familie?« Eigentlich wollte Nick diese Frage gar nicht stellen. Er war sicher, dass es sich nur um einen Zufall handelte. Etwas anderes konnte es nicht sein. Selbst er hatte nicht so viel Pech.

Paul schaute auf seine Notizen. Ihn überraschte die Frage offenbar nicht. Nick musste seine Stimme gut genug verstellt haben. Das war prima.

»Ja, er ist verheiratet, hat eine Tochter und anscheinend auch einen Sohn, aber *dessen* Name ist nicht aufgeführt«, sagte Paul.

Nick stellten sich die Nackenhaare auf, und er spürte, wie sich auf seiner Stirn kalter Schweiß bildete. Dieses Gefühl gefiel ihm überhaupt nicht. Und er wollte auch die nächste Frage nicht stellen. Aber er wusste, dass Unkenntnis keine Lösung war. Das funktionierte vielleicht kurzfristig, aber nicht langfristig.

»Wie heißt die Tochter?« Jetzt schaute Paul ihn fragend an.
»Warum?«

»Nenn mir einfach den Namen«, forderte Nick. Wieder geriet seine perfekte kleine Welt aus den Fugen. Das gefiel ihm nicht.

»Chloe Reynolds«, sagte Paul.

Nick spürte, wie er blass wurde. Das Lächeln, das in den letzten Tagen permanent sein Gesicht erhellt hatte, würde vielleicht niemals zurückkehren. Nick glaubte an Dinge wie Schicksal. Er glaubte sogar an Zufälle, aber dieser war einfach zu offensichtlich, um ignoriert zu werden. Das war schlecht.

Da gab es einen Richter, der ihn hasste, und der hatte einen Freund im Schlepptau, der sehen wollte, wie Nick unterging. Die Tochter dieses Mannes war seit fast einem Monat in seinem Haus, wo sie herumschnüffeln und ihn ausspionieren und dem Feind Bericht erstatten konnte. Aber angesichts dessen, was auf der Party vor ein paar Tagen geschehen war, wollte er nicht das Schlimmste glauben. Der Mann hatte Chloe geschlagen. Aber vielleicht war das eine Aktion gewesen, die Nick mitbekommen sollte? Ihm graute davor, dass das der Fall war.

Nick ging gedanklich sein Leben während des letzten Monats durch. Es gab nichts, was Chloe gefunden haben könnte, das auch nur im Entferntesten für eine Anklage gereicht hätte. Aber das war nicht der Punkt. Er hatte ihr vertraut, hatte sich in sie verguckt und darüber nachgedacht, dass sie diejenige sein könnte, die er nicht mehr loslassen wollte.

War das alles nur eine Lüge? Nick fühlte sich schlechter als während der Zeit, als er darauf gewartet hatte, aus dem tosenden Meer gerettet zu werden, das so sehr versucht hatte, ihn in der Nacht des Absturzes in die Tiefe zu ziehen. Er fühlte ein Stechen in der Brust, das er überhaupt nicht verstand. Er hatte ihr vertraut.

»Was ist los, Nick?«, fragte Paul. Er hatte ihm einige Minuten gegeben, damit Nick verarbeitete, was immer es auch war, aber der Anwalt wurde langsam ungeduldig.

»Sie ist meine Physiotherapeutin«, gab Nick leise zu.

Paul war so leicht nicht aus der Fassung zu bringen, aber nach Nicks Worten lehnte sich sein Freund und Anwalt schockiert zurück. Der Mann brauchte ein paar Augenblicke, um einen Satz zu formulieren. Jetzt wusste er genau, wie Nick sich fühlte.

»Bist du sicher, dass es dieselbe Person ist?«, fragte Paul.

»Ja, ich habe keinen Zweifel. Ich habe es gewusst, bevor du den Namen gesagt hast. Ich wollte es mir nur nicht eingestehen.«

»Wie eng ist deine Bindung zu ihr?«, fragte Paul weiter.

Nick seufzte. »Wir schlafen miteinander. Also ziemlich eng, würde ich sagen.«

Auch Paul seufzte, und dann verflüchtigte sich die Verwirrung, und ein kleines Funkeln erschien in den Augen des Anwalts. Nick hatte keine Ahnung, was der Mann dachte, aber er war sicher, dass er damit nichts zu tun haben wollte.

»Nein«, sagte Nick und warf ihm einen wütenden Blick zu.

»Du weißt doch gar nicht, was ich sagen will«, beschwerte sich Paul.

»Mir gefällt dein Gesichtsausdruck nicht«, hielt Nick dagegen.

»Das ist aber verdammt schade. Ich habe von dem Moment an, als dein Fall aufkam, einen aussichtslosen Kampf geführt, und endlich bekommen wir Oberwasser«, verkündete Paul.

»Warum zum Teufel vermutest du das?«, hakte Nick nach.

»Weil sie nicht weiß, dass *du* genau weißt, wer sie ist. Du kannst von ihr Informationen bekommen. Führen Liebespaare keine Gespräche nach dem Akt?«, fragte Paul geschmacklos.

»Du bist ekelhaft«, fauchte Nick.

»Ich koste dich auch eine Menge Geld, deshalb solltest du meinen Rat beherzigen.«

Nick starrte den Mann böse an. »Ich werde nicht weiter mit ihr schlafen, also gibt es auch keine verdammten Gespräche nach dem Sex«, ließ Nick ihn wissen.

»Ich habe aber das Gefühl, dass du es doch tun wirst. Erzähl ihr nicht, dass du etwas weißt. Lass es laufen und lass uns sehen, ob der Richter sich selbst belastet. Daraus kann viel mehr werden als nur eine Anklage. Es könnte Korruption in den Büros des Wehrdisziplinarwesens aufdecken«, erklärte Paul, und seine Stimme klang ein bisschen zu begeistert bei dieser Aussicht.

»Da spiele ich nicht mit, Paul«, drohte Nick.

»Fühlst du dich nicht ein bisschen benutzt?« Paul traf Nick genau dort, wo es wehtat. Am liebsten hätte er den Anwalt erwürgt. Paul lächelte. »Das kann deine Chance auf Rache sein.«

»Ich will keine Rache. Ich will Antworten«, wetterte Nick.

»Du kannst beides haben.«

So sauer Nick auch war, der Gedanke setzte sich fest und ging ihm nicht mehr aus dem Kopf. Sein Stuhl schrammte über den Boden, als er ihn vor Pauls Schreibtisch zurückschob und aufstand. Er wandte sich ab, um zu gehen.

»Denk darüber nach, Nick. Wenn du das vermasselst, ist die Gelegenheit vertan.«

Nick hätte ihm am liebsten gesagt, er solle sich zur Hölle scheren. Stattdessen blieb er in der Tür stehen. Er konnte nichts sagen, nickte aber schließlich und verließ das Büro. Er hatte kein Ziel, aber er wusste, er konnte noch nicht nach Hause zurück. Wenn er dermaßen sauer in Chloes Nähe kam, bestünde die Gefahr, dass er etwas tat, was er ganz sicher bereuen würde. Nick fühlte sich völlig ausgebrannt. Anders konnte man es nicht ausdrücken.

Außerdem fühlte er sich unsagbar allein. Ja, er könnte sich an seine Brüder wenden, an jeden in seiner Familie, aber zu der

Frau, zu der er am liebsten gegangen wäre, konnte er nicht. Das zerriss ihm das Herz.

Er bog ab und fuhr zum Strand. Der war wenigstens eine Konstante in seinem Leben. Das Meer würde ihn niemals im Stich lassen. Er verstand es. Besser als jeder andere wusste er, dass es unberechenbar und launisch war, aber ebenso auch ehrlich zu ihm. Es konnte ihn mit seiner Schönheit und den beruhigenden Wellen anlocken und könnte und würde ihn im nächsten Moment in die Tiefe ziehen.

Durch sein Wissen über sein geliebtes Meer wurde ihm auch etwas über Chloe klar. Es war ihr gelungen, zu ihm zu kommen, und dann hatte sie ihn hinuntergezogen. Er hatte nicht erwartet, dass sie sich gegen ihn wenden würde.

KAPITEL 24

Es war spät am Abend, als Nick sich so weit beruhigt hatte, dass
er zurück nach Hause fahren konnte. Er war viel länger wegge-
wesen, als er Chloe gesagt hatte, und er wusste, sie würde sich
fragen, was los war. Es war ihm egal, dass sie sich wunderte. Sie
hatte ihn angelogen, und er war nur gut zu ihr gewesen.

Nick wusste sicher, dass er nicht in der Lage sein würde vorzugeben, dass alles in Ordnung sei. Er hatte noch nie ungeniert
lügen können. Wenn es ein Problem gab, dann stellte er sich
ihm viel lieber direkt. So war er einfach. Er wollte einer Frau
nicht erlauben, ihn in dieser Hinsicht zu ändern. Das würde er
nicht zulassen.

Als er allerdings vor seinem Haus hielt, blieb er in seinem
alten Ford-Pick-up sitzen und fragte sich, was er zu Chloe sagen
würde. Würde sie ihn mit einem Lächeln und weit geöffneten
Armen empfangen? Könnte er ihr dann widerstehen?

Irgendwie bezweifelte er, dass das ein Problem sein würde.
Gewiss, sie hatte während eines Großteils ihrer … Beziehung
aufgehört, gegen ihn anzukämpfen. Er konnte es noch nicht
einmal so nennen. Sie hatten nichts Formellem zugestimmt.
Verdammt, Chloe hatte kaum ohne Kampf zugestimmt, mit

ihm zu schlafen. Aber sie hatten ein Verhältnis. Er fragte sich, wie viel davon gespielt gewesen war.

Der Gedanke weckte in ihm den Wunsch, mit der Faust auf das abgenutzte Armaturenbrett zu schlagen. Fast musste er darüber lächeln. Seine Brüder machten sich immer darüber lustig, dass er einen altmodischen Pick-up fuhr, obwohl er genug Geld hatte, um sich ein ganzes Autohaus zu kaufen. Es war ihm egal. Es gab Dinge, in die ließ sich ein Mann einfach nicht reinreden. Sein Fortbewegungsmittel stand ganz oben auf dieser Liste.

Schließlich beschloss er, dass er ihr ins Gesicht sehen und herausfinden musste, was sie dachte und fühlte. Sie wusste, dass er heute ein Treffen mit seinem Anwalt gehabt hatte. War sie deshalb beunruhigt gewesen? Hatte sie befürchtet, er könnte früher oder später herausfinden, wer hinter den Anschuldigungen steckte? War ihr bewusst, dass er irgendwann die Puzzleteile zusammensetzen würde? Hatte sie gehofft, dass sie schon über alle Berge wäre, wenn das geschah?

Sie hätte schon längst aus seinem Haus sein sollen. Eigentlich brauchte er ihre Dienste nicht mehr. Aber er hatte einfach Angst gehabt, dass sie in dem Moment, in dem er sie freigab, davonrennen würde, und alles, was sie miteinander hatten, vergessen wäre. Deshalb war er es gewesen, der es hinausgezögert hatte, sie gehen zu lassen. Vielleicht war er ein genauso großer Lügner wie sie. Dieser Gedanke fuhr ihm in seinen bereits mitgenommenen Magen. Als er ins Haus kam, fand er sie nicht. Er suchte in allen Räumen und begann sich Sorgen zu machen. War sie abgereist? War sie gegangen, bevor er die Chance hatte, eine Erklärung von ihr zu bekommen? Die schuldete sie ihm. Aber wenn sie eine ausgewiesene Lügnerin wäre, was würde es ihm dann überhaupt bringen, sie um sich zu haben?

Im Haus war sie nirgends. Nick ging zu ihrem Zimmer und holte erst wieder tief Luft, als er ihre Kleidung im Einbauschrank hängen und ihre Toilettenartikel ordentlich auf der Badablage stehen sah. Sie war nicht gegangen. Eigentlich konnte sie nur noch auf dem Steg sein. Sie ging oft dorthin.

Er ging jetzt viel schneller den Pfad entlang als bei seinem ersten Ausflug zum Steg mit ihr an seiner Seite. Als er um die Ecke bog, blieb er stehen. Sein Herz hämmerte gegen die Brust, als er sie dort am Ende des Steges sitzen sah. Ihre Füße baumelten im Wasser.

Nick wünschte sich, ihr Anblick würde ihm nicht den Atem nehmen und ihn so berühren, wie er es tat. Die Frau hatte bewiesen, dass ihr nicht getraut werden konnte, und obwohl sein Verstand ziemlich genau über diese Tatsache Bescheid wusste, kam das nicht im Rest seines Körpers an. Er sollte sich besser zusammenreißen.

Er ging auf sie zu und bemerkte, wie sie die Schultern hochzog, als er sich näherte. Seine Gegenwart war ihr sehr wohl bewusst, genauso wie ihm stets ihre, wenn sie in der Nähe war. Es war ein Segen und ein Fluch zugleich, jetzt mehr ein Fluch, da er von ihrer Verbindung zu seinem Ankläger wusste.

Nick setzte sich neben sie. Er zog die Schuhe aus, krempelte die Hosenbeine hoch, tauchte die Füße ins Wasser und schwieg. Er wollte wissen, was sie dachte ... was sie von seinem heutigen Termin wusste.

Einen Betrug konnte er nicht so leicht wegstecken, aber über längere Zeiträume Schweigen allemal. Einige Zeit verging, in denen sie beide auf den Sonnenuntergang über dem ruhigen Meer schauten. Chloe streckte nicht die Hand nach ihm aus und überraschenderweise er auch nicht nach ihr.

Was ihn mehr denn je frustrierte, war, wie gern er sie berühren, wie sehr er die seidige Glätte ihrer Haut spüren wollte. Was wusste sie? Dieser Gedanke ging ihm immer wieder durch den Kopf, dröhnte mit jedem Herzschlag. Wie viel davon war für sie ein Scherz? Hatte sie ihn überhaupt gern gehabt?

»Du warst aber viel länger weg, als du angenommen hattest«, brach sie schließlich das Schweigen.

Er hörte die Distanz in ihrem Tonfall, die Stimme, die sie benutzte, wenn sie eine Mauer zwischen ihnen aufrechterhalten wollte. Das war die Stimme, die sie während der Therapiestunden verwendete, die Stimme, derer sie sich bediente, wenn er flirtete und sie versuchte, professionell zu bleiben. Es war die Stimme, die er aus ihrer *Beziehung* streichen wollte.

»Ja, der Termin verlief nicht so, wie ich erwartet hatte«, gab er zu. Er behielt einen ruhigen Tonfall bei, spürte jedoch, wie sie neben ihm erstarrte. Normalerweise war er nicht reserviert und hatte wirklich keine Ahnung, was sie in seiner Stimme gehört haben könnte. Aber im Moment war ihm das auch ziemlich egal.

»Ich möchte es nicht hinausziehen …«, begann sie.

Wut, so intensiv, dass er tatsächlich einen roten Dunstschleier vor seinen Augen aufblitzen sah, durchzuckte Nick. Normalerweise war er nicht leicht zu reizen, aber nach dem, was er heute erfahren hatte, wollte diese Frau, die ihn hintergangen hatte, ihm einen weiteren Vortrag darüber halten, weshalb sie nicht zusammen sein sollten. Anstatt sie loszulassen, hielt er seinen Mund und wartete. Sie schwieg, als hätte sie erwartet, dass er sie unterbrach. Aber dieses Vergnügen machte er ihr nicht. Er wartete und berührte sie nicht.

Nick spürte Chloes Blick auf sich, bevor sie wegschaute und sich auf etwas draußen auf dem Meer konzentrierte. Der Augenblick zog sich unangenehm in die Länge.

»Ich werde nicht lügen und sagen, dass ich nicht mit dir schlafen wollte, Nick. Was wir zusammen erlebt haben, war so anders als alles zuvor, anders als alles, was ich je für möglich gehalten habe.« Wieder schwieg sie.

Nick hasste es zutiefst, wie ihre Worte seinen Herzschlag beschleunigten. Paul hatte angedeutet, sie sei eine Lügnerin …

und wer weiß, was sie sonst noch war. Nick sollte eigentlich von nichts berührt sein, was sie sagte oder tat. Er sollte noch nicht einmal zulassen, dass diese Unterhaltung weitergeführt wurde. Aber aus irgendeinem Grund tat er das. Er war neugierig und hatte gedacht, er würde sie kennen, zumindest genug, um zu wissen, dass sie ein guter Mensch war.

»Spuck es aus, Chloe.« Wieder sprach er in ruhigem, gelassenem Ton. Dieses Mal drehte sie sich nicht zu ihm und schaute ihn an. Vielleicht war es leichter für sie, sich selbst gegenüberzutreten, wenn sie nicht zu ihm blickte. Vielleicht war, ihm in die Augen zu schauen, wie in einen Spiegel zu starren und nicht zu mögen, was man sah.

»Wir beide wissen, dass das zu nichts führt. Natürlich verlieren wir im Eifer des Gefechts den Kopf und vergessen die Rollen, die uns fürs Leben zugewiesen wurden. Aber die harte Realität des Morgenlichts sagt mir, dass es ein Fehler ist. Egal, wie sehr ich unsere gemeinsame Zeit genossen haben mag, sie muss aufhören. Wir nehmen im Leben entgegengesetzte Positionen ein, und dabei kommt nichts Gutes heraus.«

Sie tat einen zittrigen Atemzug, und Nick fragte sich, ob sie tatsächlich so eine gute Schauspielerin war oder ob sie die Regeln gebrochen hatte, indem sie den Feind angriff. Das würde er wahrscheinlich nie herausfinden, denn auch wenn er sie fragte, wäre er nicht sicher, ob sie ihm die richtigen Antworten gab und die Wahrheit sagte.

»Glaubst du, ich bin ein Wichtigtuer oder nicht gut genug für dich? Deine sogenannte Erklärung verwirrt mich, ehrlich gesagt«, beschwerte er sich, diesmal nicht in der Lage, die durchschimmernde Enttäuschung und den Zorn unter Kontrolle zu halten. Ein kleines bisschen schien sie in sich zusammenzusacken, als sie weiter von ihm abrückte.

Nick versuchte, sich nicht darum zu kümmern.

»Ich glaube, weder noch«, entgegnete sie mit einem resignierten Seufzer. »Es ist, wie es ist. Nur weil jemand sich wünscht, es sollte anders ausgehen, bedeutet es nicht, dass es das auch tut. Als ich ein kleines Kind war, wollte ich mit Einhörnern über einen Regenbogen reiten, aber egal, wie viele Abende ich mir das gewünscht habe, der Traum ist nie Wirklichkeit geworden.« Dann schwieg sie.

Nick wartete darauf, dass sie weiterredete, und war von ihren mysteriösen Worten verwirrt. Seine Wut nahm zu, und er drehte sich ihr zu, wurde aber noch wütender, als sie ihn nicht anschauen wollte.

»Hast du gerade einen ernsthaften Vergleich gezogen zwischen dem Sex mit mir und einem Ritt auf einem verdammten Einhorn über einen Regenbogen?«, gab Nick schließlich keuchend zurück. »Ich verstehe nicht, was du mir sagen willst. Lebewohl ist doch einfach. Du sagst einfach *leb wohl*, aber deine Worte sind dermaßen verwirrend, dass ich sie nicht verstehe.«

Nick wünschte sich, dass die Beleuchtung besser wäre, er das Licht in ihren Augen sehen und herausfinden konnte, was sie dachte und fühlte. Aber auch wenn er sie direkt anschaute, hatte er das Gefühl, er würde niemals die Antworten bekommen, die er wollte. Er hatte Angst, dass er ihr einfach nicht trauen konnte.

Was Nick nicht wusste, war, was er mit den Informationen anfangen sollte, die er hatte. Er sollte Chloe eigentlich sofort aus dem Haus werfen, zu ihrem Vater und dem verdammten Richter fahren und Vergeltung fordern. Obwohl er genau wusste, was er tun sollte, konnte er sich nicht zu den Worten durchringen.

Aus irgendeinem Grund war ihre lächerliche Erklärung, weshalb sie nicht mehr mit ihm schlafen wollte, wie ein Schlag ins Gesicht. Und da er heute bereits einen Schlag in die

Magengrube bekommen hatte, hatte seine Toleranz in dieser Beziehung deutlich abgenommen.

Obwohl Nick es nicht zugeben wollte, hatte er sich in dieses Mädchen verguckt. Er hatte ihr ein Stück von sich selbst überlassen, das er noch nie zuvor jemandem gegeben hatte. Er hatte tatsächlich angefangen, sie zu ... mögen. Er würde nicht sagen, dass es Liebe war. Nick war noch nie zuvor verliebt gewesen. Wie sich das anfühlte, wusste er eigentlich nicht. Er wusste, dass seine Brüder in die Frauen verliebt waren, die sie geheiratet hatten, aber er hatte sie nie gefragt, wie sie das gemerkt hatten. Jetzt war das sowieso egal. Wie hatte er Chloe sein Herz schenken können?

»Es wird kalt hier draußen. Lass uns zurück zum Haus gehen«, schlug er vor.

Nick stand auf und wartete. Er streckte ihr nicht die Hand hin, um ihr aufzuhelfen, obwohl er beide Hände in die Hosentaschen schieben musste, um es nicht doch zu tun. Ihm war beigebracht worden, einer Dame zu helfen. Und egal, wie sehr Paul auch angedeutet hatte, dass sie diese Bezeichnung nicht verdiente, sah Nick sie immer noch als eine hilfsbedürftige Frau.

Mit hängenden Schultern starrte Chloe weiter aufs Meer. Nick wiederholte nicht, dass es Zeit war zu gehen, sondern stand einfach nur da. Die Diskussion war noch nicht vorbei, aber Nick war nicht ganz sicher, was er als Nächstes sagen oder tun sollte. Allerdings würde er sich um einiges besser fühlen, wenn er wenigstens ihr Gesicht sehen konnte.

Nach einiger Zeit erhob sie sich endlich. Ohne ihn anzuschauen, ging sie über den Steg zurück. Er folgte ihr und blieb den ganzen Weg zum Haus einen halben Meter hinter ihr. Es fühlte sich an, als wäre er auf dem Weg zum Schafott.

Als sie durch die Hintertür das Haus betraten, bog Chloe ab, als wollte sie in ihr Zimmer flüchten, aber das würde Nick nicht zulassen. Ohne ein Wort zu sagen, nahm er ihren Arm und führte sie in sein Arbeitszimmer. Sie wehrte sich nicht, aber er spürte, wie sie die Muskeln anspannte, als sie ihm widerwillig folgte.

Nick brachte sie zur Couch und wartete, bis sie saß. Dann ging er zur Bar und griff nach dem guten Scotch. Ohne zu zögern, goss er sich ein Glas ein und schluckte die bernsteinfarbene Flüssigkeit hinunter. Das wohltuende Taubheitsgefühl erfasste seine Kehle, hatte aber kaum Einfluss auf seine Gefühle. Dafür müsste er wahrscheinlich die ganze Flasche leeren.

»Was möchtest du trinken?« Die Worte klangen barsch, aber das war ihm egal.

»Ich möchte nichts, würde nur gerne ins Bett gehen«, sagte sie. Er starrte sie an, als sie auf der Couch herumrutschte, den Kopf hängen ließ und die Finger im Schoß verschränkte.

Nick tat Eis in ein Glas und goss ihr Scotch ein. Dann ging er zu ihr und reichte ihr das Glas. Sie nahm es mit einem verwirrten Gesichtsausdruck. Aber nachdem er einige angespannte Augenblicke vor ihr gestanden hatte, hob sie das Glas und nahm einen Schluck. Sie verzog das Gesicht, als die brennende Flüssigkeit die Kehle hinunterlief.

»Wenn du mich einzuschüchtern versuchst, Nick, dann kann ich dir sagen, dass es funktioniert«, bemerkte sie nach einiger Zeit des Schweigens. »Tut mir leid, aber so fühle ich mich.« Der letzte Teil klang etwas bissig. Sie zwang sich dazu, noch einen Schluck zu nehmen. Diesmal musste sie husten. Nick stand da und wartete.

»Du bist bei mir beschäftigt, oder?«, fragte er mit immer noch trügerisch ruhiger Stimme.

Dieser Satz erschreckte Chloe genug, dass sie diesmal aufschaute. Mit weit aufgerissenen Augen betrachtete sie Nick zum ersten Mal an diesem Abend. In ihrem Blick sah er ein

Aufflackern von Angst. Vielleicht war sein Zorn nicht so gut verborgen, wie er glaubte.

»Ja, gewissermaßen«, antwortete sie langsam.

»Ein *gewissermaßen* gibt es nicht. Entweder bist du es, oder du bist es nicht. Wurdest du für den Job angeheuert?« Nick hatte bis zu diesem Moment nicht gedacht, dass er mit jemandem in so einem kühlen Tonfall reden konnte. Ihm gefiel nicht unbedingt, was sie aus ihm machte.

»Ich wurde engagiert, um dir zu *helfen*«, sagte sie. »Aber dir geht es jetzt gut. Ich wollte dir heute Abend sagen, dass ich nicht länger hier zu sein brauche.« Hektisch stieß sie die Worte aus, als befürchtete sie, sie könnte sie nicht sagen, wenn sie langsamer sprach.

»Der Vertrag ist noch nicht erfüllt«, beharrte er.

»Nick, du weißt, dass du meine Hilfe nicht brauchst. Du bist jetzt weit genug, dass du den Rest alleine bewältigen kannst.« Chloe klang verärgert und ungeduldig.

»Ich sage, wenn ich denke, dass du fertig bist.« Verdammt, seine Stimme klang wie Eis!

»Du verschwendest einfach Geld, indem du versuchst, mich hierzubehalten.« Jetzt schaute sie ihn schon ein wenig wütender an.

»Das lass mal meine Sorge sein, Chloe.«

Er ging zurück zur Bar und schenkte sich einen weiteren Drink ein. Der Alkohol beruhigte ihn immer noch nicht, aber ohne die betäubende Flüssigkeit befürchtete er, noch wütender zu werden.

»Ich bin nicht deine Gefangene, Nick. Ich kann gehen, wann immer ich will.«

»Dann geh doch und sag Lebewohl zu der Abmachung, die du mit meinem Onkel getroffen hast.«

Zufrieden sah er, wie sie zusammenzuckte. Sie brauchte den Bonus, der ihr versprochen worden war. Vielleicht, um mit dem

Geld irgendeinen anderen Mann zu bescheißen. Warum zum Teufel warf er sie nicht aus seinem Haus und seinem Leben? Ganz ehrlich, das wusste er nicht.

»Ich glaube, es ist keine gute Idee, wenn ich hierbleibe«, sagte sie.

Nick lächelte, aber es war kein freundliches, wohlwollendes Lächeln. Es war das eines Raubtiers kurz vor dem Angriff. Er war nicht gewillt, die Spielchen zu spielen, zu denen Paul ihm geraten hatte, aber er wollte definitiv noch etwas von ihr haben, bevor er sie auf den Weg schickte.

Chloe hob das Glas und schüttete den Rest der Flüssigkeit hinunter. Er sah, wie sie nervös schluckte und auf der Couch herumrutschte. Noch immer stand er vor ihr, beugte sich dann aber hinunter und setzte sie fest. Sie umklammerte ihr Glas, als er sie zwang, ihn anzuschauen.

Nick sagte nichts, als er die Gefühle las, die sich in ihren Augen spiegelten. Da war Angst, aber auch Schmerz. Wenn er sich nur darauf verlassen konnte, aber das war ein großes Risiko. Sie hatte ihn bereits seit einigen Wochen getäuscht, zumindest teilweise. Konnte sie die Gefühle vortäuschen, die sich jetzt auf ihrem Gesicht abzeichneten?

»Nick …« Sie seufzte, und er kam näher. »Ich will keine Spielchen mit dir spielen. Die werde ich garantiert nicht gewinnen.«

Nick grinste sie an. Vielleicht war sie nicht so dumm, wie er dachte.

»Es gibt keinen Zweifel, dass ich gewinnen werde«, versicherte er ihr.

»Wenn du versuchst, mir Angst einzujagen, herzlichen Glückwunsch, das ist dir gelungen«, gab sie zu.

Sein Lächeln wurde breiter, aber es drückte keine Fröhlichkeit aus.

»Du solltest Angst haben, Chloe, du solltest dich sehr fürchten. Ich bin nicht mal annähernd fertig mit dir, bei Weitem nicht. Ich mag es nicht, wenn man mich anlügt, und ich verliere nicht, wenn ich an einem Spiel teilnehme. Du hast etwas mit mir angefangen, und jetzt wirst du es verdammt noch mal auch zu Ende bringen.«

Er leckte sich über die Lippen, als sie schluckte. Wenn er sich nur besser gefühlt hätte!

KAPITEL 25

Von dem Augenblick an, als Nick das Haus verlassen hatte, spürte Chloe, dass sich etwas ändern würde. Es war ein Bauchgefühl, das sich verstärkte, je länger er wegblieb. Der Tag war sogar noch schlimmer für sie geworden, als ihr Vater anrief. Am Ende des Telefonats zitterte sie so heftig, dass sie sich hinsetzen und die Tränen zurückdrängen musste, denen sie nicht erlauben wollte zu fließen.

Aber der Tag war fortgeschritten, und immer noch gab es kein Zeichen von Nick. Er hatte sich mit seinem Anwalt getroffen, und dass das so lange dauerte, war kein gutes Zeichen, das wusste sie. Wahrscheinlich wusste er, wer sie war. Der erste Gedanke war gewesen davonzurennen. Sie wollte ihre Sachen packen und gehen.

Irgendetwas hatte sie jedoch zum Bleiben bewogen. Sie hatte ihr Leben lang Angst gehabt – Angst vor den Fäusten ihres Vaters, Angst, die Menschen zu enttäuschen, die sie liebte, Angst, ein Leben zu führen, von dem ihr Vater behauptete, sie würde es verdienen. Sie hatte versucht, ihr Leben besser zu machen, hatte eine Ausbildung absolviert und war ihre eigenen Wege gegangen. Aber egal, wie weit sie auch versuchte wegzukommen, sie konnte nicht dagegen ankämpfen, wer sie war oder die Familie, in die sie geboren worden war.

Diesmal war sie also nicht davongerannt. Es war egal, wenn Nick sie hasste. Das erwartete sie. Wichtig war, dass sie für einen Job engagiert worden war, und den hatte sie erfolgreich absolviert. Er hätte sie bereits gehen lassen sollen, denn er kam gut allein zurecht. Aber aus irgendeinem merkwürdigen Grund wollte er sie um sich haben. Vielleicht hatte er vom Sex noch nicht genug.

Falls Nick allerdings dachte, er könnte sie brechen, hatte er sich sehr getäuscht. Das war schon vor langer Zeit geschehen, und es gab nichts, was er tun konnte, um es noch schlimmer zu machen. Wenn da nur nicht dieses bange kleine Gefühl ganz hinten in ihrem Bauch gewesen wäre, das ihr sagte, wie dermaßen falsch sie lag.

Sie hatte Nick in der kurzen Zeit, in der sie bei ihm war, liebgewonnen. Sie wusste, dass er nicht für den Tod ihres Bruders verantwortlich war. Wenn er es gewesen wäre, dann hätte sie mittlerweile irgendwelche Anzeichen dafür gefunden. Dennoch war da immer noch diese Stimme in ihrem Kopf, die Stimme ihres Vaters, die ihr sagte, er könnte schuld sein.

Und jetzt hielten sie seine Arme gefangen. Sie hätte fliehen können, aber vielleicht wollte sie das gar nicht. Vielleicht war sie von den Jahren, in denen ihr Vater ihr Leben bestimmt hatte, so verkorkst, dass sie wirklich der Meinung war, sie verdiente Nicks Zorn. Chloe wusste es wirklich nicht.

Ihre größte Angst war, dass Nick ihr so viel nehmen könnte, dass überhaupt nichts mehr von ihr übrig blieb. Sie glaubte nicht, dass er ihr noch viel nehmen konnte, aber sie hatte sich schon so viele Male zuvor geirrt. Wenn er wirklich wusste, dass sie eigentlich eine leere Hülle war, dann hielte er sich nicht mit dem Spielchen auf, das er gerade spielte.

Sie bezweifelte allerdings nicht, dass er schließlich der Sache überdrüssig werden würde. Außer ihrem Körper hatte sie nichts, was sie ihm geben konnte. Aber vielleicht war das für jemanden wie Nick Armstrong, dem die Welt bereits zu Füßen lag, genug. Chloe war während der Zeit seiner körperlichen Wiederherstellung eine angenehme Ablenkung für ihn. Sie war diejenige, die ihm half, wieder auf die Beine zu kommen. Wenn er wieder da war, wo er sein sollte, würde er sie schnell entsorgen, und das war in Ordnung. Nichts anderes wurde erwartet.

Was Chloe sich allerdings niemals hätte vorstellen können, waren die Gefühle, die sie für Nick entwickelt hatte. Eigentlich hatte sie gedacht, dass sie ihn als Siegerin verlassen würde, wenn alles getan und er hinter Gittern war. Dann hätte ihr Herz nach dem Verlust ihres Bruders heilen können.

Jetzt wusste sie, dass sie naiv und dumm gewesen war. Ihr Vater hatte unrecht gehabt und war manipulativ gewesen. Und Chloe selbst war einfältig seinen Anweisungen gefolgt. Wer hatte sie gedacht zu sein, dass sie sich ein Tauziehen mit Nick würde liefern können? Vielleicht war es ihr letzter Versuch gewesen, so zu werden, wie sie es sich immer erträumt hatte. Aber sie mochte diesen Mann. Das war etwas, das sie niemals erwartet hatte, und vielleicht war sie sogar in ihn verliebt. Für ihn war sie allerdings nicht mehr als ein bequemes Abenteuer. Chloe war in vielerlei Hinsicht unsicher.

Aber obwohl sie den Zorn in seinen Augen sah und verstand, wie wütend er auf sie war, befürchtete sie nicht, seine Fäuste zu spüren zu bekommen. Wenn Nick nur einen Moment glaubte, sie hätte Angst, dass er sie schlagen könnte, dann hätte sie ihn wahrscheinlich über seine Füße stolpernd zurücktaumeln lassen. Dennoch fühlte sie sich bei diesem Gedanken nicht besser, sondern noch schuldiger, ihm so etwas Schlechtes zuzutrauen, denn neben all seinen Eigenschaften war er ein ehrenhafter Mann.

»Einen Penny für deine Gedanken«, knurrte Nick.

Chloe zitterte, als seine tiefe Stimme ertönte, sein heißer Atem über ihr Gesicht strich und sie die Hitze seines Körpers einhüllte. Er mochte Geld für ihre Gedanken zahlen, aber sie würde auf alles verzichten, nur um diese Gedanken für sich zu behalten. Er hatte bereits zu viel Macht über sie. Auf keinen Fall würde sie ihm noch mehr geben oder ihn mit der Wahrheit verletzen. Es kostete sie große Überwindung, nicht nach ihm zu greifen. Vielleicht war es das letzte Mal, dass sie sich so nahe waren. Es *sollte* das letzte Mal sein. Sie wollte ihn sich ins Gedächtnis einprägen, damit sie etwas hatte, von dem sie träumen konnte. Das war ein alberner Gedanke, aber ihre Gedanken gehörten ihr, und sie konnte denken, was immer sie wollte.

Und obwohl sie diesen Mann vermissen würde, wenn sie tatsächlich ging, wusste sie, dass sie besser früher als später das Haus und ihn verließ. Es war zu kompliziert geworden. Sie wollte davonrennen und wieder einmal versuchen, ihr Leben neu aufzubauen.

»Vielleicht habe ich darüber nachgedacht, wann ich am besten vor dir flüchten kann.« Chloe sagte das mit genau der richtigen Bissigkeit, von der sie wusste, dass sie ihn zur Weißglut bringen würde.

Nick kniff die Augen zusammen und wich von ihr zurück. Seine Hände zitterten, als wollte er nach ihr greifen und sie schütteln. Chloe war beeindruckt von seiner Selbstbeherrschung. Hätte sie das zu ihrem Vater gesagt, hätte er sie grün und blau geschlagen. Warum hatte sie ihrem Vater geglaubt, als er gesagt hatte, Nick sei schuld am Tod ihres Bruders?

Wenn Chloe tatsächlich jemandem die Schuld zuschieben wollte, dann ihrem Vater. Er hatte Chloe heftig bedrängt und ihren Bruder gequält. Ihr Vater war der Grund gewesen, weshalb Patrick zur Küstenwache gegangen war und die gefährliche

Stelle eines Rettungsschwimmers angenommen hatte. Er wollte dem alten Mann imponieren. Und im Tod hatte es ihr Bruder endlich geschafft. Sogar so sehr, dass ihr Vater jemanden dafür bestrafen wollte.

Nick lief vor ihr auf und ab, warf seine Jacke auf den Boden und gab den Blick frei auf ein enges Hemd, durch dessen dünnen Stoff sich die Muskeln abzeichneten. Er war wütend und verwirrt, und Chloe konnte sehen, dass er nach den richtigen Worten suchte, um sie ihr entgegenzuschleudern. Sie blieb sitzen und wartete. Diese Standpauke hatte sie verdient, und sie würde sie würdevoll hinnehmen.

Als Minuten des Schweigens vergingen, seufzte Chloe. Sie stand von der Couch auf, und Nick wirbelte herum und warf ihr einen stechenden Blick zu, dem sie jedoch nicht auswich. Nick schien überrascht zu sein. Natürlich war er das. Schließlich wusste er gar nichts von ihr.

»Sag mir einfach, was du zu sagen hast«, forderte sie ihn auf. Die Worte klangen kraftvoll, obwohl sie nicht wusste, woher sie diese Kraft nahm. Innerlich war sie ein Nervenbündel, aber sie hatte es satt, der Welt zu zeigen, wie schwach sie war.

»Wie lange hatten dein Vater und du dafür geplant, mich fertigzumachen?«, fragte Nick schließlich mit beherrschter Stimme, aber wildem Blick. Diesmal war Chloe nicht in der Lage, das Zittern zu verbergen, das ihren Körper erfasste.

Sie öffnete den Mund, um ihm zu antworten. Eigentlich wollte sie ihm sagen, dass sie von Anfang an Teil dieser Aktion gewesen war, aber die Worte wollten ihr nicht über die Lippen kommen. Sie versuchte es erneut, aber es wollte ihr nicht gelingen. Sie brachte sie nicht heraus.

»Wovon redest du?«, fragte sie schließlich.

Wieder kniff er die Augen zusammen und starrte sie an. Er beugte sich vor, und sie hatte Angst. Allerdings mehr Angst davor, ihn zu verletzen, als ihm die Wahrheit zu erzählen. Sie wollte nicht, dass er sie weiter so hasserfüllt anschaute. Das brachte sie um.

Er bewegte sich nicht, starrte sie nur an. Völlige Fassungslosigkeit zeichnete sich in seinem Gesicht ab, während er ihres absuchte. Chloe verstand es. Sie war nie eine gute Lügnerin gewesen. Aber im Augenblick vereinnahmte die Angst alles.

Nick kam näher auf sie zu, als würde er versuchen, sie zu analysieren. Sie sah, wie sehr er ihr glauben wollte, aber in seinem Gesicht erkannte sie auch Misstrauen. Er wusste zu viel, um sie mit der Lüge davonkommen zu lassen, aber wenn er es ebenso sehr wollte wie sie, dann konnte sie verstehen, weshalb es ein Teil von ihm dabei bewenden lassen wollte. Das gab ihr Hoffnung, obwohl sie diese Hoffnung nicht wollte. Es war eine Lüge, und sie würde letzten Endes herauskommen und sie drankriegen. Wie konnte sie jemals mit Nick von Neuem und mit reiner Weste beginnen?

»Bitte hör auf, Nick.« Das Zittern in ihrer Stimme frustrierte sie. Sie wollte jetzt stark sein, gefühllos. Hätte sie diese Lektion schon vor Jahren gelernt, wäre sie nicht so viele Male in ihrem Leben verletzt worden.

»Scheint so, als könnte ich das nicht«, sagte er. Aus seiner Stimme klang Verwirrung.

»Ich weiß noch nicht einmal, was das bedeuten soll«, gab sie zu, als er langsam immer näher kam.

Chloe streckte abwehrend die Hand vor sich aus, als könnte sie ihn damit stoppen. Aber etwas anderes konnte sie nicht tun. Je näher er kam, desto verletzlicher fühlte sie sich.

Seine Bewegung war langsam und gleichmäßig, und sie fühlte sich wie ein Zebra, das von einem Löwen umkreist wird. Sie wusste nicht genau, wann der Angriff erfolgen würde, aber sie hatte keinen Zweifel daran, dass es passieren würde. Sie war zweifellos die Beute, und Nick würde immer das Raubtier bleiben.

»Ich kann es nicht erklären«, sagte er mit einem Seufzer. »Scheint so, als könnte ich mich nicht von dir fernhalten.« Er kam näher.

»Stopp!« Energisch stieß Chloe das Wort aus. Er blieb ungefähr einen Meter von ihr entfernt stehen. Nick war jetzt so nahe, dass sie sein Eau de Cologne riechen, die Lachfalten um seine Augen sehen und seinen Atem praktisch schmecken konnte. Er war ihr zu nahe, als dass sie klar denken konnte.

Chloe war verblüfft, als Nick tat, um was sie ihn gebeten hatte, und stehen blieb, wo er war. Als sich seine Lippen zu einem Lächeln verzogen, merkte sie, wie ihr der Mund offen stand. Sie wusste nicht, was sie von der neuen Wende in dieser verrückten Nacht halten sollte.

»Warum lächelst du?«, fragte sie.

Wenn er brüllen und schreien würde, wüsste sie, wie sie damit umzugehen hätte. Aber mit seinen schnell wechselnden Stimmungen war sie überfordert. Sein Grinsen wurde breiter, und er machte einen Satz auf sie zu, dass ihr Herz zu hämmern begann.

Seine Hände rechts und links von ihr an die Wand gestemmt, setzte er sie fest. Dann kam sein Gesicht auf ihres zu. Der Ausdruck in seinen Augen war fast wild. Chloe fragte sich, ob er jetzt den Verstand verloren hatte und sie erwürgen würde. Der Gedanke war nicht sonderlich furchteinflößend, sondern eher deprimierend. Wenn sie jetzt auf der Stelle sterben würde, käme dann überhaupt jemand zu ihrer Beerdigung? Würde sie vermisst werden? Der Gedanke war zu deprimierend, um überhaupt darüber nachdenken zu können.

»Weil ich ein Narr bin«, antwortete er, und sein heißer Atem strich über Chloes Lippen. Ihr Körper begann zu zittern, und sie hasste ihn und sich für das Verlangen, das sie zu durchströmen begann, ein Verlangen, das sich über jedes andere Gefühl hinwegsetzte, das sie umtrieb.

Sein Blick glitt über ihr Gesicht, bevor er die Augen zusammenkniff. Eiskalt lief es ihr über den Rücken. Das hier war nicht derselbe Mann, den sie seit drei Wochen kannte, den seine Familie über alles liebte. Die Person, die sie hier festhielt, war ein Fremder. Und verdammt, sie wollte ihn trotzdem, wollte nicht, dass er sie wegstieß.

»Ich mag es nicht, wenn man mich anlügt. Und noch weniger, wenn man mich benutzt«, erklärte er. Seine Worte wurden immer heiserer. Chloes Herz schlug wild, während sie reglos an der Wand stand. »Ich dachte, du wärst anders, aber jetzt weiß ich nicht, was ich denken soll.«

»Was tust du, Nick?«, fragte sie und hasste die Angst in ihrer Stimme.

»Ich nehme an, dass nichts davon zählt. Wir können beide Monster sein und werden trotzdem voneinander angezogen. Ich verstehe das nicht«, fuhr er fort, und seine Lippen verzogen sich zu einem Lächeln, das seine Augen nicht erreichte.

»Du meinst also, dass du dich besser fühlen wirst, wenn du mich bestrafst?«, forderte sie ihn heraus.

Das Lächeln verging ihm. Ihre Worte schienen ihn zu überraschen. Seine Körperspannung ließ nach, und seine Gesichtszüge entspannten sich ein wenig. Er öffnete den Mund, als wollte er etwas sagen, schloss ihn dann jedoch wieder. Nach einem langen Augenblick schien er seine Haltung wiederzugewinnen. Er kam ihr noch näher.

»Willst du, dass ich vor dir zurückweiche, Chloe? Willst du, dass das hier aufhört?«, fragte er sie herausfordernd. Er legte ihr eine Hand auf die Schulter, und sie bewegte sich nicht, als er sie von dort über ihre Brust und die Brustspitze wandern ließ, die sofort auf die Berührung reagierte. In seinen Augen leuchtete Triumph, als sie nach Luft rang.

»Du bist ein Mistkerl, Nick.«

»Das mag stimmen, ändert aber nichts an der Tatsache, dass du mich willst«, gab er zurück.

Sie wollte unbedingt widersprechen, aber sie würden beide wissen, dass sie log, dass es leere Worte waren, ein Versuch, ihren gesunden Menschenverstand zu retten. Sie wusste, dass er sie einfach gehen lassen würde, wenn sie ihn darum bat. Und er würde noch nicht einmal mitgenommen aussehen, wenn sie ging. Nur *ihr* würde es wehtun.

Was bedeutete das? Was sollte sie tun?

»An Magie zu glauben, macht es nicht real. Entweder wirst du erwachsen, wie du mir so eindringlich erzählt hast, und stellst dich der Realität, oder du wirst letztendlich abstürzen und verbrennen«, machte er ihr klar.

Chloe holte tief Luft und starrte ihn an. »Sprichst du von dir oder mir?«, fragte sie.

»Ich nehme an, das wird man noch sehen«, antwortete er, als hätte er bereits diesen kleinen Kampf gewonnen. Das Problem bei einem Krieg war, dass es einen Verlierer geben musste, und Chloe hatte keinen Zweifel daran, dass sie die Einzige war, die in dem von Nick geführten Kampf besiegt werden würde.

»Ich weiß, ehrlich gesagt, nicht, was du von mir erwartest«, gestand sie.

»Du hast einen Job angenommen. Ziehst du ihn durch?«, fragte er nach.

Ja. Er war tatsächlich verrückt geworden. »Der Job ist vorbei, Nick, und wir beide wissen das.«

»Dann geh.«

Er wich zurück und ließ ihr genug Platz, um an ihm vorbeizukommen, jedoch nicht genug, um ordentlich nachzudenken. Eigentlich wollte er nicht, dass sie ging, aber er gab ihr das Schlupfloch, das sie meinte zu wollen.

Chloe forderte ihre Beine auf, sich zu bewegen, aber sie blieb an der Wand stehen. Das hier war ihre Chance, davonzurennen und ein bisschen Freiraum zu erlangen. Das Problem war allerdings, dass es sich nirgendwo lohnte hinzulaufen. Sie hasste den vor ihr stehenden Mann, und trotzdem zog er sie auf eine Art an, die es ihr nicht erlaubte, zu gehen.

»Ich habe nicht *geglaubt*, dass du irgendwohin gehst«, sagte er siegesbewusst und machte wieder einen Schritt auf sie zu. Dieses Mal strich sein Körper an ihrem entlang, und seine Lippen waren nur wenige Zentimeter von ihren entfernt. Diesmal war es Absicht und Verlangen.

Chloe wusste jetzt, dass es möglich war, einen Menschen gleichzeitig zu hassen und zu mögen. Nick hatte etwas in ihr zum Leben erweckt, und sie befürchtete, dass sie davor nicht einfach davonlaufen würde, auch wenn es ihre feste Absicht war. Sie wussten beide, dass sie nirgendwohin ging.

Egal, wie sehr sie hasste, was er mit ihr machte, mit der zerbrechlichen Beziehung, die sie begonnen hatten, aber sie begehrte und sehnte sich immer noch nach ihm. Sie wollte zurückweichen, würde es aber nicht tun.

Als sein Finger behutsam über ihre Wange strich, bemerkte Chloe, dass eine Träne entkommen war und darüberlief. Sie hatte es noch nicht einmal bemerkt. Sein Daumen wischte den Beweis ihrer Schwäche fort und zeichnete dann ihre Lippe nach. Da war etwas Weiches in seinem Blick, das aber schnell wieder von der Härte ersetzt wurde, die Chloe die letzten Stunden bei Nick erlebt hatte. Sie schwor sich, dass das die letzte Träne gewesen war, die sie vor ihm vergoss.

Er ließ den Daumen auf ihrer Lippe, und sie öffnete den Mund. Der Daumen glitt hinein, und Chloe biss mit genug Druck zu, dass er es spürte. Doch anstatt wütend darüber zu werden, sah sie, wie Leidenschaft in seinen Augen aufflammte.

Natürlich. Es gab keinen anderen Weg, diese Nacht zu beenden. Ohne Sex waren sie nichts. Und leider hatte sie ihn gern genug, dass sie seine Berührung und diese Nähe spüren wollte, die sie noch nie mit einem anderen Mann erlebt hatte.

»Du hast wiederholt festgestellt, dass ich dich will, dass du meinen Körper haben kannst, wann immer du danach verlangst. Aber das ist alles, was du von mir bekommst«, sagte sie und wollte es zumindest so aussehen lassen, dass sie ihn genauso benutzte wie er sie.

Er lächelte und war durch ihre Worte überhaupt nicht verletzt. Der Ausdruck in seinem Gesicht hieß sie eine Lügnerin, und Chloe reckte trotzig das Kinn.

»Du dumme, dumme Frau. Du kannst einfach nicht aufhören zu lügen, nicht wahr?«, schimpfte er fast amüsiert. »Das zwischen uns ist nicht nur Sex. Das wissen wir beide. Irgendetwas brennt in mir, das ich noch nie zuvor gespürt habe. Und ich sehe das Gleiche in deinem Gesicht. Du kannst dich so viel selbst belügen, wie du willst, aber denk nicht, dass ich es glauben werde.«

Chloe schmolz dahin. Sie wusste, dass sie ihn nie wieder auch nur annähernd zugeben hören würde, echte Gefühle für sie zu haben. Es fühlte sich an, als wäre es genug. Schon bald, schwor sie sich, würde sie stark genug sein, nicht weniger von einem Mann zu akzeptieren als *alles*. Aber so weit war sie noch nicht.

»Wir sollten das hier nicht tun. Zu viel ist gesagt worden und passiert.« Es war ein schwacher Versuch, aber sie musste es sagen.

Jetzt kam er noch näher. »Nein, das sollten wir nicht«, gab er zu. Aber dann strichen seine Lippen über ihre, nur ein Hauch von Haut auf Haut. Es war perfekt, und dennoch war es nicht annähernd genug. Chloe zitterte, als Nick sie in die Arme zog und seine Stärke und Leidenschaft sie überwältigte. Er drückte seine Erektion gegen sie und entzündete sofort ein Feuer der Lust in ihrer Mitte.

Sie merkte, dass er beschlossen hatte, das Reden einzustellen, und spürte Erleichterung. Er beugte sich vor und ergriff Besitz von ihrem Mund. Dieses Mal ohne zu zögern. Wut, Leidenschaft und Gefühle strömten durch seine Lippen und flossen durch ihre Adern.

Chloe schlang die Arme um ihn. Sie hatte genug davon, dagegen anzukämpfen.

Kapitel 26

Mit der Selbstbeherrschung war es vorbei. Nick war in dem Augenblick verloren, als seine Lippen auf Chloes trafen. Obwohl er sicher war, dass sie ihn hintergangen hatte, eigentlich immer noch hinterging, wollte er dennoch eine Verbindung mit ihr, wollte er die Lüge hinnehmen.

Da war etwas Verletzliches in der Art, wie sie ihn anschaute, in den Worten, die sie so vorsichtig äußerte, und besonders in denen, die sie nicht aussprach. Er hatte bemerkt, wie sie bei der Erwähnung ihres Vaters zusammengezuckt war, und den Schmerz in ihren Augen gesehen, als Erinnerungen wach wurden.

Er versuchte das alles hinter sich zu lassen, sich zu sagen, dass es Show war und sie immer noch ein Spiel mit ihm spielte. Aber Nick war normalerweise kein harter Mann und neigte dazu, Leuten zu vertrauen. Dieses Mal hatte sein Vertrauen das Potenzial, ihn richtig reinzulegen, aber im Moment war er nicht so sicher.

Als Chloe auf ihn reagierte, ihre Arme um ihn schlang und sich eng an ihn drückte, verlor er sich in ihrer Umarmung, in ihrem Duft, in den leisen Seufzern, die ihrem Mund entschlüpften. Er sollte zurückweichen, sollte der Stärkere von ihnen beiden sein und gehen. Aber nur weil er es sollte, bedeutete das nicht, dass er es tat.

Nick war sein ganzes Leben lang waghalsig gewesen. Deshalb fürchtete er sich nicht, im Helikopter über dem aufgewühlten Meer zu schweben, während Stürme ihn herunterzureißen drohten. Deshalb war er der Erste, der handelte, wenn alle anderen davonrannten. Und jetzt beschloss er zu bleiben. Zumindest in dieser Nacht riskierte er alles. Er würde nirgendwo hingehen, außer ins Schlafzimmer.

Für einen Moment hatte er die unsinnige Vorstellung gehabt, er könnte seine Selbstbeherrschung beibehalten, aber als ihr diese Träne über die Wange gelaufen war und sie vor Hilflosigkeit gebebt hatte, da war er verloren gewesen. Ihr war nicht bewusst, wie sehr sie ihn in der Hand hatte, und dabei würde er es auch belassen.

Nick hatte keinen Zweifel daran, dass sie ihn genauso dringend wollte wie er sie. Es war diese Verzweiflung, die ihn jegliche Argumentation hatte vergessen lassen. Aber in dem Verlangen lag Freiheit. Als er seinem Körper erlaubte, die Führung zu übernehmen, verschwand seine Wut, und das Gefühl des Verrats ließ nach. Jetzt konzentrierte er sich nur noch auf eine Sache, nämlich sie zu beglücken, aufschreien zu lassen, zu lieben und sich gegenseitig Genuss zu verschaffen. Er würde sich in ihr verlieren, und das Unbehagen würde vergehen. Und dann würde er sie schließlich gehen lassen können.

Als Nick in ihren Mund eintauchte, sie eroberte, zähmte, sich zu eigen machte, hörten seine Gedanken auf, sich zu drehen. Sie stöhnte, als seine Hand ihren Rücken hinunterwanderte, den Po umklammerte und sie gegen seine Erektion drückte, um sicherzugehen, dass Chloe wusste, wohin dies führte. Sein Körper pulsierte vor unstillbarem Verlangen.

Nicks Verzweiflung nahm zu, als er mit den Fingern durch ihr Haar fuhr. Er zog so heftig daran, dass sie gezwungen war, den Kopf in den Nacken zu legen, und seine Lippen die Glätte ihres Halses nachfuhren. Von ihrem Duft, ihrer Körperwärme und ihrem Geschmack konnte er nicht genug bekommen. Verzweifelt hielt er sich an ihr fest, hatte Angst, auch nur daran zu denken, dass sie zurückweichen könnte.

Chloe umfasste seinen Nacken, und dann verschmolz ihr Körper mit seinem. Sie vertraute sich ihm vollkommen an. Bei dem Vertrauen, Verlangen und Bedürfnis, das sie Nick entgegenbrachte, überkam ihn Euphorie. Sie öffnete sich ihm, lud ihn ein, mit ihr zu tun, wonach es ihn gelüstete. Fast fieberhaft legten seine Hände und sein Mund eine Spur über ihre Haut.

Noch nie hatte Nick die Kontrolle über sich verloren wie jetzt in diesem Augenblick. Aber er musste in ihr sein, musste die Verbindung herstellen. Sein Körper war erfüllt von dem Verlangen, sie zu nehmen, sie beide eins werden zu lassen, untrennbar. Sie würde ihn zerstören. Daran zweifelte er nicht.

Nicks Herz hämmerte, als er begann, an ihrer Kleidung zu zerren. Irgendwo in seinem Hinterkopf wusste er, dass er langsamer vorgehen und darüber nachdenken sollte, was er tat. Aber das war gerade der Punkt. Er wollte nicht mehr nachdenken, sondern nur noch fühlen.

Auch wenn Nick versucht hätte, seine Selbstbeherrschung zurückzugewinnen, so war ihre Verzweiflung genauso groß wie seine, als sie die Fingernägel in seinen Nacken grub, ihn seitlich in den Kiefer biss und ihre Schreie lauter wurden. Zumindest in diesem Augenblick waren sie keine Feinde. Sie versuchten verzweifelt, sich auf die einzige ihnen bekannte Art den Schmerz zu nehmen.

Ihre Stimmen hallten im Wohnzimmer wider, als er nach ihrer Bluse griff und seine Lippen an ihrem üppigen Dekolleté verharrten. Mit der Zunge strich er über die Haut. Dann zerrte er an ihrer Bluse, und der Stoff zerriss und enthüllte einen schwarzen Satin-BH. Er drückte ihre Arme gegen die Wand, beugte sich vor und leckte über den dünnen Stoff, unter dem sich ihre harten Brustspitzen abzeichneten.

Chloe zerrte an ihren Armen, aber er hielt sie fest, während seine Zähne über den Satin kratzten. Als er zubiss, vibrierte ihr Stöhnen durch ihn hindurch, und er erhöhte den Druck auf sie, woraufhin sie sich vor ihm wand.

Nick wollte den Stoff aus dem Weg haben, aber ihm gefiel es, Chloe festzuhalten. Mit den Zähnen zerrte er am BH, erreichte jedoch nicht viel damit. So würde es nicht gehen. Mit einem Knurren erfasste er das schmale Stück Stoff, das die BH-Körbchen miteinander verband, und zerriss den Streifen, befreite Chloes wunderschöne, üppige Brüste.

Ihr ganzer Körper drängte gegen ihn, als er ihre Brustwarze in den Mund sog, bevor er die Zunge in Kreisen um die Spitze wirbeln ließ. Dann legte er eine Spur von Küssen zur anderen schmackhaften Knospe und sog auch diese tief in den Mund.

»Nick, bitte … bitte lass mich dich berühren!«, rief sie mit heiserer Stimme.

Als Reaktion darauf sog er heftiger, fuhr mit den Zähnen über die geschwollene Erhebung und ließ die Zunge kreisen. Chloe wimmerte und zerrte an den Armen, um sich zu befreien. Endlich küsste er sich wieder zu ihrem Hals hinauf und drückte sich fest gegen sie. Dann ein kurzes Saugen an ihrem Hals, bevor er sich mit einem tiefen Atemzug zu beruhigen versuchte.

Ihr blumiger Duft lag in der Luft, und der machte ihn benommen und unruhig. Wenn er sie nicht bald bekam, würde er auf den Knien um Erlösung betteln.

»Willst du, dass ich das hier zu Ende bringe und in dir bin?«, fragte er und hasste sich ein wenig für diese Frage.

Chloe zögert nicht mit der Antwort. »Sofort!«

Er fragte kein zweites Mal. Mit der gleichen Dringlichkeit, die er gespürt hatte, seitdem er sie auf dem Steg hatte sitzen sehen, die Füße im Wasser baumelnd, griff er nach ihrer Hose und riss am Knopf. Innerhalb von Sekunden lehnte sie völlig nackt vor ihm an der Wand.

Sie war schutzlos, lüstern und ihre Haut gerötet und heiß. Er war der Grund dafür, nur er allein. Sosehr sie ihn berührte, so sehr berührte auch er sie. Zusammen ließen sie Wunder wahr werden. Die Wunder, über die er sich lustig gemacht hatte, als sie davon gesprochen hatte, einst auf Einhörnern reiten zu wollen. Nick hatte noch nicht einmal ansatzweise über so etwas nachgedacht. Ihre Worte blieben für ihn ein Rätsel.

Er hob sie hoch, durchquerte schnell den Raum und legte ihren herrlich nackten Körper auf der kühlen Ledercouch ab. Sie zuckte noch nicht einmal zusammen, sondern streckte mit geöffnetem Mund und strahlenden Augen die Arme nach ihm aus. Ihre Hände zogen ihn zu sich.

Ehrfürchtig den schönen Anblick bewundernd, den sie bot, ließ er die Hand über ihren perfekten Körper wandern. Sie war so seidig, so fest, aber gleichzeitig auch weich und üppig an genau den richtigen Stellen. Er wäre schon glücklich, wenn er nur Tag und Nacht seine Finger über ihre Haut gleiten lassen könnte. Als er ihre gespreizten Schenkel erreichte, zog es seine Finger zu ihrer feuchten Mitte.

Als er jedoch zurückwich und über ihr schwebte, ohne sie zu berühren, drückte Chloe stöhnend das Kreuz durch und griff nach seiner Hand. Stöhnend äußerte sie ihr Missfallen.

Wie hatte er denken können, dass er gehen konnte, ohne sie wieder zu berühren? Er wollte tatsächlich glauben, dass er es tat, weil er getäuscht worden war, ihm das gebührte und sie ihm Hingabe schuldete. Aber er war derjenige, der sie anbetete, und er hatte dabei noch nicht einmal ein schlechtes Gefühl.

Nick ließ sich zu Boden sinken, senkte den Kopf auf ihren Bauch und küsste die zitternde Haut. Ihre Finger zerwühlten sein Haar, während sie seine leidenschaftliche Zunge und Lippen erschaudern ließen. Eine Spur zärtlicher Küsse legend, machte er sich auf den Weg zu ihrer heißen Scham. Er leckte die straffe Haut, ließ sie aufschreien und an seinen Haaren ziehen.

Er war in der letzten Stunde vor Sehnsucht fast vergangen, aber als er jetzt gemächlich mit der Zunge über ihre feuchten Schamlippen strich, wurde sein Druck gedämpft. Er spreizte ihre Beine und starrte auf die Perfektion ihrer Weiblichkeit. Chloe wand sich vor ihm, aber er griff nach ihren Hüften und unterband diese Bewegung, bevor er sich vorbeugte und Küsse auf ihrer Mitte verteilte. Dann sog er sie in den Mund und strich mit der Zunge immer wieder darüber.

Die intimen Küsse und die kreisende Bewegung seiner Zunge ließen Chloe aufschreien. Nick konnte nicht genug von ihr bekommen, von ihrem Geschmack, Geruch und lustvollen Stöhnen. Er spürte, wie ihr Zittern zunahm, und ließ die Finger in sie gleiten, genoss ihr Beben, als sie ihn umschloss.

»Lass los, Chloe«, forderte er sie auf, bevor er sie mit dem Mund nahm.

Mit einem Aufschrei verkrampfte sich ihr Körper, und dann begann das Zittern. Während des ganzen Orgasmus sog er an ihr, zog ihren Höhepunkt in die Länge und saugte sie aus. Als das Beben verebbte, legte er wieder den Kopf auf ihren Bauch und schloss die Augen. Er wollte ihr ein mit nichts zu vergleichendes Vergnügen bereiten. Es sollte nur sie und ihn geben.

Dieser Gedanke jagte ihm Angst ein, denn er wusste, dass das niemals sein konnte.

Bevor Nick zu viel nachdachte, stand er auf und entledigte sich schnell seiner Kleidung. Chloes Augen waren halb geschlossen, und ein befriedigtes kleines Lächeln umspielte ihren Mund. Jetzt sollte er eigentlich gehen.

Chloe hob die Hand und winkte ihn zu sich. Da wusste er, dass es ein dummer Gedanke gewesen war, gehen zu wollen. Auf keinen Fall würde er das jetzt tun.

Mit einer Behutsamkeit, von der er nie gedacht hatte, dass er dazu fähig wäre, drückte er sich gegen sie, schob seine Hüften gegen ihre.

Als die Spitze seiner Männlichkeit in sie drang, riss sie die Augen auf, und er verlor sich in ihrem Blick. Ihre Augen waren glasig und schauten glücklich, aber ein Verlangen funkelte noch immer in ihnen.

Mit einem langsamen, leidenschaftlichen Stoß war er in ihr. Stöhnend drückte sie das Kreuz durch und schlang die Arme um ihn, zog ihn noch näher zu sich. Ihre Lippen trafen aufeinander, und Nick fühlte sich vollkommen.

Die Zeit verlor jegliche Bedeutung, als er fortfuhr, in sie hinein- und aus ihr herauszugleiten. Ihre Blicke blieben aufeinandergerichtet, und er steigerte langsam die Begierde. Ihrer beider Haut war gerötet und die Körper angespannt. Er wollte nicht, dass es zu Ende ging, fürchtete, was geschehen würde, wenn es vorbei war.

Aber als er sich in ihr bewegte, war der Höhepunkt nicht mehr aufzuhalten. Sie pulsierte um seine Erektion, und ihr Stöhnen verlor sich auf seiner Zunge. Da gab auch er dem Drang nach und ergoss sich in sie, ließ sich auf sie fallen und gab ihr alles, was er hatte.

Nick war erschöpft. Die chaotische emotionale Achterbahnfahrt, auf der er sich den ganzen Tag befunden hatte, endete auf eine Art, die er nicht erwartet hatte. Er rutschte auf die Seite, zog sie in die Arme und griff nach einer Decke, die über der Rückenlehne der Couch lag.

Dann schloss er mit ihrem Kopf unter seinem Kinn die Augen. Alle ihre Probleme würden wieder da sein, wenn sie aufwachten. Doch im Moment wollte er nur an den Genuss denken, den sie sich gegenseitig verschafft hatten. Morgen würde es schnell genug werden.

KAPITEL 27

Nick und Chloe sagten kein einziges Wort, nachdem sie aufgewacht waren. Nick hatte fast Angst davor, was Chloe zu den Ereignissen meinen würde, und nahm an, dass es ihr genauso ging. Normalerweise war Nick kein Mann, der sich vor etwas fürchtete. Aber wenn es um Chloe ging, musste er zugeben, dass er Angst hatte zu verlieren, was sie geschaffen hatten.

Er saß in der Küche und schaute auf, als sie hereinkam, langsam zur Kaffeemaschine ging und sich eine Tasse einschenkte. Sie straffte die Schultern, bevor sie sich zu ihm umdrehte. Dann starrten sie sich an, und unausgesprochene Fragen hingen in der Luft.

Nick war nicht sicher, wie er diese Stille durchbrechen sollte. Verdammt, er hasste es, sich so zu fühlen. Als das Telefon klingelte, machte Chloe einen Satz. Nick gelang es nur knapp, nicht das Gleiche zu tun.

»Nick«, meldete er sich, als er das Gespräch entgegennahm.

»Ich bin's, Paul, wir haben in drei Stunden ein Treffen mit dem Richter.« Paul hielt sich nicht mit Begrüßungsfloskeln auf.

»Weshalb?«, fragte Nick. Sein Blick blieb auf Chloe gerichtet, aber er konnte den Ausdruck in ihren Augen nicht lesen.

»Scheint so, als hätte dein Onkel Sherman das eingefädelt.«

»Du weckst nicht gerade mein Vertrauen, Paul. Hast du nicht ein bisschen mehr Informationen?«, blaffte Nick.

»Sei einfach in zwei Stunden am Gerichtsgebäude, damit wir uns vorher treffen können«, bat Paul ihn.

»Alles klar.« Nick legte auf. Chloe hatte sich nicht bewegt.

»Ich sollte gehen, Nick«, sagte sie, und ihre Stimme klang gefühllos.

»Vielleicht.« Das eine Wort ließ sie zusammenzucken, und Nick fühlte sich ein bisschen schuldig, wusste allerdings nicht, warum. Es gab keinen Grund dafür. »Ich habe einen Termin im Gericht. Ich hätte gern, dass du mich begleitest.«

Nick war fast genauso verblüfft wie offenbar sie, als diese Worte aus seinem Mund kamen. Weshalb wollte er sie mitnehmen? Besonders, wo er fast sicher wusste, dass sie mit ihrem Vater zusammengearbeitet hatte. Vielleicht, weil ein Teil von ihm nicht wollte, dass das stimmte.

»Ich glaube, das ist keine gute Idee, Nick«, gab Chloe leise zurück.

»Gibt es einen Grund, weshalb du nicht mitkommen solltest?«, hakte er nach.

Sie schaute zu Boden, und er hätte am liebsten verlangt, dass sie ihm in die Augen sah, zwang sich jedoch, sitzen zu bleiben. Sie atmete ein paarmal tief ein, bevor sie wieder aufschaute, aber dieses Mal traf ihr Blick nicht ganz auf ihn.

»Es gibt keinen Grund«, antwortete sie. Ihre Wangen röteten sich leicht, und sie kaute auf der Unterlippe.

»Gut, dann ist das also abgemacht. Ich gehe duschen.« Er stand auf und verschwand, bevor er etwas sagte, das er später vielleicht bereute.

Nick ging Chloe aus dem Weg, bis es Zeit war aufzubrechen. Er war ein wenig überrascht, als er sie an der Haustür stehen sah, ihre Handtasche an sich gedrückt und von einem Fuß auf den anderen tretend. Diesmal protestierte sie nicht, als er zu seinem verlässlichen alten Pick-up ging und ihr die Beifahrertür aufhielt. Stattdessen stieg sie ein und drängte sich an die Tür, während er auf dem Fahrersitz Platz nahm.

Obwohl die Fahrt ohne Zwischenfälle verlief, waren Nicks Muskeln angespannt, als sie den Wagen parkten und sich auf den Weg zu dem Gebäude aus Marmor machten. Chloe ging neben ihm, war still und kaute auf der Lippe. Vielleicht hatte er darauf bestanden, dass sie mitkam, weil er befürchtete, sie nicht mehr vorzufinden, wenn er zurückkam. Es war unvermeidbar, dass das passierte, aber aus irgendeinem Grund war er noch nicht bereit, es geschehen zu lassen.

»Nick.« Die vertraute Stimme seines Onkels riss ihn aus seinen Gedanken.

Sherman, Cooper und Mav kamen auf ihn zu. Sie begrüßten einander, und die Atmosphäre war spannungsgeladen.

»Was ist hier los, Onkel Sherman?«, fragte Nick.

»Lass uns irgendwo in Ruhe reden«, schlug Sherman vor.

»Ich hole Kaffee«, sagte Chloe.

Nick versuchte nicht, sie aufzuhalten, als er mit seinem Onkel und seinen Brüdern in die andere Richtung ging. Sie fanden einen Aufenthaltsraum, und Mav schloss die Tür hinter ihnen.

»Die Ungewissheit macht mich fertig. Wäre schön, wenn mich jemand aufklärt«, sagte Nick.

»Setz dich lieber«, riet ihm Sherman.

»Ich will mich nicht setzen!«, polterte Nick. »Spuck's einfach aus.«

»Na gut«, räumte Sherman ein. »Ich konnte bereits mit deinen Brüdern sprechen, aber da du derjenige bist, der angegriffen worden ist, habe ich schon mal Nachforschungen angestellt, seitdem du uns von den Anschuldigungen gegen dich erzählt hast. Du weißt bereits, dass dein Großvater ein furchtbarer

Mann war, aber es scheint, als sei er noch schlimmer gewesen, als mir bekannt ist.«

»Was hat unser Großvater mit dieser Sache zu tun?«, wollte Nick wissen. Das hatte er nicht erwartet.

»Leider hat alles damit zu tun, was dir gerade passiert«, antwortete Sherman. »Dein Großvater war für kurze Zeit in der Armee, als er jünger war.«

»Na und? Das wissen wir doch alle.« Nick verstand gar nichts.

»Er war in einer Einheit mit Robert Williams und Mitch Reynolds.« Die Bombe war geplatzt, und Nick wartete.

»Und ich nehme an, etwas ist vorgefallen«, mutmaßte Nick.

»Offenbar haben die drei zusammen eine Straftat begangen, bei der euer Großvater und Robert Williams ungeschoren davongekommen sind, während Mitch Reynolds unehrenhaft aus der Armee entlassen wurde. Euer Großvater wurde getötet, bevor Reynolds nach Rache trachten konnte, aber er hat Richter Williams seitdem erpresst und den Mann in seiner Gewalt.«

»Und weshalb ist er hinter mir her?«, fragte Nick.

»Weil der Mann voller Hass und Rachegelüste ist. Er hat versucht, euren Vater anzugreifen, und hatte nie Erfolg, deshalb hat er dich im Visier. Wir haben genug Beweise, um uns im Zimmer von Richter Hampton zu treffen. Weder Mr Reynolds noch Mr Williams wissen, was geschieht, aber dein Fall wird abgewiesen werden. Der Zeuge hat sich gemeldet und gesagt, dass er von Mr Reynolds bestochen worden sei, um gegen dich auszusagen.«

Nick schwieg und verarbeitete, was Sherman ihm gerade berichtet hatte. Und das war eine ganze Menge. Eigentlich hätte er Freude und Erleichterung spüren sollen, aber alles, was er fühlte, war der Schmerz, dass Chloe wahrscheinlich Teil des Komplotts war.

»Nick, dein Anwalt wartet, aber ich wollte derjenige sein, der es dir sagt.« Sherman klopfte Nick auf die Schulter.

»Dann sollten wir das wohl am besten hinter uns bringen, oder?«, fragte Nick mit ausdrucksloser Stimme.

»Bruder, es ist tragisch, dass jemand schon so lange einen Rachefeldzug gegen uns führt, aber du stehst kurz davor, von sämtlichen Anklagepunkten freigesprochen zu werden. Ich dachte, darüber würdest du dich ein bisschen mehr freuen«, meldete Mav sich zu Wort.

Keiner lächelte. »Ich glaube, Chloe war Teil des Ganzen«, gab er schließlich zu.

»Wie das?«, fragte Cooper.

»Sie ist Reynolds Tochter.« Die Worte waren fast so leise wie der Raum, nachdem sie ausgesprochen waren.

»Verdammt«, entfuhr es Mav.

»Ja«, stimmte Nick zu.

»Hast du sie darauf angesprochen?«, stellte Sherman die logische Frage.

»Nicht wirklich. Ich habe Angst vor der Antwort«, gestand Nick.

»Seit wann hast du jemals vor etwas Angst gehabt?«, fragte Mav.

»Seitdem ich mich in sie verguckt habe.«

»Ich denke, du brauchst Antworten, bevor du irgendwelche Urteile fällst«, riet ihm Sherman.

»Lasst uns diese Anhörung hinter uns bringen, und dann schaue ich mal«, schlug Nick vor.

»Das ist eine gute Idee«, pflichtete Cooper ihm bei.

Ernst und schweigend verließen sie den Raum.

KAPITEL 28

Chloe wartete auf einem der Stühle vor dem Richterzimmer, als sie alle herauskamen. Seine Brüder lächelten siegesbewusst, und Sherman klopfte Nick auf die Schulter. Sie alle entdeckten Chloe, und das Lächeln verschwand. Sie schaute zu Boden.

Obwohl der Sieg bevorstand, fühlte sich Nick furchtbar, und dieses Gefühl verging nicht. Seine Brüder, Paul und Sherman verabschiedeten sich, um die beiden allein zu lassen. Sie waren kaum um die Ecke, als Polizeibeamte mit Richter Williams und Mitch Reynolds in Handschellen herauskamen.

»Ich wette, das hier zu sehen, gefällt dir, oder?«, blaffte Reynolds Chloe an. Sie hob ruckartig den Kopf und schaute ihren Vater ängstlich, aber auch voller Hoffnung an.

»Du bist festgenommen worden?«, wollte sie wissen.

»Nicht für lange«, gab er zurück und zerrte an dem Polizeibeamten. »Ihr werdet alle bezahlen.« Die Polizisten schafften die beiden Männer fort, und Nick und Chloe waren endlich allein.

»Warum wolltest du, dass ich mitkomme, Nick?«, fragte Chloe, stand auf und kam zu ihm herüber.

»Weil ich denke, dass es an der Zeit ist, mir die Wahrheit zu sagen.« Ein Teil von ihm bestand darauf, die Antworten zu bekommen, die er brauchte, und der andere Teil wollte den Kopf in den Sand stecken.

Chloe schaute ihm ins Gesicht, und dann sammelten sich Tränen in ihren Augen. Das war der Moment, in dem er wusste, dass alles zusammenbrechen würde.

»Ich wusste, was vor sich ging, Nick«, flüsterte sie. Er erstarrte und würde ihre Beteiligung nicht mehr leugnen können, wenn sie ihm endlich alles gestand. Das tat ihm im Herzen weh.

»Erklär es«, forderte er sie mit so leiser Stimme auf, dass sie sich vorbeugen musste, um ihn zu verstehen.

»Pat Edmond, mein Bruder, war dein Rettungsschwimmer.«

»Aber …« Er verstummte. Das hatte er nicht erwartet. Es ergab keinen Sinn. Er dachte, er hätte bereits alles erfahren, was es zu erfahren gab.

»Mein Bruder hat unseren Vater gehasst. Er ging von zu Hause fort, als er achtzehn war, und hat seinen Namen geändert. Mit mir hielt er Kontakt, aber er wollte nichts mehr mit unserem alten Herrn zu tun haben. Jedenfalls hat er mir das gesagt, aber ich glaube immer noch, dass er Dads Anerkennung wollte. Ich glaube sogar, dass er den Mädchennamen unserer Mutter nur angenommen hat, um eine Reaktion zu bekommen. Als unser Vater noch nicht einmal darauf reagierte, ist Pat zur Küstenwache gegangen und hat den gefährlichsten Job angenommen, den er finden konnte. Und deswegen hat er sein Leben verloren.« Chloe beendete ihren Bericht mit einem Schluchzer, aber Nick sah, dass sie versuchte, sich zusammenzureißen.

»Das wusste ich nicht«, sagte er schließlich.

Er ging einen Schritt auf sie zu, und sie wich zurück. Wut überkam ihn. Er war derjenige, der angelogen worden war.

Weshalb also wich sie zurück? Vielleicht war es Scham. Davor *sollte* sie sich fürchten.

»Ich habe deinen Bruder nicht getötet, Chloe. Es tut mir leid, dass du ihn verloren hast«, erklärte Nick und machte einen weiteren Schritt auf sie zu. Dieses Mal bewegte sie sich nicht.

»Das ist egal, Nick. Ich habe dich angelogen, und du hast deine eigenen Geheimnisse. Ich hätte den Job nie annehmen sollen, hätte mit dem, was mein Vater wollte, nicht einverstanden sein sollen. Wenn du glaubst, dass du dich an ihm rächen kannst, indem du mich verletzt, dann hast du dich getäuscht. Er hasste meinen Bruder, und mich hasst er sogar noch mehr. Wir waren beide unser Leben lang eine Enttäuschung für ihn. Er erwartet Perfektion, und wir konnten niemals das, was er darunter versteht, erfüllen.«

Chloes Stimme klang monoton. Nick konnte sehen, dass es keine große Offenbarung war. Es war einfach die Wahrheit. Es war letztendlich auch egal, denn es würde keine Gewinner geben. Ihr Vater würde ins Gefängnis kommen, Pat hatte trotzdem sein Leben verloren, und Nick und Chloe würden ihre Leben weiterleben, voraussichtlich jeder für sich.

Nick wurde von Gefühlen vereinnahmt. Er fühlte Schmerz und Betrug. Aber er hatte gewusst, dass das kommen würde, deshalb war es kein Schock. Fast hasste er Chloe dafür, die Wahrheit gesagt zu haben. Das hatte überhaupt keinen Sinn.

Trotz allem, was er bereits gewusst hatte, war Nick immer noch wie vom Donner gerührt, als er Chloe anstarrte. Nach allem, was sie zusammen durchgemacht hatten, konnte er nicht glauben, dass sie für den Feind gearbeitet hatte, dass sie versucht hatte, ihn die ganze Zeit, in der er glaubte, dass sie etwas für ihn empfand, am Boden sehen wollte.

Zugutehalten musste man ihr, dass sie dastand und ihr Tränen über die Wangen liefen, als sie ihm ins Gesicht schaute. Sie straffte die Schultern und weigerte sich, seinem Blick auszuweichen. Sie würde sich nicht mehr vor ihm verstecken. Dennoch konnte nichts ihren Betrug wiedergutmachen, wenn es nach Nick ging.

»Ich habe dich nicht gekannt, als das begann. Alles, was ich über dich wusste, war mir erzählt worden. Bis ich herausgefunden hatte, dass du gar nicht diese Person warst, war es zu spät. Da steckte ich schon zu tief drin.« Chloes Stimme verfing sich.

Nick wurde wütend.

»Ehrlichkeit und Moral bedeuten dir also nichts?«, schimpfte er, als er sich gesammelt hatte. Die Wut in seiner Stimme ließ Chloe zusammenfahren. Nick fühlte sich ein wenig schuldig, als er den schmerzlichen Ausdruck in ihrem Gesicht sah, aber er rief sich ins Gedächtnis, dass sie ihn ohne schlechtes Gewissen geradewegs durch die Hölle geschickt hatte.

»Ich habe getan, was ich für richtig hielt, Nick«, verteidigte sie sich. Schließlich streckte sie die Hand nach ihm aus, und diesmal war er es, der einen Schritt zurück machte. Würde sie ihn berühren, liefe er Gefahr durchzudrehen.

»Ich will, dass du innerhalb der nächsten Stunde mein Haus verlässt. Wenn ich nach Hause zurückkomme, will ich absolut nichts mehr von dir vorfinden.«

Bei seinen Worten liefen ihr noch mehr Tränen übers Gesicht. Sie zog die Hand zurück und ließ die Schultern hängen. Sie war besiegt, und sie wusste es. Nick war sich nicht sicher, ob er wollte, dass sie um sie beide kämpfte oder nicht. Er war einfach viel zu wütend.

»Nick, bitte versteh doch …« Ihre Stimme verlor sich. Was kann sie schon sagen, dachte er verächtlich.

»Man sollte dir deine Legitimation aberkennen«, blaffte er.

Chloe riss die Augen auf, und in ihnen war eine neue Angst zu erkennen. Nick wusste, was der Beruf ihr bedeutete, wusste, wie viel Zeit und Mühe sie in die Ausbildung gesteckt hatte. Das war ein Schlag unter die Gürtellinie, aber Nick war sauer.

»Bitte tu das nicht. Ich habe nicht ein einziges Mal meine Sorgfaltspflicht dir gegenüber verletzt.«

»Und was ist mit meiner geistigen Gesundheit? Bedeutet dir die nichts?«, knurrte er. Dann machte er einen bedrohlichen Schritt auf sie zu. Chloe wich nicht von der Stelle und nahm die Prügel hin, als hätte sie sie verdient. Vielleicht hatte sie das, vielleicht auch nicht. Nick konnte nicht mehr klar genug denken, um den Unterschied zu erkennen.

»Doch, natürlich. Aber ich habe es nicht gewusst. Ich habe auch gelitten. Es war mein Bruder in diesem Hubschrauber bei dir.« Jetzt bekam sie einen Schluckauf.

»Und glaubst du nicht, dass ich mich jeden einzelnen Tag selbst infrage stelle?«, schrie er. »Glaubst du nicht, dass ich meine Mannschaft vermisse? Ich hätte bereitwillig mein Leben geopfert, wenn ich damit mein Team zurückgebracht hätte.«

»Ich weiß das jetzt. Aber damals nicht«, gab sie schluchzend zurück.

»Du hättest mich fragen können. Du hättest dir die Zeit nehmen und mit mir reden können, anstatt wilde Spekulationen anzustellen. Jetzt verlieren wir alle, und die Erinnerungen an meine Crew wurden wegen deiner Familienfehde durch den verdammten Dreck gezogen.«

Vor Angst, nach ihr zu greifen und sie zu schütteln, machte Nick einen Schritt zurück. Eigentlich sollte er darüber überhaupt nicht mehr nachdenken. In der letzten Woche war er durch die Mangel gedreht worden, und er hatte die Nase von allem voll.

»Es tut mir leid. Es tut mir so leid.« Chloes Stimme war kaum mehr als ein Flüstern.

»Geh einfach, Chloe. Verschwinde aus meinem Leben.«

Er drehte sich um und ging davon. Ihre Schluchzer ertönten fast im Gleichklang mit seinen Schritten. Als er es um die Ecke geschafft hatte, schlug er mit den Fäusten gegen die Wand und verletzte sich die Fingerknöchel, die sofort zu bluten begannen.

»Das wird nicht helfen.«

Die ruhige Stimme ließ ihn herumwirbeln. Nicks grollender Gesichtsausdruck schüchterte seinen Onkel nicht ein, der ihn verwirrt anschaute.

»Das ist nicht der richtige Zeitpunkt, um mit mir zu sprechen, Sherman«, polterte er.

»Wag es nicht, so mit mir zu reden, Junge!«, ermahnte ihn Sherman mit eiskalter Stimme.

Nick gab sofort klein bei. Er liebte seinen Onkel, und egal, wie wütend er war, er würde es nicht an ihm auslassen. Nicht nach allem, was Sherman für ihn und seine Brüder getan hatte.

»Tut mir leid«, sagte er, und ein bisschen seiner Wut verrauchte. Er spürte, wie Blut von seinen Händen tropfte. Es war ihm egal. Lieber spürte er körperlichen Schmerz als den einengenden Druck um sein Herz. »Ich habe tatsächlich gedacht, sie wäre anders und vielleicht die Richtige«, gab er zu.

»Ich glaube, das ist sie«, meinte Sherman.

Schockiert schaute Nick auf. »Wie kannst du das sagen nach allem, was ihre Familie, was *sie* mir angetan hat?«, fragte er.

Sherman lächelte ihn an. Es war dieses geheimnisvolle Lächeln, das eine Weisheit zeigte, die ein Mensch nur mit der Zeit und durch Geduld erlangte. Sherman kam näher und klopfte Nick auf die Schulter.

»Hast du jemals einen Fehler gemacht, Nick?«, fragte er mit hochgezogenen Augenbrauen.

Nick hätte am liebsten »keineswegs« gesagt, aber er nickte. »Natürlich habe ich Fehler gemacht, aber die waren nicht so gravierend, dass ich den Namen von jemandem durch den Dreck gezogen hätte, jemandem, dem ich versichert hatte, dass ich ihn mag«, erklärte er.

»Chloe hat dich und unsere Familie nicht gekannt. Sie wusste nur, dass dein Großvater ein schlimmer Mensch gewesen ist, der ihre Familie durch die Hölle hatte gehen lassen. Dann hat sie ihren Bruder verloren, als du den Hubschrauber geflogen hast. Sie wusste nicht, dass ihr Vater diesen Mann überredet hatte zu lügen. Sie dachte, er würde die Wahrheit sagen. Was wäre gewesen, wenn einer deiner Brüder gestorben wäre und du gewusst hättest, dass das leichtsinnige Handeln eines Menschen dafür verantwortlich war? Du hättest doch auch nicht geruht, bis der Schuldige gezahlt hätte«, fuhr Sherman fort.

Nick ließ den Kopf hängen, als erneute Wut von ihm Besitz ergriff. »Wenn jemand für den Tod meiner Brüder verantwortlich wäre, würde ich denjenigen mit meinen eigenen Händen in Stücke reißen«, stieß er durch zusammengebissene Zähne hervor.

»Meinst du nicht, dass Chloe den Informationen, die sie hatte, entsprechend gehandelt hat?«, fragte er.

Sofort wich die Wut einer Hoffnungslosigkeit. Nick wusste nicht, wie er auf diese Frage antworten sollte.

»Ich glaube nicht, dass ich ihr vergeben kann«, gestand er.

»Liebst du sie?«, hakte Sherman nach.

Nick schaute seinem Onkel in die Augen, bevor er sich abwandte. Er erinnerte sich an die letzten sechs Wochen, an das Gelächter und die Tränen, an die Momente, die nur ihnen beiden gehört hatten, und an sein Bedürfnis, bei ihr sein zu wollen. Er hatte ihr Lächeln und ihr Lachen wahrgenommen und wollte diese beiden Dinge mehr in ihr zum Vorschein bringen.

»Ich dachte wirklich, ich würde mich in sie verlieben«, gab Nick schließlich zu.

Sherman schwieg einige Augenblicke. Leute gingen an ihnen vorbei, aber keiner sagte ein Wort. Sie gingen einfach weiter. Nick war dankbar dafür. Er war nicht in der Stimmung, höfliche Unterhaltungen zu führen oder Gratulationen für den Ausgang seiner Anhörung entgegenzunehmen.

»Da draußen gibt es Leute, die glauben, ich wäre betrunken gewesen und hätte meine Mannschaft umgebracht. Auch wenn ich dabei war, Gefühle für Chloe zu entwickeln, hat sie versucht, mich zu ruinieren«, wandte Nick ein.

»Oh, vergiss es.« Sherman winkte ab.

Nick schaute ihn verwirrt an. »Das ist nichts, was man beiseiteschieben kann.«

»Keiner glaubt, dass du etwas Unrechtmäßiges getan hast. Sie wissen, was passiert ist. Sie wissen, dass eine trauernde Familie versucht hat, einen Grund dafür zu finden, weshalb sie ihren Jungen nie wiedersehen werden. Mit der Zeit wird das alles vergehen. Und was das Mädchen anbelangt …, sie wird auch nicht mehr da sein. Du musst herausfinden, was du fühlst, denn wenn du sie nicht davon abhältst, wird sie für immer weg sein, und die richtige Frau kommt nicht zu oft vorbei.«

»Ich kann ihr nicht vergeben«, sagte Nick wieder.

»Dann verdienst du sie vielleicht nicht.«

Nicks Wut nahm wieder zu, aber Sherman schüttelte einfach den Kopf und ging. Nick wäre seinem Onkel am liebsten nachgejagt und hätte ihn aufgefordert, den letzten Satz zurückzunehmen. Es war Chloe, die bewiesen hatte, dass sie Nick nicht verdiente und nicht andersherum. Warum sagte Sherman so etwas?

Nick beschloss, das Gerichtsgebäude zu verlassen. Er musste raus hier, musste irgendwohin, wo er, ohne unterbrochen zu werden, nachdenken konnte. Als er um die Ecke bog, sah er Mav und Cooper an der Tür stehen. Vielleicht warteten sie auf ihn.

Er verließ das Gericht durch einen Nebenausgang. Für heute hatte er genug Ratschläge von der Familie bekommen. Es war Zeit für ihn, sich zu verkriechen und herauszufinden, was er fühlte. Shermans Worte würden ihm nicht aus dem Kopf gehen.

Dieser verdammte alte Mann!

Kapitel 29

»Was zum Teufel ist mit den Leuten los, die das freiwillig mehrmals durchmachen? Also wirklich, wie ertragen sie das?«, fragte Chloe. Alle Tränen waren geweint und alle Worte gesagt, aber irgendwie bekam sie es trotzdem noch fertig zu sprechen. Einen Monat war es her, dass Nick sie aus seinem Leben gestoßen hatte, und der Monat war so langsam vergangen wie noch keiner zuvor.

Chloe hatte entschieden, sich ihm zu widersetzen, hatte über Nacht in seinem Haus gewartet, aber er war nicht aufgetaucht. Und da war ihr wirklich klar geworden, dass er mit ihr fertig war. Er war für sie dagewesen, als ihr Vater sie geschlagen hatte, hatte sie festgehalten, als sie gegen ihre Dämonen ankämpfte, aber zu wissen, dass sie teilweise für die Anklagepunkte verantwortlich war, die gegen ihn erhoben worden waren, war zu viel für ihn gewesen. Sie gab ihm nicht die Schuld. Es tat ihr nur weh, dass sie ihn verloren hatte.

Seitdem die Weinkrämpfe verebbt waren, machte sich ein Taubheitsgefühl in ihr breit. Sie spürte den Schmerz nicht mehr täglich, aber Freude konnte sie auch nicht mehr wirklich empfinden. Sie tat ihre Arbeit und existierte mehr, als dass sie lebte. Weshalb sich Leute verliebten, blieb ihr ein Rätsel. Das Risiko war viel zu groß, zu scheitern und, wie sie jetzt, mit gebrochenem Herzen zurückzubleiben.

»Ich weiß, dass du dich jetzt mies fühlst, aber ich schwöre dir, der Schmerz wird vergehen«, tröstete Dakota ihre beste Freundin. »Es wird entweder darauf hinauslaufen, dass er zurückkommt, dich anbettelt, ihm zu vergeben, so ein blinder Idiot gewesen zu sein, oder du wirst jemanden finden, der viel besser ist als er. Wenn er nämlich nicht herausfindet, dass sein Leben ohne dich bedeutungslos ist, dann ist er ein Trottel und verdient deine Liebe nicht.«

»Nein. Ich habe die Nase voll von diesen Liebesdingen. Ich habe sie ausprobiert, und es hat nicht funktioniert. Ich weigere mich, mich je wieder zu verlieben.« Chloe sagte das mit Überzeugung.

»Ach, Süße, gib doch die Liebe nicht auf. Allein darum geht's doch im Leben. Es ist ätzend, wenn sie endet, aber ich glaube, es gibt kein wichtigeres Ziel im Leben, als sich zu verlieben und dieses Gefühl zu spüren, das dir nur ein anderer geben kann. Es ist so was von unglaublich«, schwärmte Dakota.

»Der Schmerz ist viel schlimmer als das Gefühl von Liebe.«

»So fühlt es sich jetzt an, weil du dich auf den Schmerz konzentrierst. Aber wir sind nicht dafür geschaffen, alleine zu bleiben. Wir sollen mit jemandem zusammen sein, der uns liebt. Viel zu oft sind Leute mit der falschen Person zusammen, nur weil sie nicht alleine sein wollen. Aber der oder die Falsche ist genauso schlimm, wie überhaupt niemanden zu haben, weil man sich dann immer nach mehr sehnt. Gib die Liebe nicht auf, und gib auch Nick nicht auf. Wir alle brauchen einen Helden, und ich glaube, deiner ist Nick. Er hat das bereits bewiesen. Natürlich ist er zu Recht verletzt, aber er wird wieder zu sich kommen. Wenn er allerdings zu lange dazu braucht, kann ich ihm ja in den Hintern treten, wenn du willst«, schlug Dakota vor.

»Ich liebe dich so sehr, Dakota«, gestand Chloe. »Und auch wenn du mir all diese Dinge sagen musst, um den Ehrenkodex bester Freundinnen nicht zu brechen, ist es trotzdem sehr nett, sie zu hören.«

»Nimm dir Zeit, um dich zu erholen. Du kannst nicht mit ihm zusammen sein, weil du das Gefühl hast, es sei deine einzige Option. Aber glaub mir, dass es eine Ehre für *ihn* ist, mit dir zusammen zu sein, nicht andersherum. Du bist etwas Besonderes, Fantastisches, und nur weil du durch die Hölle gegangen bist, hast du das Gefühl, du müsstest dich verstecken. Tu das nicht mehr. Erkenn deine Stärke und genieß sie.«

Chloe wusste nicht, wie sie je so viel Glück gehabt haben konnte, Dakota als beste Freundin zu haben, aber wenn sie alles andere in ihrem Leben aufgeben musste, dann konnte sie das und würde es überleben. Allerdings würde ihr das ohne Dakota nicht gelingen. Sie stand aus ihrem Sessel auf, ging zu ihr und schlang die Arme um sie. Dabei musste sie die Tränen zurückhalten.

»Ich kann nicht glauben, dass ich mich je gefragt habe, wie die Liebe ist«, gestand sie Dakota. »Ich liebe dich nämlich wie verrückt. *Du* bist meine Seelenverwandte.« Dann kicherte sie.

»Und ob ich das bin«, gab Dakota mit tränenerfüllter Stimme zurück. »Und deine Seelenverwandte will, dass du alles bekommst, wovon du je geträumt hast.« Dakota wich zurück und lächelte Chloe an. »Jetzt reicht's aber mit diesem ganzen Herzschmerz. Wir werden lachen, als gäbe es kein Morgen mehr. Fühl den Rhythmus, fühl die Musik, wir beide setzen voll auf Sieg.«

Ihr schiefes Lächeln und das Verhunzen des bekanntesten Anfeuerungsspruchs ließen Chloe laut auflachen. Es fühlte sich gut an.

»Ich verspreche, dass ich mit meiner Mitleidsorgie durch bin. Was habe ich mir bloß dabei gedacht?« Chloe versuchte, ihre Freundin zu besänftigen.

»Wir denken nicht, wenn wir leiden, wir reagieren. Aber ich verspreche dir, wenn wir uns lange genug etwas einreden, schaffen wir eine neue Realität. Steh jeden Morgen auf, sag dir, dass es ein schöner Tag ist, dass die Welt voller Spaß und Abenteuer ist und dass dein Traummann mit Rosen in der Hand auftauchen wird und dein Herz im Sturm erobert. Eines Tages wird es dann wahr«, versprach Dakota.

»Wenn ich es mir lange genug wünsche, wird also Ian Somerhalder mit Rosen in der Hand vor meiner Tür stehen?« Chloe seufzte dramatisch.

»Wenn du es dir wünschst, kommt er«, bestätigte Dakota und wackelte mit den Augenbrauen.

»Oh, Dakota, endlich werden meine Wünsche wahr!«, rief Chloe, und ihr Lachen wurde von Minute zu Minute echter.

»Braves Mädchen.« Dakota tanzte um Chloe herum, und die verdrehte die Augen.

»Ich muss einfach ein- und ausatmen, und es wird tatsächlich immer besser. Eigentlich hatte ich mir geschworen, dass ich nie wieder getreten werden würde, und dieser Tritt hat sich angefühlt, als hätte mir jemand das Knie in den Magen gerammt. Deshalb war es so hart. Aber deine Anwesenheit allein hilft mir schon ungemein«, versicherte ihr Chloe.

»Vielleicht sollten wir über mein nicht existentes Liebesleben reden, und dann können wir beide *mich* bemitleiden«, schlug Dakota vor.

»Es ist wirklich traurig für uns normale Leute, dass es dir nicht gelungen ist, dich häuslich niederzulassen«, sagte Chloe mit einem Stirnrunzeln. »Wenn eine Göttin wie du nicht in der Lage ist, einen Mann zu finden, dann bin ich ein hoffnungsloser Fall.«

Darüber hatte Chloe vorher noch nie nachgedacht. Dakota war äußerlich und innerlich schön mit ihrem tollen schwarzen Haar, den strahlend grünen Augen und der feenhaften Figur.

Neben vielen anderen Dingen tanzte sie auch noch bei den Cheerleaders der Seahawks. Wie um alles in der Welt konnte sie Single sein?

»Ich bin freiwillig allein«, vertraute ihr Dakota an. »Warum sollte ich mich mit einem Frosch zufriedengeben, wenn die richtige Kröte noch da draußen ist?«

Chloe lachte. »Das ist ein Prinz, du Dummkopf. Du küsst Frösche, um daraus einen Prinzen zu machen.«

»Oh, ist doch egal.« Dakota winkte ab. »Ist dasselbe.«

»Ich finde es toll, dass dir das egal ist. Ich gelobe, von jetzt an genauso wie du zu sein«, sagte Chloe mit einer Stimme voller Überzeugung.

»Oh, Süße, wenn du wie ich sein willst, dann mach dich auf einen Reinfall gefasst. Ich bin Chaos pur«, versicherte ihr Dakota.

Doch Chloe ließ nicht locker. »Dann bist du die Art von Chaos, die ich immer sein wollte.«

»Ich bin sprunghaft, und es kommt selten vor, dass es jemand schafft, meine Aufmerksamkeit zu fesseln. Football liebe ich genug, um in ein hautenges Outfit zu schlüpfen und in eiskalten Nächten vor Fernsehkameras herumzutanzen. Und da ich mehr Gewichte stemmen kann als der Durchschnittsmann, schüchtere ich die Männerwelt ein.« Dakota seufzte.

»Kannst du mehr Gewichte stemmen als die Football-spieler?«, fragte Chloe mit spöttischem Blick.

»Das sind doch keine Durchschnittsmänner«, klärte Dakota sie lachend auf. »Und wenn man der Presse glauben darf, dann wärmen wir jede Nacht ihre Betten, also müsste *ich* das wissen.«

Darüber musste Chloe wieder lachen. Sie kannte ihr beste Freundin, und die war keineswegs so, wie sie sich gerade beschrieb.

»Soll ich sie in den Hintern treten?«, fragte Chloe und wiederholte Dakotas Angebot von vorhin.

»Vielleicht. Ich werde auf dich zurückkommen.«

»Geh mit mir shoppen. Ich glaube, es ist Zeit, dass ich aus diesem Haus rauskomme«, verkündete Chloe, und Dakotas Augen leuchteten auf. Chloe hatte die magischen Worte gesagt und damit ihrer besten Freundin versichert, dass sämtliche Gespräche über die Liebe aufhören würden.

»Du weißt, wie man mein Herz erobert, Schätzchen«, jubelte Dakota und griff nach ihrer Handtasche.

Chloe konnte ein Lächeln aufsetzen und vorgeben, glücklich zu sein. Das hatte sie jahrelang praktiziert. Im Laufe der Zeit hatte sie festgestellt, dass ihre beste Freundin recht hatte und sie es eines Tages wirklich glauben würde. Bis dahin handelte sie nach dem Grundsatz: Durch Schein zum Sein.

KAPITEL 30

Nick nippte an seinem Brandy und fuhr sich mit der Hand durchs Haar. Schlaf war einst etwas gewesen, das er wirklich genossen hatte. Teil der Küstenwache zu sein, bedeutete natürlich, von einem Moment zum anderen geweckt zu werden, aber seitdem er sich von Chloe getrennt hatte, war er schon froh, wenn er nur ein paar Stunden am Stück schlief.

In seinen Träumen war immer diese Frau, und jedes Mal, wenn er aufwachte, streckte er die Hand nach ihr aus. Er hatte gehofft, sie zu vergessen oder sich nur noch ganz schwach an sie zu erinnern, aber bisher war ihm das nicht gelungen.

Seine Brüder hatten ihn einen Dummkopf geschimpft, aber er war stur, hatte nicht nachgegeben, nicht einmal, als sein Lieblingsonkel ihn mit Abscheu angeschaut hatte. Seine Haare waren zu lang und seine Reizschwelle zu kurz. Das Leben war ziemlich ätzend.

Sein Captain war ein totaler Arsch und ließ ihn immer noch nicht arbeiten. Er sagte, Nicks körperliche Wunden seien zwar verheilt, aber er sei garantiert psychisch noch nicht in der Lage, den Hubschrauber zu fliegen. Nick wusste nicht, was zum Teufel er damit meinte. Er hatte den Captain angeschrien, und das hatte überhaupt nichts gebracht. Dann war er gebeten

309

worden zu gehen, bis er sich wieder im Griff hatte. Kurzum, sein Leben war ein Scherbenhaufen.

Nick nahm noch einen Drink und lehnte sich in seinem Sessel zurück. Plötzlich wurde seine Tür so heftig aufgerissen, dass sie gegen die Wand knallte. Er sprang auf und machte sich für einen Kampf bereit, als eine zierliche Frau ins Zimmer stürmte und sich nicht im Geringsten vor dem schwergewichtigen Mann in Kampfpose fürchtete. Als Nick wieder klar sehen konnte, erkannte er Dakota.

»Dakota?« Vielleicht hatte er ja Halluzinationen.

»Ich habe eine Nachricht für dich!«, rief sie voller Zorn.

Nick war dermaßen über ihre Worte erstaunt, dass er eine entspannte Körperhaltung einnahm und sie einfach schockiert anstarrte.

»Was zum Teufel machst du hier?«, fragte er diesmal ruhiger.

Die kleine Frau starrte ihn an und schubste ihn dann. Sie verfügte tatsächlich über genug Kraft, dass er einen Schritt nach hinten taumelte, bevor er sein Gleichgewicht wiederfand. Sogar in seiner Verwirrung war Nick ein bisschen beeindruckt von Dakotas Versuch, ihn herumzustoßen.

»Meine beste Freundin leidet, und das alles wegen dir, dir … dir … elendem Mistkerl«, sprudelte es aus ihr heraus, denn sie war so wütend, dass sie Schwierigkeiten beim Sprechen hatte.

»Was?« Jetzt war Nick noch verwirrter. »Geht's ihr gut?« Angst nahm ihm die Luft. Er grub seine kurzen Nägel in die Handflächen, als er die Hände zu Fäusten ballte.

»Nein! Das sage ich doch. Ihr geht es nicht gut. Ich versuche sie seit einem Monat zu überzeugen, dass du entweder total verblödet bist oder nicht gut genug für sie. Beides scheint sie nicht zu glauben. Deshalb weint sie die ganze Zeit und setzt ein falsches Lächeln auf, wenn sie weiß, dass ich sie beobachte. Ich bin ihre beste Freundin, und ich kann ihr nicht helfen, aber du hattest keine Probleme damit, ihr das Herz aus der Brust zu reißen.«

Es war nicht das erste Mal, dass Nick Beschimpfungen darüber hörte, wie er Chloe behandelt hatte, aber es schien das erste Mal zu sein, dass er zuhörte. Vielleicht, weil sie von so einem kleinen Bündel kamen, oder vielleicht, weil er die Frau so sehr vermisste. So oder so, er versuchte sich einen Reim auf seine Gefühle zu machen. Die kleine Frau schubste ihn erneut, und Nick lächelte fast.

»Hörst du bitte auf damit? Dafür, dass du so klein bist, hast du ganz schön Kraft«, gab er zu.

Dakota kniff die Augen zusammen und machte einen bedrohlichen Schritt auf ihn zu. Nick hielt die Hände hoch. Sie hatte ihn wirklich in die Enge getrieben. Allerdings war es nicht so, dass er sich nicht hätte verteidigen können. Er könnte sie in zwei Teile zerbrechen.

»Du hast meiner besten Freundin die Hölle auf Erden bereitet. Ich sollte dich in Stücke reißen.« Jetzt kam sie noch näher. Nick konnte nur den Rückzug antreten. »Du hast ihr die Lebenslust genommen und sie zu einem anderen Menschen gemacht. Du egoistischer Scheißkerl!«

»Sie hat mich angelogen«, wehrte sich Nick und hatte dieselben Worte so oft schon wiederholt, dass er sich wie eine Schallplatte mit einem Sprung vorkam.

»Hak es ab!«, schrie Dakota.

»Einfach so?«, fragte er mit Sarkasmus in der Stimme.

»Ja, zieh einfach deine … deine … ähm … Windelhose aus.«

Nick lachte. Er konnte nicht anders. Das Geräusch erschreckte ihn so sehr, dass er einen Satz machte. Er hatte sein eigenes Lachen schon so lange nicht mehr gehört, dass er es nicht wiedererkannte.

»Worüber lachst du?«, fragte Dakota.

311

»Tut mir leid«, entschuldigte er sich und riss sich zusammen. »Du meinst doch sicher, dass ich meine Große-Jungs-Hose anziehen soll, oder?«

»Willst du mich ernsthaft verbessern, wenn ich kurz davorstehe, dich niederzuschlagen?«, gab sie keuchend zurück.

»Allzu große Sorgen, dass du mich verletzen könntest, mache ich mir nicht«, gestand Nick. Sie machte wieder einen Schritt auf ihn zu und er einen zurück.

Erneut hielt er die Hände hoch. »Schau mal, das ist kein fairer Kampf. Ich kann eine Frau nicht schlagen.«

»Hast du Schiss?«, forderte sie ihn heraus.

Ihm wurde bewusst, dass sie es ernst meinte. Das würde ihn zwingen, zu kämpfen und nicht noch einmal zu lachen. Diese Frau war wirklich verdammt zäh. Wenn er nicht bereits in Chloe verliebt wäre, dann wäre er vielleicht mal mit ihr ausgegangen.

Bei dem Gedanken machte er ein langes Gesicht. Seine Muskeln fühlten sich an, als wären sie aus Pudding, und er war dankbar, dass hinter ihm die Wand war, gegen die er sich sacken lassen konnte. Dakota ließ von ihrer Verfolgungsjagd ab und schaute ihn spöttisch an.

»Hast du einen Herzinfarkt?«, fragte sie und schien nicht besonders mitfühlend.

»Nein.« Nicks Stimme war kaum mehr als ein Flüstern.

»Was hast du dann?«, bohrte sie weiter.

»Ich … ich liebe sie«, seufzte Nick. Er hatte das Gefühl, sein Herz würde ihm gleich aus der Brust springen, als er die Worte aussprach. Dakota starrte ihn an, und er schaute hilflos auf sie. Sie schien kein Verständnis dafür zu haben, dass er ein ernsthaftes Problem hatte. »Ich spüre so einen Druck auf der Brust. Vielleicht habe ich doch einen Herzinfarkt.« Jetzt war er tatsächlich erschrocken.

Sie verdrehte die Augen, und ihm wurde bewusst, dass er sterben würde, während Chloes gemeine beste Freundin ihm dabei zuschaute. Seine Beine gaben nach, und er sank zu Boden. Das war gefährlich vor dieser Frau. Sie würde ihn zerstören, wo er jetzt so schwach war.

»Du hast keinen Herzinfarkt, du Schwachkopf. Du erlaubst dir tatsächlich mal wahre Gefühle«, stieß sie verärgert hervor, obwohl auch ihr Wutgeheul nachgelassen hatte.

»Geht's mir so, weil ich gesagt habe, dass ich sie liebe? Weshalb wollen sich die Leute verlieben, wenn es sich so anfühlt?«

»Weil es nicht wehtut, wenn man sich zu seinen Gefühlen bekennt und sie eingesteht«, erklärte ihm Dakota und verdrehte wieder die Augen.

»Gefällt dir das hier?«, fragte er und war genervt, dass ihn jemand so zu sehen bekam.

»Ein kleines bisschen.« Sie lächelte. »Du hast meine beste Freundin durch die Hölle gejagt. Aber zu sehen, dass es dir offenbar genauso ergangen ist, gibt mir ein besseres Gefühl. Außerdem kann ich sehen, dass du das ihr gegenüber wieder-gutmachen wirst.«

Der letzte Satz hörte sich sehr nach einer Drohung an. Nick lächelte, als der Druck auf seiner Brust nachließ. Vielleicht starb er ja doch nicht. Vielleicht hatte er die Chance, mit Chloe alles zu klären, aber zurzeit wäre es noch ein Wunder.

»Was soll ich tun?«, fragte er.

Sie schaute ihn an, als wäre sie nicht sicher, ob das eine ernsthafte Frage war. Aber er schenkte ihr sein bestes Vertrau-mir-Lächeln und drückte sich innerlich die Daumen.

»Du rennst zu ihr und flehst sie inständig an, dich zurück-zunehmen. Dann fällst du vor ihr auf die Knie und gestehst ihr, dass du ein Idiot gewesen bist, entschuldigst dich für alles, auch für Dinge, an denen du nicht schuld warst, und betest, dass sie dir vergibt und dich in ihr Leben zurücklässt«, erklärte Dakota.

Nick starrte sie verwirrt an.

»Ich habe noch nie im Leben vor jemandem gekniet«, wandte er ein und lächelte dann. »Es sei denn, aus ganz bestimmten Gründen.«

Dakota schlug ihn auf den Arm, und er starrte sie zornig an. Aber sie warf ihm einen ähnlichen Blick zu und war überhaupt nicht eingeschüchtert.

»Wenn du nicht gewillt bist, alles zu tun, was nötig ist, dann verdienst du Chloe garantiert nicht, und dann solltest du ihr fernbleiben«, fügte Dakota an.

Sie machte keinen Witz. Er konnte es an ihrem Blick sehen. Warum sagte ihm jeder, dass er sie nicht verdiente? Vielleicht war etwas Wahres daran.

Nick lehnte den Kopf an die Wand und dachte darüber nach. War er gewillt, für Chloe seinen Stolz aufzugeben? Ohne zu zögern, wurde ihm klar, dass er es war. Er würde alles für sie tun und wollte nicht in einer Welt existieren, in der sie nicht Teil seines Lebens war. Sie war in der allerschlimmsten Zeit in sein Haus gestürmt gekommen und hatte die Sonne wieder scheinen lassen. Weshalb war ihm das nicht viel früher aufgefallen?

»Sag mir, wo sie ist«, verlangte er und sprang wieder auf die Füße. Dakota rappelte sich ebenfalls auf, mochte aber den jetzt wieder offensichtlichen Größenunterschied gar nicht. Da halfen auch ihre High Heels nichts.

»Warum sollte ich dir das sagen?«, fragte sie. Sie analysierte ihn, und ihm wurde bewusst, dass er offen zu ihr sein musste.

»Ich liebe sie genug, um zu tun, was auch immer ich tun muss«, versicherte er ihr.

Dakota schaute ihn so lange und intensiv an, dass er sich vor ihr wand. Er wollte das hier nicht vermasseln. Natürlich konnte er Chloe finden, aber er wusste nicht, wie lange er dafür brauchen würde. Und angesichts seines jetzigen Zustandes wollte er keinen weiteren Tag riskieren, ohne sie in den Armen zu halten.

»Bitte«, flehte er Dakota aufrichtig an.

Sie seufzte. »Wenn du das vermasselst, dann bekommst du es mit *mir* zu tun«, drohte sie.

Nick sagte ihr nicht, dass er das lustig fand. Er hatte Mitleid mit jedem Mann, der mutig genug war, es mit ihr aufzunehmen. Sie war etwas schwierig. Nick zuckte zusammen, und Dakota starrte ihn an. Wenn sie seine Gedanken lesen könnte, dann hätte er ein ernsthaftes Problem.

Dakota holte einen Zettel aus ihrer Handtasche und schrieb eine Adresse darauf. »Hier wird sie heute Abend sein.« Sie hielt den Zettel fest, als er danach griff. Ihre Blicke trafen sich, und es herrschte Einvernehmen zwischen ihnen.

Schließlich ließ Dakota den Zettel los. Dann drehte sie sich um, ohne ein Wort zu sagen, und verließ das Haus. Sie schloss noch nicht einmal die Tür hinter sich. Nick kicherte. Verdammt, diese Frau war wie ein Wirbelwind. Und da er beabsichtigte, Chloe zu heiraten, würde sie ein Teil seines Lebens werden. Das war ein Gedanke, der ihm Angst einflößte.

Nick machte sich schnell eine Tasse Kaffee. Er stürzte ihn hinunter und machte sich eine zweite. Dann ging er in sein Schlafzimmer. Er musste sich zurechtmachen, bevor er Chloe suchte. Wenn sie ihn in dem Zustand sah, in dem er sich gerade befand, würde sie wahrscheinlich in entgegengesetzte Richtung davonrennen.

Natürlich würde das nicht viel ausmachen. Er wäre nie wieder so ein Idiot und ließe sie gehen. Nick lächelte, als er sich rasierte. Er würde die Richtung einschlagen, in die ihn sein Herz führte, und er fühlte sich gut dabei.

KAPITEL 31

Chloe hielt sich im Hintergrund, während die Leute lachten und redeten und sich amüsierten. Dakotas Familie war ein bisschen verrückt, aber liebevoll und großartig. Ganz anders als ihre eigene Familie. Sie hatte Chloe vom ersten Moment an, als Dakota sie mitgebracht hatte, mit offenen Armen aufgenommen, und daran hatte sich bisher nichts geändert.

Obwohl Chloe eigentlich Dakotas große Familientreffen liebte, versuchte sie heute verzweifelt, ihr erzwungenes Lächeln beizubehalten. Das gelang ihr besser, viel besser als in den letzten paar Wochen, aber sie hatte immer noch das Gefühl, dass ein Stück von ihr fehlte. Und deshalb täuschte sie viel mehr Begeisterung vor, als sie es normalerweise tun würde.

Sie fühlte sich einsam und wollte nach Hause gehen, aber sie hatte Dakota versprechen müssen zu kommen. Vielleicht könnte sie in einer Stunde flüchten, ohne dass es aussah, als rannte sie davon. Sie würde abwarten müssen. Jetzt war sie erst einmal da, nickte an den richtigen Stellen und lachte, wenn es erwartet wurde. Sie wurde darin richtig gut. Vielleicht sollte sie die Schauspielerei als zweites Standbein ins Auge fassen.

Es war nur so schwer, einen Mann zu lieben, der sie nicht wollte. Je eher die Gefühle verkümmerten und abstarben, desto besser würde sie sich fühlen. Das würde im Laufe der Zeit geschehen. Dakota hatte es ihr versichert. Chloe wünschte sich fast, sie hätte Nick nie kennengelernt. Aber dieser Wunsch würde ihr auch die Erinnerungen nehmen, und es gab nichts, was das wert gewesen wäre. Lieber litt sie.

Als es nicht weiter auffiel, stand sie auf. Sie täuschte Durst vor und ging zur großen Bar, um sich ein Glas Wein zu holen. Dann schlich sie den Flur entlang und schlüpfte in Dakotas Zimmer. Ihre Freundin spielte gerade ausgelassen *Twister*. Höchstwahrscheinlich würde sie Chloes Abwesenheit gar nicht bemerken. Zumindest hoffte Chloe das. Aber weit verfehlt. Keine zwei Minuten später hatte Dakota sie gefunden.

»Du hast keinen Spaß, oder?«, fragte ihre Freundin mit verständnisvollem Blick.

»Doch, doch«, versicherte Chloe ihr. »Ich habe nur ein wenig Kopfschmerzen und wollte mich eine Minute hinlegen. Ich verspreche dir, bald zurückzukommen«, fuhr Chloe mit einem breiten Lächeln fort und fasste sich an den Kopf, um die Lüge überzeugender klingen zu lassen.

Dakota schaute sie mit einem Blick an, den nur beste Freundinnen fertigbringen, und lächelte sie dann an. Sie setzte sich neben Chloe, legte den Arm um sie und drückte sie.

»Ich liebe dich wie verrückt, aber du bist schon immer eine schlechte Lügnerin gewesen.«

»Ich finde aber, dass ich das außergewöhnlich gut gemacht habe«, konterte Chloe.

»Ach, Süße.« Dakota seufzte. »Das wird alles wieder. Ich glaube, er leidet genauso sehr wie du.«

Die Worte gaben Chloe Hoffnung, und das war ein gefährliches Gefühl. Sie konnte es sich nicht leisten, so zu fühlen. Ein Monat war jetzt vergangen und Nick immer noch verschwunden. Es war vorbei, und sie musste sich damit abfinden.

»Heute ist ein schöner Tag mit deiner Familie. Bitte lass dich von mir nicht runterziehen. Ich verspreche dir, wieder gut gelaunt zu euch zu stoßen, wenn ich ein paar Minuten für mich hatte. Vielleicht schlage ich dich sogar in *Twister*«, sagte Chloe.

»Schön, dass du meinst, es wird dir gelingen.« Dakota lachte. »Und obwohl sich alles in mir sträubt, lasse ich dich ein paar Minuten allein. Aber wenn du nicht bald wieder zu uns stößt, komme ich mit einer Runde Jelly-O-Shots zurück«, warnte sie Chloe.

»Abgemacht«, stimmte Chloe zu.

Als sie wieder alleine war, ging sie zum Fenster und schaute hinaus auf die Stadt. Autos schlängelten sich durch den Verkehr, es wurde gehupt und Leute schrien. Seattle, wie es leibt und lebt, dachte sie. Egal, wie sehr sie auch ein Teil von alldem sein wollte, sie konnte es noch nicht.

Die Tür wurde wieder geöffnet, und Chloe setzte ein Lächeln auf, machte sich bereit, sich umzudrehen. Dakota hatte ihr überhaupt nicht viel Zeit gegeben. Aber ein paar Augenblicke würde sie akzeptieren müssen. Ihre Freundin war einfach zu besorgt. Gerade als Chloe sich umdrehen wollte, ließ sie die Stimme erstarren.

»Ich kann nicht glauben, dass du in diesem Haus einen ruhigen Ort gefunden hast.«

Chloe fragte sich, ob sie sich das gerade einbildete. Dachte sie so sehr an Nick, dass sie seine Stimme hörte? Doch als sie sich ganz umgedreht hatte, sah sie verblüfft, dass er tatsächlich bei ihr im Zimmer stand. Wie oft hatte sie sich danach gesehnt, die dunklen Haare, wunderschönen grünen Augen und zu einem perfekten Lächeln verzogenen Lippen zu sehen, wenn er sie anschaute. Unzählige Male.

Sie wollte sich in seine Arme werfen, doch stattdessen verschränkte sie ihre vor der Brust und schaute ihn misstrauisch an. Was sollte das alles? Anstatt wie vorgesehen wieder zu sich zu kommen, würde sie dieser Besuch unvorstellbar viele Schritte zurückwerfen.

»Was tust du hier?«, fragte sie ihn mit beherrschter Stimme.

»Ich hatte vorhin einen Plausch mit deiner besten Freundin. Sie kann ganz schön schlagfertig sein.« Lächelnd rieb er sich den Arm. »Im wahrsten Sinne des Wortes.«

Chloe schaute ihn schockiert an. »Hat dich Dakota geschlagen?« Sie schnappte nach Luft.

»Na klar.« Es schien fast so, als wäre er von Dakota beeindruckt. Das war merkwürdig.

»Tut mir leid, aber ich möchte jetzt wirklich nicht mit dir reden, Nick.« Sie musste stark sein, und hier mit ihm zu stehen, würde sie so nicht werden lassen.

»Ich muss mit dir reden«, sagte er und machte einen Schritt auf sie zu. Sie begann zu zittern. Wenn er sie berührte, würde sie zusammenbrechen. Dazu durfte es nicht kommen.

»Wir haben alles gesagt, was zu sagen war«, erinnerte sie ihn. Das hier musste aufhören.

»Nein. Da war ich wütend. Es tut mir leid, Chloe.« Dann machte er ein paar schnelle Schritte auf sie zu und berührte ihren Arm.

Das Gefühl war intensiv, fast so, als würde sie sich verbrennen. Es schnürte ihr die Kehle zu, und sie kämpfte verzweifelt dagegen an, nicht in Tränen auszubrechen. Sie konnte hier jetzt nicht zusammenbrechen.

Dann fiel Nick plötzlich vor ihr auf die Knie, und sie wusste nicht, was sie tun oder sagen sollte. Sie zitterte jetzt so heftig, dass er es einfach merken musste.

»Bitte, Nick, bitte tu mir das nicht an.« Sie hasste es, dass ihr die Tränen in die Augen schossen.

»Ich habe wirklich alles vermasselt, Chloe. Es tut mir so leid.« Dann reckte er sich und wischte ihr eine Träne fort. Doch diese Geste ließ noch mehr Tränen fließen. »Ich habe darüber nachgedacht, was ich sagen kann, um alles besser zu machen, und mir ist, ehrlich gesagt, nichts eingefallen«, gab er zu.

»Du brauchst dich nicht schlecht zu fühlen. Ich habe dich angelogen. Und mein mangelndes Wissen kann ich nicht als Entschuldigung anführen. Als ich angefangen habe, Gefühle für dich zu entwickeln, und wusste, dass das, was mir erzählt worden war, nicht stimmte, hätte ich mich der Herausforderung stellen und dir sagen müssen, was los war. Aber ich habe nur versucht, mich selbst zu schützen. Mir ging es mehr darum, wie *ich* mich gefühlt habe. Es ging mir nur um mich, und es gibt eben nur schwarz oder weiß«, erklärte sie.

»Nichts ist nur schwarz oder weiß«, gab er zurück. »Ich habe mich noch nie in meinem Leben verliebt. Als das alles mit dir begann, habe ich nicht verstanden, was mit mir los war. Erst deine winzige Freundin hat mir Vernunft eingetrichtert.« Nick kicherte.

Chloe versuchte, seine Worte zu verarbeiten, aber sie drangen nicht zu ihr durch. Verwirrt schaute sie ihn an.

»Was meinst du damit?«, fragte sie.

Er griff nach ihren zitternden Händen und schaute ihr in die Augen. Sie stand kurz davor, vor ihm auf die Knie zu fallen.

»Ich liebe dich, Chloe. Ich glaube, das habe ich vom ersten Augenblick an getan, als du mir in den Schoß gefallen bist. Du bist stark und schön, verständnisvoll und mitfühlend. Deinetwegen möchte ich ein stärkerer Mensch sein, und gleichzeitig jagst du mir Angst ein. Ich habe Angst, weil ich eigentlich immer selbst stark gewesen bin, aber jetzt tue ich nichts mehr, ohne an dich zu denken. Ich habe gedacht, dass ich mich wieder besser fühlen würde, wenn ich dich wegstoßen und alle Schuld auf dich schieben würde, doch das war völlig falsch. Du hast nichts über mich gewusst, als das alles begann, und als du es wusstest, bist du geblieben. Nicht weil du musstest, sondern weil du mir helfen wolltest. Ich wusste das, auch als ich mir eingeredet habe, ich sei wütend auf dich. Es tut mir leid, Liebling. Es tut mir so leid.«

Seine Augen strahlten vor Liebe, und als Chloe ihm zuhörte, wurde ihr klar, dass er die Wahrheit sagte. Sie begriff, dass er ihr seine Liebe gestand. Ihr überschäumendes Herz nahm ihr den Atem. Chloe hatte bis zu diesem Moment nicht gewusst, dass es möglich war, so viel Freude zu empfinden. Sie war dermaßen in den Mann verliebt, der vor ihr kniete.

»Du kannst dir nicht die ganze Schuld geben«, sagte sie.

»Das tue ich auch nicht. Wir haben beide Fehler gemacht. Das weiß ich. Aber ich liebe dich genug, um dir zu vergeben, und ich hoffe, du fühlst genauso in Bezug auf mich.«

Chloe zitterte wieder, als sie den Mann anstarrte, der so viel Mut bewies.

»Ich habe Angst«, gestand sie.

Er schaute sie verständnisvoll an.

»Ich auch.« Dass so ein starker Mann das zugab, erfüllte sie mit einer Freude, die so groß war, dass sie glaubte, vom Boden abzuheben.

»Ich liebe dich auch, weißt du das?« Ihre Beine gaben schließlich nach, und sie sank zu ihm auf den Boden. Nick nahm ihr Gesicht in beide Hände und schaute sie mit so viel Liebe an, dass es sie einfach umhaute.

»Ich habe alles so furchtbar vermasselt, dass ich es dir nicht verübeln würde, wenn du mich fortschicktest. Aber wenn du uns eine neue Chance gibst, dann verspreche ich, dich zu lieben, wie es kein anderer vermag. Ich verspreche dir, mich immer um dich zu kümmern und dir für den Rest meines Lebens immer wieder zu beteuern, wie viel du mir bedeutest. Ich will keinen einzigen Tag mehr ohne dich sein. Ich bin in jeder Hinsicht nicht perfekt, aber mit dir an meiner Seite will ich ein besserer Mensch werden«, gestand er ihr.

»Oh, Nick!« Chloe schluchzte, als sie sich vorbeugte und ihre Stirn gegen seine drückte. Ihr ging das Herz auf. »Keiner ist perfekt, und das macht uns alle so einzigartig. Aber ich liebe dich so sehr, dass es die Hölle ohne dich war. Ich habe mich so schuldig gefühlt, dass ich so sehr versucht habe, mich dir zu entziehen, und nicht mehr darum gekämpft habe, dass wir zusammenbleiben. Ich dachte, es sei hoffnungslos, und habe aufgegeben, weil ich meinte, ich sei nicht gut genug für dich. Dabei waren das vielmehr die mir von meinem Vater eingetrichterten Worte. Aber von diesem Mann lasse ich mich nie wieder beeinflussen«, versprach sie.

Er bog ihren Kopf zurück, damit er ihr wieder in die Augen schauen konnte. Dann lächelte er und griff in seine Tasche, um ein schwarzes Kästchen herauszuziehen. Chloe bebte regelrecht, als sie darauf starrte.

»Wenn ich mich für einen Weg entscheide, dann lasse ich mich davon nicht mehr abbringen«, sagte er und strich mit den Fingern über das Samtkästchen. »Ich weiß, dass ich ein Idiot gewesen bin, und ich weiß, ich habe kein Recht, dich zu fragen.« Er hielt inne und öffnete den Deckel des Kästchens. Ein wunderschöner runder Diamant funkelte ihr entgegen. »Aber ich liebe dich, Chloe, und ich will dich für immer. Ich weiß zwar, dass ich nicht gut genug für dich bin, aber ich werde nicht von deiner Seite weichen, bis du einwilligst.«

Diese Willensstärke, die ihr so sehr gefiel, leuchtete in seinen Augen. Er war fest entschlossen. Er war ihr während der ganzen Zeit, die sie in seinem Haus gewesen war, erbarmungslos hinterhergejagt, und jetzt ließ sie diese Unbeirrbarkeit lächeln.

»Dann sollte ich wohl lieber Ja sagen.«

Hoffnung schimmerte in seinen Augen.

»Ja«, sagte er.

»Ja«, sagte auch sie.

Mit zitternden Fingern schob er ihr den Ring auf den Finger. Er saß perfekt. Dann zog er sie auf den Schoß und küsste sie zärtlich, während sie sich gegen ihn sinken ließ. Sie seufzte in seinen Mund und fühlte sich zum ersten Mal so richtig zu Hause. Sie gehörte ihm, und er gehörte ihr, und genau dort sollten sie beide sein.

Als er schließlich zurückwich, lächelten sie sich beide an. In dem Augenblick hörte Chloe, wie sich jemand räusperte.

»Ich will ja nicht stören, aber das sah heiß aus.«

Chloe wurde rot, als sie aufschaute und Dakota schelmisch grinsend in der Tür stehen sah. Nick sprang auf, rannte zur Tür und überraschte Chloe maßlos, als er sich hinunterbeugte und ihrer besten Freundin einen Kuss auf die Wange gab.

»Danke für alles, was du getan hast. Und jetzt geh«, wies er sie an. Dann drängte er sie aus der Tür, schloss sie und drehte den Schlüssel um, bevor er wieder zu Chloe ging.

»Wo waren wir stehen geblieben?«, fragte er. Dann hob er sie hoch, und keiner der beiden gesellte sich wieder zum Familientreffen. Allerdings vermisste sie auch niemand.

EPILOG

Durch Ace Armstrongs Adern pumpte das Adrenalin, als er durch die große Villa schlenderte, wo sein Fall endlich dem Ende entgegenging. Es war fast vorbei. Er hatte Angst, es überhaupt zu glauben.

Acht Jahre lang war er von seiner Familie weg gewesen und hatte sie glauben lassen, er sei ein Monster, damit sie nicht leiden mussten. Das konnte er nicht mehr. Von diesen acht Jahren hatte er vier an einem Fall gearbeitet, der größten verdeckten Ermittlung, die die CIA je durchgeführt hatte.

Er war jahrelang für eine Drogenkartellbande herumgeflogen, hatte seinem Team Informationen zukommen lassen, wann immer es für ihn sicher schien, und hatte sich in die Rangordnung der Organisation integriert, bis sie ihm als einem von ihnen trauten.

Jetzt war er in dem Haus, von dem sie dachten, es sei seins, und alle Bosse würden für ein operatives Treffen an einem Ort sein. Ace war eiskalt, als er alles genau inspizierte, um sicherzugehen, dass sich jede Kleinigkeit an ihrem Platz befand. Alle mussten eintreffen, damit dieser Fall abgeschlossen werden konnte und nichts unerledigt blieb. Es war der einzige Weg für ihn, seine Freiheit zurückzubekommen.

Lieferwagen trafen ein und hielten, brachten Kisten voller Alkohol und Partyzubehör. Die Szene war inszeniert, und die Gefängnistüren würden sich hinter den Monstern schließen, die für den Verlust unzähliger Leben verantwortlich waren und Kinder an Drogen, Mord, Erpressung und vieles mehr heranführten. Dieser Fall reichte bis in die höchste Regierungsebene.

Ace war in den Jahren als verdeckter Ermittler des CIA seiner Illusionen beraubt worden. Als er vor so vielen Jahren seine Familie verlassen hatte, war er wütend auf das Testament seines Vaters gewesen und ebenso wütend auf seine Brüder, die so schnell klein beigegeben hatten. Aber er hatte geplant zurückzukommen. Dann hatte ihn sein Leben allerdings auf einen anderen Weg geführt.

Der CIA hatte ihn gerettet und gleichzeitig auch einen Teil von ihm zerstört. Er traute niemandem mehr, und sein Herz war kalt. Jetzt war die Heimkehr greifbar nahe, und er war sich nicht sicher, ob er es überhaupt tun konnte. Seine Brüder würden ihn nicht mehr erkennen. Verdammt, er erkannte sich selbst nicht, wenn er in den Spiegel schaute.

Als er zum Eingang des Hauses ging, tat er genau das und starrte auf sein ernstes Spiegelbild. Wer war er? Die grünen Augen blickten ihn teilnahmslos an, der Kiefer war verkrampft, das dunkle Haar kurz geschoren und ungepflegt. Aber seine Lippen überraschten ihn am meisten. Sie hatten so lange nicht gelächelt, dass er nicht sicher war, ob er noch wusste, wie er die Muskeln dafür anspannen musste.

Er hatte seine Familie weggestoßen, sie wegen der Erbschaft verklagt, einfach, um die Schrauben am Sarg ihrer Beziehung noch fester zu ziehen. Er war uneingeladen auf der Hochzeit seines Bruders erschienen, als er sentimental gewesen war, und hatte dort Nick einen Schlag ins Gesicht verpasst, um alles noch schlimmer zu machen. Aber ach, wie war er in Panik geraten, als Coopers Flugzeug abgestürzt war. Anstatt sich Cooper zu zeigen, hatte er die Frau seines Bruders gefunden und versucht, sie zu küssen. War das alles Show? Oder war ein Teil von ihm wirklich das Monster, das er seine Familie glauben machen wollte?

Im letzten Jahr war der Bruder, der ihm am nächsten stand, Nick, bei einer Rettungsaktion der Küstenwache abgestürzt. Ace war deshalb auch dort gewesen, obwohl ihn damals niemand gesehen hatte. Es war ihm gelungen, in das Zimmer seines Bruders vorzudringen, der bewusstlos gewesen war und genesen musste. Es war das erste Mal seit Jahren gewesen, dass Ace das Bedürfnis gehabt hatte zu weinen.

Aber auch wenn er alles seiner Familie erklären konnte, wollte er das überhaupt? Wusste er, wie er es machen musste? Er wusste doch überhaupt nicht mehr, wer er war, und schon gar nicht, wie er sich beschreiben sollte. Das war allerdings wirklich egal, weil er es bald herausfinden würde. Der Fall würde abgeschlossen sein, und er konnte nirgends hingehen, denn er hatte keine Freunde, keine Geliebte, niemanden.

Ace katapultierte sich zurück in die Gegenwart, bekam sich wieder in den Griff und schlüpfte mühelos mit kaltherziger Genauigkeit in die Rolle eines Drecksacks. Bald, sehr bald, würde es beginnen … und zu Ende sein. Und dann würde er nach Hause fahren.

Danksagung

Das war das vierzigste Buch, das ich geschrieben habe. Wow, das erscheint so unwirklich. Aber ich schreibe wahnsinnig gerne und bin so glücklich, Teil der Montlake-Familie zu sein. Jeder dort ist so gut zu mir und unterstützt mich nach Leibeskräften. Vielen Dank an meine Lektorinnen Maria und Lauren, die mich stets mit ihren erstaunlichen Ideen für meine Geschichten umhauen. Dieses Buch wäre ohne euch nicht annähernd so toll. Danke an Ahn, Jessica, Sean, Chris und alle anderen bei Amazon dafür, dass ihr mich zum Lachen bringt, euch meine Ideen angehört und mich als Teil des Teams aufgenommen habt. Ich schreibe jetzt seit sechs Jahren, und ich habe einen Platz gefunden, den ich liebe und auf den ich stolz bin.

Danke an meine Freunde und meine Familie. Ich liebe es, wenn wir zusammensitzen und über einzelne Szenen diskutieren und auch die verrückten Ideen, auf die ihr manchmal kommt. Wenn ich all das schreiben würde, über das wir sprechen, besonders wenn wir Wein trinken, dann würde ich ein völlig neues Universum mit Seifenblasen, Glitter und Einhörnern erschaffen. Ich bin immer ganz aufgeregt, wenn ich nach euren Besuchen wieder die Finger auf die Tastatur lege. Ein ganz großes Dankeschön geht an meinen außergewöhnlichen Mann für seine unglaublichen Fußmassagen und dafür, dass er mich zu hundert Prozent unterstützt. Er ist ein wahrer Segen für mich.

Vor allem möchte ich aber auch meinen Fans danken, die mich ständig unterstützen, mich bei Konferenzen besuchen, online mit mir chatten und mir das Gefühl geben, fliegen zu können. Ich wäre nicht in der Lage zu tun, was ich so sehr liebe, wenn ich euch nicht hätte. Ich hoffe, noch viele, viele weitere Jahre diese Fantasiewelten schaffen zu können.

FSC
www.fsc.org
MIX
Papier | Fördert
gute Waldnutzung
FSC® C083411

Zeitfracht Medien GmɔH
Ferdinand-Jühlke-Straße 7
99095 Erfurt, Deutschland
produktsicherheit@kolibri360.de

Druck:
CPI Druckdienstleistungen GmbH
im Auftrag der
Zeitfracht Medien GmbH
Ein Unternehmen der Zeitfracht - Gruppe
Ferdinand-Jühlke-Str. 7
99095 Erfurt